第十四街船长餐厅

LAS HIJAS DEL CAPITÁN

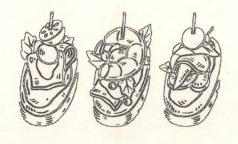

〔西班牙〕**玛丽亚·杜埃尼亚斯** 著　　权泉 译

南海出版公司

新经典文化股份有限公司
www.readinglife.com
出　品

第一部分

1

她们仍旧从头到脚一身黑色：鞋子、长袜、头巾、大衣。身后几位邻居鱼贯而入，也许是认为还不能就这么丢下她们。其中一位邻居将咖啡壶拎上灶台，另一位在桌子上摆了一盒饼干；大家呢喃细语，慢慢在厨房里聚集起来。母亲任由她们推着肩膀坐下。维多利亚从橱柜中取出几只不配套的茶具，莫娜摘下借来的帽子，手指伸进头发里揉搓着头皮，露丝依靠在水池边不断啜泣。

她们刚刚与父亲永别，他被埋葬在皇后区十字陵园，身上覆盖着泥土和积雪：埃米利奥·阿莱纳斯将长眠于此，身边的遗体主人都和他语言不通，他们从没想过自己将会如此不合时宜地离世。事实上，任何时候死亡都是不合时宜的，尤其是在五十二岁时英年早逝，离乡背井，远隔重洋，留下漂泊不定的家庭，刚刚起步的小生意，还有几笔外债，情形不免变得更加灰暗。

他的妻子和三个女儿谁也想不明白这一切是如何发生的。那天，街头一个小混混箭步踏上台阶径直冲到他们五楼的住所，用拳头急促敲打大门。消息迅速传开：这是一场意外，人们重复感叹道。一场令人遗憾的悲剧，就像是马尔克斯·德·克米亚斯号在东河码头卸货时一个钩子没有固定好，一张装满货物的网子掉落下来那样，他们坚持认为那只是一次不幸。可怕的不幸。

致命的头部外伤，煤油炉旁皱巴巴的医院报告上给出这样的结论。她们一再尝试，却怎么都看不明白，因为报告上的英文字迹潦草，充斥着形式主义和专业术语。右侧额叶，骨折伴有颅脑水肿，出血性浸润。即便是用她们的母语书写，她们也只能看懂三个词。总之回天乏术。而母亲则更加不明就里，因为她不识字。

彼时起，那一连串的零星片段几乎没有再留存于她们的记忆中。她们冲下楼追赶那男孩，然后飞也似的奔向国民联合会报警。人们从窗口和人行道向她们张望，一辆港务局的车噌的一声急刹在身旁，一位穿制服的先生在一个西班牙工人的陪同下冲出来迅速将她们带上车。一路向下东区颠簸的车窗外后退的街道，Z字形防火梯外墙，匆忙穿梭在街道上的行人。抵达邮轮8号码头，秃顶的医生在护士休息室接待她们，他的嘴唇在被尼古丁染成烟灰色的胡须下翕动，空中飘来她们根本听不懂的话语。站在她们背后眉头紧锁的人们，病床上被单蒙住的尸体，金属桶里装满被深色浓稠血液浸泡的纱布。撕心裂肺的母亲，悲痛欲绝的女儿们。她们黯然返家，而他已不在。

从这一刻的记忆开始，此后的景象仍继续在脑海中堆积，只不过节奏稍慢：几个小时后他被装进棺材送回公寓，差点卡在楼梯狭窄的转角上，光洁的底座上放满大得离谱的蜡烛和花束，从殡仪馆送来的时候即是如此，并非她们主动要求。大门敞开，人们涌入，低声吊唁，加利西亚口音、阿斯图里亚斯口音、加勒比口音、巴斯克口音、意大利口音、希腊口音、爱尔兰口音、安达卢西亚口音，应有尽有。男士们摘下遮阳帽、贝雷帽或宽檐帽垂眼；女士们亲吻她们的脸颊，紧握她们的双手安慰。人们不断取出手帕擦拭无法抑制的泪水，走廊尽头回荡着他们清嗓子和祈祷的声音，搁板上停放着那口安置有血迹斑斑的遗体的箱子，直至天将破晓。

次日时间飞逝，是时候将遗体迁至一处远离曼哈顿的墓地，落棺下葬。铁锹将土铲到盖板上，巨大的康乃馨花圈上挂着一条挽联，有人擅自做主署上她们的名字：你的妻子和女儿们永远怀念你。超度的声音，默哀的人群中露丝的啜泣声，说再见的告别。夜幕再度降临，她们的脑海中灯光喧闹、情绪纷杂、沸反盈天，于是开始希望大家都离开，好让她们静一静。随着晚餐时间临近，人们渐渐散去，厨房的台面上摆着大家带来的绵薄好意：一锅肉丸子、一个肉末茄子饼、一块肉饼、用锡制牛奶罐装着的鸡汤。

终于，只剩下母女四人面对现实。情绪低落的她们不愿意过多交流，女儿们开始四处收拾，一言不发：她们打开水龙头和抽屉，把每天使用的那几件仅有的餐具摆放在桌子上。而此时，母亲不断吸着鼻涕，用手帕擦拭红肿的眼睛。

她们目光低垂，默默咀嚼，相对无言，唯有勺子碰触碗碟的声响。不一会儿，盘子里只剩下苹果核和面包渣，最务实的莫娜抬起头，大声提出了那个问题，那个在整个街区的人得知一位无名游客用只行李箱砸穿埃米利奥·阿莱纳斯船长的头之后，就不断追问她们的问题：

现在，我们几个，该怎么办？

2

母亲崩溃地猛捶了一下桌子，接着支起胳膊，把脸埋进瘦骨嶙峋的双手间，再次放声痛哭。

自从二十五年前在几次五月十字节^①的庆典上认识她的埃米利奥后，他们真正在一起生活的时间屈指可数。总是短暂地相聚，是的，每隔一年半或两年他突然在马拉加登陆，留下休整几个月，搞大她的肚子，当她开始幻想像周围的邻居那样组建一个正常的家庭，他却感到十分窘迫，抓心挠肝地想从零开始谋生计，仿佛从未有过昨天。于是他收拾好行囊，在某个清晨亲吻熟睡中的宝宝们的额头，向自己的女人含混地交代个几句，就向新码头走去，随便跳上一艘船，驶向未来渺茫的下一站。

他做过马赛和巴塞罗那的港口的码头工人、蒙得维的亚独立广场的服务生、马尼拉街头商贩，也做过荷兰货船的厨房伙计。他会做木工也会优雅地弹奏吉他，他会模仿声音，预测风暴，他制作通心粉的手艺无人能及。他皮肤皲裂得像干涸的土地，天庭饱满，骨骼凸出，原本一头乌发，而如今两鬓日渐稀疏。他在世界各地结交朋友；每个角落都可能跳出一个人亲切地拍拍他的后背，或邀请他喝一杯朗姆酒、茴香酒、皮斯科酒或葡萄酒……然而，一天过后他更喜欢远离尘嚣，独自一人走在街头，在夜幕星辰下沉默地抽烟。

他妻子缺乏个性，总是温顺叹息着忍受他在家庭中的缺席；

---

① 在西班牙部分地区和西班牙语美洲许多地方庆祝的节日，通常是最接近 5 月 1 日的星期天。

他们的三个女儿——妻子七次怀孕四次分娩后仅存的硕果——每次见到他带着那些不实用的礼物回来都无比欢欣：一把非洲匕首、几只拉美的响葫芦、一块兽皮；她们从未坦陈自己更希望得到一条毛毯或者一双鞋。而他的岳母佩帕，曾和酗酒暴戾的丈夫生了十个子女独自养育，而男方则任由无助的孩子们自生自灭。她整日喃喃自语怨声不断，说女儿雷梅迪奥斯的男人不负责任，还不如矿工头上的安全帽。

不理会老太太的唠叨和妻子对于他回家或至少在某处定居下来的哀求，从巴拿马运河上的拖曳船消失后，埃米利奥·阿莱纳斯于一九二九年初抵达纽约，没几个月后股市就崩盘了，美国进入大萧条。尽管接下来的几年对整个国家都是痛苦而艰难的，他却总能在各处找到营生：帮运货给富尔顿市场的商船卸货，有段时间接替珍珠街卡萨维克托百货公司的一位同乡在市中心（即下城区）的石板路上推着独轮车送货。

经年的劳顿和紊乱作息造成的后遗症逐渐吞噬他的身体，就像一把锯子不断划割木板，虽不是压倒性的，却也毫不留情地留下无法挽回的损伤。他总是背疼，咳到声音沙哑，视力昏花，他意识到自己正渐渐失去工作的能力。半生漂泊后他第一次对于再次启程流浪产生异样的麻木感。

身体耗损的同时，内心也在产生新的变化。他向来是一首松散的诗，一颗虚掷的子弹，对神明、赞美诗和民族国家漠不关心，然而不经意间他开始越来越关注周遭的环境：回归与自己来自同样的地方、说着同样母语者的核心圈，融入与自己分享乡愁的众生深处。

也许这一切归咎于他定居在樱桃街区的一栋出租屋里，那里是城市中最古老的西班牙裔聚居点。在曼哈顿岛最东南端，滨水码头边，伴随着阵阵布鲁克林大桥通车的嘈杂声，居住着上世纪末从地球同一个角落漂泊而来的几千个灵魂。起初他们大多是海上旅人：加煤工和润滑工、厨子、装卸工、寻找未知宝藏的人和许许多多常年往来海上的普通船员。这个群体逐渐壮大多样化，亲戚、同乡、越来越多的女人，甚至整个家庭不断涌来，聚居在附近街区廉价的公寓里：沃特大街、凯瑟琳大街、门罗大街、罗斯福大街、奥利弗大街、詹姆斯大街……

他们去"理想"肉店买肋排、胗肝和血肠；去查孔海鲜铺买章鱼；去伊瓦尔斯之家和卡萨辛购置火腿、烟草和成衣；买药也可以去西班牙药房。要享用酒和咖啡有卡斯蒂利亚酒吧、加利西亚咖啡店或乔利多餐厅，老板塞巴斯蒂安·埃斯特拉达是个加泰罗尼亚人，用极具能量感染力的两百多斤的庞大身躯招呼他们，天天提醒大家伟大的拉奎·梅勒[①]每次踏入这座城市时都会光顾本店。瓦伦西亚圈、巴斯克－美国中心和一些本地的加利西亚群体也有自己的大本营；此外还有裁缝铺、理发店、旅馆和杂货店，如可以制作鹰嘴豆、菜豆和辣椒粉的"雅纳"和"西班牙竞争者"。最终，区域特质和一种柔软的社区情感交织在了一起。

在那种环境中，埃米利奥·阿莱纳斯于一九三五年春天找到了不知道第几份工作，地点位于樱桃大街和凯瑟琳大街路口的拉瓦伦西亚娜，这里对外宣称是旅馆，但事实上经营范围极其弹性

---

① 拉奎·梅勒（1888—1962），西班牙歌手兼演员。

变通。成群结队的西班牙移民在纽约上岸后脑中仅存的印象或手中字迹拙劣的纸条上写着：拉瓦伦西亚娜，樱桃大街45号。顶楼是住宿的房间，二楼有一个餐厅，底层商铺内出售港区工人们日常作业所需的全部行头：从皮靴到加厚内衣、手套和皮袄。任何人但凡提出要求，房东还可以提供翻译服务，协助购买船票或越洋汇款。出于集体利益考虑，每天墙壁挂着的面板上都用图钉压着招工启事，人们自发地在一只大哈瓦那雪茄盒内放入伊比利亚半岛的来信，如同一家简陋的邮局，四海漂泊居无定所的男人们隔三岔五前来取阅，了解大洋彼岸亲人们的近况。

埃米利奥·阿莱纳斯的职位可塑性也很强，他时而在柜台后面招呼客人，时而在后厨帮忙，时而给服务员派工作量，时而又跑跑腿办理差事。恰逢当差的某一天，他断断续续听到别人的对话，改变了他未来的人生轨迹。

还未到晌午，空荡荡的餐厅角落里，两个男人面对面坐着。左边坐着老板帕科·森德拉·玛丽娜·阿尔塔大区奥尔巴市①的阿利坎特人，本世纪的头几十年来到美国。右边坐着一位老者，灰发垂肩，埃米利奥没有认出他的身份。老人用北方口音主导着对话方向；交谈中，他用冷酷的数字和账单掺杂真实的故事讲述了一个移民是如何被距离、时间和孤独消磨殆尽的。埃米利奥给他们端上酒和香肠片的时候，听见他们谈到那些长年累月的斗争。添酒时又听见有关家庭、储蓄和缺席的琐事……离开时只言片语再度飘入耳中。接着餐厅打烊，他们也回家了。

---

① 位于西班牙瓦伦西亚自治省的城市。

二十分钟后，当他把火柴盒摆在相应的架子上时，瞥见他们向大门走去。他们握了握手，森德拉轻轻拍了几下那个陌生老人的手臂。

"祝你好运，贝南西奥。上帝保佑您。"

3

趁着中午的喧嚣还没开始，埃米利奥·阿莱纳斯偷偷地从手头的工作中溜走。他腰上仍系着围裙，双臂缩进长袍的袖子里，紧随那男人疲倦的背影至新商会路口，到蒙特塞拉特理发店门前。

"喂，朋友！"

陌生人转过身。

"没成功，是吗？"

其实他没有任何背景信息，只是在交谈中捕捉到什么，纯粹被直觉带着走。那家伙已至垂暮之年，他则第一次认真思考最好不要再漂泊不定，而是安顿下来。一边希望抽身，另一边正寻找机会落脚，两者之间似乎有着什么羁绊：那男人手中的东西没有被森德拉接手，但或许对他有用。

因此，他开门见山直奔主题。而对方也同样坦诚回答道：

"我在帮一家小吃铺的二手家具寻找买家。桌子、椅子、凳子。还有一些器具：盘子、餐具、桌布、水壶、平底锅。我问了本地所有经营旅馆的老板，价格很优惠，您有兴趣？"

他们慢慢地向西北方走去，各自快速回顾、讲述着自己的生活，经过鲍尔里和运河街，穿过中国人和意大利人集聚的区域，成群的灵魂蜷缩在狭窄且极度简陋的出租公寓楼中。

"您呢，贝南西奥，您来多久了？"

"我到这儿时正赶上古巴独立，有一年夏天我回到自己的村庄，迎娶了女朋友，把她带过来一起创业。我们忙得连喘息的工夫都没有，总算生存下来了。九年前我老伴走了，大儿子娶了一位多米尼加姑娘，去了哈林，小儿子给我跑去代理剃须刀片，整天带着个手提箱在新泽西州晃荡，几乎没在城里停留过。"

除了追忆青春时光和挂念一个快失明的未婚妹妹外，那个遥远的坎塔布里亚小镇对他已经没有什么羁绊。即便如此，在离开近四十年后，他仍然认为是时候告一段落了。他一只大手按在埃米利奥的左肩上：一只体力耗尽已无雄心壮志的工人的糙手。

"是时候回家了，哪怕最后看一眼那里的草地。"

他们继续向前走着，来到一片铺着沥青的街区，那里住着的人面孔陌生，却散发着熟悉的气息：第七大道和第八大道之间的第十四街，南北分别通往西村和切尔西。那是另一个同胞聚居区；也许没有樱桃街区周边那样密集紧凑，但其存在不容忽视，看看商店招牌上的文字，听听那高声大嗓的交谈声、人们相互之间的问候和母亲从窗口呼唤孩子的叫嚷声，以及坐在门廊台阶上默默吸烟的老人。

对于埃米利奥·阿莱纳斯而言，这个街区并不全然陌生；自从像许多同胞那样去国民联合会登记后，他曾多次在那附近交货或者参加活动。他从未走进店内，然而现在两人在店门口停下脚步。

"就是这儿了，"那男人宣布道，"我必须给你瞧瞧的东西。"

第八大道附近的一家餐厅，位于一栋低矮三层建筑底层的临街地下室，那栋楼暗淡且毫无吸引力。从外面看，没有任何迹象表明这里有光明的前途。在随便哪个星期二，两人站在门前双手插在口袋里就做这样的决定显然是冒失的，但是埃米利奥的选择完全符合他职业生涯的轨迹以及他惯常的思维模式。随随便便跳上一艘船听天由命，在最意想不到的地方停靠，更换营生，起锚，重新安顿。那已经成为他的生活倾向：任由生活带着他往前，不投入任何主观意愿或标准，直到大风转向。一九三五年十一月初的那天，一股无法预料的洋流把他裹挟至第十四街，那段路夹在纽约两条大道之间，让他感到莫名亲切。

没有过多思考，也没有谨慎权衡考虑这件事的可行性，埃米利奥·阿莱纳斯未经半分犹豫地冲动决定，不仅要留下老乡的家具和陈设，还要把生意继续经营下去。当天下午，他与房东协商，她是住在霍雷肖街的荷兰遗孀；他们基本理解彼此的意图，同意维持租金价格不变。没回马拉加的这段时间里他攒下一些家当：足够从贝南西奥·阿隆索那里买下所有家什并支付第一个月的租金。

他想，安顿下来后就住在后面的仓库，可以节省樱桃街加雷旅社的住宿费；那里摆得下一张简单的床铺就足够了。他会在拉瓦伦西亚娜打两份工，用自己的双手让这个小店的面貌焕然一新。他要刮平天花板和墙壁，翻新门面，垒砌砖石，修理水龙头，刷漆。一切准备就绪后，每天清晨他自己会到富尔顿市场买鱼，他曾经在那里工作过一段时间，现在仍保持着联系，可以买到便宜的商品。他会烹饪家乡美食，混合其他口味和在各处偶然学到的方法。他将为街坊邻居提供价格低廉的午餐和晚餐，一侧摆放吧台……所有细节断断续续地涌现在眼前，直到一位老者硬朗的嗓音打断了他的幻想。

"我觉得店名也应该改改。"

埃米利奥·阿莱纳斯专注地看着招牌。更确切地说，盯着剩下的字母。"EL CA"……其余的字母已经掉落，他以这几个字母开始构思一个符合经营理念的名字。

"前几年冬天被大风刮掉了，我还没来得及修理，"店主耸耸肩说，"原来店名叫'坎塔布里亚人'，我在这儿的名号。但我担心您操着一口安达卢西亚口音，叫这个名字不合适。"

的确如此，埃米利奥心想。如果选择沿用这一习惯，自然应该叫"马拉加人"，但是他也不是特别喜欢那么高调地亮明身份。也许可以叫"乌贼"，这样可以利用招牌上仅剩的那几个完好无损的字母。或者叫"篮子"，或者"酋长"。但一转念，他觉得那些名字都跟他从未踏足过的坎塔布里亚一样那么陌生。埃尔卡，卡，卡……他在嘴里掂量着。突然他想到一个响亮名字，适合这份激动人心的事业：这是一项他从未成就过的事业，因为在过往的生计中他从不掺杂丝毫野心。然而现在他有所奢求。他第一次自愿改善、提升自我。因此，这么一个从没有过指挥权和头衔的人决定给小店取名"船长"，没想到后来整个街区都开始用这个绰号称呼他。

目标明确后他开始连轴转，一个将疲惫和沮丧抛诸脑后、充满生机的陌生的埃米利奥出现在人们面前。就这样，一九三五年秋天过后，他重焕活力，像一艘破冰船突破前行，每天工作十四个小时，坚持不懈地在第十四街的新世界和下东区的旧世界之间穿梭往返。

直到某一天，天晓得是穿越了狂风暴雨还是在令人焦虑的风平浪静中，两封家书在大西洋上擦肩而过：一封是埃米利奥·阿莱纳斯写给妻子的信，里面夹杂着若干拼写错误，另一封是不识字的妻子拜托邻居代笔写给他的信。

虽然相隔了大洋，两人却很有可能同时打开了信件。

好消息，雷梅迪奥斯，从纽约寄来的信中他乐观地说，我要安定下来了，就像你一直希望的那样……我日日夜夜工作……我会存钱的……时候到了我就回去……

又有坏消息，埃米利奥，信中她一如既往的悲观情绪成倍放大，漂洋过海来到他手中盖着西班牙共和国邮戳的那几页纸上。妈妈佩帕死了，我们被赶出了大院……我们没地方去……帮女儿们谋生越来越难……她们已经长成大姑娘，生活没有方向，无法进入正轨……你不要忘记自己的责任。

他走进拉瓦伦西亚娜时刚巧看到最后几句话，帽子还戴在头上。他慢慢摘下帽子，用脏兮兮的指甲使劲抓挠头皮。接着，他将滚烫的信件揉在拳头里，走到柜台前。

"森德拉先生，我需要四张船票，劳驾您帮我跟瓦伦丁·阿奎来先生买一下。先赊欠着，我也不知道什么时候才能还钱。"

4

她们还待在厨房里，雷梅迪奥斯仍旧把脸埋在手间。她不像自己的母亲那样性格坚忍，当第四个诞下的儿子小海苏斯夭折后，她仅存的一点勇气也耗尽了，小家伙出生时头部水肿，本应有头发的地方裸露着犬牙交错的静脉，他没有活过五个月。他的小身躯被裹在床单里埋葬，十六年过去了，雷梅迪奥斯从未停止过叹息，尽管可怜的小家伙短暂在世的那段时间里只能给她带来麻烦。一刻不停、撕心裂肺的啼哭，剧烈的呕吐和抽搐，从未睁开过的双眼，对吃奶的抗拒：所有这一切都留给了这个抓心挠肺的可怜女人，以至于当生活迫使她离开他、离开那个她在孕期中无限渴求、于女人堆里出生却没能长成的小男人时，她已无以为继。

女儿们默默地望着她，她嘶哑的喉咙里不断吐出谴责和诅咒。

"该死的妈妈佩帕怎么就死了，连个房顶也不留给我们，该死的那天、你父亲漂来漂去这么多年怎么就想要安定下来了，该死的我怎么就想起来写信向他求助，搭理他……"

遵从埃米利奥的指示从马拉加把女儿们拖来这里，让雷梅迪奥斯在痛苦的反抗、攻击、抽泣与尖叫中度过了这段曲折的旅程。大女儿维多利亚被无耻的恋人花言巧语哄骗，发誓宁愿留下来吃苦受罪也不要去纽约。二女儿莫娜为了有借口不走，在利莫纳大道找到一户人家做用人，可以住自己的房间。小女儿露丝好几个星期四处躲藏。家里争吵声震耳欲聋，整个拉特立尼达街区都能听见；大院里左邻右舍都不得不出面劝架，母亲跪在一九三一年就被摧毁的教堂内的耶稣受难像前，直到最后两位国民警卫队员出动了。一位有权势的邻居向他们举报有蔑视父权的行为出现，两位穿着制服的专员紧紧盯着她们登上往返于巴塞罗那和新世界之间停靠马拉加港的马努埃尔·阿尔努斯号，把她们交到船队的医疗队长手中。

一月某个寒冷的清晨，阿莱纳斯姐妹抵达纽约，形容枯槁，冻得瑟瑟发抖，胃拧成一团，内心五味杂陈，如鲠在喉。在海上漂流的十一天里她们相互抚慰，旅途掺杂着晕眩、呕吐和泪水：一个半星期的航程如梦魇般可怖，由于是低价票，她们只能蜷缩在两层甲板间的铺位，直到在东河8号码头上岸；这些年，低等舱位的旅客也不需要经过埃利斯岛申请入境许可。

大港自然不会为难她们不放行。女人们经过漂浮在水面上的巨大绿色雕像时很难不激动，即使她们不知道那位头戴七角王冠手握火炬的奇怪女士代表着"自由照耀世界"；她们渐渐靠近高高耸立在地平线上的摩天大楼，瞥见横跨河面的巨大悬索桥，在灰色水面上从容进出的船只，雄伟的意大利、法国、英国、挪威、美国跨洋邮轮，也不可能不惊叹。听到煤驳船和拖曳船隆隆鸣笛，她们如何忍得住不回过头，用眼睛和耳朵去寻找，虽然那只不过是警报，听上去却十分欢欣鼓舞；看到拥挤在轮渡甲板上的人们挥动手帕和帽子仅仅为欢迎新来者，她们又如何能不回以问候，这些人和他们的祖祖辈辈当初也是以同样的方式走入那个世界。

尽管她们极力装作无动于衷，但显然纽约令她们眼花缭乱：汽船驶向相应的码头，刺骨的寒风如刀割般划过脸颊，三位年轻的姑娘紧紧抓住栏杆，佯装自己不为周遭的盎然生机所震惊。仿佛她们面对航运公司五颜六色的旗帜和琳琅满目的海报、从世界各地港口接收货物的仓库，或者跃然于眼前的庞大建筑物无动于衷，丝毫没有凑近的欲望。哦我的天哪，露丝瞬间放下心防，喃喃自语道。维多利亚用手臂挽住两个妹妹，似乎相信抱住她们可以传递勇气，她们需要相互支撑才能抵挡铺天盖地的冲击。她们紧紧相偎，在彼此身上寻求庇护。我的天哪，莫娜嘀咕着。但是她们迅速重新振作，掩饰住自己的恐惧和不安，船靠岸时汽笛声、人群的嘈杂声、引擎振聋发聩的轰鸣声都没有让她们放下挑衅的神情。她们强忍着一月初的天寒地冻、大雪纷飞，这些是在阳光明媚的地中海边长大的她们从未目睹过的景象。我们是被迫来的，这座该死的城市对我们而言毫无意义，她们要来表明立场。我们要尽快回去，无论眼前的机会多么渺茫，无论采取何种手段，哪怕需要用灵魂与撒旦交换。就这样，她们怀揣着困兽般的无奈，依照年龄次序走下蒸汽缭绕的邮轮，甚至连面对移民官员的严厉面孔时都没有屈服。

时间渐渐流逝，她们几乎从未放弃过离开的尝试。埃米利奥在第十四街和第九大道拐角处的红砖楼顶层租了一套两居室公寓：一栋简陋的临时住宅，面积很小，光线昏暗，但总比她们生活过的大院舒服。至少家里有四个电灯泡、自来水和自己的狭小卫生间，虽然很简陋但毕竟是自家的，她们不必时不时去与邻居抢用厕所。即便如此，从她们抵达之日起，遮风避雨的墙内从未有过一刻平静。她们就像势不可挡的滚滚巨轮，每天都上演着相同的戏码，从拉长臭脸到高声大嗓，从高声大嗓到号啕痛哭，从号啕痛哭到互相撕扯、咒骂和威吓。日复一日。

她们言语尖刻地将不幸的生活归咎于父亲埃米利奥和母亲雷梅迪奥斯、已故的祖母佩帕、叫来国民警卫队的邻居、恶毒的船队医生和这座可恶的城市：这些人罪过相当，她们只不过需要一个目标来发泄自己的愤怒。我吞口老鼠药死了算了，姐妹中不知道谁愤恨道。我找个水手私奔让他带我回去，另一个撂出狠话。我去卧轨。

作为父亲，埃米利奥无法对气急败坏的二十多岁的女儿们施加任何权威，于是一起生活了不到十天，他决定回到"船长"仓库的木板床上。然而，他听从妻子的建议小心处理这件事，一分钱也没留给她们，留下的家用仅够她们维持最多三四天的生活。当咖啡或肥皂用尽时，她们别无他法，只能灰溜溜地来到父母靠自己双手打拼经营的餐厅。

店里十分昏暗，只有白天大门敞开时才有光线照进来。她们进来时母亲正在擦锅碗瓢盆，父亲正在用力刮擦最里头的桌面。两个人停下手中的活，埃米利奥缓缓起身，该死的背痛一刻也不消停。

"你们没钱了？"他冲着定在门口的身影嚷道。

她们谁也不回话，纹丝不动，仿佛在嗅闻空气中的酸味。

"那你们要自己挣钱，可以来给我们帮忙。"

三人肩并着肩双唇紧闭，像挡土墙似的堵在面前。雷梅迪奥斯站在后方，保持沉默。

"如果就我们俩忙活，还要很久才能开业，"埃米利奥继续道，"相反，如果你们来搭把手，再过一个星期我们就能开门迎客了。你们要清楚，这摊生意也是你们的。我们挣得越多才能越早回家。"

回家。一听到这个词，她们内心坚硬的防线瓦解了。回家，这两个字是她们在整个移民地的生活动力，灵魂锅炉的燃料，让他们可以毫不犹豫地保持工作，直至有朝一日攒够钱来完成夙愿。

站在中间的莫娜用手肘轻轻抵了下姐妹的腰，动作极其微妙，但一如既往的默契令三人心照不宣。即使再不情愿，她们也知道现在只能屈服。

5

她们绾起长发，从可怜巴巴的衣柜里拿出最破旧的衣服穿在身上，当天下午就开始帮忙料理家族生意。接连四天从早到晚，她们和父母同心协力刮除表面的污垢和油脂，几乎磨平了指甲，把平底锅、土灶锅和炖锅擦洗一新，抛光家具，尝试擦亮玻璃但效果一般。他们尽力把这个污秽的地方收拾出来，但事实上乍一看变化并不大，忙碌的机械工作也没有改变他们的心情。还是那间临街地下室，一样低矮的天花板，甚至贝南西奥·阿隆索留下的那幅惊涛骇浪的画还挂在同一个位置：随处可见"坎塔布里亚人"的老古董。为了营造一种虚幻的航海氛围，第二天早上埃米利奥带来几张旧渔网、一对船桨和一块碎船舵装饰，女儿们态度冷漠、兴味索然，直到"船长"成功起航。

尽管如此，开业并不顺利。没什么生意。雷梅迪奥斯掌管灶台，埃米利奥竭诚迎客、积极传菜，然而奇怪的是午餐时间餐馆的上座率还不及四分之一。这时，女儿们要么在厨房帮忙，要么极不情愿地招呼客人。埃米利奥逐渐忧心忡忡。

他曾经幻想饭馆里人声鼎沸，工人们在长时间辛苦劳作后来这里大快朵颐，吞下热饭热菜，就像他在樱桃街区的餐饮店里看到的那样。他想象着宾客络绎不绝，自己手中握着大勺上菜，耳边不断响起杯盏碰撞的声音，椅子腿拖在地砖上发出的吱吱嘎嘎，男人粗犷的叫嚷和偶尔爆发的大笑，钞票落入吧台后面的盒子里。但是他彻底失算。也许他没有考虑到第十四街区周围尽管同胞众多，他们却与原来那个社区的特质不同，以另一种方式存在，更加融入城市肌理，而不是集中在自己的角落。也许这个区域的单身男性比东河码头那里少，或者附近还有其他餐厅随着时间推移赢得了声誉。

他不过是一个自命不凡的家伙，刚刚改头换面就被一摊烂生意困住。几乎没人认识他的妻子，因为她总是受周围的事物惊吓，尽可能躲在厨房里不出来。而他的女儿们从不掩饰傲慢无礼的态度，轻而易举就为餐馆"赢得"了毫无裨益的名声。彼时已经取缔禁酒令，"船长"供应的西班牙葡萄酒比最低市价仅高出少许，多亏了埃米利奥过往的人脉和小伎俩，他直接从码头获得刚刚卸载的货物。雷梅迪奥斯的煎鱼无与伦比，用鮟鱇鱼和蛤蜊烹饪的炖菜或砂锅散发出鲜美的海水味，让人感动得想落泪。

但无论埃米利奥每晚坐在空荡荡光线幽暗的餐厅里如何盘账，始终入不敷出。债务已经堆积如山：前一个月的租金尚未支付，要应付供应商、公寓，还欠着森德拉的船票钱……虽然他挖空心思试图寻找解决方案，仍是徒劳。他在《新闻》报上登广告，全纽约的西班牙人或西班牙裔每天早晨都会翻阅。他打印传单到附近街道分发，甚至自己站在人行道上招揽顾客，手里握着菜单，腰上系着围裙，脸上挂着极度灿烂的笑容。*西班牙美食！* [①] 他用

---

① 该字体表示原文为英文。

英语大声地冲着当地人吆喝。全世界最新鲜的鱼肉。最优惠的价格。女士们先生们。即便如此，收效甚微。有些人绕过他，仿佛躲避地上的障碍物，还有人看向别处或者干脆摇头拒绝：不，谢谢，但是不需要。

然而出乎意料的是埃米利奥被愁苦笼罩的内心总算见到一丝曙光。随着他的沮丧与日俱增，女儿们抗拒的铠甲开始出现裂痕。也许是姑娘们累了，也许是她们感到一丝同情。最初只是一些微妙的态度变化：

"我们稍微调整菜单试试？"维多利亚建议。

莫娜重新把渔网摆放得更加美观，还在上面点缀几朵花，增加一抹色彩。而小女儿露丝在二月某一天的午间不顾狂风大作，竟陪父亲走到路边，自信地招呼行人，同时用手把裙子紧紧压在大腿上防止被风吹翻。

"请进，先生们，千万不要错过曼哈顿最好的西班牙美食店！"她用甜美的声音大声邀请大家走进店内品尝。

埃米利奥总算住回公寓，家中紧张的气氛有所缓和。即便如此，女孩们仍对街坊和城市的熙熙攘攘视而不见。她们既不参加附近瓜达卢佩圣母教堂的周日弥撒，也不参加国民联合会组织的同胞舞会和聚会。她们从未跨越过第十六街或第六大道，从未进入地铁、轻轨或公共汽车，除了日常必要的对话，她们从不与邻居、房东或周围商铺的店员交谈。她们互相打理头发，一个朋友也没有，拒绝学习英语。正是由于她们顽固不化，总是有人在她们背后毫不避讳地指指点点。多可怜的孩子们啊，那么年轻那么优雅。船长的女儿们如此自暴自弃可真是太傻了。

直到那天早上，埃米利奥和雷梅迪奥斯围着厨房餐桌毫无交流地分享一杯咖啡后，出发前往下东区码头。习惯于家庭生活使他时而满足时而痛苦：和四个女人的鸡零狗碎共存并不容易，再加上她们释放出来的负能量，看不见也摸不着，但无时不在，无处不在，微妙而难以捉摸。即便如此，他知道自己必须经历这场"修行"，适应新的环境，尤其是当女儿们终于表现出一丝理性的时候。

他不紧不慢地从四楼走到街上，大脑飞速运转。他需要橄榄油，虽然森德拉平时会赊给他，"乌纳努埃"和"维克托利"商店的价格很优惠，但是他知道还有更便宜的方法。聚居区几乎所有人都知道定期从西班牙出发的船舶几时抵达，他也不例外：有四个班次，均来自跨大西洋邮轮公司。两班从坎塔布里亚海出发，另外两班从地中海出发，伊比利亚半岛驶出的航线总是衔接墨西哥、古巴和纽约。

因此他知道三月底的那个星期六，人们都等着装满旅客和货物的马尔克斯·德·克米亚斯号靠岸。这就是为什么他要去熟悉的东河 8 号码头碰运气：通常情况下，船上会装载着一些油，他会用几瓶酒和遇到的某个熟人套套近乎，换来双方都有利的价格。他这样拆东墙补西墙，也许能够节省下开支向荷兰寡妇支付租金。"船长"老板继续在码头等候，脑中反复盘算计划，期待着卸载作业完成，他还不知道汽轮里带来的是产自哪里的橄榄油，乌特雷拉还是托尔托萨，卡布拉还是哈恩；他的意识如此抽离，以至于完全没有捕捉到周围惊慌的警告声。装载机出了点故障，一张装满货物的大网高悬在空中摇摇欲坠，人们慌乱奔跑，惊声尖叫，最后一秒钟有人伸手抓住他的手臂。

然而，这一拉仅仅解救了他的身体，头部却没能幸免于难。

埃米利奥·阿莱纳斯像一个麻袋似的躺在地上，生命走到尽头，头骨被砸碎了，一堆油光滑腻的玻璃瓶的影像在他脑中变得模糊，直到他被浸没在一片血泊中，眼中充满了恐惧，耳边回荡着尖叫声和警笛声。

6

下葬当天晚上，阿莱纳斯三姐妹悄无声息地上床休息。各种复杂的情绪把她们耗得精疲力竭，迷茫而纠结，同样的问题像无情的锤子一样敲打着太阳穴。现在，我们该怎么办？

父亲的死亡令她们痛苦万分，这个男人缺席了她们的前半生，而如今她们才开始对他有所了解。但这并不是她们唯一的痛苦，赤裸裸的悲伤上面还压着别的烦恼：女孩们意识到他是她们在这座陌生的永冬之城的唯一羁绊，承载着七百万灵魂的大都会像一片无垠的荒芜之地向几位西班牙姑娘敞开怀抱。

雷梅迪奥斯一如往常在黎明破晓时就赶在他们前面起床了；女儿们的时间表没什么规律，通常睡到自然醒，很晚才起床。毕竟直到那天以前，除了不情愿地帮帮忙，毫不掩饰自己的不屑一顾外，她们没有任何责任在身。然而那天早上，整夜辗转反侧之后，她们一早就出现在厨房所在的宽阔走廊里，头发蓬乱，眼睛肿胀，几乎没有说话的欲望。

最先发声的是老二莫娜。她拖着脚步走过去，面孔胖乎乎，深色浓密的头发松散地挂在背后。因为天气很冷，旧睡衣外面套了三层不搭调的衣服。从她嘴里发出来的并非一声早安，而是嘶哑的咕哝。

"牛奶热好了。"母亲低声说，她坐在餐桌边的一只凳子上，面向炉灶。她沉默不语，浓眉下双目微合，眼神空洞。莫娜和姐妹们一样，像极了母亲和家族前几代女性，双目乌黑，身材瘦削，皮骨间一层薄薄的肉，动作十分自然优雅。事实上，她最早被取名为雷莫娜，与妈妈佩帕家族中一位刚刚在埃尔贝切尔因中风去世的亲眷同名，以示荣耀。但是大院的孩子们在她很小的时候就把她名字的第一个音节给吞掉了：一种天真的幼稚挑衅最终变成她的身份符号。因为现实中的她与她的短名一般无二：敏捷，活泼，在观察、表达与思考方面都有着动物般的速度，情势所迫时她仍能自如地做出反应。①

然而在父亲葬礼后的那个早晨，莫娜一言不发，直到母亲把一杯加奶咖啡和一大块面包推到她面前。附近的杂货店出售面包卷，甚至类似熔岩麦芬的小点心，但是她们依然忠于自己的传统，吃自己日常习惯吃的面包。她们只能用第十五街上一位卡拉布里亚老人制作的十分紧实的面包代替马拉加传统乡村面包；用卑微的传统肠胃开启一整天的生活。

她还没来得及把咖啡送进嘴里，姐姐就走进厨房。

"请上帝赐给我们美好的早上吧。"她喃喃道。

或者是说了另一些类似的内容，维多利亚口齿含混，谁也没听明白她说了什么。

---

① 莫娜原文为 Mona，译意为"母猴"。

与姐妹们不同，她习惯把头发扎起来，她的神情更加微妙，特征没那么明显：鼻翼狭窄，颧骨突出，眼睛又黑又圆，鹅蛋脸，三个人里她的美貌最正统。她也比其他两位妹妹更加张扬，仿佛在家中长幼尊卑的地位是天选而成。她的名字可不来自任何亲属，而是一个承诺。如果我的孩子出生时埃米利奥回来了，如果生下来的是个女孩，我向你发誓，圣母，我以你的名字称呼她：那是雷梅迪奥斯初次怀孕被抛弃时对着圣母维多利亚的画像提出的献礼。然而，分娩时她的男人没有赶回来。他十一个月之后才回来，女儿已经长出六颗牙，马上要放手蹒跚学步了。但是雷梅迪奥斯不敢食言；无论如何都要叫女儿这个名字。

姐姐们没有任何交流，面对面坐着啜饮咀嚼，一脸困惑：因为父亲的暴毙和生活的不确定性，因为她们无法大胆想象未来的生活如何继续。

十分钟后，露丝像个老太太似的一边挠着脖子一边走进来，她身上有些与众不同的特质：发色更浅，身体更加丰腴，个头略矮；在三个姐妹中性格最开朗活泼。她搂住母亲的肩膀，在她脸颊上用力亲了一口，如同吸盘一样发出叭的一声，然而雷梅迪奥斯继续与炉灶纠缠，丝毫没有表现出感激。

"你们已经吃完了？"她在第三只凳子上坐下，用清脆的声音问道，等待雷梅迪奥斯把她的杯子和面包摆在面前。

其实她们已经长成三位年轻的女士，能做家务来自谋生路，但固执的母亲依然包揽所有家庭事务，没人敢拒绝。总之，如果雷梅迪奥斯不愿放手，又何必费心呢？

露丝这个名字是埃米利奥拍板决定的：埃米利奥总算及时赶

上一个女儿的出生。他从铺盖里带来一枚熏黑了的圣母露丝银牌，是上次航程中同行的一名塔里法水手从脖子上摘下来赠送给他的。水手名叫弗兰西斯科，尽管经过成百上千次暴风雨的历练，但在某个黑魆魆的夜晚被一只生锈的钩子插入大腿后，两个星期就死于破伤风。送给你的女儿们，米利奥①，可怜的家伙在最后一次断断续续祷告万福玛利亚后对他说，身体抽搐，嘴边流着口水。于是刚刚诞下的女儿不仅获得了银牌，还有名字，父亲每次听到她的名字都仿佛听见了大海的声音，回想起兄弟情义。

早餐不知耽搁了多久；从楼梯间里传来邻居家的嘈杂声，雷梅迪奥斯点燃了煤油炉，马克杯底部仅剩下几滴快蒸发干了的加奶咖啡。维多利亚在手指间摆弄一缕头发，故作认真地看着她们，莫娜第五次调整肩上的一条旧羊毛披肩，露丝啃着小指甲。事实上，她们一点也不担心自己的头发、披肩或指甲，只不过是用这种荒谬的方式分散自己的注意力，暂时忘记严峻的现实，从不知未来该何去何从的恐慌中解脱出来。她们清楚地知道自己已经山穷水尽，孤立无援，很难在那个无情的世界苦苦经营。

当然，一切皆是徒劳。眼前的现实太过残酷，她们实在没办法不去面对，只有去回答前一晚那个悬而未解的问题。现在，我们几个，该怎么办？

最终，母亲用嘶哑的声音打破沉默。

"得把这些都还回去，我觉得……"

她指的是那些邻居们拿来的盆盆罐罐——原先装满了食物，

---

① 埃米利奥的昵称。

现在全部清空洗净，口朝下放着——邻居们出乎意料地登门表示哀悼和声援。所有来守灵的女人她们几乎都见过，能叫得出名字的很少，打过交道的更是寥寥，不到五六个。事实上，她们和谁都不那么热络亲近，但是邻居们不约而同来陪伴她们为父亲和丈夫守灵，然后陪她们到皇后区的墓地，又把她们送回家安顿妥当，给她们留下足够维持几天的食物。女士们都表现得十分谨慎理智，没有虚伪的眼泪或不必要的交谈。她们清楚地知道周围弥漫着可怕的戚戚之情会令亲人的离世加倍痛苦。

她们也没有更好的想法，只好赞成雷梅迪奥斯的建议。谁也不愿意去面对那些来了快三个月都没屈尊看一眼的女人，但她们知道这是眼下首要的任务。去邻居家或周围的店铺归还砂锅、汤锅或炖锅；低下头，收敛自己无所顾忌的、拒人于千里之外的顽固傲慢。谦虚地表达感谢。发自内心的感谢。

她们默不作声地在狭小卧室里更衣，套上平日常穿的衣服，因为也没有别的衣服可以换。

"你们不要忘记去殡仪馆，去看看……"

知道了，知道了；您放心吧，她们说着走下楼。她们感到十分不安，因为要面对高昂的殡葬费用，葬礼被安排得过于豪华，然而没有人问过她们的想法、征询过她们的意见。

她们首先敲开公寓楼里苟且蜗居的邻居们的房门，他们都是那里的租客。管道里传来的油烟味、交谈声和嘈杂声透过门缝和墙壁潜入，无所遁形。

主妇们纷纷放下手中的家务，热情接待她们。阿斯图里亚斯口音和加利西亚口音的韵律感极强，与女孩们的节奏截然不同，她们很吃力才能听明白。第一位是具有希腊人气质的科斯托斯夫人，她们通过手势和表情基本理解彼此的意思。门挨门住着的爱尔兰妯娌成日里争吵不断扰得鸡犬不宁，尽管如此，前一天两人相约一道送来肉饼。她们多数穿着围裙和居家拖鞋；无一例外把姐妹们请进门，给她们端来咖啡、茶、面包或茴香甜甜圈。她们试图谢绝好意，称自己急着要走或有约在身，但是有几次盛情难却，只好接受。所有房子都大同小异：空间局促，家具简陋。尽管面积有限，有些房子里还聚居着两三户人家，或者一群单身男人根据自己上工的班次轮流睡在同一张床上。这样我们可以节省开支，他们说。这样不仅可以省钱，还能够排解孤单。

通常借着厨房的热量门口都会挂晾衣服，搁置很多张床，其中多半是简易折叠床，平日靠在墙上，用印花棉布窗帘盖着；晚上在角落里铺开，供亲戚、途经此地的同乡或者薪水无力负担独居的转租客休息解乏。这样我们可以节省开支，他们再次强调。由此的确省钱了，毫无疑问。

她们逮到机会就从邻居家里溜走，邻居们的热情款待令她们不堪消受。姑娘们，加油啊，抽身前她们一遍遍听到这样的鼓励。你们要坚强，撑下去，一定要有勇气，有任何需要来找我们。

好不容易来到空落落的前厅，手中摆脱了最笨重的盆盆罐罐，她们脚步匆忙，心有余悸，渴望着新鲜空气能使她们的面孔焕然一新、填满她们的肺，却未能得逞，正准备往外冲时，大门另一侧有人拦住了她们。

三姐妹努力控制表情，不想表现得过分厌烦：她们与迎面走来抱着几摞报纸的女人一直有争执，那天早上她们可没有心情对峙。

她身材高大，面容饱经风霜，棱角分明，全身穿着黑色，长裙拖至脚踝，灰白的头发扎成一个发髻，有几缕散落在外面：米拉格罗斯太太堵在门口，不放她们走。这个加利西亚妇人独自一人住在她们家楼下，待人苛刻蛮横无理。她们声音太吵时，她经常会把头探出后院窗户大声斥责，有时甚至用扫帚猛戳天花板，让她们收声。阿莱纳斯姐妹对付她取决于当下的心情，有时委曲求全，有时恶意挑衅，疯狂地踩踏地板激怒她，冲她喊去死吧，老女人，还把蛋壳和土豆皮扔在她家玻璃上。

　　她们早上没去她家是因为没什么需要归还，她是唯一一个空手来守夜的人。更糟糕的是，她不仅没有任何心意表示，还没羞没臊地吃掉半块不知谁带去的杏仁蛋糕。

　　"我想你们是去找工作吧，对吗？"

　　她刚看见她们就抛来粗鲁尖刻的问候。一反常态，谁也没有无礼地回应她。三个人不约而同地选择噤声。

　　她们从来没在大白天那么近距离仔细打量她，第一次注意到她的左眼浑浊，仿佛有一层灰色的釉质笼罩在眼角膜上。相反，虽然年事已高，她的右眼依然乌黑灵活，像敏锐的猎人一样洞穿她们的心思。她两臂环抱着几大摞旧报纸，上面的内容显然不是当天的新闻。她们在其他场合见过她抱着报纸走过，从不明白她要那么多纸做什么，也许用来生炉子，或者用来塞窗户缝以防寒气入侵。

　　紧张的心理斗争过后，莫娜率先做出反应。

　　"拜托您让我们过去，拜托。"

　　米拉格罗斯太太犹豫片刻才让开，用那只好眼死死盯住她们，眼神孤傲且令人不安。她似乎言犹未尽，但最后什么也没说。她刚挪开一步留出空隙，三姐妹就穿过半掩的大门跑走。一踏上人行道她们便松了口气。那个老女人太让人受不了了，尽管她们隔着墙壁时充满底气，正面冲突却令她们心生畏惧。

7

第十四街上的车辆稀少：有几辆小轿车，一辆面包车和几批日常送货的马车。宽阔的人行道上每天都熙熙攘攘，好不热闹。来往的路人，邻居，送货员和进出商店的顾客，一个卖锡盘的街头商贩，还有一个销售冰块的小贩被沉重的货物压弯了腰。

姑娘们的第一站就在第七大道拐角处，只需穿过人行道就到了。昨天，伊利格瑞洗衣店的老板娘出现在公寓里，在小心谨慎地询问她们是否需要陪棺的丧服后，借给她们两件外套和一条黑色披肩。

刚走进店内扑面而来一股热浪。柜台后面老板正在叠衣服，他约莫六十，身材魁梧，她们被告知他名叫恩里克先生。他穿着一件白色衬衫，袖子卷到肘部以上，简洁地问候她们：早上好，女士们，我深表同情；还没说完最后一个字，他就把头埋入挂在天花板的干净衣服之间去喊妻子出来。紧接着她出现了，同样年华迟暮，体态丰腴。虽然并不相熟，她还是重重地吻在她们脸颊上：也许是因为她们刚刚丧父的缘故吧。

"我们来把衣服还给您。"

说话的是维多利亚，但得到的回答是语气强烈的不，不，不……老板坚持让她们把要归还的衣物拿回去，姐妹们坚持不接受。

"不用，不用，不用，"她语气温和而坚定，"这些都是老客户留下的旧衣物，从未来取过，已经在我这儿堆了好几年，留下太碍事。"

"但……但是，夫人……但……但是我们……"

那是第一次有人想送东西给她们，她们深深感动，激动得语无伦次，直到夫妻俩成功说服她们。三姐妹异口同声道谢，称还有别的事情，得告辞了。

她们还站在人行道上，犹豫而迷惘，这时孔查夫人探出头。

"姑娘们！"

她丈夫站在身后：衬衫纽扣敞开，胸口露出灰白浓密的毛发。

"我们在想……"

他们互相交换了一下眼神，看谁与她们沟通两人几秒钟前才做的决定。最终，由丈夫来说，他比较直接：

"你们谁有兴趣来我们店里工作吗？"

面对突如其来的工作机会，她们内心充满疑惑，妻子继续道：

"我们年事已高，精力大不如前，孩子们也各忙各的……"

阿莱纳斯姐妹口中的回答含含混混。

"呃，我们，事实上……"

"你们不必马上决定，"这个巴斯克人用不容置疑的语气打断她们，"你们先想想，然后我们再谈。"

夫妻俩返回店里的同时，她们还在回味那个建议。下一站是杂货店"莫奈奥之家"：只消再次穿过马路就到了。人家送来一篮罐头，现在需要把篮子还回去。

还没推开杂货店的门，就听到一阵叽叽喳喳的声音。有人用西班牙语询问最近切除扁桃体的店员儿子近况如何；有人要一串大蒜、两块蝎牌肥皂；钩子上吊着血肠、香肠和加泰罗尼亚肉肠，后者散发强烈的泡菜和醋味。她们还没走进去几步就发现交谈声戛然而止，好像她们用切塞拉诺火腿的那把刀斩断了所有对话。沉默笼罩着整个商店，所有客人的目光都转向同一个方向。他们打量着三位穿着黑色礼服肩并肩站着的年轻女士，眉眼很相似又略有不同，相貌靓丽但形容憔悴、面色不安。即便面带忧伤、身穿丧服，看上去依然体面。人们纷纷上前慰问，打破了紧张的气氛。一位妇人率先开口；接着喃喃声四起，像病毒似的在空气中蔓延开。我为他的死感到伤心。我真心遗憾。上帝保佑他。他是个好人，船长是个很好很好的人，是的先生。露丝的脸颊上滚下几滴泪水，维多利亚的嗓音哽咽，唯有莫娜还记得喃喃道谢，抓住姐妹俩的手腕走到柜台前。

幸运的是，老板娘卡门·巴拉尼亚诺迅速伸出援救之手：她是另一位来自塞斯陶的巴斯克人，身穿白大褂，指甲涂成深红色，年近花甲。

"快进来。"她拉开帘子语气坚定地说。

她把她们带入商店内间，里面堆满箱子、麻袋和装着货物的架子。有各种咸甜食物，从杏仁牛轧糖到塞满腌渍橄榄的巨大玻璃罐；还有贝雷帽和吉他、帆布鞋、响板、海鲜饭、红酒皮囊。谁也想不到这是在曼哈顿，距哈德逊河一步之遥，离联合广场寥寥街区。还有几把粗重的木椅子，有两个台阶，用于爬到更高的货架上，她让她们坐在上面。三姐妹乖乖落座。

对话中越来越稀松平常的先是几句吊唁的话和对父亲的赞美。埃米利奥是个伟大的人，勤勤恳恳，总是那么热情……唉，同样的话她们上午已经颠过来倒过去听了无数遍。直到突然有些不一样的内容击中了她们。

"至于他在这里赊的账，你们暂时不用担心。"

三个人不动声色，但是那些话像一口袋青菜劈头盖脸砸下来。"莫奈奥之家"的老板娘刚刚证实了她们的预感：她们不仅要战胜失去亲人的痛苦和未来的不确定，还要面对父亲留在身后的债务。尚未偿还的船票、拖欠的租金、被强加的奢华葬礼……巨大的焦虑感令她们五脏六腑隐隐作痛，一时间词穷了。

"我想你们在找工作吧。"她继续道。

她们愈加困惑，因为上午未过半已经第三次听到那个建议。和前两次一样，她们不敢回应，谁也不敢坦承自己并不知道未来的道路何去何从；她们意志消沉，如同仓库天花板上悬挂的鳕鱼干那般无力回应。

"我这里不缺人，如果这一切发生在圣诞节，也许……"她咂了下舌头，想淡化刚刚不甚妥当的表述，"但是我先问你们一声。时不时有朋友来找我要人，所以我想到刚好今天下午上西区一栋非常非常非常豪华的房子在招工。"

她们看着她，一头雾水。

"有人跟我订招待会的餐食，他们需要三个西班牙女孩作为服务生，按小时付费，"她接着说，"我本来已经答应了实习的女孩路易莎和'艺术'照相馆摄影师佩雷斯的两个侄女，但突然其中一个跑来跟我说她因为什么家事必须要去纽瓦克。这样就有一个空缺；事实上我正打算告诉纳瓦拉的卡米拉，因为她有一个女儿……既然你们正好在这儿，就随便你们谁愿意吧。报酬不错，交通费另算。负责组织的达米阿娜女士非常可靠，更别说侯爵夫人了，那真是一位令人尊敬的女士……"

这次没有退路了，她们不可能拒绝。莫娜总是反应最快的那个，主动跳出来。

"算上我吧，如果您觉得可以的话。"

老板娘抿嘴含笑，仿佛对于过往的一切感到释然，原谅了她们在父亲离世前的坏脾气、她们时不时路过商店时的臭脸、尖刻的言辞。

"三点半到这儿集合。"

她啪地拍了下大腿敲定此事，从长凳上起身，她们纷纷效仿。走出储藏间之前，她递给三姐妹三块"埃尔戈里亚加"牌巧克力，想上前捏她们的脸颊。预感到她的意图后，三人连忙往后退。

再次走回街上时已近晌午，露丝最先提出盘旋在三人脑海里的同一个问题。

"为什么所有人都觉得我们要留下来？"

8

殡仪馆是最后一站，她们预见到那将是最令人沮丧的拜访，故而把它留在上午接近尾声的时候。而且它会是最麻烦的：有人告诉她们，父亲所属的西班牙慈善协会国民联合会将为会员支付葬礼的基本费用，但就她们前一天所见，仪式过于浮夸，远远超支。

"棺材像是部长用的。"露丝咕哝着。

"金色的底座，"维多利亚补充说，"还有那些蜡烛和装饰，以及以我们名义买的花圈，插了那么多枝康乃馨。"

"还有车，那些载我们的汽车……"

姑娘们不知道当时是谁负责张罗一切：要么是某个想帮她们应付痛苦时分的邻居，也有可能是从樱桃街专程来跟父亲道别的老同事。尽管一无所知，她们非常清楚总花费不是一笔小数目。

她们手挽手地沿着第十四街南侧的人行道走，排成一横列，全然不在乎撞到别人，行人不得不躲避她们形成的路障。穿到另一边就到"船长"了。她们如鲠在喉，谁也不愿意从门前走过。

埃尔南德斯殡仪馆其实就在对面，与阿斯图里亚斯中心相邻。她们小心翼翼地推开门，蹑手蹑脚，胃拧成一团，仿佛穿过一条隧道，一走进店内就立即被寂静的空气、幽暗的光线和诡异的气味所包围，消毒水中掺杂着悲伤。

过了几秒钟身体渐渐适应环境，周围有几个带底座的雪花石膏花瓶。墙壁上悬挂着摆放蜡烛和十字架的架子，地砖闪闪发光。维多利亚下意识地靠向莫娜，莫娜紧紧抓住露丝：她们本能地需要亲近彼此的身体，仿佛肌肤接触能够帮助她们抵御当下阴郁的气氛，直至听到了脚步声。

从走廊尽头帘子后面闪身出来的男孩手里拿着一块脏抹布，可能是听到有人进来的时候，他正在打扫卫生。看到她们紧紧抱成一团像个三头菠萝，他惊得目瞪口呆，抹布掉落在脚边。三姐妹平日伶牙俐齿，此刻也不知该说什么。

他双目凸出，一头棕色卷发，裤脚很短，一对纤细的脚踝裸露在空气中。她们认识他的脸，过去她们厌倦了在街区里撞见他，那频率就像是她们的另一个邻居。

"她……她……她们来了！"

很快，一位酷似那个男孩却年长他二十五岁左右的先生现身了，脖子上系着领带，发量略显稀疏。虽然她们印象模糊，但记得他们俩都在现场安排棺材进入公寓，在一块木板上铺了一大块黑色天鹅绒，将棺材落在上面，摆放康乃馨花圈，点燃蜡烛，把少数几把椅子靠在墙边。

"我们来……来处理那……那个……"

维多利亚鼓足勇气组织语言，但老板打断了她。

"我是菲德尔·埃尔南德斯，来自波多黎各庞塞。一直为社区效力。"

他声音低沉，带着加勒比口音——与她们握手。

"请随我来办公室。"

他为姑娘们指引隔壁的房间，用锐利的目光扫了一眼儿子。该干吗干吗去，眼神暗含这个意思。但男孩纹丝未动，也许完全没有领会父亲的指示，还沉醉于刚刚走进来的姑娘们姣好的面容，她们出现在死气沉沉的店铺里也点亮了他这一天的心情，因为在那种地方根本不可能开心。

"请坐，姑娘们；把这儿当成自己家。"

她们拘谨地听从安排，在桌子对面的一排椅子上落座，端坐在边缘，内心对他的宽和充满不解和警惕。

"请代我向你们的母亲传达我最深切的问候，"男人在办公桌另一侧坐下，继续道，"本来我当时想亲自表示悼念，但我理解夫人肯定十分忧伤，不便打扰。"

他继续长篇大论地讲述生与死，留下来的人和离开的人；那肯定是他对所有来付账的死者家属的开篇之辞。她们听他侃侃而谈，后背挺直，双手放在膝盖上，手指交叉，仿佛犯下了十恶不赦的罪行，在等待宣判。

"我相信整个葬礼都是按照他的喜好布置的，"他接着说，"我们总是力图……"

莫娜忍无可忍，终于决定抓住这头疯牛的角。任凭这段废话结束与否，结果都是一样恐怖。

"多少钱？"

埃尔南德斯蹙紧眉头。

"什么？"

阿莱纳斯家老二快速重新整理语言，像把剃刀一样迅速问道："我们一共欠您多少钱，偿还条件是什么？"

当埃尔南德斯听明白问题后，脸上展开父亲般骄傲的笑容。

"孩子们，我很高兴地告诉你们所有费用都已经付清了。"

被石头砸中的猫咪都不会像她们三个人跳得那么激动。

"您说什么……？"

"但是，您疯了吗？！"

"可……怎……怎……怎么……可是怎么会……？"

于是这个男人静静地翻开一个皮质文件夹，取出一张纸，缓缓将它滑过抛光的桌子。她们像被弹簧驱动般探出身体和脑袋。

那是一张发票，还好是用西班牙语书写的。左侧清单简洁罗列了所有服务明细。右侧对应列显示过百美金的总费用，令她们倒抽一口凉气。发票底部总价旁边盖着红章。清晰，明了，用大写字母书写；尽管是英文却毫无疑义：PAID IN FULL。已结清。全部。结清。

三姐妹十分不解，七嘴八舌，疑问充满整个房间：是谁？怎么会？什么时候？为什么？

"这里写得很清楚。"埃尔南德斯用小指甲在发票上划了一道线解释道。

西班牙跨大西洋邮轮公司。纽约办事处。因为她们都没有很好的阅读修养，所以反应很慢，但最后总算看明白了。

"你们的父亲，埃米利奥先生每月支付给国民联合会的费用中包含基本的丧葬保险；然而如您所见，昨天葬礼的各种细节远远超出你们这种境况下能够承受的最基本的服务类别。我们直接从第三级安葬跳到了最高品质的超 A 级。"

一连串的问题如机关枪般再次响起：为什么？怎么会？什么时候？是谁？

"航运公司的代理今天一早就来付清了全部费用。"老板不想再压抑自己难以掩饰的骄傲语气。做了那么多年生意，他很难得接待一位连接纽约和西班牙港口以及若干美国港口的蒸汽轮船公司负责人。整个西班牙裔群体都梦寐以求的邮轮上不仅装载着乘客、货物，还有新闻和欲望。

"但……但……但是……"

她们还是语无伦次，而葬礼主角的女儿们越是显得不安和迷惑，殡仪馆老板看上去越是窃喜。

"如果是普通的葬礼，我们会把他安葬在一个集体墓园，名字刻在一列不幸同胞的名单后面，没有任何美学设计，而你们也只能乘坐邻居的车陪着棺材。但你们还记得葬礼中的待遇和附加环节是非常不同的，你们可以看看发票包含一块尚未刻字的优质大理石墓碑；需要你们告诉我逝者的信息，挑选点缀。"

她们完全不明白"点缀"是什么意思，也想象不到老板提及"逝者"时指的是她们已入土的父亲。她们仅仅期待他再次确认所有费用都已经付清，就准备飞也似的跑走，想着赶紧离开那个气味令她们昏厥的地方，不要再见到那个身材臃肿眼睛凸出的男人。逃跑。

"非常感谢您帮我们打理一切，先生，"质朴的露丝终于开口，"如……如果哪天我们能为您做些什么，如果您想来我们家吃饭的话，我们很高兴邀请您……"

桌子底下莫娜偷偷踹了她一脚，话音戛然而止。住口，傻瓜，她想说，我们先搞搞清楚，现在别那么客气。她这样想并非因为不信任，殡仪馆当然不会恶意欺骗，但她们不习惯被尊重和重视，眼前的情形令她们一时无法接受。然而也许是时候放下疑虑，她想，或许露丝是对的，应该谦逊地邀请埃尔南德斯以感谢他的善意。

"随时欢迎您来我们家，"她打破沉默硬挤出一丝微笑补充说，"随便哪天您方便的时候。"

她们随意挑选后带着丧葬装饰目录册向波多黎各老板告辞，离开时压抑着内心的混乱和兴奋。

老板儿子从商店昏暗的内间痴痴地盯着她们，嘴巴半张，手里抓着肮脏的抹布。

9

她们加快脚步，互相抢话，一边指手画脚一边大声说着自己的猜测和想法。她们全神专注地走着，心无旁骛，根本没有察觉沿途不时抛来的眼神和议论。那是可怜的埃米利奥·阿莱纳斯的姑娘们，多可惜啊。快看，船长的女儿们，可怜的孩子们。

来到公寓楼，三姐妹一拥而入，一次能跨上两级台阶；爬到最后一段时看到雷梅迪奥斯正在楼梯平台焦急地等着她们，双手紧紧握住栏杆，身后公寓门敞开。

"妈妈！您不知道刚才发生了什么！"

"嘘——！"

她看起来很激动，很紧张；她用力挥手让她们进屋，不停示意她们收声。她们迫不及待地想把早上的爆炸新闻告诉母亲；还有别的——洗衣店、"莫奈奥之家"希望聘用她们，莫娜刚接受了一份工作——她们都快记不清了。葬礼费用已经结清，包括灵车和墓碑……这对她们而言是唯一重要的事。

"您绝不会相信我们的话！"

"你们住口！"

"我们说完您会大吃一惊的，妈妈！"

看到女儿们完全不受控，她不由自主地拍打她们，让她们赶紧闭嘴。

"刚才有人来过。"她终于用低沉的声音说道。

四个人站在走廊中央，堵住通道。四周一片暗淡，晌午的阳光从未照射过那里。母亲推搡她们进入厨房，神情哀伤地指了指餐桌。桌面上一丝不苟地排列着四个信封和两张名片。

"葬礼的费用已经付掉了——如果你们想告诉我的重大消息是那个的话，你们可以省省了，我已经知道了，但这不是唯一的新鲜事。"

她迫切地吸气，只好不容易吐出一口气来。

"我们得到些甜头。四张船票……"她声音激动得发抖，她深吸一口气凝聚力量，以便一股脑说完，"四张一等舱船票。回去的票。"

姑娘们兴奋的尖叫声震撼四壁。接着她们互相拥抱，蹦蹦跳跳，疯狂地跺脚，莫娜哈哈大笑，露丝抓住母亲的双颊用力亲吻。

喧闹声穿透形同虚设的窗户，传入后院和楼梯间；对于这场本应笼罩在悼念和苦涩的家庭中爆发出来的狂欢，邻居们肯定感到十分费解；米拉格罗斯太太马上就会用扫帚柄死命敲打屋顶。没人会知道她们面前粗陋的厨房餐桌上摆着的精致信封里，装着她们喜出望外的理由。

姑娘们可能在路上与他们擦肩而过却不得而知，也有可能当她们在伊利格瑞洗衣店或者和卡门夫人在"莫奈奥之家"仓库里交谈时他们登门拜访。而事实是早上某个时间，两位先生走进大门，走上四楼，十分客气地咚咚咚敲门，雷梅迪奥斯被吓到了，耽误许久才应门。一位系着条纹领带，身穿灰色西服，另一位则身着制服：海军蓝色双排扣外套，肩章和袖口绣着金色麦穗，手中抓着大檐帽。两人都四十来岁，两鬓风霜，举止端正得体。

便衣先开口。

"首先，女士，我们对于您的哀痛深表同情。不介意的话，请允许我介绍自己。我叫圣地亚哥·莱莫斯，是西班牙跨太平洋邮轮公司驻纽约代理兼最高负责人。"

雷梅迪奥斯依然像只受惊的兔子，挂着门闩，透过链条撑开的缝隙打量两位男士的半身。

"我身边这位是恩里克·阿纳尔多斯先生，马尔克斯·德·克米亚斯号汽轮的船长，"来访者继续介绍，"这艘船的货物坠落造成您丈夫不幸死亡。"

穿制服的男士肃穆地颔首示意，恍如行军礼。

双方陷入沉默：访客仍在等待对方的反应，而她却无法克服内心的困惑。莱莫斯透过门缝递入一张名片，不多会儿阿纳尔多斯也效法他递出自己的名片。雷梅迪奥斯仔细端详良久。事实上，她不识字，无法处理一串串难以理解的文字。但是长方形的小纸片至少证明他们身份体面。或者她宁愿那样想。

她终于鼓足勇气慢慢取下保险栓，一言不发，慢慢后退几步让他们走进狭窄的公寓。她不知道该把他们带到哪里。里屋还有守夜残留的痕迹和露丝睡觉的折叠床，早上她完全不在状态，没有打扫。对于那种衣着言行得体、衣服上钉着商船海员金锚纽扣和知名大公司行政长官袖口的男士们来说，厨房似乎也不合适。家里就剩下不堪示人的卫生间和两间逼仄的卧室。

雷梅迪奥斯还踌躇迟疑时，来访者正努力掩饰自己的不适感，周围四壁凋零，眼前这个骨瘦如柴的黑发女人以前必定貌美，现

在也仍然年轻，但岁月不曾善待她。未至四十三岁，雷梅迪奥斯
的容貌已无可抑制地衰败，因为在南方强烈阳光下经年曝晒，生
活穷困潦倒且心灰意冷；苦苦期盼的男婴小海苏斯不幸夭折的痛
苦仍然像一把匕首直刺她的灵魂；此外还有从长期营养不良、孤
苦无依的先辈那里遗传来的基因。

见那女人无法把他们带到别的地方，只能拥挤地站在狭窄的
玄关处，头顶挂着家里唯一的装饰——光线昏黄的灯泡，莱莫斯
清清嗓子，微微调整领带，开口道：

"是这样，女士……"

接着是一段独白，他提到这次的事故太过偶然，实属不幸，
一方面由于埃米利奥·阿莱纳斯鲁莽轻率，另一方面由于公司疏
忽大意，缺乏责任心……

海员缄口不言，雷梅迪奥斯一个字也听不明白：太多抽象的
概念，太多强烈的字眼。直到那男人把手伸入外套内侧的口袋，
他高深莫测的措辞开始变得更加清晰明了。遗孀终于有点明白眼
前这一切的意义。

"跨太平洋邮轮公司，"莱莫斯肃穆地宣布，"出于最大的诚
意赔偿死者及家属，昨天安排了最体面的丧葬仪式，今天付清全
部费用，但不仅如此。现在，如果您允许，公司慷慨赔偿每位家
庭成员两百美元抚恤金，以支付您丈夫不幸离世产生的其他费用，
以及四张船票……"

至此，雷梅迪奥斯的不愉快荡然无存：她放声大哭，看起来
痛彻心扉，令人心碎，莱莫斯不得不降低音量直至自己的声音被
吞没。

啊，埃米利奥，埃米利奥，埃米利奥，她一遍遍呢喃亡夫的名字，泪流不止，不断撩起围裙擦拭。邮轮公司代理和马尔克斯·德·克米亚斯号船长深感羞愧，垂下头紧紧盯着自己的鞋尖，好像能在那里找到魔法配方，让时间飞速流逝，让自己尽快从那个忧伤的公寓脱身，逃离那个悲恸的寡妇。

10

各种大惊小怪、拉拉扯扯后，雷梅迪奥斯总算让女儿们降低音量。大家终于在厨房的凳子上坐定，眼睛放光，脸颊发烫，仍然七嘴八舌地互相抢话，努力拼凑零碎的信息，直到认清眼前的局面。

两位先生的话肯定是有道理的。那是一场不幸的事故：父亲走到他不该出现的地方，混入轮船和码头工人中，去找那八字都没一撇的该死的橄榄油。心不在焉，一意孤行，不合时宜。幸运的是她们遇到了一家慷慨体面的公司和两位通情达理的绅士，凡此种种却依然对她们表示极大的同情。感谢上帝。

跨大西洋邮轮公司、代理莱莫斯和船长阿纳尔多斯瞬即成为纽约的神圣三位一体。圣父、圣子和圣灵以其无限的善良和荣耀的宽宏为她们送来豪华舱船票和一沓崭新挺括的钞票，每张五十美元，用手指弹动会发出清脆的声音。她们这辈子从未见过那么多钱，已经迫不及待地计划盘算，有些或多或少还算明智，有些则真的是胡思乱想。

"我们首先要把船票钱付给森德拉，你们父亲还拖欠着拉瓦伦西亚娜。"雷梅迪奥斯提出理性的建议。

维多利亚用力地把几张钞票拍在桌子上。

"就这点钱？"她豪迈地说。妹妹们哈哈大笑认同附和。

"还得看看我们欠'莫奈奥之家'多少钱。"露丝说着又在上面拍了几张钞票，掌心发出清脆的声音。

"再去掉公寓和'船长'拖欠的租金。"

她们在欢笑嬉闹中继续整理统计拖欠的外债和结余的现金。刨除所有经济债务后，她们一时陷入沉默。几百元美金像纸牌游戏结束时那样七零八落地散在桌面上。

莫娜低声细语打破僵局。

"我们把钱还清后就赶紧从这儿离开吧。"

说着她抓起莱莫斯夹在现金里的一张传单，上面写着发往西班牙的汽船出发日期。

"最近的一班船四月十七日启程。"她指着一行字说道。然后她瞥了一眼墙上的挂历，那是脏乱的厨房里唯一的装饰，家里一本书也没有，附近加尔多斯书店送的那本广告年历显得十分突兀。"我们不出三个星期就可以离开这里，要不就只能等到……"

你疯了吗？为什么我们要耽搁？我们明天一早就可以上船，又没给我们任何限制，我们在这里也不需要和谁道别，也没什么事做；我们马上就走，就是现在，真的受够了……姐妹们一片哗然抗议，她们一分钟也不想多留。

连最爱做梦的露丝也开始期待返乡之旅。

"而且我们乘坐的是头等舱……"

她们脑海中突然浮现乘坐马努埃尔·阿尔努斯号来到美国的

场景，与她们同行来到纽约的其他乘客也许还流连在这座城市的街头，也许已经沿着漫长的铁路在幅员辽阔的美国境内辗转。去往西弗吉尼亚州的矿山和熔炉采矿，在爱达荷州和内华达州的大草原放牧，在佛蒙特州的花岗岩采石场开凿石头，在俄亥俄州的大型钢铁厂或者加利福尼亚州水果包装生产线上工作，天晓得他们在哪里。她们也不会忘记那些继续旅程前往哈瓦那或贝拉克鲁斯寻找未来的人们，四个人挤在上百名乘客中间，蜷缩在甲板间四张狭窄双层床里，那景象历历在目；长时间暴露户外，刺耳的噪音，呕吐，泪水，时不时就情绪爆发，抗议自己被迫登上那可憎旅程的晦暗命运。

"头等舱。"她再次强调。

她们回想起一天下午逃离母亲的唉声叹气，绕过里里外外的锅炉工，大胆地穿过禁区，豁然于眼前的现实与自己所处的闭塞环境形成了残忍的对比：那些被财富魔杖碰触的人们命中注定拥有的一切与她们这等饿殍之辈毫不相干。走廊里摆放着石榴红色皮革包面扶手椅，装饰着瓷砖踢脚板，石砌壁炉，奢华的铁艺楼梯，绚丽多彩的餐厅天花板。

"还记得我们偷偷溜进舞厅吗？"维多利亚问。

三姐妹再次报以哈哈大笑。

"还有弹钢琴的那个家伙。你们记得那个弹钢琴的小胡子吗？"

维多利亚把拇指放在唇上假扮胡子，皱起眉头，逗得她们捧腹大笑。她们记忆中的那个地方其实是一家装饰华丽的音乐厅，优雅的旅客们聆听一位胡须上翘身形矮壮的钢琴家技艺平平地演奏华金·图里纳的《吉卜赛舞曲》。她们混了进去，被困在另一个世界中，她们太久没有听过音乐旋律，非常非常非常厌恶周围的一切，然而身不由己：虽然并不愿意却情不自禁地在角落里恣意舞动，通过身体的律动传递出马拉加街头的新鲜气息，释放积压在体内的所有愤怒，她们互相击掌，甩动长发，极度优雅地摇摆胯部，起初三人步调一致，后来姐姐们把舞台让给最耀眼夺目的露丝，为她喝彩。

"他们什么时候把我们赶走的？"

"他们什么时候差点把我们踢走的？"

在场的乘客注意到她们，有些人好奇惊觉地回过头，有些人站起身。他们被深深吸引，逐渐放下拘谨，慢慢靠近环绕在她们周围：那是一些嘴里叼着雪茄、胸怀宽广的男士们，而他们的妻子则一个个珠光宝气、华丽耀眼，从远处反感地向她们侧目。直到四名服务员呵斥她们离开，身后爆发一阵抗议声，一片不满的口哨声，有几位英俊潇洒的绅士渴望解开袖口取下领带，越过移民区，尾随她们来到邮轮最黑暗肮脏的角落。

那是她们地狱般漂洋过海的日子中最难忘的时光，现在她们手中握着报复的筹码：她们有充分的权利享用音乐厅，可以睡在拥有私人卫生间的卧房内而不需要和陌生人挤在狭小的双层床上，夜晚被他人的鼾声、叹息和啼哭惊扰，空气中弥漫着呕吐和排泄物的气味，她们可以安静地坐在天窗下用银质餐具共进晚餐，而不是跟那些喝着寡淡汤水的下等人挤在一张桌子上。

"你们知道我在想什么吗……"

莫娜把她们从回忆中拉回现实，姐妹们回应说：

"什么？"

她抓起散落在桌子上的钞票，捋成扇面的形状，在她们眼前晃动。

"也许我们把所有东西都带走。我们把桌椅板凳锅碗瓢勺都带上船……'船长'的所有家当。那些东西再加上这些钱，我们可以在马拉加开张做生意。"

她们像看着智者一样看着她。做生意，她刚刚说。在自己的地盘上做生意：还有比那更好的方法来支撑她们的生活吗？在乡亲中间用自己的家什，给自己供应从刚刚把鳕鱼拉上岸的渔民那里采购的海鲜，然后把沙丁鱼和凤尾鱼分开，把凤尾鱼和螃蟹分开，把螃蟹和海星分开。像银鱼之类的小鱼可以包裹面粉，在炉灶上煎炸，摆放在桌子上供路过的旅客和邻居品尝享用，可以在白色墙壁和种满天竺葵的院子里和他们用母语交流，彼此心意相同，理解言外之意和俚语笑话，耳边传来邻居的声音，身边趴着等待鱼骨和内脏的慵懒猫咪。

"在我们自己地盘上的'船长'，"露丝小声念叨着，"太好了……"

11

门铃突然响起，刺耳声音完全不同于上午代理和商船海员谨慎的敲门声。

母亲和女儿们皱起眉头：会是谁呢，她们小声嘀咕着。也许是邻居，或者是埃米利奥的熟人，刚刚得知他离世的消息，赶来致哀。以防万一，八只手慌乱地收拾战利品：信封、五十美元的大钞、没写日期的船票和船期清单。正当她们手忙脚乱地把它们藏在温暖的胸口和衣服口袋里时，门外的访客再次敲门，态度坚定。

桌面一扫而空后，维多利亚才站起身去开门。

她们听见门闩被挂上，门锁被打开，有个男人的声音，但是从里屋听不清在说什么。接着一阵沉默，似乎大姐在思考是否要开门。直到铰链发出吱嘎声，她们知道有人要进来了。

维多利亚神情慌乱地走进来，身后显露一个男人的身形。

"他是一位律师，"她声音尖细地说，"他说刚才我们收到的钱一分也不要动，包括船票在内。"

她们目瞪口呆地看着老大。

"似乎他们想用这些好处买通我们不要搞事情。应该追究责任方，谈判索……索取……"

那个词就卡在她嘴里出不来。

"索取赔偿。"那男人用非常吃力的西班牙语总结道。

接着这位不速之客绕过维多利亚，站在厨房中央。

"如果把案子交给我处理，我可以帮你们得到十倍以上的赔偿。"

他说话的口音很不一样，但努力让自己说明白。

"在下法布里西奥·马萨为您服务，夫人……"他边说边抓起雷梅迪奥斯的手，她都来不及反应。

他俯身想去亲吻，但母亲猛地把手抽回来。面对拒绝，他选择谨慎对待其他几位年轻女士，不去唐突人家。

"小姐们……"他仅仅打招呼，礼貌地点头示意。谁也没有回应。

他穿着一件双排扣人字纹外套，红色的领带结扣格外扎眼；前额很窄，脸颊宽厚，整齐梳理的黑发上了大量发蜡定型。他约莫四十岁，左手拿着一顶浅灰色毡帽，无名指上戴着一枚镶嵌石榴红色宝石的金戒指。一股浓郁的男士乳液的芳香弥漫开来，对她们而言这种香气很奇特，因为她们来自一个男性身上只有雄性荷尔蒙、烟草、酒、盐和汗水气味的世界。

没人邀请他坐下，面对眼前疑惑的目光他审慎地站在那里，与屋内杂乱的锅碗瓢盆和受潮鼓起的墙壁构成极不协调的画面。一个念头从意大利人的脑中划过，稍纵即逝：死者的女儿们都很漂亮，他暗自思忖。但是他警告自己谨慎开口，他的直觉告诉自己这几位年轻女士虽然面容姣好、身材诱人，但她们脆弱的内心可能经不起任何轻浮的言语挑逗。

"我一直都是为受害者主持正义的，诸位完全可以信任我……"

于是他开始了长达几分钟的独白，她们虽然没有完全听明白，但基本理解了大意：那个从天上掉下来的律师得知了父亲的事故，来向她们提供服务，因为他有过处理类似不幸事件的经历，为港口事故和没有保险的工人诉讼——当没有人承担责任，而公司恬不知耻地试图洗脱干系的时候。

"但他不是港口也不是轮船上的工人。"莫娜鼓足勇气率先打断他。

"的确如此，但问题是，"他大胆判断，"他是受害者，这才是最重要的。"

他历数过往在法庭上得到有利裁判的案例；他提到了诸如违

规、风险、异常、明显缺乏预防措施等概念。尽管她们还是有很多细节没有搞明白，一方面因为那人说话的方式，另一方面因为自己的无知，但有一点毫无疑问逐渐明朗：法布里西奥·马萨看上去成竹在胸。当他用长篇大论暗示赔偿、附加考虑因素和签署远远超出跨大西洋邮轮公司所提供的经济补偿协议，无论是埃米利奥·阿莱纳斯的妻子还是他的女儿们都坚信，相对于邮轮公司、代理和马尔克斯·德·克米亚斯号船长形成的神圣三位一体，眼前的这位可以说是救赎天使。

"请认真考虑。司法流程周期都不短，但赢面很大。"

他把手伸进外套的宽大衣领，从内袋里取出自己的名片。

"这里有我的地址。"他边说边把名片放在桌上，手尽量与她们保持距离。

最后他微含下颌告辞：夫人，小姐们。预见到没人打算送客，他转过身，戴上帽子离开了。

厨房里剩下令人窒息的沉默和让人头晕的男性香水的气味，直到她们听见门锁销紧，随着他下楼鞋底与台阶碰撞的声音逐渐消失。摆脱陌生人让她们感到一阵解脱，然而，她们没再像刚才那样激动，如同畜栏里的母鸡：这次没有欣喜若狂的尖叫，没有击掌，没有笑声。空气中弥漫着重重困惑，她们都想用水草旁边抽屉里的剖鱼剪刀一条条剪碎。

大家还是一言不发，莫娜率先把手伸进裙摆取出几张胡乱折叠的纸币和一只皱褶的信封，抬头是跨大西洋邮轮公司；她蹙起眉头，看了看手中的东西，愤怒地把它们扔在桌上。大家纷纷效法她，从领口、口袋和袖口掏出刚才匆忙收藏的一切：仅仅半个小时前从天而降、令她们喜出望外的"馅饼",却有可能变成一剂毒药。

在厨房凝重的空气里盘旋着一只"大鸟",那是所有人内心反复揣摩却没有大声提出来的问题。一个非常简单的问题:接不接受?

"也许做出决定前我们应该找人商量商量……"

大家因无助而感到愤怒,异口同声地回应维多利亚:

"和谁商量?你怎么会那么天真?"

她们知道自己没有可以商量的人,从未感觉现实如此悲凉。她们是在一座巨大城市中孤苦飘零的四个幸存者,而如今的现实是:几位穿着光鲜、思想坚定的男士向四个愚昧无知的可怜女人提出诱人的建议,但她们完全搞不清楚那些人的经营状况。她们对生活一无所知、缺乏经验,很难辨别跨大西洋邮轮公司那两位戴着袖扣和金色燕尾肩标的先生们向她们伸出了真诚的手,抑或是试图趁她们还未来得及提出质疑先遣返她们。与此同时,她们自己也无法预判手戴金戒指、气味浓郁、外套挺括的律师到底有多少能力帮她们争取到真正属于她们的补偿,还是最终会化作一阵青烟,弃她们于不顾,令她们更加深陷泥潭,连回家的船票和美金全部都搭进去。

她们又将变回那四个在大都会里独自面对未知将来的可怜女人,迷失在陌生人群中,没有明确的计划,不记得该如何随性起舞。刚才仿佛已经照进厨房的地中海曙光逐渐变得迷蒙,直至破灭,再次将她们抛到赤裸黑暗的现实面前,孤独而困惑。

12

门铃声将她们从大反转的剧情中拉回现实：几个小时内第三次响起，过去几个月里从未有人来敲过门。母亲紧张地默默祷告，三姐妹屏住呼吸。不一会儿，维多利亚再次站起身，轻手轻脚地走过去开门。

大家总算松了口气，并非又有不速之客来提出扰乱人心的建议，只不过是"莫奈奥之家"的年轻伙计。

"卡门夫人正在等其中一位小姐；约好三点半在店里碰头，现在已经四点了，其他的姑娘都到齐了。"

一阵咒骂和懊恼后，她们七嘴八舌向母亲解释为什么杂货铺的老板娘需要一位姑娘。

"今天下午需要一个用人、服务员什么的……"莫娜像离弦的箭一样冲出去，而维多利亚和露丝则你一言我一语。

莫娜飞也似的跑下楼后，她的离席令气氛变得十分诡异。自从她们来到纽约还从未分开过：她们固执地排斥所有人和事，形成紧密的小团体，共同对抗那种被迫接受的新生活。然而现在，在最混乱的时刻，她们却第一次分头行动了。

在附近"莫奈奥之家"商店内间，卡门夫人正皱着眉头等待：她身边站着两个女孩和一位从头黑到脚的成熟女士，她的长裙几乎拖到地上，眼窝深陷，泛出浓重的黑眼圈，鸟一样的五官明显露出不悦的神色。达米阿娜夫人，她听见老板娘这样称呼那位女士。

莫娜刚一走进去，陌生的女人没有问候她，而是发号施令道：

"来，把手伸出来。"

她没有反应，不确定自己是否听明白了。

"我说手，把手伸出来给我看看。"她十分恼怒地重复道。

莫娜摇摆犹疑，慢慢伸出手。那女人一把抓过去翻来覆去检查，指甲、手掌甚至指缝。

"牙。"她继续要求。

莫娜还是一头雾水，用力地撑开双唇露出整副牙齿，她就像在牲畜市场选购母马似的仔细查看。接着抓起她的下巴左右晃动，在脖子和耳后寻找瑕疵。当她松开藤蔓一样握紧的手指时又发出指令。

"把胳膊抬起来。"

莫娜愈加慌乱，双臂在两侧慢慢打开举起。那女人低下头把鼻子深入她的腋窝嗅探。没有闻到什么异味，还算差强人意，她紧接着递过来一件深色衣服。

"穿上，快。"

莫娜心中的怒火快要溢出来了，但她强忍愤怒，动手解开旧羊毛外套的纽扣。老板娘看到那妇人军事化的检查感到有些尴尬，指了指角落：一摞纸箱后面形成的小隔间提供最低限度的隐私。不一会儿莫娜换好黑领白袖口的制服走出来。衣服在她身上略显宽松，刻薄的老女人递过来一条蕾丝，让她把小围裙紧紧系在腰间，补充道：

"你得把那一头杂毛收拾收拾。"

卡门夫人询问其他几个姑娘：

"你们谁也没在英卡娜理发店帮过忙吗？"

"婢女。"其中一个姑娘腼腆地说。

年轻的女孩身材矮小敦实，面如银盘，一头亚麻色卷发；莫娜认得她的脸，她们无数次在街上或者附近的商店里擦肩而过。但她叫不出名字；另一个即将共事的女孩也是如此，她块头很大，下巴外翘，静静地在角落里等候。

"你帮她把头发盘起来……"巴斯克女人从柜子里拿出梳子和一把铁丝发夹。

那个达米阿娜夫人要求她坐在一只小凳上，胖乎乎的姑娘站在她背后，把手指插入她从早上就没有梳理过的头发。乌黑有光泽的卷发挂在肩头，没有现代感的造型，也没有同龄女孩的利落。头发被梳子剐蹭拉扯，她咬住嘴唇怕自己叫出声，那女孩已经开始往她头上插发夹。莫娜强忍住没有跳起来破口大骂然后愤然离场。让你老妈来给你梳头吧，恶心的老太婆，她大可以用自己南方街头混混的方式"回敬"她。

幸好那姑娘手脚很利索，没几分钟就怯怯地说好了。莫娜正准备站起来，老女人的手指像鱼叉似的掐住她的肩膀。等等，她含混地说。

"头罩。"她边说边递给临时理发师一块白布，"给她戴上。"

一辆豪华汽车正在路边等着她们；周围一群孩子绕来绕去欣赏轮辋和车头大灯，闪闪发光的挡泥板和漆黑的车身，他们想伸头一探究竟却无可奈何。身穿制服的司机喝止他们，不出意外他也是西班牙人，有着一头灰发。

看见她们从杂货店走出来，司机立马打开车门：达米阿娜夫人坐在副驾驶的位子上，姑娘们挤在后排。莫娜最后一个上车，司机恬不知耻地紧紧盯着她的臀部直到她落座，又色眯眯地扫了一眼小姑娘们，然后坐到方向盘前。车内散发精致皮革、蜡和一种陌生气味，莫娜也不知道是什么物质。后排鸦雀无声，车沿着第八大道朝上西区驶去，她透过玻璃盯着窗外，心中充满了忧愁。

自从气急败坏地在东河码头上岸以来，这是埃米利奥·阿莱纳斯家的二女儿初次离开姐妹，只身前往另一个富贵繁华的纽约历险。

13

她们被领进一间厨房，结构与阿莱纳斯家的厨房相似，但宽敞华丽，堪比鲸鱼遇见凤尾鱼：第十四街的公寓狭窄紧凑，逼仄昏暗，而这里高大开阔，大理石地面完美无瑕，墙壁上装饰着珐琅瓷砖。

就像在"莫奈奥之家"检查莫娜的每一寸身体，从体味检查到智齿那样，女管家达米阿娜夫人用同样犀利的目光事无巨细地打理富丽大厦十七层的府邸：玻璃器皿务必一尘不染，端上去的开胃菜摆盘不差毫厘，冰块切割精确，纸巾边角折叠整齐。

她让姑娘们在厨房旁边的办公室等着，不许出去。直到总管——一位高个男士——探头示意达米阿娜夫人。作为回应，她鼓起胸腔深吸一口气，刺耳的声音冲出鼻腔：走吧。

老主妇在前面带路，姑娘们按身形排列紧随其后。走在最前面的是给莫娜梳头的女孩，名叫梅塞德斯：她来自加利西亚小镇萨达，和叔父婶婶住在一起，希望攒下每一分钱，最后回到家乡加利西亚开一家自己的理发店。队列尾部是粗壮结实的路易莎，她来自阿斯图里亚斯小镇亚内斯，而与前者正相反，由于从小就来到美国，她一点也不想回到故土，她现在每个星期有三天去学校上速记课程，尽管被父母强迫参加每个星期在阿斯图里亚斯中心的同乡会，对于家中和聚会中听到的乡愁她几乎没有任何共鸣。

莫娜走在两人中间：仿佛命中注定，她总在居中的位置。她们遵照达米阿娜夫人的指示，像蜡烛一样僵硬地靠边前行。每个人端着一只银质托盘在胸前；上面摆放着花式手拿零食、开胃菜和小点心。尽管乍一看不觉得，可实际上梅塞德斯的制服太长，路易莎快要把两侧的接缝撑裂了，莫娜用力把围裙缠绕三次，但衣服在她干巴的身体上仍极不服帖。由于衣服是专门为当晚的活动租借来的；第二天等她们离开与自己毫不相干的绚丽都市，回到日复一日的平淡生活中，就会有人将它们物归原主。

姑娘们沿着宽敞的棋盘地砖走廊前进，耳边渐渐传来低沉嘈杂的问候声和交谈声。男男女女音调不是很高，音色冷静轻松，西班牙语为主，偶有英语。走到双扇打开的玻璃门，女管家让她们等一等，接着咕哝着：

"你们三个进去；要站在挂毯前面。"

璀璨的灯光笼罩在大厅周围；落地窗外暮色渐渐降临。

莫娜瞬时为眼前的场景目眩神迷，走进去时被地毯边缘绊住，差点撞在旁边的一张台子，上面摆放着一只中式花瓶。她屏住呼吸稳住手中的托盘，脸颊一阵热浪上涌。她以为没人留意到，然而被掐住的手臂证明她错了。你最好给我机灵点，丫头，达米阿娜夫人从牙缝里挤出警告。

女主人不难认：毫无疑问是那位蓝灰色头发的女士，身着薰衣草紫色礼服，脖子上挂着三圈珍珠项链，在门口热情地迎接宾客。她是一位来自马德里的贵族，还在厨房的时候梅塞德斯就对莫娜耳语道。老女人。寡妇。她是来自拉马达的艾斯贝浪莎·卡雷拉女士，维嘉雷亚尔侯爵夫人。差不多这些内容。这十五年她在美国照料去尼加拉瓜途中突然离世的丈夫留下的房地产，鬼知道侯爵去那里做什么。高贵的女士还随行从西班牙带了一批家具和贴身用人到纽约：一丝不苟的达米阿娜夫人上得厅堂下得厨房，总管福尔亨西奥同时负责管理账目和跑腿，机械师塞弗里纳把姑娘们带到帕卡德。塞哥维亚还派来两名年轻的女佣，然而令侯爵夫人沮丧的是，几个星期前她们与来自西西里的表兄弟结婚了，被带到新泽西州，在最不合时宜的节骨眼撂挑子。

门铃再次响起，面对热火朝天的场面，女孩们肩并肩站在旁边等待下一步的指令。女管家双腿并拢，下颌扬起，后背笔直，言辞尖刻地指责她们。给我像死人一样闭紧嘴巴；我要是听见谁说话，就用手撕碎她的嘴巴。

这时总管陪同四位客人从门口走进来，他们是两对美国人和西班牙人组成的伴侣。没过几分钟，女主人也跑出去迎来一位谢顶的先生，他一路走一路道歉，像是匆忙赶来。现场有三十来位宾客，显然他们彼此认识。几乎所有人都上了年纪，一位聒噪的女士坐在轮椅上喋喋不休，高谈阔论；大厅内只有寥寥几位年轻男士和一位身着樱桃红色长裙的二十来岁的女性，她穿梭在宾客中间，游刃有余，声音有些刺耳，不时爆发出一阵大笑，还有夸张的感叹。她是侯爵夫人的女儿，梅塞德斯违逆达米阿娜夫人的命令附在莫娜的耳边轻声说。母亲称呼她奈娜，希望她嫁给一个门当户对的西班牙人。

现场各位的服装都凸显阶层，在他们身上可以感受到金钱、地位和世界。最后走进来的是一位气势十足的女士，包着蓬松的天鹅绒头巾，披着醒目的紫色斗篷。站在后面的路易莎，那个对祖国没有任何记忆的阿斯图里亚斯女服务员，冒冒失失地嘀咕：

"噢，我的天哪，那是女高音歌唱家博利，我有一次看见她在……"

嘘——！达米阿娜夫人厉声打断她。

宾客基本到齐，但是还没有上饮品，也没传开胃菜，几乎无人落座。口中的雪茄和香烟云雾蒸腾，气氛有些紧张：似乎大家还在等着谁，而且都知道那人的身份，只是尚未出现。

远处，临时招聘的女服务员尽可能不放松手臂，将托盘举在指定的高度。莫娜快饿死了：一整天进进出出，被各种新闻接连冲击，当"莫奈奥之家"的伙计来找她时，她们还没来得及吃饭呢。

与此同时，宾客们忙着寒暄客套，吞云吐雾。

"他从哈瓦那来，是吧？"

"据说那可怜的家伙一个人来的，似乎她留在那儿……"

"肯定已经离婚了……"

"他是净身出户，太惨了……"

"他可能马上回欧洲，他父母能松口气……"

"这样最好，一家团聚，也许某一天他们能再……"

"签了那玩意儿再想争取回权利太难了，但谁知道呢……"

维嘉雷亚尔侯爵夫人对于熙熙攘攘的聚会和纽约式的社交生

活从来不感兴趣：眼前的高朋满座随着夜幕降临尤其令她心烦意乱。她更喜欢严肃低调的午餐会，午后的慈善宴会或者在私家住宅内与同胞聚会，讨论大洋彼岸的见闻。但有时她不得不勉为其难。就像若干年前她在广场酒店把女儿推入社会，或者参与组织某项慈善活动。然而，总有那么几天值得她一改常规，像那天一样敞开大门迎接如此特殊的客人。毕竟，即使被褫夺了头衔他仍属贵胄，众所周知他即将再次摆脱婚姻的枷锁，这意味着他将回归钻石王老五的行列。

　　她精心挑选参加鸡尾酒会的宾客，邀请函寄出去后她甚至挨个打电话通知确认。有些人欣然接受，尤其是她这个圈子里的出于各种理由居住在纽约的西班牙上流社会人士。还有一些人对此事产生极大的好奇，其中大部分是美国人。还有些人提出保留意见：如商会代表赛基和苏比拉娜，还有西班牙出口俱乐部成员。康普鲁比和托雷斯·贝罗那分别是《媒体报》的老板和副主编，《媒体报》是纽约唯一的西班牙语报纸，而她像所有离乡背井的移民一样，无论来自什么阶层，每日必读。她并非《阿贝赛报》的忠实读者，这份报纸每月通过包裹邮寄过来：对于侯爵夫人而言，过时的新闻毫无意义，她更喜欢即时新闻。尤其是这段时间西班牙国内时局动荡，是非颠倒。因此当晚她还邀请了报纸头条记者费尔南德斯·阿里亚斯，他站在镶嵌饰面柜子前左右逢源，相谈甚欢。他总算摆脱了马克西玛·奥索里奥，那位坐在轮椅上的女人。那女人每次遇到他就会喋喋不休地要求他在社会纪实中一样评论她的教子作为卡斯特洛比耶霍博士助理的进步，这次恰逢两者皆在场，据说这位博士的职业生涯十分辉煌。

还有人不在这位女贵族的邀请名单上，即领事和其他西班牙外交官员。何必呢，她极不待见地说。他们效忠于魔鬼第二共和国，考虑到当晚宾客间盘根错节的关系，她想那些人宁愿从克莱斯勒大厦楼顶一跃而下也不会屈尊出席吧。

14

差不多八点钟了，巨大的落地窗外夜幕刚刚降临，中央公园已完全笼罩在夜色中。总管不断撤走堆满烟头的雕花烟灰缸，换上干净的。除了行动不便的女士，以及一位决定坐下、省得自己的大斗篷在地毯上蹭来蹭去的女高音歌唱家，其他人还是站在原处，三五成群地闲聊着。

谈话声窸窸窣窣，两张静止的面孔从壁炉架上俯瞰全场。那不是肖像画，而是两张镶嵌着精美银质相框的照片，略微倾斜地悬挂在墙上。左侧是一位面容瘦削的先生，额头宽阔，下巴往前倾；右侧的女士明眸善睐，金色的头发上顶着精美绝伦的宝石冠饰。女孩们站得太远，无法欣赏到两幅肖像，但是如果她们可以走近观察并绞尽脑汁，肯定能说出他们的名字。

已经八点三十分，侯爵夫人、总管和老女仆达米阿娜数次交换疑惑的目光。她们很遗憾那么早从厨房里传出开胃菜，但谁承想会耽搁这么久呢。该怎么办？他们无声地交流。再等等？还是开始上菜？

九点差十分，门铃总算响起，让宾客们猝不及防。那会儿，冰桶里的冰都开始融化，女士们全部落座，站着的男士也逐渐减少。直觉告诉他们翘首以盼的那个人终于现身了。所有人都像听见号角声一样起身，纷纷清嗓，起身时面料相互摩擦，还有人打开粉盒迅速补妆。女主人向前走了几步，站在会场中央。后面跟着她的女儿奈娜，其余宾客围绕在四周。

他高挑瘦削，发丝细软、明亮顺滑，留着一丝不苟的大背头，天蓝色的大眼睛清澈明亮。当等待已久的嘉宾终于走进大厅，给大家留下的是这样的印象。整齐修剪的细长胡须，指间夹着香烟，身着六颗纽扣的晚礼服。他约莫三十，但是挂着一根拐杖：他跛着脚走向女主人，脸上挂着笑容，丝毫没有为迟到抱歉的意思。

他丝毫不顾忌礼节，用嘴唇轻点了一下女贵族的手，亲吻她脸颊两侧；最后在她耳边打趣一番，侯爵夫人面露讪笑，同时把他带到女儿面前，她才是当晚的主角。毕竟，这才是她精心策划整场酒会的目的：为了向姗姗来迟的客人致敬，同时鉴于他将重返自由，安排奈娜和他相识。紧接着在场所有人与其寒暄，没有大惊小怪，也没有繁文缛礼。看到他轻松的态度，现场紧张的气氛有所缓和，逐渐变得热闹起来，不经意间侯爵夫人向总管使了个眼色，引发多米诺效应：他迅速向老达米阿娜打个手势，她继而向姑娘们传递指令，和所有人一样她们已经不耐烦了。她们遵照先前的指示开始在宾客间穿梭，谨小慎微地向大家提供托盘上的食物。与此同时，总管忙着添酒，调配鸡尾酒，嗡嗡的交谈声中掺杂着冰块与玻璃杯碰撞的声音，男士们端着简单利落的烈酒，女士们则举着混合果酒，还有人选择熟悉的本国风味。一杯加冰苏格兰威士忌给明星嘉宾，一杯红粉佳人给身着栀子花图案缎面礼服的女士，一杯赫雷斯白葡萄酒给坐在轮椅上的夫人。女服务员们在厨房和宴会厅之间来回往返，耳朵仅捕捉到零碎的谈话内容，只言片语而已。

新来的客人仍然是万众瞩目的焦点，他清楚地知道自己是晚会的主角，毫不费力地扮演好角色：他故意高声交谈，以便在场的每一个人都可以听见，他侃侃而谈，时不时丢个包袱，看客们报以热情大笑，略显虚伪客套。有些人称呼他殿下；有些人犹豫不决，仅称呼他先生，偶尔称呼他伯爵。你可以称呼我阿方索，亲爱的，莫娜听见他这样对那个奈娜说，此刻他手上已经端着第二杯威士忌。侯爵夫人佯装不理会年轻人之间的交谈，听见他那样要求后瞬时流露出满意的表情。

宴会进展十分顺利，所有的女士坐在沙发、绒布椅和扶手椅上舒适交谈，男士们则站在一旁，手中端着酒杯。他也站在那里，像磁铁似的吸引人们的目光和关注，讲述着似曾相识的经历：拉格兰哈的射击俱乐部，巴黎金色蜗牛餐厅的蜗牛，在哈瓦那赌场的那些夜晚，清晨漫步在洛桑莱蒙湖岸边……

他从他去过的地方谈到活动场所，从活动场所讲到人物故事，接着用手中的第三杯威士忌指指挂在壁炉上面的两幅肖像，继续滔滔不绝地细数与他们相关的过往，仿佛他们是某个传统名门望族之后。可怜的琪琪在奥地利遭遇车祸死了，贝阿特丽斯去年在罗马结婚了，埃德尔跟妹妹和妹夫佩佩·戈麦斯梅那留在了维达度……

然而，事实上他也不过是一个凡人：血液中没有任何异于常人之处，即便他竭尽全力，最终无力支撑，嘟哝一句抱歉后重重地坐入旁边的扶手椅上，伸直僵硬的左腿调整姿势，试图缓解剧烈的疼痛。

两位男士迅速走到他身旁，其他人交换着警惕的眼神，大厅中蔓延开尴尬的寂静。他们是医生，但那天他们只不过是普通的受邀嘉宾。年长的那位扶住他的肩膀询问了几句，年轻的那位蹲在他身旁。水，过一会儿前者说。莫娜此时距离他们不到三米，像根柱子立在那里，双手端着装满点心的托盘，她赶紧把托盘放在五斗橱上，跑去拿水。

没一会儿她就回来了；由于太过匆忙，水溢出杯子沿途洒落在地面上。她慌张地站在贵宾面前把杯子递过去，他甚至没有意识到第一次有仆人这样冒失地端水给他，没有杯碟也没有餐巾纸。由于过分不适，他紧闭双眼，没有注意到面前有一只干瘦、湿漉漉的柔弱小手，手中握着几乎装满水的雕花玻璃杯。

年轻的医生接过水，另一位医生正全神贯注地照顾病人。

"谢谢。"他的手指擦过莫娜的手指，低声说。

他三十岁左右，棕色的头发分明梳向一侧，光滑和善的面孔上架着一副眼镜。

"尽量喝点水。"年长的医生叮嘱他。

年轻的医生端着水，似乎没听见。

"把水递给他，奥索里奥。"他坚持道。

这时年轻人才反应过来：他被身边美丽的服务员深深吸引，有些忘乎所以，其实他一整晚都在静静地关注她。

姑娘们全情投入在工作中，背后还有达米阿娜夫人炽热的目光密切监视，莫娜和同伴们都没有搞明白是谁倒下了，直到他慢慢恢复面色，回过神来，大家总算松了一口气。梅塞德斯和路易莎远离祖国多年，莫娜在极其简陋的环境中成长，与大院的邻居混在一处，她们都是各家的女眷：那是个与报纸上充斥的政治局势和动荡毫不相干的角落。

因此她们谁也不知道，那个人自从在一九〇七年马德里皇宫的二十一声礼炮中诞生以来，就享有阿斯图里亚斯王子的尊贵身份，根据族谱序位有望成为西班牙国王，可惜第一共和国的成立和随之而来的爱情扰乱了他的运数。

因此她们也不知道，现在这位年近二十九岁的血友病患者濒临破产，生活几乎与普通人无异。

15

半小时后他起身告辞，情绪已经平复，体力也差不多恢复。已经十一点多了，大家纷纷效仿他，留在侯爵夫人府邸的人寥寥无几。即便如此，姑娘们还是及时捕捉到了最后的对话内容。

莫娜清理客人们留下的杯杯碟碟时偷听到他最近在哈瓦那入院治疗了一个多月，人们赶来为他做临终祷告，一团糟——人们继续议论——父亲在罗马，母亲在伦敦，兄弟姐妹们散落在各处……你知道吗，现在阿萨尼亚住在普拉多大道5号，就是那个他受不了被困在皇宫里逃出去定居的住所。听说他的妻子埃德尔米拉还优哉游哉地和自己的家人住在哈瓦那，总之，太令人难以置信了……

直到达米阿娜夫人吩咐她们回到厨房，她没能听见剩下的内容。

"明天我希望你们把制服还到卡门夫人的店里。"打发她们离开前她提醒道，连句谢谢也没说。

尽管极不情愿，她还是付给每个人应得的报酬：六个小时三美元。在那么华丽的环境中这个数字听上去十分可笑，然而老太太纠结很久才放手，就好像有人在撕裂她的皮肤那样痛苦。莫娜迫切地收好钞票：面对灾难性的家庭巨变，任何一粒收获都无比可贵。

她们静静地穿上外套，老女仆双臂抱在胸前目不转睛地盯着她们，生怕她们顺走银叉或盐罐。谁也没想过带走一碗一碟，但是莫娜恨透了她的猜疑，外加已经饥肠辘辘，趁她去应付总管的抱怨时，莫娜抓起一把烤面包，迅速包在纸巾里塞入口袋。恶心的老女人，她自言自语，滚吧。

她们从后门的电梯下楼：下降十七层令她们头晕目眩，齿轮咬合发出吱嘎吱嘎的声音，三个人解开围裙的系带和头罩，莫娜还扯开发髻，剧烈地摇晃脑袋，让头发像往常一样散落在肩头。这次可没有司机送她们回去；达米阿娜夫人和"莫奈奥之家"事先安排好了。一个在街区前面 115 号布斯特罗咖啡馆工作的小伙子会等着她们，他正好当值结束，顺路带她们一程；只需要支付一美元，侯爵夫人家就不用派帕卡德送她们了。

她们从大门旁几米开外的工作通道离开，走进夜色；远远看见还有客人在人行道上围成一圈。六七个人站在"富丽"大厦门前，继续围在酒会主角的身边，他身侧站着一张新面孔，似乎是他的随从，身材魁梧，发色金黄，脑袋方圆，脖颈粗壮。他们正在用西班牙人的方式互相道别，不紧不慢，分别前的交谈、祝福、客套没完没了。他们身旁排着一列汽车，有几辆已经点火启动。

梅塞德斯和路易莎东张西望，急切地寻找来接她们的男孩：达米阿娜夫人告诉他们碰头的地点在71号旁边的路口，但是那里除了路灯连个人影也看不见。两个姑娘开始破口大骂，已经大半夜了还被摆一道；她们已经精疲力竭，第二天早上跟往常一样要起个大早。莫娜置身事外，看着渐渐开始散去的人群。

汽车一辆辆开走，最后一辆是那个被称为殿下、伯爵或干脆被称呼先生的人。之所以耽搁，是因为莫娜刚才看见的那位随从——一个看上去像助理和司机的人——在帮助他上车。

就在那时突发状况。一辆车吱嘎一声停在他们身后，车门同时打开，有人脚步急促地蹿上马路：两个男人身穿大衣，一个秃头身材魁梧，另一个黄色头发身形矮小，他们站在贵宾面前，而他还没来得及坐下。

莫娜看着眼前混乱的场景，只听懂年龄较大的那个秃头的家伙对他说：

"科瓦东加！嘿，科瓦东加！"

剩下的内容听上去像英文，她实在无能为力。告诉我，科瓦东加，您为什么回到纽约？为什么您的太太留在哈瓦那？你们马上要离婚了对吗？她实在忍无可忍了对吗？

虽然听不明白那些问题，莫娜也感觉到他们在无情地骚扰客人，而他的同伴——那个帮助他坐上车的壮汉——拼尽全力去保护他，却是徒劳。不速之客中年轻的金发精瘦男子举起挂在脖子上的大家伙，瞬间车厢里释放出令人目眩的闪光。咔嚓，咔嚓，咔嚓。

一切都在电光石火之间：助理、陪同或者随便哪个人总算把那位先生扛进车里，让他稳住；紧接着又举起拳头去挡镜头，刺眼的闪光灯继续咔嚓，他的同伴手里抓着笔记本，继续嚷嚷着具有攻击性的问题：嘿，科瓦东加，回答我，您真的和父亲断绝关系了是吗？他给您的财产少得可怜对吗？您是差点失血而死吗？您打算近期在欧洲某处与母亲团聚对吗？

"莫娜——！"

震惊于眼前的吵闹，她完全没有听到背后梅塞德斯和路易莎大声叫自己；负责载她们回第十四街的面包车男孩不耐烦地冲她们按喇叭。

莫娜——！同伴们继续大喊她的名字，然而她没有听见。或者她听见了；两个年轻女孩铆足力气喊她，声音振聋发聩，她却没意识到她们在喊自己：她的全部精力都被不远处的混乱场面吸引。摄影师与侍从扭打在一起，光头记者继续用问题围攻重要人物，后者极度痛苦却无反击之力，渐渐失去平衡，手指像钩子似的拼命抓住车架，试图找到一个支撑点，防止自己倒下。但是他没有成功，被对方无情地压在身上，身体开始摇晃，脸上满是恐惧。嘿，科瓦东加，回答我是或不是，你是不是倾心于一个加勒比姑娘？另一个古巴女孩占据了你的内心，对不对？

几乎没时间思考，莫娜疾步冲到汽车前，猛地推了一把暴徒，贵宾膝盖一软差点跌倒在地，她顺势从腋下托住。他紧闭清澈而惊恐的双眼，脸上露出无限解脱的神情。他声音微弱：想说谢谢，但气若游丝。

与此同时，光头看上去十分不解；他犹豫着该抓住那姑娘捆几巴掌，教训她多管闲事，还是立即停止行动。如果无法从科瓦东加伯爵那里套出什么花边新闻，他担心那晚将空手而回，除非他的俄罗斯搭档鲍里斯为《城市谈资》拍摄到劲爆照片，他们俩都在这个杂志社工作，专门爆料上层阶级的丑闻——可宽恕和不可宽恕的罪过。即便伯爵没有表态，记者也可以用一张博人眼球的照片和些许想象力捏造出一篇差强人意的新闻。

远处，梅塞德斯和路易莎继续歇斯底里地呼唤她："莫娜——！！"卡车上的男孩等得不耐烦了，愤怒地按着喇叭，他松开手刹似乎打算弃她们而去。那天晚上他已经累得半死，不值得为了微不足道的报酬继续耗下去。但是莫娜不管不顾，扶着客人坐进车里，看到他面容扭曲地尝试正常说话，年纪轻轻行动不便，心里十分震惊。此时，记者和摄影师已经心满意足地爬上车，皇室贵宾的陪同拼尽全力也没看清楚车牌。听到骚乱声——面包车的喇叭声，女孩们的尖叫声，男人们的扭打声和光头尖锐粗鲁的嗓音——大楼里的门卫和电梯员纷纷跑出来警告。大家都围在副驾驶门口，莫娜好不容易把那尊疲惫不堪的身体安置在座位上。男人的脸像帆布一样苍白，总算能够喘口气吞咽口水，又害怕又有些欣慰：只有他自己意识到，若不是那个素昧相识的女孩在最后一刻托住他，令他没有訇然倒地，后果将不堪设想。

莫娜全神贯注于自己手头的工作，对梅塞德斯和路易莎视而不见充耳不闻，她们终于爬上卡车，依然徒劳地呼唤着她的名字："莫娜——！莫娜——！！莫娜——！！！"她们不敢丢下她一个人离开，但清楚地知道只消几脚油门她们就会错失回家的机会。要么因为同伴的荒谬固执被困在这里，要么跟耐心耗尽的男孩离开，她们倾向于后者。

正对中央公园西115号的宽阔人行道终于恢复平静。大厦的工作人员纷纷返回岗位，金发壮汉坐在方向盘后面，尊贵的客人倚靠在座位上，双目紧闭，努力慢慢调整呼吸。

大家似乎都突然忘记黑发女孩的存在，她还站在大厦和汽车中间的马路上，意识渐渐回归现实：她的同伴们已经乘坐一辆咖啡色的面包车离开，她刚刚帮助过的男人也将乘坐自己尊贵优雅的林肯消失在夜色中，而她自己，一个无知且充满困惑的普通临时工将在深夜中只身面对这座偌大的城市。

就在那时，发动机已经轰鸣，车窗玻璃缓慢落下。

"小姐……"

一只手指纤细的手伸出窗外，食指和中指夹着一张卡片。

"我对您不胜感激。这里是我的地址，希望有机会能够报答您。"

她还没有缓过神，车窗已经关上，汽车开始缓慢向前滑行，直至车尾灯变得模糊，逐渐消散在纽约街头如星光般璀璨的万家灯火中。

她不知车内坐着的那个人曾经是西班牙国王的继承者。这位皇室的长子自打出生便承袭皇室传统，被赤裸裸地摆放在银制托盘上，他是被司法和恩典部载入史册的继承人：一个美丽的金发宝宝，身上盖着一层蕾丝纱巾，被约旦河水和十二个圣名洗礼，出生没几天便被父亲强行授予皇室金色勋章和天主教伊莎贝拉大十字勋章。

莫娜盯着名片出神时，对此一无所知，内心在尴尬和好奇间徘徊；西班牙皇室离她太远，他们已经流亡海外多年，况且局势瞬息万变，她根本不知道皇室成员身份的变化，也从没听说过皇族覆灭或其他消息。她被手中的印刷卡片深深吸引，继海运公司代表和意大利律师后，这是她今天收到的第四张名片。对她而言这简直是里程碑的一天，过往许多年她从未结识过任何正式介绍自己的高端人士；在他们居住的拉特立尼达街区附近，所有人都用洗礼名、小名或几代人常用的绰号称呼彼此。乐团小胡安、瘦子露西娅娜、黑炭帕卡……

她继续呆呆地站在那里，面对漆黑一团的中央公园，眼睛盯着卡片上的文字。

　　阿方索·德·波旁－巴滕博格
　　科瓦东加伯爵

只字未提皇室或者王子身份。称谓下面仅有一个位于法国埃维昂的地址，已经用钢笔划掉。

取而代之的是一个手写备注：

　　圣莫里茨酒店
　　纽约

16

沿着第八大道一路向下，曼哈顿逐渐映入莫娜眼帘。夜晚寒意袭人，她双臂抱在胸前，身上穿着早晨洗衣店让她们留下的二手大衣，衣领立起护住颈部。这是她生命中拥有的第一件大衣；她根本想不到短短几个小时后自己会如此感激这件衣服。

隔壁楼宇的工作人员帮她指明道路，因为"富丽"大厦门卫确认那个年轻姑娘除了西班牙语无法沟通。他们叫来旁边达科塔公寓值夜班的古巴人，用相通的语言寥寥几句便解释清楚她该做什么：沿着大路直行七个街区。你想让我如何计算，亲爱的？莫娜问需要走多久时他回答。两个小时？三个？或者四个？看情况吧，姑娘，取决于你用上帝赠予你的那双美丽的腿走多快。或者你坐地铁会快很多，你只需要……

她毫不犹豫地打断他：我死也不会独自钻进那些洞穴，听说火车像蠕虫似的在城市下面穿梭。道谢和道晚安后，她裹紧身上的旧大衣大步走开。一开始路上没有几个行人，上西区的住宅区寂静空旷。很快就走到哥伦布圆环；她并不知道站在高处俯视广场的大理石雕像是克里斯托弗·哥伦布。宽阔的大道越来越热闹，建筑也越来越高大宏伟，路边遇到一群吵吵闹闹的朋友，在酒店外墙呕吐的客人，互相搂腰的情侣，开门营业的酒吧，喇叭声，高声交谈，哈哈大笑。受到周围环境的感染，莫娜不由自主放慢脚步，盯着令人惊叹的霓虹灯，东张西望：她渐渐进入汇聚剧院、宏伟的电影宫殿和大礼堂的街区；没有意识到自己正沿着百老汇行走，也不知道时代广场近在咫尺。

路过麦迪逊广场花园球场时，她并不知道每天成千上万人聚集在那里观看拳击比赛，突然肩膀被重重一击。她又吓又疼惊叫起来：由于心不在焉，她撞倒了一个雨衣口袋揣着白酒瓶跟跟跄跄跄的男人。两名年轻女子大声呵斥那男人，转而攻击莫娜。

"哎！傻瓜，你怎么走路的！你没事吧，亲爱的？没长眼啊！"她们用英语嘟囔着。

她没听明白她们嘴里嘀咕什么，只留意到她们染了一头金发，浓妆艳抹，大衣下裹着窈窕的身体。一件大衣是火红色，另一件是绿松石蓝色。她们是音乐剧舞者，刚刚完成夜间表演，饥肠辘辘，极度渴望回到皇后区的狭小公寓前吃个巨型汉堡配上一大堆炸薯条，把双脚浸入热盐水浴缸中泡一会儿，穿着居住在堪萨斯州、内布拉斯加州或肯塔基州的祖母为她们缝制的厚重法兰绒睡衣爬上床，她们从那些地方来到大城市，追求着并不确定的成功。然而，在莫娜眼中她们仿佛来自外星球的生物，自信坚定，嘴唇涂着厚厚的口红，柳叶细眉，眼皮上挂着睫毛膏，颧骨上残留高光粉。因此她怯怯地迅速转身离开。

"我很好，我很好。"她喃喃自语。继续往前走。

身后留下吸引客户的炫目广告牌，用彩灯字母宣传首映，街角的路标指示前进的方向：三十九街，三十八街，三十七街……行至三十五街时，"纽约客"赫然出现在面前，据说这是整个曼哈顿最大的酒店；接着右手边是邮政总局，左手边是宾州站，据说是人眼所及最漂亮的铁路车站。

她继续向前走啊，走啊，走啊。走出中城区进入切尔西，离家越来越近，感觉没那么冷了，刚才在老女人达米阿娜厨房里顺走的点心在口袋里挤得稀巴烂，但还是被她塞进肚里充饥。走到大剧院的位置，一辆汽车在她身边减速停稳：司机打开车窗，开始用她听不懂的话跟她搭讪。她心跳加速，加紧脚步，嘴唇发干，眼睛盯着脚尖：一、二，一、二……拔腿就跑也无济于事，她集中注意力控制自己的身体，减轻内心的恐惧感。一、二，一、二……直到那个无赖自觉无趣，嚷嚷着咒骂几句，扬长而去。

那个区域的情形截然不同：没有高楼大厦，没有霓虹灯招牌，几乎连个人影也看不见。她路过红砖砌起的简陋小楼，空荡荡的街道，荒废的空地以及裹着破布和纸箱蜷缩在墙根的流浪汉。路过寒酸的商店和理发店，当铺和咖啡馆，大门像幽灵般紧闭。两个男人抬起升降窗，从二楼对她一通嚷嚷，完全听不懂说啥；其中一个人抓住裆部猥琐地前后扭动屁股：他在意淫自己拥她入怀时的雄姿。接着他们爆发出野兽般的大笑，一口气吞完手中的啤酒，把空瓶子扔向她。幸运的是，酒瓶瞬间在远离她腿边几米的地面上炸裂成焦糖色玻璃碎片，只有几块从她的外套上弹开落在地上。

她走得精疲力竭，终于看到熟悉的环境，认识的店铺，拂晓时分显得沉寂肃穆：外墙、大门、遮阳篷、标志、橱窗。她深深地松了一口气，强忍住内心的激动没有哭出来。走到十五街，她估摸着没多远了，加快脚步跑起来。她在第十四街左转，一口气跑到公寓楼门前，手心握着钥匙一步两级跨上楼梯，总算打开房门，漆黑沉寂的狭小公寓似乎是世界上唯一能够给她平静的庇护所。

她没有吵醒母亲和姐妹们；蹑手蹑脚地在黑暗中移动，尽量不发出声音。她都没力气走进逼仄的卫生间，外套滑落在椅子上，服务员的制服还穿在身上。脱好鞋她就忙不迭地钻进折叠床的被窝里，屋里还住着维多利亚。她把身体缩成一团，紧闭双眼努力入睡。

然而事与愿违。她脑中还回荡着过去几个小时的嘈杂声和交谈声，种种场景像是被石头重击后成了碎片的镜子在眼前闪现。坏脾气的老女人达米阿娜，呼唤她名字的女孩们，摄影师的闪光灯，记者尖刻的吼叫。科瓦东加，嘿，科瓦东加！像个爷儿们一样告诉我，您的古巴妻子是否指控您有外遇？她把您赶出家门，因此您从哈瓦那搬到纽约居住了是吗？霓虹灯招牌显示歌舞厅、小剧场和热带鸡尾酒吧，她混乱的脑海里还闪现金发丰满的女人们，她们血红的双唇像是挂着两片西瓜。大脑的某个角落踉踉跄跄地走来那个撞痛她肩膀的醉汉，另一边又出现那个从车里探出头搭讪的无赖，还有一个看不清面孔的家伙猥琐地抓住裆部，放荡地大笑，接着从一座摩天大楼顶上飞身跳下。

慢慢地，慢慢地，扭曲的影像如热蜡般融化在脑海中，灯光在她疲惫不堪的脑海中逐渐熄灭，随着莫娜昏昏入睡，一切都归于平静。突然她觉得有什么东西划过脸庞，紧张地从床上一跃而起，一只手捂住脸颊，另一只手捧在胸口。

但什么也没发生。姐姐在身旁酣然入梦，破烂的管道一如既往地轰轰作响，陈旧的衣柜笼罩在脚边的阴影里。

她深吸一口气，又倒回床上，这次仰面朝天，眼睛盯着天花板。

那不过是浅层睡眠阶段大脑耍弄的伎俩。房间里根本没有纤长手指的男人，没有人用皇室名片划过她的脸颊。

17

被拉出梦乡时已经快十一点了。睡眼蒙眬的莫娜过了好一会儿才搞清楚自己在哪儿，她意识到所在之处并非生她养她的马拉加，而是大洋彼岸。她刚刚反应过来，自己早上没有在拉特立尼达街区执行妈妈佩帕每天吩咐她的差事，因为外婆几个月前已经入土。哈波内罗街小酒馆的伙计华金也没有在喷泉旁边等她，没有用乌黑的大眼睛默默地看着她，因为男孩已经被派去拉腊什服兵役。

眼前只有母亲和两个姐妹，坐在隔壁的床沿上，等她回神，而她用手肘撑着身体半卧在床上，头发像一团乱草，眼睛仍然眯缝着。

"这是什么啊？"露丝惊叫道。她拎了拎被莫娜穿着睡了一晚皱巴巴的黑色制服。

莫娜尚未从被搅乱的睡梦中完全清醒，来不及做出反应，雷梅迪奥斯打开小女儿的手：还有更要紧的事，别说这些废话，她扭过脸说，她们都长着相似的面孔。

维多利亚先开口，直奔主题：

"有很多事情你必须知道……"

还未来得及适应新的一天，莫娜就听见三个声音在耳边叽叽喳喳讲述她不在家的那段时间发生了什么。

首先是她被"莫奈奥之家"的跑腿伙计拖走后不久维多利亚和露丝做的决定。没有她的支撑，姐妹们感到很无助，和母亲一起被困在房间里面对不堪的现实，受够了她的哀叹、眼泪和恐惧，也选择离开。快走到二层楼梯转角，他们还能听见雷梅迪奥斯的谩骂声，就在这时整栋楼里她们最不愿意看见的门打开了。她们紧急刹车，维多利亚猛地收住脚步，露丝撞歪鼻子，但还是冲了下去，转角平台太短，无法装作看不见，所以她们别无选择，只好狭路相逢。又是米拉格罗斯夫人，用不满的眼神看着她们，脸上带着酸涩的责备。

性情急躁的露丝竟控制住了情绪，真是太阳打西边出来了，刚才跨大西洋邮轮公司送来船票和钞票，为她们画出充满希望的未来，令她们兴奋得尖叫蹦跳，彼时意大利律师尚未出现给她们头上泼一桶冷水，邻居还没来得及谴责她们。

"米拉格罗斯夫人，您可不可以告诉我们怎么可以走到樱桃街？"

她的声音谨慎而胆怯，比犹大的吻更虚伪，但足以暂时避开锋芒。

充满疑惑的回复随即而至：

"为什么问这个？"

"去见帕科·森德拉先生。我们有很重要的事情跟他谈。"

米拉格罗斯·科塞罗在曼哈顿居住了四十多年，尚年幼时她就离开家乡穆尔特海岸的卡马里尼亚斯，来到拉科鲁尼亚的一户好人家帮佣很多年。未满十九岁，她已经长成亭亭玉立的少女，与每个星期负责运送柴火的男孩阿玛德奥结婚，这个英俊的冒失鬼从阿根廷回来后不到两个月就偷走了她的贞操和芳心。移民时她的第一个孩子仍抱在怀中，很快她就怀上了第二只小恶魔，从一开始就有人不断提醒她——自己的家人、亲戚和朋友，包括她的雇主，每个人都反对这个错误。米拉格罗斯，你别走，让他一个人去美国，你走着瞧吧，别这么执拗，姑娘。没人相信他：大家见过他的为人，听过他的谈吐，外面还有各种传闻……她倔强得很，对别人的劝告充耳不闻，心里只有自己的男人，坚信真爱不需要更多理由。

他们来到曼哈顿，定居下来，无一事顺利。待她终于看清真相时，他已远走他乡。她早就预见到没有希望的结果：他们争执不断，某一次扭打时，他猛地推搡令她撞在窗户把手上，致使她一只眼睛失明。刚到美国的那年，某个清晨她丈夫外出谋生从此一去不返，剩下米拉格罗斯·科塞罗独自一人抚养两个孩子。

她没有出去寻找。一个年纪轻轻的移民，有两个孩子拖累，身无分文，谁也不认识，还不会说英语，如何去找别人的行踪呢？然而她心高气傲，想都没想过返回故乡去听乡里人喋喋不休：早就跟你说过，早就警告过你，早就提醒过你。她决定穿上丧服，全然不管自己究竟是不是寡妇，接着就出去谋生了。最后她像很多西班牙和意大利移民一样，在制衣街区做裁缝，辛辛苦苦把孩子抚养成人，待他们组建自己的家庭后，她本可以返回家乡享用自己的积蓄，因为所有警告过她的人都已经死了，不再有人冲她咆哮，或者让她为自己的蠢笨感到羞愧，然而"湖泊"银行突然倒闭，许多同胞的积蓄都打了水漂，她同样没有躲过厄运。她留在纽约，在家里的起居室制作纸花，然后以三美分一朵的价格卖给商店。她日盼夜盼，希望某天有人告诉她阿玛德奥的下落。万一那个浑蛋还活着，某一日年纪足以老到开始感到后悔和寂寞，突然良心发现，决定和她一起回去。

阿莱纳斯家的大姐和小妹自然对此毫不知情，酸溜溜的邻居独自返回屋内，丝毫没有邀请她们进去的意思，不一会儿又走出来，手里捏着一张油腻腻的地图。

"看看……"她边说边展开那张旧地图，竖过来靠在楼梯转角脏兮兮的墙壁上给她们看。

露丝刚刚问到的樱桃街区她再熟悉不过：她初到时孤身一人住在那里，和两个儿子睡在同一张床上，平日把他们托给邻居们，自己出去工作，他们与另一户移民家庭住同一间公寓，为生存而战。

"最简单的方法是坐巴士，走路的话太辛苦了，你们觉得呢？"

尽管她们从未计划过去任何地方，但两个人异口同声回答。走路。我们想步行去。她们对另一种方式心存恐惧：她们从未使用过任何交通工具，不知该如何付钱，在哪里下车，在哪里换乘。她们不认识路，不知道目的地，不熟悉乘车方式，甚至分不清东西南北。

"那你们得从这儿走……"

她用中指在地图上画来画去指出路线，因为经年使用针线剪刀，手指已经变形：那是在很长一段时间里她赖以生存的工具，用来与贫困和逆境斗争的武器。一边听邻居解释，维多利亚和露丝的脑中突然产生新的想法。也许把刚才为了搪塞老太太临时编的谎言变成事实并不失为一个好主意。起初她们并无意拜访拉瓦伦西亚娜的老板，只不过是为了避免争吵而编造的骗局。但是去拜访一次又如何，为什么不可以呢。

咨询父亲前雇主的意见，毕竟他是在那里打工的时候突发奇想，开设"船长"：下午莫娜不在家，那就成了阿莱纳斯姐妹俩的目标。毕竟，森德拉来吊丧的时候说过有任何需要可以去找他，而他的前雇员对他敬重有加，因为他为人正直，他在聚居区的生意也颇有声望。况且，即便起因是亏欠债务，她们与他已经有了千丝万缕的关系。最最重要的是，她们也没有别的求助对象。

上帝保佑你们，待姑娘们保证自己已经搞明白路线，邻居这样对她们说。紧接着，她又把自己封存入痛彻心扉的回忆中，这么多年，浑蛋阿玛德奥究竟怎么样了。

18

她们中间迷路六七次，走了好几遍冤枉路，跟陌生人连问带比画，搞明白后抑制不住地兴奋尖叫，维多利亚尽量保持理智谨慎，性情冲动的露丝一如既往地随性而行。终于在夜幕降临时分，她们疲惫不堪地找到位于樱桃街45号的拉瓦伦西亚娜。

森德拉对她们说了什么？整个纽约没有任何一家公司比西班牙跨太平洋邮轮公司更有诚信。没有任何运输代理比圣地亚哥·莱莫斯更真诚。在他看来，他们提供的赔偿条件相当慷慨。这座城市不适合单身女性生活，基于对前员工的欣赏和美好回忆，他建议她们返回西班牙：回到自己的世界，自己人身边。不要耽搁，即刻启程。

她们没有停留很久；大部分时间都在听老雇主的强烈建议，喝着摆在她们面前的麝香葡萄酒。看到森德拉侃侃而谈，为祖国的船运公司辩护，她们只字未提意大利律师，又何必呢。

"我们走之前，帕科先生，"维多利亚提出最后的请求，"拜托告诉我们，父亲拖欠您多少钱。"

老板走到店铺里面的办公室。她们借机好奇地打量周围的环境：货架上堆满各色商品，员工的围裙垂到膝盖下面，人们陆陆续续走进来，互相打着招呼，在雪茄盒里仔细翻找，盒中装满盖着西班牙邮戳和地址的信件，接着，有些人撕开信封，有些则神情失落，双手空空如也垂在身体两侧。有些客人在等着买一卷绳子、一双厚羊毛袜，一包剃须刀片，都是无亲无故的同乡日常需要的小东西，他们周而复始地在海上漂泊。

"三百四十美元，每张船票八十五美元。"森德拉回来时说。

两个人都觉得刚下肚的麝香酒在胃里翻腾，快要呕出来了。三百四十美元，上帝啊。一笔巨款，如果她们遵照那男人的建议接受赔偿的话可以用跨大西洋邮轮公司给的钱还清债务，或者她们最终同意将此事全权委托给意大利律师，然后将陷入无边窘境。

作为担保，他递给她们一张收据，维多利亚接过来后连忙折起来，看都不敢看一眼；然后塞进胸罩的一条肩带下面。她们没有问还款期限，她们不想逼森德拉对她们说：虽然没那么着急，但越早越好。

她们掩饰住内心的不安匆匆告别，走入下东区码头附近被夜幕笼罩的街道，布鲁克林大桥桥头下面，一切都显得比自己居住的街区更阴沉更混乱。正值晚餐时分，昏暗的街头人影幢幢：多是男性，他们形单影只或三三两两走进小旅馆和小餐馆，用西班牙语、希腊语、意大利语、葡萄牙语高声交谈，他们嘴里叼着烟互相搂着肩膀，穿着厚厚的工装外套，戴着羊毛毡帽。

两个人还没迈开脚步，森德拉又探出上半身。

"你们打算怎么回去啊，丫头？"

"走回去。"她们异口同声。

"那可不行。"

他退回店内吆喝一声。几秒钟后一个大耳朵的男孩拎着一串钥匙出现在门口。

"把两位小姐带到第十四街，然后马上回来，晚上还有活要做。"

他扔给男孩一件外套，挥手告别，然后转身进屋。

半小时后她们就回到自己熟悉的街区，深深松了口气：她们避免了长途跋涉，还从桑德拉那里得到了明智的建议。她们俩一路说个不停，看都不看一眼坐在面包车前面的大耳朵的男孩，仿佛他根本不存在。

"你觉得我们是不是该听帕科先生的话？"

"我觉得是，那样最好。"

她们已经坚信不疑，而且预见到告诉莫娜和母亲时她们也会同意。她们会还清欠款。她们会回到马拉加。她们会忘记律师。她们会忘记纽约。

她们一前一后爬上楼梯，紧紧抓住栏杆，仿佛在抓着救生索。赶紧，这个决定似乎让她们十分兴奋；她们感到很乐观，脚步敏捷，走了一步，又走一步。

"如何？"

米拉格罗斯夫人问道，听到她们回来了，她推开门。一切都好，她们随口一说；关老太太什么事，她们心想，她是不是以为刚才帮我们指路因此就可以得到我们的解释了……

"你们打算顺从了？"

姐妹俩惊呆了。

"我问你们是不是像母鸡一样满足于他们撒的面包屑了。"她做出撒玉米的手势，手伸向地面，有节奏地用拇指划过食指，"嘟，嘟，嘟，嘟……"

她们笑不出来。她也没笑。

"但您……您……您知道什么？"露丝吞吞吐吐地说。

"你们母亲告诉我了，关于邮轮和另一件事，"她毫不犹豫地回答，磨损的拇指指着屋顶，"她的哭声从厨房窗户传进来，我知道她一个人在家，就上去了。"

所以这个独眼龙什么都知道了，比我们知道得还清楚，姐妹俩想。心里暗暗咒骂母亲鲁莽的行为。

"帕科·森德拉先生说邮轮公司的补偿非常慷慨。"维多利亚豪迈地说。

这个加利西亚女人多年来被生活所迫，靠一只眼睛艰苦生活，她哑了哑舌头，面露同情把头扭向一边又扭向另一边。

"唉，姑娘们，你们太无辜太可怜了……"

姐妹俩还没来得及反应，那女人又钻回屋内，从门锁上拔出钥匙，抓起一条黑色粗羊毛头巾。她把头巾批在肩膀上，砰地一声关上门。

"把你们母亲拉出来，我们出去。是时候让你们认识她了。"

19

她们经常路过那栋外墙粉刷黄色灰泥的狭窄建筑物，离国民联合会很近。圣母玛利亚之家，门牌上写着。因为对什么都没兴趣，她们从未了解过门背后有什么。

米拉格罗斯夫人没有敲门就信心满满地走进去，走廊不深，进去后向左转，又转过身。雷梅迪奥斯和女儿们静静地跟着她，直到老邻居用力推开一扇门，眼前出现一个灯光明亮的空间。

厨房和餐厅相连的宽敞房间内有十来个女人。有些人忙着洗涮，有些人在擦拭煎锅，几个年轻人在拖地。两个虔诚教徒坐在中央长桌上，戴着白色头巾，和一个正在喂养婴孩、眼神空洞的女孩低声讲话。

加利西亚妇人出现时引起一阵骚动。哎呀天哪，米拉格罗斯，这个时间你怎么会来这里！她快速地和大家打招呼，调侃逗趣，阿莱纳斯家的女人们看到面容酸涩的邻居那陌生的一面，内心愈加困惑。

她没有解释为什么到访，大家似乎了然于心。

"利托嬷嬷在上面，"其中一位修女回答，"和平常一样潜心研究经文……"

在座无人奇怪她身后还跟着三个女人；她们跟随她从一扇门进入厨房，很快从另一扇门穿出来。

她们上楼梯的时候，她还是没有给出任何解释，沿着廊道前行。从某个房间内她们听到年轻女子七嘴八舌的声音，另一间房内传出孩子的哭泣声。沿途她们遇到一个光头女孩，头低着咕哝了一句晚上好。中间停顿几次后，米拉格罗斯夫人用指关节敲响要拜访的房间的大门。没等到里面应门，她就推门进去。

半昏半明间，屋内弥漫着烟雾，满眼的书籍和纸张：架子上，家具上，地上杂乱无章地散落一堆堆书。底部绿色水晶郁金香灯照亮的桌子后面，一个人用充满讽刺意味的惊喜姿态迎接她们。

"祝福圣母玛利亚，加利西亚妇人，你总会在最不合时宜的时间出现吗？"

两个女人放声大笑起来；接着，房间的主人起身迎接她们。她们发现两件事情。首先，那个陌生人是个典型的修女：她有着圣母玛利亚仆人的虔诚，但没有戴头巾，头发花白，参差不齐。其二，利托嬷嬷站起身后的身高与坐着时差不多。

米拉格罗斯夫人和她拥抱在一起，看上去很不协调：前者不得不弯曲身体，后者则举起双臂。松开双臂时，邻居用下巴指指她们。

"我带这些贪婪的女人来见你。"

"她们遇到了麻烦，我猜，"她用洪亮刺耳的声音回应，听上去与她娇小的身体很不协调，"好吧，你们随便坐，我的孩子们，说吧……"

三个人紧闭双唇，雷梅迪奥斯和维多利亚清理了成堆的文件后坐在靠墙的两把椅子上，露丝总算在一个小柜子找到点位置坐下。修女回到自己的位子上，加利西亚妇人站在她身后，靠在窗前的暖气片上，那里没有悬挂窗帘，窗外夜已深。

她们沉默良久：母亲和女儿们似乎都不愿意开口，不知道自己为什么会被冤家邻居拖进不清不楚的境况中，不明白她把她们带来见这个极端信教的矮胖修女出于什么目的。

面对尴尬的沉默，利托嬷嬷用野兔般的眼睛逐一审视她们，开门见山地问道：

"你们的舌头被猫吃了，还是怎样？"

米拉格罗斯夫人显得有些不耐烦。

"您请先说吧，雷梅迪奥斯。"

克服内心的疑虑，这位遗孀开始支支吾吾地讲述事情的缘由，起先有些胆怯，语气越来越笃定。随着故事进展，维多利亚和露丝也鼓足勇气插嘴：刚开始只是小声地用只言片语纠正错误或澄清一些过于极端的表述，随后信心越来越足。三人你一言我一语，总算把整件事说明白，虽然有些颠三倒四但完全属实。修女从一个皱巴巴的"好运来"烟盒中取出几支香烟；她把右手举过肩头头也不回地向后递一支烟。两个人用长长的火柴点燃香烟，呼出烟雾时眯起眼睛，偶尔将烟灰弹进半满的茶杯中或者一盆干枯的植物中，继续认真倾听。

直到她们全部讲完。

"我明白了……"她从嘴中取出香烟说。

又是一阵沉默和吞云吐雾。她无视她们继续说道：

"加利西亚人，她们现在所说的事情在我们那个时代被科拉松修女称为无法预计后果的两难选择，需要即刻采取行动。或者等同于一个爆竹，必须在爆炸前熄灭炮捻。"

两个人畅快大笑起来。

那一天对于埃米利奥·阿莱纳斯家的寡妇和女儿们都太过漫长，那是充满忧愁和各种不确定的十分艰难的一天。她们已经身心俱疲，也许缘于此，那阵笑声仿佛一桶冷水劈头盖脸地浇下来，令她们感到被深深冒犯。三人疲惫不堪地看着修女和米拉格罗斯夫人，努力压抑内心的愤怒，否则将破口大骂摔门而去。比如，能滚多远滚多远，他妈的。或者其他什么的。

20

然而，还没等这些话到嘴边，利托嬷嬷及时刹车。

"冷静，孩子们，我们不是在嘲笑你们：只不过是两个老女人一时怀念罢了。我们言归正传，看看可以怎样厘清头绪。"

她出生于臭名昭著的"五点"街区的一家妓院，在一个加那利妓女的子宫里孕育成形。这个妓女记不清是哪位顾客在某一晚花了几美分在肮脏的稻草垫上进入她的身体释放了疲惫：这就是利托嬷嬷。无名氏在女孩的基因里留下自己的印迹，矮壮结实的身材、地中海特有的外貌特征和机敏的思维。那不勒斯人、马其顿人、南部葡萄牙人、科西嘉人，也有可能是黎巴嫩人或土耳其人，天晓得是不是西班牙人。反正是身份不明的移民：十九世纪八十年代末涌入曼哈顿市中心的成千上万的灵魂之一。小家伙从母亲那里仅仅继承到康苏埃拉这个名字，利托是她从小到大的昵称：周围没有人抗拒得了康苏埃利托的甜美简称；对于喧嚣和匆忙的世界而言，她的名字太烦琐了。

她在那个充满暴力污秽的肮脏环境里生活了许多年，有的按地区分布，有的因亲密关系而聚居，这里有自由解放的黑人，因大饥荒逃难而来的爱尔兰移民，沟通困难的中国人，还有一些人来自意大利南部贫瘠之地，或来自欧洲东部的忧伤的飞地[①]，那里说意第绪语并信奉耶和华。年仅六岁，利托就开始把一桶桶水拎上位于桑树街转角公寓三楼，母女俩和十来个倍受生活折磨的女人聚居在令人窒息的狭小空间里。一对匈牙利流氓用铁腕政策控制摆布她们，逼迫她们用浑浊的水擦地洗碗，甚至清洗滑腻的毛巾、妓女的内裤和用来抵御寒冬的硬邦邦的羊毛围巾。八岁时，她已经负责刨土豆，上街采买自己认知所及的食材，准备一大锅炖菜喂饱所有房客。那时她还有一项任务，在每天六七场色情服务结束后铺平所有床单：从一大清早到下午三点甚至晚上九点左右，蜗居在屋子里的风尘女子们不分昼夜也从不休假。

刚满十一岁，她就被逼着打开双腿失去贞操：那个生下她的特内里费女人死了以后，她应不知道哪头垂涎于未成年女孩的死肥猪要求，被迫睡在母亲空出来的床铺上，一个波兰醉汉在她身上压得她差点窒息，完事后他没付钱拍拍屁股就走了。从此以后，利托就不再长高。三年后的某个晌午，她找到机会出去买消除牙龈肿痛的药，站在隔壁破旧的药店柜台前排队，撞见几个稀奇古怪的人，直击了她堕落且不信神的心灵：两个纯净天主教徒互相交谈，她们说的语言令女孩想起她失去的时光。尽管这些女人身着宗教服饰，却并非出来传教：她们很清楚在那个区域几乎没有新教区可以培养。她们只参加一些来自伊比利亚半岛或者天晓得美洲大陆哪个角落的老教友的小型聚会，他们像困在两个世界之间的可怜虫，在一边已无牵挂，在另一边也无家可归。这些修女

[①] 指隶属于某一行政区管辖但不与本区毗连的土地。

作为玛利亚仆人的代表献身慈善事业，每个月参加聚会帮助这些离乡背井的人：给他们送去酵母粉或帮他们剪指甲；给他们带去安慰，帮他们清理溃疡和褥疮，送去短暂的陪伴和一些坦帕香烟，在额头比画十字祈求上帝保佑，或者送去半条肥皂。那天早上她们正打算买几瓶鸦片酒，一个饥肠辘辘、衣衫褴褛的年轻女孩幽幽地冒出一句话，只有在那样的地方才会听到：

"你们会讲西班牙语吗，朋友？"

那时，小利托跟母亲学的语言乱七八糟，直到形成自己特有的行话，把各种语言的词汇和表达方式混杂使用。但她们即刻领会了她的意思，她用仅存的模糊记忆开始颠三倒四地交谈。当修女们听见她轻松随意地用污言秽语杂乱无章地讲述日复一日的生活时，脑中最先跳出"精神错乱"这四个字。

你跟我们来，孩子，年纪较长的修女在她耳边低语。无论如何都要救你离开这里。"孩子"这个词令利托的内心被彻底挖空。她母亲就是用金丝雀般甜美的声音这样称呼她：我的孩子，她日日夜夜都这般对她说。自从那日清晨母亲被一条毯子包裹着抬下楼后，她耳边再也没有响起这个词了。她至今也不知道那具饱受摧残的躯体被丢到了哪里。某一日暴风骤雨，她跟随一个满口谎言的水手离开自己的幸运岛，他承诺在大洋彼岸给予她爱情，结果换来的却是折磨、殴打和痛苦。因此，听到科拉松嬷嬷口中那句简单的"孩子"，一滴泪水滑过她的脸颊。

她不知道那两个女人是谁：不知道她们从哪里来，为什么衣着奇怪，打算带她去哪里，但她并没有多想。她在拥挤的商店里左顾右盼，没看见任何可疑的人，如果有人问起来没人会泄露她的行踪。她和两位身着白色长袍的修女姐妹走上街，夹在两人的白色棉裙之间。年久失修的马车等在路边。她们走三步跨上马车，四分钟后离开桑树街转角，走出五条街时她平生第一次离开"五点"街区。自此一去不回。

十四岁的年纪却只有孩童的身材，她的身体久经摧残，牙龈充满脓血。除此以外，一无所有。没有财产，也没有身份证件，除了残留的一些记忆。然而，连她自己都不知道，严苛的生活环境赋予了她一系列能力，帮助她应对未来遭遇的各种不幸和困难：能够闻到人类痛苦的灵敏嗅觉，对委屈和虐待习惯于矢口否认，长期磨炼形成的本能令她拥有毁灭性的嘲讽能力，可以保持头脑清醒。

她与第十四街的修女们住在一起，身上的粗鲁、无知和傲慢被一点点磨平消除，丰富的饮食和热牛奶令她日渐圆润，她精进了西语和英语，甚至可以用两种语言进行顺利阅读和写作，又无缘无故地对阅读充满渴求。隔壁的德罗萨医生用乙醚、钳子和外科手术仁慈地帮她清除嘴巴里的脓疱。来自附近法国医院的助产士为她检查时看到可怕的伤口和感染不停在胸前画十字，果断决定放弃女性金盏花卫生巾和茶树油洗液，立即把她送到圣文森特天主教医院，医生对她采取化疗，就像对待所有深度感染淋病的男性那样。每天服用具有侵略性的汞片并注射砷和铋，女孩被折磨得天旋地转，不知不觉中还损伤到肝脏、肾脏和骨骼。

一开始，利托还主动地做了一些决策，确定未来的方向。首先，她下定决心以后再也不允许任何一个男性接触她的身体；第二，她将一直都和女人生活在一起，不知道还有什么其他更好的方法。除了做出两个重要决定，她还明确了自己未来的道路：信教并加入玛利亚仆人的行列。没人问过她是否相信过或现在不再相信上帝。

然而，从一开始就注定了她不可能成为真正的教徒：晨祷时分她还在酣然大睡，像划船工人一样抽烟，站到启明星面前，三天两头大喊大叫。当时，她们追寻着居住在纽约的西班牙社区最有影响力成员的共同梦想，这个梦想已经有自己的名称，但是缺少足够的资本去实现：西班牙疗养院。几年来，她们通过捐赠和慈善活动筹集资金，修女们认为她们应该提前开始准备，直至看到项目最终实现。鉴于此，她们给利托提出一个建议，工欲善其事，必先利其器，做足准备，同时为社区做出贡献。你为什么不去贝尔维尤护理学院进修呢，孩子？您不是开玩笑吧，她回答，如果每天下午和晚上让我自由安排，我保证不负所望。

科拉松嬷嬷必须得到大主教海耶斯的许可，那个爱尔兰贫民后裔刚巧也出生成长在庞大的"五点"社区。未来的红衣主教应允了。埃米利奥·阿莱纳斯家的遗孀和遗孤可能不知道，利托嬷嬷多年来用铁一般的意志面对生活，最终成为第一个走进附近纽约大学教室里学习的天主教修女。

21

"所以，如果我没有理解错，我的孩子们，你们遇到了一个非常简单的困境：是想把几张钞票缝在裙子腰带上返回西班牙呢，还是接受一位素不相识的意大利人天花乱坠的提议，对吗？"

雷梅迪奥斯和女儿们频频点头。简而言之，事情就是这样。

"如果我在诸位的境况下，"矮小的修女从桌子后面继续说道，"哪个我都不同意。"

维多利亚和露丝转过身，仿佛身体被锥子刺中似的。

"可是，您何出此言呢？"

"您疯了吗，嬷嬷？我们如何能拒绝呢？"

利托嬷嬷由着她们交流意见；待她们的抱怨和惊讶抒发完毕后，她熄灭第一支烟，重新点起另一支，继续道：

"我们先说意大利人：他叫什么名字？"

母亲从口袋里取出名片，递到桌子上。

"法布里西奥·马萨。"修女把名片放在绿屏灯下面眯起眼睛仔细读。她面露哂笑，从翘起的嘴角吹出烟雾。"卑鄙小人……"

"您认识他？"

"太认识了，以我的了解，他会眼睛都不眨地吃掉你们，连骨头都不吐。"

她把名片扔回来，但谁也没接住：她们满心困惑，力有未逮。卡片从铺满纸张的桌面上飞过，落在地上，谁也不愿弯腰去捡起来。

"那家伙是马塞洛·马萨的侄子，他是帮曼哈顿意大利黑帮打官司的传奇律师；后来他中风了，现在行动不便，受到科拉松修道院的姐妹照顾。不久前那家伙还状态不错，普普通通、冲动易怒、粗野吵闹……但是他像雪貂一样聪明，思维机敏难以捉摸，能够为任何穷凶极恶之徒的残暴行径辩护，甚至在公众眼中他是比八月游行中的圣罗科还无害的可怜恶魔。"

她盯着她们，意识到对方已经听呆了。

"今天去拜访你们的侄子只不过是他的副手，跟他叔叔相比既没有锋芒也缺少手段，叔叔失去行动能力后，交由他打理的事务所也快要保不住了。这就是为什么他那么快就找上门：毫无疑问，他保留了叔叔原有的关系网，很轻松就可以找到客户，其中包括遭遇事故和不幸的无产者。哈德逊河下面的隧道挖掘现场，特里博洛大桥上，中城区的大厦工地……当然，还有码头。"

她讲述时，埃米利奥·阿莱纳斯家的女儿们和遗孀若有所思地望着她。首先也是最重要的是她正在讲述的内容。另一方面是为了静静地看她表演，她们从未听过一个女人如此雄辩和沉着。更何况眼前这个烟不离手、身材矮小的修女正帮她们一点点看清悲伤的现实。

"如果起诉的话，马萨肯定能争取到什么，"利托嬷嬷紧接着说，"但我可以预见到，他向你们收取报酬时，肯定会拿出一张巨额账单，包括杂费、佣金、无中生有的费用和天晓得什么其他费用。他虽然承诺了一块大蛋糕，最后只会扔给你们少得可怜的碎渣渣。"

空气凝固片刻。

"那跨大西洋邮轮公司呢？"维多利亚鼓足勇气低声问道，预见到未必会得到满意的答复。

利托嬷嬷又露出意味深长的笑容。

"邮轮公司代理不过想收买你们，让你们闭嘴。让你们不再有所求，仅此而已。除非避无可避，赫赫有名的航运公司都不希望有任何负面新闻。如果几天内就摆脱你们，把你们送到大西洋彼岸，所有人都可以松口气了：过河拆桥，皆大欢喜。你们听明白了吧？"

她们听明白了，清清楚楚地，不然也不会频频用力点头。但是她们仍然搞不明白她究竟想说什么。

"那您究竟想让我们做什么？"雷梅迪奥斯低声问。

修女嬷嬷总是出其不意，绕过桌子走过来。

"你们是西班牙哪里人？"

她们异口同声回答。

"那里还有什么人？"

这一次大家都没有急着回复，似乎脑子里正在盘算名单。

"有些人……"沉默片刻后维多利亚回答。

利托嬷嬷打断她的话。

"真的期盼你们回去的人？"

维多利亚讪讪地低下头，不置可否。露丝接过话头。

"这个傻瓜，"她语气嘲讽地说，狡黠地指着姐姐，"她以为有个男人在等她，但是自从我们来到这里她连一个字都没有收到，他曾经保证每星期会给她写一封信，然而……"

萨尔瓦多·贝洛卡尔是那个给埃米利奥·阿莱纳斯家大女儿快乐和渴望的名字，他是一名永远也毕不了业的法律学生，一位华而不实的马拉加律师的儿子，他在格拉纳达大学无尽的专业学习、与维多利亚的感情纠葛以及与朋友在奇尼塔斯咖啡馆通宵达旦的狂欢之间来回游走。他家里人只要想到那位年轻姑娘的存在就怒不可遏，来自贫贱街区的女孩对于决定脚踏实地大展拳脚的律师后代而言，实在微不足道。他们说，就是那个身无分文恬不知耻的狐狸精搞得他学业失败心猿意马。而萨尔瓦多向她承诺永恒不变的爱情，愿意死在石榴裙下：为了她的明眸善睐，她的倾城容貌，她的诱人胴体和沁人体香。尽管他隔三岔五想起她，但在晾了她几天后就会出现在拉特立尼达街区找她，因为浓情蜜意总会把热恋中的年轻人像冰一样融化在锅里。即便自从她离开后，他从未想起给她写过一封信。

维多利亚强忍住抽妹妹巴掌的强烈冲动，出于对修女的尊重，她紧紧咬住嘴唇。听到有人指责萨尔瓦多是个有恃无恐的骗子，她体内的血就沸腾起来，虽然她知道那毋庸置辩。然而，时间和距离并没有冲淡她的感情，她日日夜夜无一刻不想起他。

"你呢，我的孩子，谁在等你？"

利托嬷嬷现在把问题抛给露丝。

"我的朋友、邻居、熟人……"她耸起一侧肩膀振振有词地回答。

"太多熟人……"雷梅迪奥斯语带不满地嘟囔着。

"那又如何？"露丝愠怒地反问道，"您想说什么，母亲，说我不上街，整天关着门，隔着窗户看生活的流逝？"

维多利亚插进来开始反击。

"她宁愿死也不会待在家里，总是出去鬼混，哪怕最后被伤得遍体鳞伤。就好像在欧罗拉桥上弹吉他的小拉法尔，他去安特克拉之后就再也没回来，你不记得了？又或者你在小天主教协会认识的米盖尔，后来和其他女人劈腿……"

露丝提高声音酸溜溜地反驳。

"那也好过你，连一个牵挂的人都没有……"

母亲用严厉的眼神打断她的话，俯身想掐她，她机警地往后躲，母亲的手落在她头发上。修女决定中止讨论：她已经获取足够多的信息，知道该往何处引导谈话，并让两个姑娘认清现实。年长的女儿面容姣好，身材匀称，谨慎有担当，然而因为性情温柔而显得拖泥带水。年幼的女儿是另一种美，经常靠本能草率行事，冒冒失失。

"您呢，雷梅迪奥斯，有什么要补充的？"

寡妇回答前深吸一口气，痛苦的往事如鲠在喉。

"嬷嬷，自从我的宝贝儿子小海苏斯离开后我就日日魂不守舍，他是个早产儿，五个月大就夭折了。我的母亲总是把我从水深火热中解救出来，但她去年圣徒日那天也过世了，而我的丈夫被埋葬在这里的墓园经受日晒雨淋，我都没办法去为他祈祷……不要说没人在等我，回去后连个遮风避雨的屋顶都没有，我们早就被赶出大院了。"

她威严地看着两个女儿。

"我现在唯一想要的，嬷嬷，就是把两个女儿的生活拉回正轨。我生性懦弱，没有能力管教她们，她们年少气盛，又没了父亲，对上帝毫不敬畏。您亲眼所见，这两个女儿外加不在场的二女儿莫娜：三个女人像三辆横冲直撞的汽车，总有一天会撞得头破血流。"

两个姑娘试图张嘴为自己辩护，被利托嬷嬷威严的眼神制止。

"大的这个，"雷梅迪奥斯粗鲁地指着维多利亚补充说，"刚才您也听到了：她爱上一个男孩，那家伙不过找她消遣寻开心，傻丫头却对他朝思暮想。而这个女儿，"她转向露丝继续说道，"像条癫皮狗杂种成天不着家，随便谁跟她说唱支歌吧，姑娘，或者我们跳支舞吧，她就会被勾引走，直到哪天心情沮丧、受到惊吓或者被人搞大肚子才肯回来，或者一大清早被人发现直挺挺躺在马路边……"

维多利亚和露丝表示抗议，被修女强行制止。

"够了够了，我听得差不多了。你们想不想听听我的建议？"

大家不置可否。

"留下来。"

姐妹们收回高亢的声音和愤怒的面孔，雷梅迪奥斯则目怔口呆。

"暂时性的，"修女试图让她们平静下来，"毕竟在我看来没有什么人或事牵挂着你们。"

"您什么意思，听了您刚才说的那些话，还要我们把所有事情都委托给那个意大利浑蛋？"维多利亚轻慢地问道。

"想都别想。"

她们惊愕地看着她。

"那究竟如何？"

"由我来为你们辩护。"

母女三人形如泥塑，顿时愣住：困惑、诧异，无言以对。

"需要时间的。"利托嬷嬷强忍住没有笑出声。当她亮出自己执业律师身份时，这种难以置信的反应并不鲜见。"要看看此次事故的责任方究竟有哪些，分别承担多少责任，除了跨大西洋邮轮公司，还有码头管理层、港务局……总之所有可能涉及的方面。"

她展开话题聊了一会儿，尽管她们似懂非懂，但听上去很认真坚定，显然她极力想说服她们理解自己的想法。直到最后她放低身份。

"你们想知道我为什么要帮你们？"

她们频频点头，迫切地想探明究竟。

"因为你们是移民。因为你们不识字、不懂法而且一贫如洗。因为你们是女人。你们把这些因素按任意顺序排：结论都是一样。那帮恶棍无赖能轻易打败你们。没人会真诚地伸出援手，所以你们别无他选，唯有信任我。"

她们没找到论点反驳她。

"啊，还有一点我忘记说了！我想帮你们辩护，因为我希望你们将最后帮你们赢得的赔偿的半数付给我作为报酬。"

两个老女人看见她们呆若木鸡的表情忍不住再次放声大笑。

"我的上帝啊，你们不要那副表情好吗！"利托嬷嬷扬起声调。她把最后一支香烟插进细长花盆的泥土里熄灭。"乍一听到百分之五十你们可能觉得有些夸张，但是你们认为这间屋子是怎样维持下去的，你们打算让我们如何照顾这么多投靠过来的可怜穷人？"

正当她们仍然犹疑不决，这位前所未见的怪异修女放下压倒她们内心的最后一根稻草。

"听着，孩子们。在解决问题期间，与其继续顾影自怜或者思恋那些负心汉，你们继续工作如何？"

22

莫娜还埋在毯子中，因为没有床头板，她直接背靠在墙上，头发蓬乱得像一头黑毛母狮，女仆装看上去很滑稽。姐妹们好似倾泻而下的泥石流，七嘴八舌喋喋不休，告诉她在森德拉那里和玛利亚之家的遭遇。

"可……可……可是……那位修女打算让我们如何独自经营'船长'？我们又不懂生意，身上一分钱也没有。"

雷梅迪奥斯总算插上话。

"她让米拉格罗斯夫人借给我们一笔钱，很奇怪的是那女人没有拒绝。"

她从围裙口袋里掏出一小卷钞票：这是她们重新起步的微薄本钱，与航运公司代表送来的崭新美元大钞形成天壤之别。她们仍然清晰记得那光滑的手感，不禁在脑中产生无限憧憬。现在那些钱还藏在一口锅里。

"利托嬷嬷让我们今天早上就把船票和钱原封不动送过去，"维多利亚解释道，"她会把它们还回去；她说从现在开始一切事务都要经她的手处理，让我们不要与任何人交谈，和其他人一个字都不要提……"

"那个修女也太奇怪了，"莫娜依然不敢相信，"可靠吗？"

前一晚回家的路上她们问了米拉格罗斯夫人相同的问题。加利西亚女人在苏格兰人的小酒馆门前停下来，路灯昏黄的光线照在她布满皱纹的苍老面孔上。

"我认识她快四十年了，"她喃喃道，用爪子般的手指抓起姑娘们的手腕。

如果她们能进入她的大脑，就会看到老妇人的记忆倒转三个轮回，回忆起人生中最艰难的时刻，两个同样不幸悲惨的女人一同投靠玛利亚之家：一个来自曼哈顿最黑暗肮脏的角落，另一个被丈夫抛弃在陌生的土地上，独自带着两个孩子，怀里抱着一个，后面背着一个。她说到这儿戛然而止，继续向前走，裹着羊毛头巾穿过黑魆魆空荡荡的街道。她们唯有出此下策，以她们之间的情谊作为担保。

面对莫娜的谨慎提问和另外两个女儿的若有所思，雷梅迪奥斯无疑要为整件事最终拍板。

"我们别无选择，孩子们，只有这样你们的生活才可以继续下去。你们把钱和船票拿去给修女，愿上帝听见我们的祈祷：来，走着去，不用多说了。"

莫娜总算从床上爬起来，她们梳洗整齐，离开家后直奔玛利亚之家，十分清楚自己要做什么，因为那是大家的一致决定。虽然内心仍然激荡着些许不安，但直觉事已至此无转圜的余地。

不多时，她们接上母亲，来到"船长"门前。写着店名的寒酸招牌还挂在那里，临街地下室的门面夹在两个黯淡建筑物之间，十分不起眼。

雷梅迪奥斯掏出丈夫的那串钥匙；身后的女儿们恭默地等待她打开锁头和门闩，紧咬牙关，害怕自己忍不住哭泣。亡父尽心尽力保护财产，防止不速之客或不肖之徒私闯，这份努力令她们动容，就好像里面有什么贵重的家当怕贼惦记似的。其实不然。她们一走进去面对黑暗冰冷的店铺，便再次忧伤地确认这里一如既往地惨淡凄凉。

她们跌跌撞撞地在桌子间移动，椅子叠摞在上面：眼前的一切证明埃米利奥·阿莱纳斯最后在这里彻底擦洗了地板，却不承想这个简单的动作竟是诀别。她们蜂拥进厨房，点亮灯。所有物品都井井有条地摆放在狭小空间内：石头灶台，熄灭的炉子，一排乌黑的锅子吊在墙上，一串大蒜挂在钉子上。

她们回到餐厅，仍然一言不发，每个人都用自己的方式缅怀集体回忆和个人悲伤。雷梅迪奥斯坐下放声大哭：果不出所料。露丝站在她身边，用手背擦拭着眼泪，另一只手扶在母亲的肩膀上。维多利亚低头盯着地板，在成堆的破碗烂碟和不断聚积的悲伤中找不到任何乐观的迹象。

"三罐金枪鱼、一片鳕鱼和见底的大米。就剩这些了。"

莫娜快速盘点后报出上述内容：只有她还没走出厨房，记忆已经飘回前一晚服务过的上城区宅邸，想到置身于那里应有尽有的厨房时心中产生的莫名舒适感和富足感。但她什么也没说；母亲和姐妹们深陷生活的旋涡中，只有维多利亚在离开公寓前关心地问了一句，昨天怎么样啊？还行，她一边把手伸进外套袖子一边喃喃回答。她只字未提豪宅和不同世界的人，虚弱的男士和记者的冲突事件以及穿过曼哈顿城区的漫长道路。还行吧，她坚称。没什么特别的。

统计完少得可怜的存货后所有人都默不作声，但是阿莱纳斯家老二想活跃气氛，把以前店主留下来的锡制大咖啡壶放在炉火上。十分钟后，每个人手里都端着一杯苦涩的咖啡，因为连糖也没剩下。她们心里明白是时候做决定了。

迟疑，痛苦，不安，犹豫。她们选择心照不宣，但那些感受是所有离乡人心中共同的家园，为了追求更加美好生活远离故土的人的灵魂归宿。无根飘零，他乡安定，总会对未来筹谋抉择。这样的时刻同样发生在中国人的小洗衣作坊，那不勒斯的黑暗餐厅，希伯来人的小裁缝铺或者德国人的流动摊位；生活中总有些时刻要选择接受或拒绝一些事物。有时可以听天由命，但更多决定需要认真权衡。通常这种困境需要众志成城才能解决，但有时一个集体、一对夫妇或一个家族中有人独断专行。某些情况下也许行得通；但有时做出的选择可能造成巨大的错误。无论如何都需要迈出一步，逃避不是办法。

阿莱纳斯家的四个女人前半生都在随波逐流，而此刻，一九三六年三月的某个中午，她们要为自己未来的人生拿主意。她们感到孤立无援，惶恐不安。面前仿佛是万丈深渊。

率真的露丝打破沉默。

"所以，我们的'船长'要重新开张吗？"

拨开云雾必有答案：至少她们还拥有彼此。阿莱纳斯姐妹们虽然怀揣着迥异的心情和不同的处事方式，却必将像一块坚不可摧的岩石般并肩前行。当飓风侵袭那座巨大而陌生的城市时，她们会相互依偎；当动荡不安的生活折磨她们的灵魂时，她们会彼此安慰；在最难熬的夜晚，她们互相送去温暖和鼓励。

"开张。"莫娜坚定地说。

"开张。"角落里的维多利亚随声附和。

母亲嘴唇翕动却说不出话，但点了点头，用脏手帕捏紧拳头。

第二部分

23

一个多月过去了，"船长"仍旧没有什么起色。一开始有些人走进店里送去慰问，为了帮衬生意在桌前落座，还有些人只是去看热闹，看几个冷傲疏远的姑娘如何出糗，她们肯定会因为时运不济而被迫放弃。

然而没过多久便回归凄凉的状态，很快她们就决定解散，因为意识到用八只手和全部的精力来推动摇摇欲坠的事业非常浪费。

第一个单飞的是露丝：她们共同决定让她接受洗衣店的工作，去帮伊利格瑞夫妇的忙，每天帮家里挣回几美金。没几天，莫娜也离开了。她总是精于数字、交易和跑腿，因此她全权负责账目和临时差事。她有时去甘斯沃尔特市场买水果蔬菜，有时会去远一些的西华盛顿市场，虽然什么也听不懂，但总能带回瘦鸡和几乎无人问津的便宜货：脑花、下巴、舌头、脸皮肉；甚至有时会一大早赶到东河岸边的富尔顿鱼市，有段时间父亲曾在那里工作，拆解从未在他们那里的海域见过的巨型鱼。早起的日子，她拖着疲惫不堪的身体辛苦赶路，债务缠身令她忧虑忡忡，兜兜转转却不知如何偿还，至少这样可以最大程度地节省开支。她带回的食材经过雷梅迪奥斯的精心烹饪总能变成一锅美味炖菜，尽管母亲从未停止抱怨手头没有熟悉的那些基本的地中海佐料：杏仁、橄榄、欧芹、月桂叶。

四月的早晨，莫娜用肩膀顶开餐馆的大门一闪而入。她路上耽搁了，心想姐姐和母亲肯定气得鼻子都歪了：已经临近中午，炉灶都空着。然而出乎意料的是，迎接她的并非以往那样劈头盖脸的指责，而是一位素昧平生的先生，坐在柜台前的凳子上。雷梅迪奥斯和维多利亚则挤在柜台后面的厨房里，仅能看见上半身。从陌生人放松的姿势判断，他们已经聊了一阵子。

男人站起身，莫娜快速打量。他约莫五十岁。抑或已经超过五十：她没见过太多成熟男性，很难从面容判断年龄。穿着体面，虽然衣服看上去有年份了，中等身形，腹部微凸，棕栗色的头发，两鬓花白，眉毛浓密，下颌宽厚。他手里拿着一捆雪茄；几个带彩色标签的盒子捆成一摞摞放在地上。

"我对你们的不幸深表遗憾。"他操着相同的伊比利亚南部口音。

说着他伸出一只手，莫娜手中还拎着的笨重货物，尝试回应他的问候，两只洋葱从口袋里滚落在地上。

"非常感谢。"她一边弯腰捡拾一边喃喃道。

没有过多寒暄，她走进厨房；陌生人趁空瞄了一眼手表，说自己另有安排，顺手抓起脚边的物品。

"这家伙是谁？"她靠近维多利亚的耳边轻声问姐姐。

"一个自称认识爸爸的家伙，说自己叫卢西亚诺什么的。"

等到那家伙道完别走向门口，指着留在柜台上的盒子：盖子上画着一个头插大红花的年轻漂亮的女子；周围环绕着棕榈叶、盾牌和商标"科斯塔·雷伊"。

"他是卖烟的，"维多利亚解释道，"是佛罗里达坦帕湾一家商店的代表。他软磨硬泡想让我们买下这些雪茄。他说几乎所有餐厅都给客人提供他们的雪茄，很有赚头。"

"你觉得我们都快食不果腹了，拿什么来支付他？"

"我们做了承诺。如果销量好，没问题。如果卖不出去，他会全部拿回去。他是个好人，刚刚丧妻。"

她扭头看向母亲，狡黠一笑。

"这两人也许可以凑一对……"

莫娜忍俊不禁，拍了一下姐姐。

"神经病，你不会是想让妈妈和一个男人勾搭吧。"

但说着她也望向母亲，母亲脸上写满了饱经风霜、疲于奔命和风烛残年。尽管如此，母亲在她眼中依然美丽，垂坠的长发，因为饮食简单而棱角分明的消瘦面庞，乌黑的双眼总是在不经意间落下泪水。这几个月她还在用手帕抹眼泪。如果她愿意，随时可以再生孩子。

母亲自己并不知道女儿们在背后窃窃私语什么，再次把她们打回现实。

"糟糕的是我们现在没什么客人，更糟糕的是，如果工人们来吃饭了，桌上没有任何东西。你们今天到底怎么了，真的想让我们进一步沉沦吗？"

她可能因为迟迟未开门营业而感到不安，或者因为烟商的到访想起死去的丈夫，或者仅仅因为分心而感到慌乱：女儿们半小时后在外面收拾桌子的时候，一声尖叫刺穿她们的耳膜。

她们跑进厨房，看见雷梅迪奥斯因为剧痛而身体紧缩，手捂住半边脸，两人齐声嚷道：

"快让我们看看，母亲！"

"别碰，也别搓，小心！"

炸鸡的时候沸油溅到她的脸上，飞溅而出的油在她眼睑上留下难看的灼伤，还有几滴落在右侧颧骨和太阳穴上。女儿们强迫她把头伸进水槽中，用冷水冲淋，然后让她坐起来，仰起脸看着烟熏的天花板，帮她敷食盐。

时间没能缓解她的疼痛，一整天她都用浸醋的手帕捂在脸上，心烦意乱，怨天尤人，心情低落至谷底。谢天谢地，忙活一天后，最后一批客人也走了；过一会儿等她们盘点好剩下的食材，也可以放心回家了。她们刚要坐下的时候，露丝回来了。尽管天色已晚，精疲力竭，但小妹妹仿佛带来一阵清风，几乎每个晚上她都带来轶闻趣事、新闻或笑话，努力振奋人心。

"今天很早就从洗衣店出来了，"看到母亲遮住半边脸，露丝惊呼后宣布这一消息。"国民联合会晚上开始排练萨苏埃拉①，孔查夫人让我去了解一下。"

他们在街道散发了传单；姑娘，巴斯克女人说，你那么喜欢唱歌和跳舞，多适合你……去年，他们表演了《反叛者》，她一边抖着一件干净的衬衫一边说道；前一年是《番红花》。参演的都是业余爱好者，他们在国民联合会排练，然后租借了第五大道的圣

---

① 西班牙传统小歌舞剧。

何塞剧院，门票一售而光，纽约说西班牙语的人无一例外都来欣赏表演，疯狂鼓掌。

"今年他们考虑表演《路易莎·费尔南达》。"洗衣店老板娘提前剧透。

"但我这辈子都没唱过萨苏埃拉，夫人。"

"你耳朵很灵敏，而且嗓音美妙。"

"还有幽默感，"老板娘丈夫一边叠着大衣一边附和道，"你的幽默感能拦住火车。"

露丝一整天脑子里都盘绕着站在舞台上的场景，想象着被音乐、灯光、鼎沸的人声和热烈的掌声环绕的样子。即便是个微不足道的角色。即使只是合唱团的一员；站在队伍中几乎看不清脸和身体。在好奇心的驱动下，下午一放工她就跑去了解是如何安排的。然后就迫不及待地想和母亲和姐妹分享，充满热情和幻想。

"明天要试镜，我考虑去参加。"

很显然她没预料到母亲酸涩的回答，如剃刀般直接利落。

"那你的工作呢，怎么办？你父亲的守丧呢，怎么办？"她气急败坏地问。唾沫和没有咀嚼完全的肉末从嘴中飞溅而出。

不知过了多久，只听见厨房龙头啪嗒啪嗒的声音。

莫娜缓慢而谨慎地发言，试探性地打破紧张的气氛。

"她刚才说彩排都在晚上，母亲，洗衣店关门以后。至于父亲，那……"

话音未落。

"如果她那么空的话可以再找一份工作，不要再唱歌跳舞不务正业，你们父亲的死也值得一份尊重，更何况我们现在穷得叮当响！难不成你们已经忘了我们还欠着一屁股的债呢？"雷梅迪奥斯激动得站起身吼道。用来遮挡烫伤的抹布滑落在地，通红的脸颊和半张半合的眼皮裸露在外。

姐姐们还想帮妹妹解围。

"可……可……可是母亲……"

雷梅迪奥斯发出一声嘶吼。

"我说了不行！"

她们惊恐地看着母亲，因为从未见过她如此大发雷霆，可能是因为这倒霉透顶的一天。因此，最明智的选择是就此打住，让她发泄出来，等到第二天再心平气和地讨论。但是露丝没能控制住自己。

"您知道我怎么想吗，母亲？我一天工作九小时，已经尽了自己的义务；如果生意不好，不是我的错。还有，如果我凭自己的能力可以赚到一份工资，我也可以决定如何支配剩下的少得可怜的时间。"

"这就是你的决定？你已经把父亲抛到脑后了吗？"

阿莱纳斯家老三怒不可遏，继续扯着嗓子嘶吼。

"我不认为有必要强挤悲伤给任何人看，这就是我的决定！"

姐姐们惊愕地看着她，雷梅迪奥斯激动得下嘴唇开始颤抖。

"露丝，天哪，你不要那么冲动……"莫娜喃喃道，维多利亚则伸出手扯扯她的手臂试图安抚她。然而姐姐的手指一碰到露丝，她就像被毒舌舔到似的即刻弹开身体。

尽管姐姐们努力想让她平静下来，但她们对妹妹的愤怒感同身受：随着时间的流逝，对埃米利奥·阿莱纳斯的追念已逐渐淡去，就像是正午时分烈日下的小水坑。孩子们与他共同生活的时间如此短暂，感情基础单薄且不堪一击，他在孩子们心中留下的印记业已消散。她们对他还保有亲情，真实却淡薄。但是她们对于他的离世并不感到痛苦。不再痛苦。无论好与坏，心头的伤痕已经愈合结痂。

"他肯定会鼓励我去尝试的，"露丝激愤地站起来，由于动作太过剧烈，椅子翻倒在地，"他肯定会为我感到骄傲，即便在萨苏埃拉中出演一个微不足道的角色，我都会更加怀念他，而不是抑制住强烈的欲望，去守什么愚蠢的丧，况且谁也不会在乎我们守不守。"

此后事态愈演愈烈。她们发出了更加激烈的尖叫，责备，交锋，火药味十足。

"都是因为您我们才来到这里！母亲，是您把我们带来的！该死的！"

"死孩子！不要脸！"

"您把我们的生活搞得够惨了！别再管我了！"

她噌的一声愤然离去；身后留下倒在地上的椅子，还有强烈的痛苦和困惑。当她们半个小时后回到家时，露丝已经蜷缩在自己的折叠床上，不去理会任何人。

24

早上没人见到她：莫娜一如既往地早起出门，母亲和维多利亚起床时阿莱纳斯家的三妹已经走了，留下蓬乱的小床。

尽管她们尽量不去回想前一晚发生了什么，但从一开始小餐馆里的气氛就十分紧张苦涩。为了掩饰这种尴尬，所有人都安静地忙进忙出。前一晚母女俩互相指责咒骂的嘶吼声还在房间里回荡，仿佛被透明丝线悬吊在天花板，抑或被蛛网粘连在墙壁上，无形无声却真实存在。

沮丧的一天就这么过去了，直到晚上八点只有寥寥几人进店吃晚饭，雷梅迪奥斯的眼睛因为灼伤眯缝着，空气中弥漫着哀怨惆怅。街上开始落雨。

"'莫奈奥之家'关门前我要去一趟；卡门夫人昨天告诉我他们马上要接到一份订单，是……是……"

莫娜嘟囔着说完整句话，其实母亲根本没有理会她在说什么，而维多利亚知道她在说谎，因为她们俩串通好了。她不去"莫奈奥之家"，也没什么订单要进来，只是想找个借口溜走。

她怕淋湿，在街道上疾步快走，走了一小段路就来到国民联合会的大门前。人们急匆匆地上楼梯，男人和女人们都在突如其来的雨中仰着脖子，手里举着各种东西遮住头顶：报纸对折搭成屋顶，一块手帕，一包纸。还有人收起雨伞，在瓷砖上留下一溜儿水印。

试镜将在主楼大礼堂举行。宽敞的房间里摆满椅子，那个时间位子上几乎已经坐满了身着盛装的姑娘和发丝光亮的男孩，尽管从工厂、工地或车间匆匆赶来的他们都没时间清洁指缝中的污垢。她还看见周围有年轻的母亲怀抱半睡半醒的宝宝，精明老练的主妇，老男人吸着手中的香烟，接着猛烈地咳嗽试图清除卡在胸口的浓痰。有些是同一个街区的邻居，有些人从樱桃街区步行走过来，有人从哈莱姆、华盛顿高地、布朗克斯和布鲁克林乘坐地铁过来，还有人从史坦顿岛乘轮渡跨河而来，甚至有几个人从新泽西州的纽瓦克和伊丽莎白赶来，来到另一边的哈德森：一年一度集会的消息传遍了西班牙裔聚居区的各个角落。

人们互相问候，时不时放声大笑，还有不期而遇的惊叫声和激动的拥抱。相同的语言和千变万化的口音在墙壁间回荡，直到一个架着圆框眼镜、顶着复古小胡须的家伙坐在木质舞台上的钢琴前开始演奏，人们降低了声音，大厅里蔓延开一阵窸窸窣窣的玩笑声。

莫娜站在门口，在人群中寻找露丝。她好不容易才找到，因为露丝背对着自己坐在第四排，扎着紧凑的发髻，装饰着一对康乃馨。被自己的母亲严词拒绝后，伊利格瑞夫妇为她保驾护航，孔查夫人坐在她右侧，恩里克先生在左侧。莫娜看不见他们的脸，只好想象他们的状态：肃穆的面孔下掩饰着紧张期待的心情。还在犹豫是否走过去之际，又有一个男人走上舞台，吸引大家的注意力。女士们先生们！大家好！人们纷纷落座，交谈声戛然而止，只剩下拖动椅子的吱嘎声。莫娜独自站在走廊中央，匆忙找个空位坐下。

试镜漫长而混乱，然而别无他法：候选的演员都是些意愿好过嗓音的业余爱好者，有谦卑的工人和家庭主妇、送货员、用人、泥瓦匠、美甲师、裁缝、服务员等。随着角色一一敲定，不断听到有人发出嘘声、指责并嗤之以鼻，有人用尖锐的言辞抗议，甚至有人因为没有被选为上校、弗洛里托先生或旅店老板而愤然离去。

轮到露丝时已经晚上十点多，彼时空荡荡的大厅里就剩下杂乱的椅子和疲惫索然的面孔。一看到她走上台，莫娜倦意全无，立马挺直后背。她的小妹妹就站在舞台上，那条小尾巴已经从小姑娘摇身变成光芒四射的女人，身上裹着妈妈佩帕去世前用廉价布料为她缝制的连衣裙。肩上搭着借来的大披巾，嘴唇上点了些胭脂。其他的那些事物：纤细的腰身、脸上淡然的神态和散发的光芒……都是她与生俱来的天赋。

　　钢琴不知第几次响起，露丝抬头看一眼天花板，深吸一口气，环顾台下大厅，露出坚定的笑容，开始放声歌唱。刹那间，万物仿佛从沉睡中苏醒。那是经历不幸的"船长"家最小的女儿，像一头母狮子般努力争取年轻裁缝洛西塔的角色，路易莎·费尔南达曾用清澈明亮的嗓音唱响舞台。

　　　母亲希望把我培养成锦衣狐裘
　　　而我却自甘堕落穿素服

　　她散发着南部特有的魅力，仿佛闪耀着故土的光芒，虽然这是她第一次表演萨苏埃拉：她别过肩膀，托住胯部，接着转向钢琴师对他使个眼色。露丝的体态动作优雅而魅惑，自若地把控整个舞台，好像雷梅迪奥斯把她带到人世间后她就没有离开过舞台一样。

　　场内所有人都站起身为她鼓掌喝彩。

　　莫娜却只轻轻地拍了两下手：太多复杂的情绪涌上心头，刹那间她竟起了一身鸡皮疙瘩。

25

"您得去看看您的眼睛，大姐。给我张纸，我把卡斯特洛比耶霍医生的地址写给你，告诉她我介绍你去的，我们是老相识，我隔三岔五给他送雪茄，他很喜欢抽庞塞德莱昂，最贵的那种。或者，算了，还是我给他打个电话吧，我跟洛丽塔预约个时间……"

烟草商那天中午又回到"船长"；交谈片刻后她们得知那人名叫卢西亚诺·巴洛纳，深受胃灼热之苦，出生在阿尔梅里亚的阿尔哈马。二十年前他就离开家乡，当时由于第一次世界大战，发往海外的葡萄船队船只很少，留在当地的年轻男性都看不见未来。他留下妻子和年幼的儿子；他刷过盘子，拖过地，摘过菜，在多米诺糖厂封过糖袋，接着进入亚特兰蒂克大道上的一家小烟草铺做售货员，店里销售家庭作坊制作的香烟；他与老板达成协议，老板收留他住在楼上，这里离他与同乡聚会的台球吧很近，他们凑在一起聊聊见闻，互通有无。他攒下积蓄，给妻子和儿子寄去船票，变成一个抽取佣金的流动商贩，为本地经销商推销烟草，几年后店主去世，他把房屋的租金和其中一个品牌——来自坦帕的科斯塔·雷伊——的独家代理权据为己有。

"灼伤看着很不起眼，但您不能掉以轻心啊，夫人，可能会变得更麻烦……"

女儿们也齐声冲她嚷嚷：

"您等什么呢，母亲？难不成您想看不见吗？"

"还是想像米拉格罗斯夫人那样变成独眼龙？"

"还是想像马拉加卖吉事果的那个家伙脸上留道疤吗？"

被油溅到三天后，她心里明白用蘸醋的手帕捂住伤口除了减轻痛苦没有更多的好处，需要采取别的措施。

没等她授意，巴洛纳就跑出去找电话，很快回来跟她确认：今天下午晚些时候医生可以抽空帮她检查。

"可是，我们没钱付给他啊！"雷梅迪奥斯抗议道。

"先赊着。"他回答。

"可是，我们已经债务缠身了，天哪，我们怎么能挥霍更多呢？"

"我会负责帮你们解决所有债务的，"他耐心地坚持道，"您放心。"

母亲紧张而不情愿地继续提出：

"那谁陪我去呢？"

最精通市井之道的莫娜大胆提议。

"我陪您去，母亲。您不要担心，我们不会丢下您一个人不管的。"

"我们俩留下来负责准备晚饭。"维多利亚用下巴指向露丝；她噘起嘴，仍然介怀于因为萨苏埃拉引发的争吵。

雷梅迪奥斯想不出更多理由，紧绷的精神令她陷入深深的忧郁。她一辈子就见过两次医生，每次都给她的人生带来沉痛的打击：一次是可怜的小海苏斯出生，另一次是五个月后婴孩夭折，她痛苦到想要轻生。但是她已无退路，医生已经预约好，家里的事情也安顿妥当，没有更多借口。女儿们帮她整顿一番仪容，以面对她们曾经生活的世界中几乎无法奢求的优厚待遇：一位医生。幸运的是，店里一位身材滚圆的阿斯图里亚斯常客偶然听见她们的对话，主动提出送她们过去。我每天下午都到这附近送货，他对母女们说，我提前半小时停在门口，到时按喇叭提醒你们。这样她们就不必莽撞地乘坐公共交通工具，雷梅迪奥斯也省得徒增烦恼。

莫娜乘坐吱嘎作响的小车摇摇晃晃来到东九十一街。她沿着第五大道一路前行，缄默不语，呆呆地望着窗外璀璨夺目、应接不暇的曼哈顿。大厦的外立面，霓虹招牌，商店和大型购物中心的橱窗，车水马龙，摩肩接踵。母亲挤在她的左侧，满腹忧思，甚至不愿抬眼看一眼窗外的景色。

二人灰头土脸，看上去与上东区的朝气格格不入，高大宽敞的疗养院装修奢华，迎面走来穿着考究的病人。身材魁梧的黑人接待为她们打开大门时，雷梅迪奥斯怯生生地被女儿拖着走进去，莫娜瞬间感到自己和母亲的模样有多么卑微：破旧的家居服，褪色的鞋子，随手束起的头发和来错地方的紧张表情。尽管如此，她们受到亲切的接待；卡斯特洛比耶霍医生从未拒绝过任何陷入困境的同胞，更不要说前台洛丽塔，她是一位来自下东区的加利西亚女孩，性格果敢，亲身经历教会她如何与陌生人共渡难关。

"请随我来，坐在这里；医生马上就来，请允许我把您脸上这块布取下来，夫人，换上这块消毒纱布，二位想喝水还是茶？"

母女俩这辈子从未享受过如此体面的待遇。还不到十分钟，她们再次被邀请起身。这边请。

尽管诊室内光线暗淡，莫娜一眼就认出里面的人：她上回被"莫奈奥之家"派去一栋豪华大宅做帮佣，遇到贵宾突感不适，他就是给予帮助的那位医生，是他冲出来控制了局面。医生中等身材，面庞亲切，一头黑发背梳在脑后，脸庞宽厚。区别是他现在既没有身着深色服装，也没有打领结，而是穿着一件洁白的大褂，胸前两颗纽扣。高效而专业的态度一如既往。

"来来来……"

他都没问雷梅迪奥斯如何受的伤，护士肯定已经转告他巴洛纳提供的信息。他让她坐在一张现代化的可以调整角度的椅子上，将一束刺眼的光线对准她的脸上，轻声感叹一句便向身边的助手要了点什么东西，她始终背对着大家准备仪器。若在往常，那女人如果知道一个金属物体将刺入她的眼睑，必定尖声呼叫起来，但是她都来不及反应。针在眼前忽隐忽现。医生的技艺如此高超，不到两分钟就一切搞定。

"好了，"他轻轻拍了一下她的脸颊，"小问题，眼球完好无损。奥索里奥医生马上就来，他会完成剩下的治疗，并提醒您护理注意事项。"

他点了点下巴示意告辞，起身离开。工作已经完成，卡斯特洛比耶霍不是一个随便浪费时间的里奥哈男人。

雷梅迪奥斯一听见他在隔壁与人交谈了，估摸着他已经看不见自己，努力尝试从那个介于扶手椅和担架床之间的恶魔机械装置上站起身来。还等什么呢？他不是说好了吗？深吸一口气，快跑！她把手肘撑在椅背上，笨拙地竖直身体，艰难地找到平衡。

在虚掩的门后听见椅子被推动的声音，助理医生赶忙走进来冲向她。

"稍等，夫人，稍等，我们的治疗还没结束呢。"

自从成为著名的卡斯特洛比耶霍医生的左膀右臂后他还从未

出过差错；险些酿成让病人跌倒在地的失误。

"您待着别动，天哪，母亲！"背后传来惊呼声。

医生刚把手放在病人肩膀上试图让她重新躺回椅子上，发现另一双柔和的手落在他的手上，女人温暖纤瘦的胯部顶住了他，令他无法站起来。她这么做只不过想帮助他控制雷梅迪奥斯，但根本没必要：母亲已经顺从地坐回去了。莫娜不自觉地压在他身上令他体内涌起一阵燥热。

"对不起。"意识到对方的火气后她喃喃道。紧接着怯怯地后退几步保持距离。

医生尴尬得好一会儿才反应过来。

"马上就好了。"他头也不回地低声道。

医生着手进行治疗，莫娜在背后看不见他的面容。结束后他触动某个机关，调直了雷梅迪奥斯的椅背。

"现在您可以起来了，夫人。"

说完转过身来。

姑娘走上前搀扶母亲：他猛然发现那正是在维嘉雷亚尔侯爵夫人家招待晚宴上端开胃菜的女孩，她发丝乌润，体态轻盈，浓眉大眼，炯炯如灯火，他整晚都在偷瞄这位俏丽少女，她端来水时浸湿的手指从他手上滑过，痛苦不堪的贵宾恢复意识期间她一直陪伴在旁。他们近距离接触的时间有六七分钟吧，谁算得清呢；他只是清楚地记得自己蹲下时她那掩映在制服下修长的大腿近在眼前，然而他的注意力本应集中在科瓦东加伯爵腐坏的腿上。然而彼时，不知是年轻女性光滑的胴体，肌肤散发出来的馥郁芬芳，自身强烈的吸引力，抑或是女孩天使般的面孔下隐藏的魔鬼魅力却彻底征服了他的专业素养。当昔日的阿斯图里亚斯王子差不多恢复意识时，她又回归本职，完全没有意识到自己已牵动人心，他不得不在原处又蹲了一会儿，佯装在地毯上找东西，直到荡漾的内心逐渐平静下来。

现在，与往常任何工作日别无二致的漫长而忙碌的一天接近尾声，她再次出现在面前，再次毫无意识地撩拨了他的心弦，这种怦然心动是塞萨尔·奥索里奥不曾有过的感觉，因为前半生他先是勤于医科学习，入行后又忙着工作、崭露头角。就是那个姑娘，这次她没有束起发髻显露面孔，也没有穿黑色制服系小围裙，头发散落在肩头，身着普通的居家服饰和一件灰色粗羊毛外套，因冒失压在他身上而面露尴尬。

"这支软膏每天搽三遍。"他说着递给她们一管药膏，雷梅迪奥斯已经起身站稳，眼睑上的敷料精致熨帖。

就在此时他们四目相对。

莫娜即刻认出他，却没有显露出来。初见时她就被深深吸引，精心打理的发型、深色西装和金丝框眼镜衬得他斯文帅气，然而他离自己的圈子太远，所以不敢有过多的想法。现在，穿着白大褂的他依然看上去温文尔雅，还是那么有距离感，所以她根本不觉得他会记得自己。

她默默地接过药膏。谢谢，轻声说着把药膏塞进上衣口袋。

友好的加利西亚女孩在空荡荡的候诊室迎接她们，塞萨尔·奥索里奥转身关上门，体内的血液沸腾至太阳穴。他花了几个星期的时间才从脑中抹除那个出身卑微、连名字都不知道的同胞；他总算将其与笛卡尔式的推理分开，心想永远都不会再见到她，然而，她却又一次出现在眼前。

26

从诊所回来时，其他人正在米拉格罗斯夫人家里等着，等待着他们的脚步让楼板吱吱作响的那一刻。

"进去。"维多利亚低声命令道。

来不及反应，她们就被推搡着进了屋内，被指引着穿过一条黑暗的走廊，两侧堆着一摞摞旧报纸。到处散发出霉味、烟草味和无法辨识的刺鼻气味。尽管住得那么近，她们第一次踏入邻居家里。

来到最深处的房间时，莫娜和雷梅迪奥斯都吓了一跳。

"我的天哪，利托嬷嬷！您出什么事了？"

她的左臂被绷带悬吊在胸前，同侧脸庞擦破了皮，涂了一层深色的红汞。她坐在破旧的椅子上，靠枕上套着防尘罩。露丝站在一侧，脸上挂着忧虑的表情；另一侧，女主人吸着烟，眉头紧锁，脸上的皱纹蹙成一团。

"是马萨。"维多利亚打破沉默。

她们继续惊恐地看着修女，没有反应。

"马萨，那个律师，让人把她从地铁楼梯上丢下来，他妈的。"

雷梅迪奥斯双手捂住嘴巴，没有叫出声，莫娜发出一声惊叫，维多利亚、露丝和邻居你一言我一语讲着自己版本的故事。她们不断咒骂控诉，七嘴八舌乱成一团，利托嬷嬷大声疾呼让她们住口。

"我来说！"

三个人瞬时噤口，烟雾缭绕的屋内陷入片刻沉默。屋内唯一的一扇窗户窗帘紧闭；一个类似车间工作台的桌子放在正中间，令空间更加逼仄，屋顶的灯光强烈刺眼；桌上摆放着许多精致的纸花，如此娇艳，与周围的环境格格不入。

"嬷嬷，从头到尾一字不漏，"莫娜低声道，"完完整整告诉我们。"

修女深提一口气，屏住呼吸，身边的五个女人目不转睛地看着她。她们眼前的景象十分凄惨：下摆破旧、污迹斑斑的教服，参差斑白的头发脏乱无比。她看上去疲惫不堪，左侧的表情、面孔、手臂均证明她遭遇了残暴的侵犯。

"他最后的手段是想让几个小痞子在我进地铁站时从背后推我滚下楼梯。他的目的是想吓倒我。"

她停顿片刻，目光扫视阿莱纳斯家的四个女人。

"现在我想让你们知道，我的姑娘们，他无所不用其极就是想逼我放手你们的案子。我不知道他还能搞出什么事来。"

虽然最初极不情愿，但可能因为受到袭击威胁感到很不安或者别无选择，利托嬷嬷决定让她们知道她几周来一直在掩饰的事实：埃米利奥·阿莱纳斯的死不再只是一个单纯的案子。

姐妹三人不明就里齐声发问：

"但是为什么这样纠缠不休？"

"您不是已经告诉他不可以代理我们的案子，他就为什么还要这么做？"

"他为什么不放过我们？"

答案很简单：

"因为把埃米利奥的案子捏在手里，他可以声名鹊起。"

她们还是一头雾水，莫娜语气强烈地坚持道：

"拜托您把事情说明白，嬷嬷。"

修女深吸一口气，仿佛需要足够的氧气支撑自己用明了的语言解释清楚现状。

"有一个势力强大的工会帮助码头工人捍卫权利；他们的工作条件极其艰苦，经常发生事故，有时相当严重。他们聘请了一个律师事务所打包代理这几个月的受害群体，他们将集体起诉港务局，除此以外每个人都对事故相关企业提出各自的要求。"

"但是我们的父亲既不是码头也不是跨大西洋海运公司的工人，"维多利亚提出异议，"我们早就跟您说过了……"

"那并不重要。伪造一份合同或证件，找几个目击证人撒谎，这都不算事。"

三个人再次爆发惊叫。无耻！恶棍！坏蛋！

"你们让她说完，妈的！"加利西亚女人怒吼道，"你们都给我闭嘴！"

修女意识到最好直截了当地讲明白，她开始总结。

"总之，他们还需要一个死人。迫在眉睫，否则集体诉讼将功亏一篑。"

听到她形容父亲和丈夫的用词她们都惊呆了：死人，仅此而已。在那种情况下任何修辞都是无意义的，法律是冷酷无情的。

"没有死人，"她补充道，"工会的集体诉讼效果甚微。而有了死人，事情就会完全不同。"

事情就是这么简单：加上码头近期发生的一连串不幸事件，埃米利奥·阿莱纳斯是关键的一环，并非因为马拉加人的死本身有多么重要，而是因为他是打包诉讼中唯一的死者。他是压倒骆驼的最后一根稻草。锦上添花。

"为什么那些大律师们不直接跟您说呢？"露丝问道。

"他们已经来纠缠我五六次了，但是他们知道我不会让步。马萨认为如果自己能够凭一己之力逼我出局，他就可以去邀功，人们会拥护他因为他来得正是时候：他可以跟更有实力的事务所合作，重新振兴自己岌岌可危的营生，挽救自己身为律师每况愈下的可怜声誉。"

"所以您是他的绊脚石。"莫娜恍然大悟，轻声说道。

"所以我是他的绊脚石，的确如此。如果没有我挡在中间，马萨和工会的律师们不仅会以个人名义对跨大西洋海运公司施压，还会采取更加强烈的措施，向港务局和相关的保险公司施压，谋求更加丰厚的赔偿。"

"那样的话，对于我们而言……"维多利亚不解地问道。

"那样的话，对于诸位而言，剩下的赔偿寥寥无几，因为链条上各个环节的人都要拿走自己的既得利益。"

修女坐在老朋友家的扶手椅上，身边环绕着疑惑的面孔，玲珑的身躯显得更加矮小：她的脚够不到地面，残敝的教服下面露出满是擦痕和瘀青的小腿、看不清轮廓的脚踝和一双破烂不堪的童靴。形成鲜明对比的是，她口中讲述的残酷事实没有半分童稚的影子。

"他的叔叔，"她继续说回马萨，"也是个不知廉耻的败类，但是至少对任何天主教相关的事情有最起码的尊重，这跟他移民前接受的教育有关；他甚至和几个同胞共同成立了圣母玛利亚社团。然而，这位侄子不仅没那么聪明，还有着截然不同的个性，他在美国出生，没有其他人骨血里流淌着的对上帝的敬畏。为了达到目的他不择手段；为了自己的利益他甚至可以出卖圣母。"

利托嬷嬷侃侃而谈的时候，其他人围成半圆形站在她身旁。疲惫和厌倦每天都在积累，外加雷梅迪奥斯眼睛的痛苦和露丝心底隐藏的怨怼，现在又平添新的不安。每个人都在暗自思索她们所缺乏的东西。她们无数次地问自己如果当初没有冲动地犯下错误把船公司赔偿的船票和崭新钞票退还回去，没有轻信那位怪异的修女、向她袒露自己的生活，现在将会是怎样，而她又点起一支"好运来"香烟，仰起头用受伤较轻的一侧嘴巴向天花板吞云吐雾。

"无论如何，我的孩子们，我只想让你们知道我不会放弃，他们这样恶毒的行径不会吓退我。但今天下午的事情发生后，我必须让你们了解真相，防止有人先跑去混淆你们的试听，或者你们看到我的模样不明就里。"

她们在楼梯间告别，利托嬷嬷严词拒绝任何人陪她返回玛利亚之家。"你们想什么呢，"她坚持道，"难道我会害怕吗？"她们看着她用沉重的脚步拖着自己圆滚滚的身体走下楼，脸上涂着魔鬼般的红药水，手臂被吊带紧紧勒在肚子上：她们从未见过如此诡异的修女。可是，她们却莫名其妙地没有对她失去信心。

27

　　清晨七点不到，莫娜就出门了，九点半就置办好一天的物资：难得有一天所有事情都顺遂无误，她没有累得气喘吁吁。

　　回到第十四街时，她趁空在一家面料店门前停住脚步，这家狭窄简陋的店铺由一位犹太人经营。

　　一卷卷布料靠在门两侧的墙壁上，入口门楣上悬挂着大量的边角料，标价十分适合该地区低迷的经济条件。她经常路过那里，偶尔驻足，曾经盯着一大块绿白格纹的面料，估摸着可以做几块台布。也许是一种幻想，但是她无时无刻不在想着如何振兴惨淡的营生，想着也许清理门面可以有所帮助：丢掉从老坎塔布里亚人那里遗留下来的灯笼，帮"船长"注入新气息。

　　她手里抓着布料时脑中正加紧盘算，思考着是否值得花费寥寥积蓄，藏在餐具抽屉底部的那几美元本来是要支付拖欠的租金。她还在平衡着利与弊，而有两个女人正要离开店铺，她只好往一旁侧身让路。她们看上去三十来岁，一个人推着婴儿车，另一个人手里抓着一沓美钞；她们说着加勒比口音的西班牙语，笑着用钞票逗弄婴儿的鼻尖。她们从莫娜身边路过时没有抬头，但是留下只言片语：利润，数字，小球，现金充裕。

　　她看着她们在街上渐行渐远，很想跟上去问她们在聊什么，她如何能够选择她们兴高采烈讨论的东西，小麦色的脸上挂着灿烂的笑容。但是她没有迈出脚步，只是站在原处，手里抓着布角。等到她终于回神时，制作新台布的念头已消失得无影无踪；她突然意识到自己在浪费时间，如果她们真正想要的是尽早离开这里回到故土，还有什么必要对"船长"做出任何改变呢。她又想起意大利律师，想起他的野心和他对利托嬷嬷采取的肮脏伎俩，早上的阳光也变得暗淡，仿佛有浓云迷雾遮住太阳。

正出着神，面料从她手中滑落，就在此时他走了过来。

他正在戴帽子，身上穿着轻薄皱褶的浅色亚麻西装；一边脚步轻快地走出店铺，一边把什么东西塞进裤子左侧口袋里；另一只手里抓着几张对折的写满记录的纸。

他们各自沉浸在自己的思绪中，差点撞到一起。

"对不起！"年轻的男士及时刹住脚步抱歉道。

高大，瘦削，鼻梁挺拔，率真，目光炽热，左侧嘴角流露出羞涩的神情。她多想用英语回答他，但是苦于词汇量太小，气急败坏地咕哝着：

"对不起个屁，没长眼睛啊，白痴！"

她不曾想过对方有可能听得懂自己的咒骂。但事实上，是的。他的确听得懂，脸上瞬间流露出讥讽的表情，刚要放声大笑。然而，微妙的神情转瞬即逝：他还没来得及反击，便被街头的哨声吸引，讪笑僵在脸上。

警报声离他们很近，高亢嘹亮，压过店门口所有嘈杂声，行人交谈的声音、汽车的噪音、马蹄落地的嗒嗒声和卡车发动机的轰鸣声瞬间被掩盖：尖锐的哨声令他寒毛立起。

陌生人警惕地皱起眉头，迅速地左顾右盼，看到最不想看到的场景：两个警察飞快地穿过街道，粗暴地推开车辆和行人，径直向莫娜和他所在的位置奔过来。

"帮我个忙，帮我保管这个……"

他慌张地细声耳语；一只手递给莫娜那叠对折的纸，另一只手迅速掏出刚放进口袋的一沓钞票。没等她应允或拒绝，他就争分夺秒地把所有东西一股脑塞进阿莱纳斯家二姐手臂上挂着的篮筐里，埋入一把瑞士甜菜和一包肝脏下面。紧接着他转身就逃，两手空空，健步如飞。

警察终于赶到人行道上时，她才知道发生了什么，穿着浅色西服的男人像猫一样敏捷，已经潜入附近的横巷。

莫娜惊恐不安，心都快从嗓子眼里跳出来，快速地穿过街道，也准备逃离现场。她光想着要快点离开，慌不择路，随便转了个弯确保没人跟着自己，通过一条从未走过的路转向第十四街，不停问自己为什么这么不谨慎。

"小姐……"

来到自己熟悉的街道，她直视前方匆忙赶路，篮筐紧紧贴在肚子上，就好像担心有人会把它抢走。她没想到背后的声音是在叫自己。

"小姐，抱歉……"

没反应。

"小姐……"

到第三声的时候她总算反应过来，一只手拍在她的肩膀上。她一声惊叫，手的主人瞬即缩回手臂。

"请原谅我；很抱歉惊扰到您……"她惊讶地看到前一晚帮母亲治疗的年轻医生再次出现在面前，只不过他没有穿白大褂，站在午间明媚的阳光下。"我去看望几位病人，刚好路过附近。"

谎话。烂透了的谎话。年轻的塞萨尔·奥索里奥医生在上东区的知名诊所里为久负盛名的卡斯特洛比耶霍担任助手，他从不上门问诊，也从不踏入城市的哪个角落：他的工作、家庭和生活的一切都在曼哈顿上城区。像拥有良好社会地位的其他西班牙人一样，下城区的工人同胞们无论在物理空间上还是精神世界里都离他们很远很远。

"……所以想着去看您母亲的伤口恢复得如何了。"

莫娜站在人行道中央满心疑惑地看着他，身边行人川流不息。他真的很不会挑日子，刚刚发生的意外令她惊慌失措，她不仅怪自己不谨慎，也怨恨那个逃遁的男人。您怎么知道我们住在这里？她刚想发问。但根本没必要，因为接下来他赶忙解释了。

"洛丽塔，诊所的前台，告诉我您的地址。"

他依然保持良好的面貌。梳理整齐的浅棕色头发，体面的西装，健美匀称的身材，斯文的眼睛。他与莫娜的世界天差地别，即便如此，他努力让自己听上去亲切自然。然而她因为别的事情分心焦虑，完全没有注意到男人平静外表下极力掩饰的其他细节：他说话的时候手心不停流汗，试图让自己的谎言更加可信时，领带勒得他快窒息了。

"她应该在厨房里，您跟我来。"莫娜总算打消疑虑回答说。

雷梅迪奥斯像往常那个时间一样在厨房里忙碌，她正在切蘑菇，眼皮上敷着他治疗后递给她们的黄色药膏。可怜的女人根本想不到医生会主动来帮她检查，但是她也没有怀疑他的突然到访，突如其来的拜访背后是否有其他原因；她努力让自己适应那座奇怪的城市里发生的最奇怪的事情。

"您留下来吃饭吧……"

令女儿们惊讶的是，母亲在年轻眼科医生检查完治疗情况后想到的报答只有这个：现在向上看，向下看，向右，向左；闭上眼睛，睁开，再次闭上……其实根本没有复查的必要，那不过是轻微的外伤，但是女人的无知令他可以用自己的方式谨慎对待伤口，就像老板卡斯特洛比耶霍刚开始练习角膜移植时那样认真。而且他可以顺便满足自己对莫娜的私心，可以再次见到她。

奥索里奥婉拒了她的邀请，这让大家松了一口气。那天早上他费尽心思才编造一个理由没去诊所，然后来到远离自己领域的街区，在附近独自徘徊，直到遇见那姑娘，然后谎称需要为她的母亲检查眼睛。第一天就留在小餐馆吃午饭实在有些过头。

"我陪您出去。"莫娜说，以感谢他回绝邀请。

因为需要医生关照母亲，二女儿尽可能表现得友善，但她正因篮筐下深埋的东西而担忧，那里藏着另一个让人更加不安的男人无缘无故丢给她的东西。

28

雷梅迪奥斯从桌前站起身去拿甜品。

"今天下午一位女艺术家来国民联合会看彩排。"露丝激动地低声宣布。

她们一如往常很晚才坐到粗茶淡饭前；她强忍着没有公布消息。母亲离开餐桌时她总算逮到机会，之前二人因为守丧和萨苏埃拉发生分歧僵持不下，她丝毫没兴趣去缓解关系。她从口袋里掏出一张折成好几层的广告。

"彩排结束后她说要找我谈谈，说想给我提些建议，明天早上在剧场等我，前些年他们在那里演出过另一场萨苏埃拉，现在正在为新剧选角。"她依然压低声音，语气仓促。

"但是你又不知道那女人是谁。"维多利亚暴躁地反对，"一个陌生人让你去哪儿你就这么去了？"

"她叫玛丽塔什么的，非常可靠，有些参加演出的人认识她。"

"你不能轻信他人。"莫娜跳出来附和。

"她跟我说我很吸引人，嗓音优美，也许再稍加调教……"

"那些都是屁话，你记住。"

就这样，三个人低声争辩着，语气急促而尖锐，露丝坚持认为自己如此选择会有光明的前途，姐姐们不断给她泼冷水让她清醒，直到小妹忍无可忍地爆发。

雷梅迪奥斯茫然不知，手里拿着水果回到餐桌。

"今天就剩下两个梨了。"

争论戛然而止；维多利亚和莫娜收敛表情，露丝双唇咬紧，态度高傲而刚毅。她们太了解妹妹了，知道她不会轻易退缩的。

露丝不是她们肚里的蛔虫，怎么都不会想到当晚大家各怀心事。姐姐们深陷自己的忧虑，内心积压了一整天的不安。

曾经，维多利亚是三人中最活跃的那个，她时不时地可以走出破旧的拉特立尼达街区，投入萨尔瓦多的怀抱，一同前往最繁华的市中心，那里有咖啡馆和露台，精心装扮的女士和华丽橱窗。身处纽约却恰恰相反，她过着最波澜不惊的生活。莫娜和露丝还可以冲破枷锁，慢步走向新的人生舞台，她却成日被困在"船长"中，几乎不曾从昏暗的地下室探出头，也从未走出过自己的焦虑。被那个向她承诺天长地久的男人抛弃令她痛心不已，她来到纽约后坚持每周给他写信，感情炽热的信件充斥着拼写错误和对恋人的倾诉，然而绝望的呼唤如石沉大海。

维多利亚若想自欺欺人，总能找到一厢情愿的借口。有时她宁愿认为没有回音是因为他傲慢的家庭把信件藏起来了；有时她想象着信件从邮袋里逃出来，像海鸥一样飞翔在空中，却中途坠海，墨水和她的情话都被海水冲淡。然而，当她幡然醒悟时，终于接受了最残酷的现实，深信那个浑蛋已经对她没了感情，只是瞥见破烂信件的一角就点火烧了，又或者他把信揣进口袋，然后在狂欢之夜当着朋友们的面高声宣读，一起嘲笑那个被他带出街区厮混的美丽女孩天真、大胆和拙劣的文字。维多利亚被这些愁绪纠缠着，有时她幻想总有一天可以回到家乡，未来会变得光明，而有时她的内心告诉自己最好忘记过往种种。

这一切都让阿莱纳斯家大姐陷入一种无尽的忧郁中，悲伤令她的心底蒙上一层阴影，因此那天午饭时间她没有留意自己正服务的第一个客人，他经常对她说一些污言秽语，那天中午更是过分。看见她身上罩着轻薄的连衣裙，周围又没有其他客人，他突然有了淫欲，正当她双手端着杂碎汤时，他用粗糙的手掌一把抓住她大腿前侧，接着滑入裆部揉捏耻骨，想象着把一颗柠檬挤出汁水来。你实在太有料了，小婊子，他咬牙切齿地说，你怎么那么赞。

尖叫声，汤碗打翻，汤汁和面条洒落一地，陶器摔在地上瞬间碎裂，其他食客们扭过头来看热闹，强烈谴责他的流氓行径：无耻肮脏的家伙，畜生不如，太下流了……她羞愤地掴扇施暴者，那家伙就是个怯懦的孬种。维多利亚心里有着种种纠结，那天晚上根本没心情参与露丝虚无缥缈的美好幻想。虽然她已经恢复平静，两位客人将那个无耻之徒扔到大街上后，她再也抑制不住号啕大哭，钻进空荡荡的储藏室寻求庇护，悲从心来，她坐在木箱上，佝偻着身体，肩膀缩在一起，把脸深深埋进双手之间，体会到了屈辱、羞愧、痛苦、肮脏，种种感受交汇。

雷梅迪奥斯总是谨小慎微，最后一位客人离店后她又在里面闩上门。她刚把梨切成四份，门外突然有人动门把手，拉不开就开始敲门。

莫娜站起身，费了好大劲才把梨塞进喉咙。跟维多利亚一样，她一整天心都揪着，精神高度紧张，根本没有心情去分享露丝天真烂漫的幻想。她一想到早上撞见的陌生人丢给她的东西就心神不定；从篮子里偷偷取出的东西现在就藏在储藏室的米袋后面，她不知道该如何摆脱它，或许她可以回到布店交给店主，又或者索性把它丢进下水道。过去的几个小时她心神不定，甚至都没有怀疑医生的神秘拜访。

"我去看看是谁。"总算把梨吞进去后她轻声说。一种不好的预感从脑中闪过：直觉告诉她那家伙来了。

走向大门的途中，她在储藏室稍作停留；她一下子就翻出想要找的东西，接着塞到胳膊下面，用外套遮住。

一开门，她的猜测就被证实了：果然是他。他瘦削的身体裹着浅色皱褶的西服，脸庞棱角分明，头发蓬乱，领带松垮，脸上露出释然的微笑。

"我从早上到现在一直在找您，还以为找不到了呢……"

不想被其他人听见，莫娜赶紧在身后关上门。他们面对面站在马路边，外墙上嵌着的灯泡散发出微弱的光芒。莫娜环顾四周看是否有需要提防的熟人；确认过昏暗的街道上只有一些陌生人走过后，她的怒火终于控制不住爆发出来。

"您怎么找到我的？您怎么敢来这里呢？今天早上您怎么可以那……那……那样利用我？"她找不到合适的语言，只好胡乱发泄，"您是白痴吗？"

紧接着她从腰间掏出几张对折的写满记录的纸和一沓杂乱的破旧钞票。

"给您。"她一把塞到他胸口。她宁愿不去问明白那些是什么，最好不要知道。"现在就请您走开，离我远些。"

"您不想听我的解释吗？"

"不必。"

"我没想要拖您下水，我跟您保证。"

"您请离开，别让我再说一遍。"

"您看……"

"您在想什么呢，不要脸的家伙？"看到他如此坚持，她忍不住爆发怒吼，"您问都没问过我，我根本就不认识您，您毫不犹豫地把我拖进您的麻烦中去；您也不在乎警察抓不到您转头来抓我。"

就在她尽情释放压抑在心里的焦虑时，对方面不改色，冷静地看着面前这位暴跳如雷的女士：纤薄柔软的嘴唇，圆睁着的眼睛散发出明亮深邃的目光，随着话语节奏脑袋晃来晃去，语气强烈处还配合手势。

"说完了？"

还想怎样，白痴！她差点吼出来。但是她决定克制一下：刚才已经把愤怒一股脑宣泄出来了，先这样吧。

"就剩一句，您可以从哪儿来回哪儿去了。"

他用两根手指在太阳穴上轻轻一点，假装敬了个军礼。她尖酸地嘀咕道：

"噢，天哪。"

他约莫三十岁，个子比她高一掌，浅棕色的头发纤细松软，面孔瘦削，幽暗的光线下眼睛闪烁着绿光。他很迷人，她承认。

然而经过今天发生的一切，她只希望他永远消失，因此转身要走进"船长"，把他留在身后。

"还有最后一件事。"

莫娜背对着他，正要推门。

"您不想知道我有没有被抓住？"

她没回头。也没回应。我宁愿不知道，她嘭的一声锁上门，丢下他呆呆地站在原处。我再也不想知道他任何事情，包括他的名字在内，哪怕他自己说出来。他的确很帅很有吸引力，但是她不喜欢惹麻烦上身。

29

面谈约在十一点，她们坐在双层公共汽车的上层来到第四十六街；米拉格罗斯夫人跟她们详细解释：如何付钱，如何乘坐巨大的交通工具，哪里上车，哪里下车。

那天一早，莫娜强忍疑虑问露丝究竟如何打算。

"我会请孔查夫人陪着我，"她坚定地回答，"她相信我。"

阿莱纳斯家二姐脑海中瞬间回响起在国民联合会听到的萨苏埃拉的旋律，看到小妹穿着洗衣店老板夫妇赞助的服装，自己独自一人躲在大厅深处，愤怒的母亲一丁点支持都不给，悲伤的感觉直刺骨髓。她在脑中盘算过去几日"船长"累积盈余的物资，估摸着那天早上不采买也撑得住。

"我最好陪你去。"

露丝穿着一件崭新的白色衬衫，前面有一个大大的蝴蝶结。

这件衣服是在联合广场上廉价的斯凯林仓库买的，她从伊利格瑞夫妇那里洗衣熨衣挣来的钱每周末上缴给母亲时会偷偷留下几美分，慢慢积攒。初次登台时穿的衣服不仅十分体面，还是对雷梅迪奥斯坚决反对她追求理想的无声反抗。然而，其余的装扮都看上去破旧简陋，她连一双薄长筒袜都没有，仅有的冬季厚款不适合四月底的气候，索性裸着双腿出门。为了让自己看上去没那么可怜，刚上车她就从腰带里取出一支口红。

"有人来洗衣店时落在一件斗篷里面的，"她说着把口红递给姐姐，"帮我涂上吧。"

莫娜为她细心涂抹口红，然后在两颊上轻轻点上少许增加红晕。

"要不你把头发散开吧？"

姐妹俩一起把她出门时戴着的发夹全部扯下来，亮丽卷曲的栗色长发披在肩头，一小撮刘海耷在左眼上。

"现在你看上去更像艺术家了。"莫娜狡黠地眨眨眼。两人傻笑起来，再一次形成坚实的同盟。

下车时她们早就脱下针织衫，满脸通红，燥热的手臂裸露在空气中。这一区的氛围和第十四街区截然不同，可以说所有人都看上去精力充沛：人们戴着帽子，穿着春季的服装，男男女女迈着优雅的步伐进出商店和办公楼、餐厅、各种机构和咖啡馆。看路！一个无礼的家伙咬牙切齿地说，他差点跟正在欣然盯着橱窗的露丝撞个满怀。对不起，宝贝！另一个人踩到莫娜脚时抱歉道。

她们意识到时间快来不及了，努力调整好行进的脚步，巧妙绕开所有碍事的路人：伸着脏兮兮的手和铝合金饭盒沿街乞讨的一对衣衫褴褛的老人，边走边啃着热狗全神贯注看书的人，卖报的小商贩，肩上挂着大幅广告的年轻人。

"你看，你看……"姐妹俩时不时惊奇地提醒对方。她们互相肘击或拍对方一巴掌，伸出手来指指点点。

电动剃须刀，时下最精彩的表演，城市最快的裁缝，照片立等可取。每个人都为了自己的生活匆忙赶路。街上车水马龙，喇叭声此起彼伏，摩天大厦高耸入云。她们坚信自己来到了另一个纽约。

她们好几次迷失方向，走了几段冤枉路，总算找到正确的位置，抬起头看着雄伟的外墙，门廊上有三个拱门，旁边竖着一块牌子。夏宁剧院，她们读着上面的文字。她们已经迟到二十分钟，匆忙推开大门上的铜质门闩。

与马路上的熙熙攘攘形成强烈对比，前厅安静得像一座神殿；两人都感到一阵寒意。没找到人通报自己已经到了，她们选择继续前进，试图踮起脚压低旧鞋掌钉落在地上的声音，却是徒劳。

她们渐渐听到慵懒的钢琴旋律；在几层厚厚的天鹅绒幕布后面，宏伟、密闭且空荡荡的演出大厅映入眼帘。舞台上方的射灯仅投下一束光。她们还没伸出头去，音乐声戛然而止，同时响起一个声音：

"到时间了，对吧？"

她们在中央廊道一路小跑，那个名叫玛丽塔·里德的人十分谨慎地从舞台上走下来，以免在黑暗中跌倒；靠近时面孔变得更加清晰。她个子高挑，身形健硕，年逾五十，身上罩着一件花里胡哨的大衣，妆容艳丽：画得乌黑的眉毛，鲜红色的嘴唇，在那个时间看到很是别扭。

她一张嘴就是安达卢西亚口音的西班牙语，亲切的语调瞬间让她们感到亲切踏实。然而，说到一半她开始穿插英语词句：她用英语说"女孩"和"塞维利亚的理发师"这两个词。

"所以你们是马拉加人？"抱怨完她们迟到后她问道，"我老家不远，我妈妈是西班牙人，出生在拉里奈阿镇，我爸爸是直布罗陀海峡人，我也在那里出生，很早就离开了。我不到七岁就和一帮喜剧演员登台演出了，我乘着马车走遍半个西班牙去街头表演，十六岁我爬上停靠在阿尔赫西拉斯港的意大利货轮来到纽约，所有人都说这里有希望有未来，为此你们也来到这里，不是吗？"

她们耸耸肩，没有戳破她天真的假设。不，她们从未被什么所谓的希望打动过，她们不过是随波逐流，根本没有自己的抱负和理想。然而，眼下她们想用这种模糊的姿态代替解释，况且，像她这样卖弄显摆的女士并不在乎她们是否回应。

"自从萨拉戈在一九二一年成立西班牙剧院公司开始我就跟着他们了，"她继续说道，"我演过阿尔瓦雷斯·金特罗兄弟笔下的马尔瓦罗卡，扮演过贝纳文特的剧作《别处的巢》中的玛丽亚，我参加过纳尔西索·伊瓦涅斯·门塔从布宜诺斯艾利斯带来的演出，我认识诗人加西亚·洛尔卡，他几年前在这里深深迷恋哈莱姆的黑人；我演过小品、滑稽剧、轻歌剧和杂技，福尔图尼奥·博纳诺瓦一九三二年想带我去好莱坞，我拒绝了他……"

莫娜和露丝默默地注视着她，极力掩饰自己的无知：她分享的经历完全超出她们的认知；因此当女艺术家自己结束这个话题时，她们总算松了口气。

"所以我们走吧，还得忙正事，已经耽搁太久了……"

走回舞台前她仔细打量了一番莫娜。

"你也想成为艺术家吗，亲爱的？你也想试试吗？"她走过去，一把抓住她的脸蛋，手指像钳子似的深陷入脸颊中。"如此乌溜溜的大眼睛，太适合演《血的婚礼》里面的新娘了，我亲爱的……"

没等莫娜回答，她松开手，重新回到舞台坐在钢琴前，把闪闪发光印满剑兰图案的衣摆向后一甩。来吧，小姑娘，她冲露丝喊道。快上来啊，来吧！你在等什么呢？等着长出翅膀？等着白马王子带你飞上来？

冷冰冰空荡荡的剧场回荡起音乐声，略微带来一丝温暖。与那天在国民联合会争取萨苏埃拉角色时的演唱不同，现在没人为埃米利奥·阿莱纳斯家的小女儿鼓掌，但是莫娜坐在台下第三排，远远望见妹妹跟随老艺术家的指引演唱时她脸上赞许的表情。

看到露丝游刃有余，无所畏惧，玛丽塔身体里油然而生一股强烈的自豪感。现在随便给我来段旋律，孩子；来一段民间小调，姑娘；我们进一段轻歌剧……

30

"船长"已经准备好要提供午餐了，尽管雷梅迪奥斯和维多利亚没料到莫娜会突然消失，不得不用前几天剩下的刚好够用的食材应付。灶上搁着大炖锅，桌子摆放整齐，大门虚掩，屋里坐着第一批客人；通常是三个希洪的泥水匠，他们刚从第十大道正在建造的大楼脚手架上下来。

然而那天中午一反常态，最先走进店内的并非阿斯图里亚斯三人组，而是一个男人，他与那些常客不同，他没有穿工装也没有戴工帽。而且他是开车来的，车里有一位更加腼腆的年轻人，仿佛一直都扮演后卫的角色。

她们谁也没有回应到访者的问候。维多利亚的手臂停在半空中，她正要把一口平底锅挂在钩子上；雷梅迪奥斯正在取盘子的手也瞬间僵住。

是法布里西奥·马萨，那个意大利律师，他迈着笃定的步子走向将餐厅和厨房间隔开的前台。他像第一次到访公寓那样，穿着套装，戴着醒目的紫色领带；脱下帽子时露出一头乌黑油亮的卷发。走到她们跟前时脸上绽出逢迎的笑容。

"无论您今天煮的是什么菜肴，阿莱纳斯夫人，闻上去太美味了。"说着他礼貌地点点头。接着他转向维多利亚："当然，有这么美丽的女士在身边，很难没有灵感啊……"

他又挤出灿烂的笑容，露出两排牙齿，但是母女俩谁也没能做出回应：她们只是呆呆地看着他，怯懦无言，手上仍然拎着那些炊具。

"我想来谈谈，"他面不改色地继续说道，"谈上次埃米利奥先生不幸离世后我来拜访诸位时提的那件事，愿上帝保佑他的灵魂。"

没想到他旧话重提。她们连眼皮都不敢眨，大气都不敢喘。除了他虚伪的恭维奉承，母女俩清楚地知道眼前的这个男人理论上曾提出要捍卫她们的权益，然而背后掩藏着不可告人的虎狼之心。后来那家伙决定骚扰威胁利托嬷嬷，企图阻止她继续代理她们的事务，面对她的严词拒绝，竟然下令让人伤害她。

看到她们铁一般的沉默，意大利人决定改变策略，不再用言语逢迎她们，用另一种方法说明自己到访的目的。他说他烦透了与修女僵持不下的争论，因此希望与她们直接对话。他说她们把如此重要的事情委托给那个疯子是错误的决定，他更加清楚事情的进展，有更加强硬的关系网，希望她们能够重新考虑。她们给出的回应是坚不可摧的沉默：两个人仍然不知如何回答。

面对两个女人无尽的沉默，他感到越来越不爽，继续罗列自己的理由，语速时而急促，不断提到周期和进展，赔偿金额，谈判和日期；援引其他类似事故受害者的案例，巨额的赔偿，金额几近百万……当他陈述完自己的论据时，最初的理直气壮逐渐被愈加强烈的紧张感取代。

"可恶的家伙，"他毫不掩饰地用意大利语咒骂修女，"臭婊子。"

意大利人继续肆意辱骂，维多利亚瞥见母亲已经开始啜泣，每次事情不可承受时她就会哭。雷梅迪奥斯的眼泪根本不会传染给她，只会起到反作用：在大姐心里激起一种强烈的痛苦。她张开鼻翼，越来越猛烈地吸进空气。直至忍无可忍。

她不高兴再把手中的平底锅挂回去，而是把它怒不可遏地摔到台面上，也没管它滑到石台边上哐的一声掉落在地。直到空荡荡的饭店里回响起金属撞击瓷砖的钝响，意大利人才感到仓皇失措，停止牢骚。

刚刚收声，他就被女性的尖叫声刺穿耳膜。

"滚出去！"

雷梅迪奥斯扯住她的手臂试图阻止，她厉声反抗。

"放开我，妈妈，"她咬牙切齿愤怒道，"放开我。"

她冲出厨房来到律师跟前，伸出手臂指着大门。

"从这里滚出去，别再来烦我们！"

马萨试图说什么，甚至想再用虚伪的笑容来安抚她，脸上却挤出十分尴尬的表情。

"小姐，请……"

但维多利亚在那一刻就像被点着的火柴盒。过去几个月累积的不快，所有的悲伤和思乡之情，因为萨尔瓦多的无视、事情进展缓慢、被咸猪手侵犯、"船长"的入不敷出等一系列状况而感到的挫败，所有这一切令她的怨愤倾泻而出。

"我说了你去死吧！"她出离愤怒大叫道，"离开这里，快滚出去……"

马萨脸上强装的笑容已经消失：他的耐心已经耗尽，忘了曾对自己说过要保持友好的态度。尽管如此，他仍站在原地。直到她实在受不了他的固执，一把抓住他的衣领向门口推搡，嘴里不住咒骂。坏人、浑蛋、他妈的、王八蛋……

律师十分紧张，似乎没有预料到事情会发展到如此地步。这个婊子不仅妨碍我的利益，还那样对我说话。维多利亚把他抓到面前时才发现，一双粗糙宽大的男性的手抓住意大利人的后背，令他没能扇出巴掌。被控制住后，新来的那个人像对待一袋土豆那样把他甩向一边，顶出肘部猛地一击。

马萨惊呆了，踉踉跄跄后退，一只手撑在椅背上把椅子推倒了，接着又压倒另外两把椅子。他试图站起身时又撞在一张摆好午餐的桌子上。在碗碟摔碎和餐具撞击瓷砖时发出的叮叮当当声中，那个泛泛之辈总算找到平衡，笨拙地试图反击。然而，为时已晚：袭击者已经让开几步，把维多利亚揽在怀中。他右手紧握，时刻防御，以防万一。

每天准时到店的阿斯图里亚斯三剑客令混乱的场面告一段落。他们不需要更多的解释就能够理解当时的局面：只消看一眼便足以得出结论。雷梅迪奥斯站在厨房里撕心裂肺地向圣母玛利亚大声祈求，安达卢西亚的烟草商把大姐抓入怀中做出防御的姿态，那么很显然现场多余的是那第四个人。那家伙涂着厚厚发蜡的头发杂乱无章，领带被扯得扭曲，一只手扶在下巴上，看上去十分痛苦。他仍旧没能站直身体。

"怎么着，朋友，想让我们把您扔出去还是您自便？"

他们一眼认出巴洛纳，他是一个正直的同胞，时不时会在附近出现兜售香烟，从不管闲事。

"放开他。"

维多利亚替他回答，一下子从见义勇为的好汉怀里跳开。她盛怒难平，依然不愿退缩：她前进几步再一次站在意大利人面前，披头散发，一撮不羁的刘海遮住面孔，浅蓝色的连衣裙上两颗扣子被扯开了。她浑身颤抖、喘着粗气，双眼冒着近乎兽性的怒火。

所有男人的目光都无法离开她。

"从我们的生活中彻底消失，"她喃喃道，"再也别出现。"

31

她们从夏宁剧院的舞台走到一间装满服装的更衣室，各个角落都挂满装饰着亮片、花边和羽毛的过时服装。镜子前的一张桌子上撑着三顶假发，还有瓶瓶罐罐的化妆品。

"下一拨申请人来之前我有不到半小时吃午饭，"里德对她们说，"要不是你们迟到了，我们可能已经结束了；你们跟我进更衣室，我们在那里聊。"

没等她们回答，她就让她们从侧翼出来，跟着她穿过一条阴暗的走廊。刚走进去，她做了个模糊的手势。

"随便找个地方坐下。"

莫娜和露丝互相侧视，不敢说话。在狭窄的更衣室里，身形魁梧的玛丽塔·里德看上去更加伟岸。她们努力找到空间坐下，艺术家一边用浑厚的嗓音哼唱着刚才用钢琴为露丝演奏的那段乐曲，一边背对着她们点燃炉火，把一只锡锅放在上面。接下来的几分钟，房间里慢慢溢出难以名状的气味，她完全无视她们的存在，继续忙着手头的事情，摇晃品尝，摊铺桌布，摆放餐具，倒一杯水。一切准备停当后，她瘫倒在一张充满美丽回忆的椅子中；奢华大衣的下摆拖在地面上，上面画满了鹦鹉和热带水果。

"麻烦你们谁把那个托盘递给我。"

把托盘摆在膝盖上后，她把餐巾塞进衣领，叉起一块看上去像蘸着深褐色浓稠酱汁的肉。姐妹俩如同连体婴一般紧紧依偎坐在窄凳上，仍然紧张得一言不发，等待着还没到来的判决。

"可以接受。甚至超出了仅仅是可接受的范围。"她含着食物用叉子指着阿莱纳斯家小妹补充道。

她们以为她在说炖菜，但马上意识到不是的。

"你超过我的预期了，孩子。你很符合我脑中的形象。"

露丝脸上瞬时涌起一阵热浪，艺术家翻搅锅里的食物，又叉起一块肉。

"我跟你们说，我一直以来都是一个有修养的艺术家，希望可以继续参加真正的舞台剧表演：那种伟大剧作家的作品，台下坐着精致优雅知识渊博的观众。但是如今，"她咂了下舌头说，"那种剧几乎挣不到钱，因为观众十分有限。"

她停顿片刻，嘟哝了一句盐不够，然后继续刚才的话题。

"住在上西区和中城区可能来剧场的西班牙人；企业家，做生意的人，文化人或者家境还不错的人，受过教育有社会关系的人，他们出席宴会，欣赏大都会的歌剧，卡耐基音乐厅的音乐会和百老汇的巨制；比如在市政厅演奏的帕布罗·卡萨尔斯或安德烈斯·塞戈维亚，或阿根廷舞女的剧目，他们肯定都会去欣赏。但是如果没有祖国的味道，在美国人的剧目中生存下来没有任何问题，就像欣赏俄罗斯芭蕾舞和艾灵顿公爵交响乐一样开心。"

她停顿片刻，用餐巾纸轻点嘴唇擦净汤汁，仿佛在奢华餐厅吃午饭，而不是在陋室之内。

"然而，整个聚居区截然不同，你们自己也看到了。几乎所有生活在纽约的西班牙人都非常谦卑，纯粹的工人阶级，身后有着悲惨的经历，为了养活子女没日没夜地工作，或者把钱寄回给家乡的家人，或者存下来为了将来能够有自己的营生，或者仅仅为了生存。差不多就像你们这样，不是吗？"

她继续一边吃一边讲，突然被什么卡住喉咙，猛拍了几下锁骨下方帮助自己吞咽。

　　"那些人绝大部分追求的不是精湛的艺术，而纯粹是找乐子：令他们可以享受美好的时光，摆脱每日劳顿的疲惫和各种各样的问题，然后脸上挂着微笑回到家中安然入睡。你们明白我的意思，对吗？"

　　她们又做了一个不置可否的姿势。事实上，她们震惊于掺杂着酱汁肉的侃侃而谈，但是不敢打断她。

　　"那些人需要刺激，让他们鼓掌、跺脚和放声大笑。如果能够勾起他们强烈的思乡之情，就像加利西亚人嘴里说的'乡愁'，那就再好不过了。如果再加点辛辣的味道，"她挤弄着眼睛说，"那就更好了，整套表演就齐活了，瞧好吧！"

　　她在炖锅底部使劲刮了几下，把剩下的一点菜捞起来。

　　"因此，姑娘们，我一直想开家公司，一家小公司，可以在西班牙工人聚居的地方巡回演出。我们就从这里开始，纽约，然后前往新英格兰的花岗岩采石场附近，往北到缅因州和佛蒙特州，接着走遍整个工业带：去俄亥俄州的坎顿、代顿和克利夫兰，给冶金工人演出，他们工资收入不错，然后去宾夕法尼亚州的多诺拉和西弗吉尼亚州的矿区，我都能想象出那些可怜的孩子会如何感激我们的演出，他们没日没夜地钻在矿井里作业……我们也许不会到达中部大草原和加利福尼亚州，虽然那里也有很多同胞，可是他们就算了；我们也许会去密苏里州的圣路易斯，那里有很多锌矿工人，或者去佛罗里达州的坦帕，那里烟草厂的工人薪水也不少……"

莫娜和露丝呆坐在凳子上，假装很认真地聆听。实际上，她们根本没办法理解艺术家刚刚口若悬河绘出的美国地图。

"这就是为什么我一直游走于城市的各个角落，去传递讯息并寻找具有潜质的艺术家，即便是那些谦逊的业余爱好者，因为技艺总会慢慢精进的。所以我昨天去了国民联合会。我这些年攒下了一些积蓄：无论别人怎么说，这份职业是挣不了大钱的，我像头驴子似的闷头工作，从未有过家庭，而且非常理性地自我管理。"

她把餐巾纸从脖子上取下来，做了个手势示意莫娜把托盘从她膝盖上端走。

"但世事难料，"她说着用手臂撑住把手站起来，"哦，天哪，环境变化太快了……有声电影迅速吞噬了剧院的市场，我也年事渐高，所以，*长话短说*，我想赚足够多的钱，让自己有个体面的晚年。"

"那么……"露丝试图一次性帮所有人搞清楚她在这个毫无头绪的事件中能够做什么，"那么，您想做的是一个……一个……"

"可以叫巡回综艺剧团，*小甜心*：混合少许萨苏埃拉，就像你们正在第十四街彩排的那种剧目，一些令人捧腹的幽默剧，很大一部分民间音乐，再有几首吉他弹奏，一位多情郎诵读情意绵绵的诗歌，一位搞笑女艺人用顽皮的方式演唱流行歌曲……至于你，今天见到你之后，我想让你贡献一部分安达卢西亚民间小调和流行乐曲，你们知道的……"

玛丽塔·里德挺直自己庞大的身躯，站在那儿再一次占满整个空间，姐妹俩也站起来，都试图用自己的方法把刚才听到的内容在脑海中进行分析。

且不说她提到的知名音乐家和大型爵士乐团，莫娜唯一清晰的感受是那一切听起来太过夸张，荒诞离奇，小妹根本无法承受，她就是一个来自马拉加的小女孩，还未经过大风大浪，也从未妄想过有朝一日成为真正的艺术家，跟着一家小规模的"流浪"公司。更何况，母亲死也不会同意的：雷梅迪奥斯宁愿把小女儿绑在床腿上也不让她独自一人出去闯荡。

然而，露丝与莫娜的想法截然相反。

"我有一个问题，夫人。"她总算鼓足勇气说话，玛丽塔·里德准备好恢复行动，把脸靠近镜子，撩拨染过的头发。

"尽管说，亲爱的。"

"我要什么时候做决定？"

她回过头，乌黑的双眸盯着她，眼妆浓重。

"我希望夏季来临前就启程。所以我需要你尽快回复，最多两三天。我急着开始彩排，计划是在布朗克斯小剧场里。我后天就得过去，一个老朋友把它借给我用几天，但后面另有安排，所以我必须马上赶过去。"

32

刚离开剧院走上熙熙攘攘的街头，姐妹俩就杠上了。

"我会考虑她的提议。"露丝宣称。

莫娜的尖叫声让几名路人转过头来。

"可是，你傻了吗还是怎么？你怎么可以跟那个疯女人在这个到处都是怪人的国家四处游荡，跟着一帮受她摆布的演员去矿山和工厂里唱歌跳舞？"

姐妹俩站在人行道中间，争辩愈加激烈，很快声音越来越高，对话变得语无伦次：怒吼，咒骂，烦躁拉扯，甚至快要开始动手。接着一路上两个人眼神躲避互不理睬，大半程只能站着，直到露丝在车厢尽头找到一个空位坐下，莫娜独自留在前面，抓着把杆，眼睛望向窗外。

回到餐馆后两个人还是互不搭腔；她们还没来得及好奇为什么此刻大门紧闭，人行道上一群跳绳的小女孩冲着她们尖叫。

"他们去'玛利亚之家'了，让你们也过去！"

如果把那个空间称为图书馆有些言过其实，事实上那只是一间宽敞的房间，墙壁上靠着若干柜子，中间有一张大桌子，书不过十几本，但是很好地发挥了作用。家中另一位修女为雷梅迪奥斯和维多利亚带路，等待利托嬷嬷出现，烟草商也跟她们一起。她很快就下来了，修女说。她们围坐在桌子旁消磨时间，巴洛纳背靠一张台子站着，脱了外套，脸色阴沉，衬衫领口第一颗扣子散开，领带结被扯松了。

"你们怎么把'船长'关了？"莫娜和露丝走进来时警觉地问。

母亲开始磕磕巴巴、语无伦次地讲述，没人能明白她的意思。维多利亚无情地打断了她。

"因为我犯了个严重的错误。"

她简单明了地用四句话解释了事情的经过，从意大利律师闯入店内，满嘴花言巧语，面带伪善笑容，直到半小时后被赶到街上，羞辱、震惊而伤痕累累；快要结束时他们听见走廊里传来利托嬷嬷的脚步声。

"不会是我想象的那样吧！"她一边走一边高声道。

她现身时一如往常的诡异造型：身形娇小，头发凌乱，脚上穿着破旧的运动鞋，更像是一个经常踢球的男孩而非主的仆人。她的脸上还有从地铁的楼梯上滚落时留下的伤痕，一只手臂下夹着装满文件的厚厚文件夹，另一只受伤的手臂似乎移动自如了。

大家互相介绍时她轻松地与烟草商握握手，落座后从长袍底下掏出一盒皱巴巴的"好运来"，抽出一支点着，吞云吐雾间扫视着每个人的脸。

"与马萨正面交锋了，是吧？"

严肃的图书馆瞬间变成嘈杂的鸡舍，直到利托嬷嬷大致弄明白情况。接着她厌倦了再用咯咯的笑声敷衍，提高声音道：

"您呢，巴洛纳，您有什么要补充的？"

"您想我说什么呢，嬷嬷，那家伙是个不受欢迎的浑蛋。那个家伙当时手都抬起来了，如果我不去阻止他，这可怜的姑娘脸上就要挂彩了。但我也承认，天晓得，其实我也没必要打他，及时制止他也就够了……"

他深深吸进一口气鼓起胸腔，然后用力呼出，看起来十分沮丧。

"但当时没能控制住。"

玛丽亚的女仆静静点头。我来负责，她似乎在说。然而，她把几个星期以来不断折磨自己的疑虑掩饰起来，她经常想，当初应该建议那些可怜的女人们不要起诉惹麻烦上身，拿着钱和邮轮船票重新回到过去的悲惨世界。但是她克制住了。虽然素昧平生，但她没有让她们回去。然而，她没有预见到自己的决定会带来一系列后果。

她猛地一拍桌子，吓了所有人一跳。这一拍却神奇般地让她自己彻底改变了态度。

"我负责去拦住他，我要改变战略。我会找他谈判，不再会有麻烦。"她说得如此决绝，听上去虽然很假却很有说服力。她们差点没意识到她所谓的万无一失脆弱得像块玻璃。

安抚完她们后，利托嬷嬷停下来仔细观察面前阿莱纳斯姐妹们一张张被愁云笼罩的美丽脸庞，乌发披肩，之前灵动的眼眸现在看上去像一潭死水。她决定放手一搏。

"您知道我怎么想吗，巴洛纳？如果您想为打歪意大利人下巴赎罪，我有一个办法。"

"不必多说，嬷嬷，一切听您吩咐。"

"你知道'小伙子'吗，格罗夫街上的一家店？"

"当然知道。我时不时卖给贝尼托·科亚达好几盒烟呢。"

"把姑娘们带去吃晚餐吧。"

所有人都像撞见鬼似的惊恐地看着修女。

"把她们带去吧，快去，"她坚持道，"让她们分分心，她们体内积聚了太多压力。告诉科亚达账记在我头上，他肯定会送份甜点，那是最起码的。"

阿莱纳斯家的姑娘们没人赞成这个计划。她们不知道"小伙子"是什么，而且根本没有心情吃饭。雷梅迪奥斯愁眉锁眼，她每次听到打破陈规的建议时就会露出那种表情。

修女完全没有理会她，她坚持自己的权威，又拍了一下桌子，比刚才还要响亮。

"走吧，我的孩子们，好好收拾收拾自己，打扮漂亮点，别老惦记着灶台、那些可怜的律师和麻烦事。至少抽出一个晚上出去开心开心。"

33

虽然离得不远，他们还是打了一辆车，是烟草商提议的，这样显得正式些。卢西亚诺·巴洛纳坐在前排副驾驶的位置，她们挤在后排。维多利亚坐在中间，还在为刚才与马萨发生的不愉快而烦躁，根本没心情去玩，只想把头埋进枕头里忘记全世界。两边坐着露丝和莫娜，气氛紧张，互不搭腔，一个人盘算着追随玛丽塔·里德去恣意漂泊，另一个恰恰在为这种可能性发愁。

虽然三人各怀心事，但都意识到当下的局面十分诡异。烟草商的确从意大利人的手中救出维多利亚，但是当她们四个人一起挤进汽车的私密空间里沿着"村庄"前行，却没什么好聊的。她们佯装望向窗外几乎空荡荡的街道，但仍然如坐针毡。

其实烟草商内心也不平静：刚刚丧妻没多久的鳏夫很少有此等艳遇。但他是应那个负责她们父亲死亡赔偿申诉的怪异修女之托，而且……而且，他内心深处……算了，何必这么纠结呢，他想。现实是他背后坐着三位年轻的女性同胞，都古怪地一声不吭。她们头上还保留着卷发棒的热量，身上散发出廉价香水的芬芳和年轻女性的体香，沁人心脾。她们都穿着简单的自制连衣裙，没什么其他可挑选的。为了弥补服装的不足，她们躲在二层楼梯间里避开母亲涂了些口红。

她们来到谢里登广场旁边，卢西亚诺·巴洛纳脑中浮现出最后一次带妻子来"小伙子"的情形，已经过去多少年了？掐指一算至少五六年了吧。那时圣卢西亚和回力球宾馆的瓦伦丁·阿奎来跟他订了许多烟，整整三十六盒，他专门来到这里庆祝。彼时恩卡尔娜还没有生病，没有被肿瘤吞噬，恰诺还没有离家出走，三个人还住在亚特兰蒂克大道的房子里，她总是帮忙算账，他则出去走访曼哈顿的客户，晚上一家人围坐在桌旁，星期天去公园坡看望阿尔哈马的同胞。没承想生活一下子就分崩离析，孤独像洪水般涌入他的生活。

但现在不是缅怀过往的时候，出租车停靠在路边。店铺招牌悬挂在大门遮阳篷的两侧：小伙子。一位穿着栗色夹克、大腹便便的礼宾帮女孩们打开后门，他在前排付钱。

他们走进店里，一股音浪迎面而来，人们高谈阔论，放声大笑，吞云吐雾。光线幽暗，服务生高举托盘在人群中躲闪穿梭，空气中弥漫着的食物香气中混杂着女士香水、烟草和男性乳液的气味。各种声音嘈杂刺耳。屋里挤满了人，大家都玩得很开心。

一位戴着领结的员工走过来，头上闪着汗珠。欢迎光临"小伙子"，晚上好，欢迎欢迎，小姐们，很高兴再见到您，朋友，说着他拍拍烟草商的手臂。

"稍等一下，现在人多得扑出来，也不知今天怎么了……"

接着他消失在喧嚣中，留下他们在门口等待。三姐妹挤成一团，翘首望着里面的喧闹；他站在旁边保持一定的距离，手插在口袋里。店里的装饰热烈而刺激，向遥远的祖国致敬：摩尔拱门、天竺葵、瓷砖、铁艺灯、假檐篷。中央舞池暂时空着，最深处隐约可见一个小舞台，上面有一对搭档正在卖力表演炒热气氛，形式介乎幽默剧和弗拉门戈之间，演出已进入尾声。男人戴着绅士礼帽，女人穿着波点长袍，伴着音乐他们嬉笑和打趣，互相挑逗耍花枪，互相呛声刁难。随着最后一次跺脚、拨弦和大笑节目告终。掌声雷动，那个吉卜赛男人深深鞠躬谢幕，向坐在附近的女士们抛去康乃馨，女搭档挥动蔓藤花纹的披肩致意。

餐厅领班走回来，唤醒了他们。

"这边，请跟我来……"

表演结束后，店里又骚动起来，他们费了好大的劲才挤进去，来到靠边的一张桌子。前面一桌客人刚离开，服务员立即在塞戈维亚引水渠壁画下铺好黄色桌布，摆放四套餐具。他们刚坐下来，一个身形魁梧、剃光头发、脖子粗壮的男人身手敏捷地跳上舞台，浑身散发着领导魅力。

"那就是利托嬷嬷说的老板？"露丝问道。

巴洛纳一边点头一边打开餐巾，把一个角塞进衬衫领口。

那家伙走到舞台中央，清清嗓子，环顾四周，接着理了理领结，沉默几秒，示意大家安静下来。

"可爱的女士们，尊敬的朋友们……"

刚进来的几位食客回到位子上，人们尽量控制说话和挪动椅子的声音，服务生斟酒和收拾餐具时也努力不发出声响。

"尊敬的女士们，尊敬的朋友们……"

刚才还人声鼎沸的餐厅彻底安静下来，来自阿斯图里亚斯阿维莱斯的贝尼托·科亚达开始讲话：

"空难纪念日即将来临，那件事令这座城市乃至全世界的西班牙人悲恸……"

并非所有客人都明白他在说什么，在座的还有许多美国人，有些人是跟朋友来的，有些是自己来吃饭的。他们被遥远的文明深深吸引，那里有唐璜、斗牛和奔放的美女，可能他们前几天在美食指南或《纽约时报》中读到一段溢美之词，或者他们没有更好的去处，只好来这个融合歌舞表演、精致餐厅、小型宴会厅和知名夜总会于一身的地方。事实上，科亚达根本不在意他们听不听得懂。同桌会给他们翻译的，他肯定想。或者他们自己理解、想象或瞎编。

"麦德林的事故过去快一年了，对那个遇难者的记忆仍然留在我们心中……"

一个服务生走到烟草商和姑娘们这桌点单，但是她们刚刚被舞台吸引，根本没看菜单。

"他是独一无二的人"，庆典大师继续道，"一个神话般的传奇人物，令人永生难忘……"

"要不我来点？"巴洛纳心领神会地问。

三姐妹使劲点点头，松了口气。她们手里只拿过父亲为"船长"设计的菜单，上面只有几道常见菜肴；所以根本不知道如何点菜。

"他跟派拉蒙到皇后区考夫曼·阿斯托里亚制片厂录制拍摄时经常光顾这家餐厅，"科亚达继续大声讲着，"就在那张桌子上，在完成漫长的《你爱上我的那一天》和《探戈酒吧》拍摄之后那位欧洲移民来消磨了许多个夜晚……"

一束光打在一张空桌子上，上面摆放着一顶孤独的毡帽和一个相框，照片上的男人脸上挂着灿烂的笑容。几乎所有人都站起身，伸长脖子去看那小小的摆设，大厅里爆发一阵发自内心的欢呼声。姐妹们犹豫要不要站起来，内心十分忐忑，当其他客人坐下时，有些人还没有完全站起来，她们也是一样。

"他们在说谁，卢西亚诺？"露丝默认三姐妹都不明就里。

"加德尔。"[①]

"啊……"三人如梦初醒，异口同声道。她们听过这个名字，知道他唱过歌，曾经流行过，还有：他的音乐品味不属于这个世界。

她们全然不知他去年在哥伦比亚的一次空难中罹难了；更不知道派拉蒙是个什么东西，也就皇后区这个名字有些耳熟，因为她们的父亲就葬在那里。即便如此，当科亚达宣布接下来的重大消息时，她们还是报以掌声捧场。

"但是，我有一个重大的好消息，女士们先生们，今天我们迎来了探戈舞曲之王的继承人！"

他向前几步，张开双臂迎接一位步履轻盈的年轻人，他身着清爽的西装，大翻领设计，乌黑的头发向后背梳。

"让我们欢迎伟大的菲德尔！"

面对雷鸣般的掌声和人们脸上的无限期待，歌手却很快退缩了。第一首歌是《一步之遥》，显然他太过紧张，声音没放开。人

[①] 卡洛斯·加德尔（1890—1935），阿根廷探戈歌手，被誉为"探戈歌王"。因飞机失事丧生。

们听得兴致索然，继续吃着、喝着、聊着，当那个所谓的艺术家开始唱《紧闭双眼》，依然没有激发出观众强烈的共鸣。某个角落突然响起清脆的口哨声，另一个角落不知谁爆了句粗口，引发一阵哄堂大笑。

"你做梦也别想成为小卡洛斯，蠢货！"一个人藏匿在人群中大叫道。

科亚达耸了耸肩，从后方静静观察：当天探戈乐队首次登台表演的节目并没有达到预期的效果，妈的。无论模仿者如何精神分裂，都毫无说服力，在座很大一部分人肯定在电影院见到过真正的加德尔，要么通过收音机或者录制的 RCA Vitor 碟片听到过他的歌喉，抑或是《下坡》在坎坡阿莫首映当天蜂拥至剧院。今天我就要开除这个废物，阿斯图里亚斯人心想，晚上我就跟这个没用的可怜虫结账。

演出根本没有炒热气氛，面对这种窘境，他觉得必须得做点什么。

他走到一张桌子旁，牵起一位裸露香肩的金发尤物走入舞池，尽管歌曲演绎得平淡无奇，舞池很快挤满一对对男女。歌手不再是大家关注的焦点，科亚达让他串场时用自己的方式演唱就可以了，不要再模仿任何人，但是年轻人仍然苦苦挣扎，汗流浃背，拉锯般战战兢兢地又唱了两首探戈。

品尝着嘴里的食物，看着眼前的热闹景象，听着刺耳的歌声，阿莱纳斯姐妹们所有的感官都麻木了。大脑深处不时闪现马萨律师、玛丽塔·里德和各种紧张不安的想法。她们清楚地知道自己是当晚衣着最糟糕的女性，但已然不再介怀，尽管周围许多男性不经意间瞟向她们，越来越不掩饰打量的目光。明天又是全新的一天，维多利亚嗑着青口贝心里想着，露丝环顾四周，畅想自己在这种场合表演会是怎样的情形。莫娜则正在感慨这家饭店的生意如此兴隆，盘算着每天的收入该有多么丰厚。突然，她脑中闪过一道光。如果……？如果……？

"你们快看那个一头卷发的胖女人，她如果再这么跳下去，裙子就要撑爆啦！"

小妹的叫声把莫娜从沉思中拉回现实，维多利亚和她两个人毫无避忌地寻找那个胖女人，忍不住笑成一团，巴洛纳试图阻止她们却力有未逮。他也渐渐放松下来；姑娘们表现得越来越随意，对人情世故全然不知，举止自然，他只好跟着嬉笑起来。

一想到在刚刚过去的几个小时里他取悦了眼前的姑娘们，内心就感到莫名的自豪。也许因为此，他鼓起勇气。

"哪位可以赏光陪我跳支舞？"

她们都蠢蠢欲动，虽然更希望舞伴是一位英俊潇洒的绅士，而不是那位成熟的同胞。维多利亚想起来自己还欠他一个人情。

"我来。"

耳边响起《你爱我的那一天》的轻快和弦，烟草商鳏夫和埃米利奥·阿莱纳斯家大女儿第一次相伴走进舞池。

34

莫娜一大早非常麻利，母亲和维多利亚还在打开餐馆门闩和门锁时她已经回来了。刚遇到她们，她就把一整天的食材递到她们手上，然后匆忙告别，嘟囔着要去屠宰场找些脑花、内脏还有什么动物身上其他的器官。再多一个谎言又如何呢？

离开第十四街前，她先路过伊利格瑞夫妇的洗衣店，透过玻璃她在最里面看到露丝的身影，妹妹正在聚精会神地熨衣服，用手背推开耷拉下来的一缕刘海。她内心涌起一阵自豪感：家里的小女孩已经变成一位吃苦能干的年轻妇人，尽管心里还在纠结流动歌舞杂耍团的提议。

莫娜很满意眼前的情景，开始继续推进自己的计划。她乘坐公共汽车再次来到热闹的中城区，像上次一样在人群中快步向前走，没几分钟就走进夏宁剧院，她决绝地穿过前厅，一半身体躲在厚重的天鹅绒门帘后面，探出脑袋观察演出大厅。确认过女艺术家只身一人坐在钢琴前整理乐谱后，她鼓足勇气走进去。

"我能借用您一点时间聊聊吗，玛丽塔女士？"

她的声音与刚刚响起的音乐旋律重叠在一起，对方没有回答。过了几秒钟，她清了清嗓子，提高声音再次请求。

"女士，请允许我跟您聊聊。"

还是没有回应。她用更加响亮的声音第三次尝试。

"女士！"

终于，对方语带不满地嚷嚷道：

"我听见了，我听见了……等我弹完了会跟你聊的。"

事实上，莫娜并不觉得她要弹完什么，因为强势的玛丽塔·里德只不过在弹奏一些松散的音符和没头没尾的旋律。为求万无一失，她不敢再插嘴，默默滑入椅子坐下，等待女艺术家结束冗长的演奏。

"好了，"片刻后她说，"现在你可以说话了。"

"我……我昨天和妹妹一起来过……"她伸长脖子大声说。

"你以为我老到没记性了吗？"

太难了，她无数次对自己说。我最好直奔主题，不要绕圈子。

"我有个生意要介绍给您，女士。"

"一个生意？"对方嘲讽地问。她用左手划过一串音阶：哆、来、咪、发、唆、啦、西、哆。音符在空荡荡的舞台上震颤。"就你还想给我介绍生意？"

她绞着手指抑制紧张情绪。

"我想跟你说的是……是……是……为什么我们不量身定做一场节目呢？"

直布罗陀女人不屑一顾地大笑起来，声音响彻整个表演厅。

"那样的话我自己就够了，甜心。根本就不需要你。"

直截了当，莫娜心里默念，单刀直入，嗯。

"您知道'小伙子'吗，玛丽塔女士？"

"科亚达在'村子'上的俱乐部？怎么会不知道……"

"我可以邀请您到一个类似的地方演出。"

她辗转反侧彻夜未眠，时而睁着眼睛无比清醒，时而耷拉下眼皮半睡半醒。一场能够救活餐馆生意同时还能为露丝提供登台机会的演出。莫娜前一晚亲眼看到阿斯图里亚斯人无比兴隆的生意，有如醍醐灌顶，令她灵感乍现。

"你想开第二家'小伙子'，是这个意思吗？"女艺术家奚落道。她用力敲击着键盘，节奏充满能量。很显然，她没有当回事。

"我们的饭店叫'船长'。"

她一口气简单明了地介绍了店铺的位置、大致的规模和提供的食物。

"但是生意不好，"末了她坦白道，"我们已经无计可施了。因此我想到我们可以转换思路，晚餐时插入一些节目，然后到了夜晚可以跳舞，还可以……"

"好了。就跟'小伙子'一样，不是吗？"里德干脆地说。

"很像，女士。形式差不多。"

女艺术家从琴凳上站起来，踩着吱嘎吱嘎的地板走到舞台边上，小心翼翼地走下每一级台阶，以防跟跄绊倒摔断脖子。等她来到跟前，莫娜看清楚她又穿了一件与昨天相似的罩衣，上面印着醒目的涉水鸟和各种杂乱无章的花朵。她紧紧盯着衣服上五颜六色、闪亮耀眼的印花大杂烩，避开对方的眼神，不让自己被吓倒。

玛丽塔·里德保持两步距离，毫无讽刺地脱口而出：

"你知道你在想什么吗，孩子？贝尼托·科亚达是一个精力充沛、果敢自信的阿斯图里亚斯人，他已经环绕地球七圈有余，能用智齿帮猪阉割，像他那样的家伙才能在这座城市撑起一家俱乐部，可是，你呢？"她上下打量着眼前这位平平无奇的姑娘，"有人能够资助你吗？父亲、丈夫、兄弟、男朋友、情人、护花使者……？"

"没有，女士，"她低声回答，"我只有母亲和姐妹。"

"或者，你们自己有钱吗？或者什么值钱的东西，可以抵押的财产？"

她摇摇头，轻蔑地哼了一声，仿佛在说你脑子坏掉了吧，姑娘。但是莫娜没有气馁，还没有。她继续坚持，提出让直布罗陀女人使用自家饭馆为公众表演她想排练的节目，而不是去美国各地的西班牙工人聚集点流动演出。她雇用的艺术家们可以留在曼哈顿，登上"船长"的舞台。

说完后她没有得到任何回应，四周一片寂静。莫娜开始词穷，眼神飘向远方，仿佛在拼命寻找可以补充的理由，她惊讶地发现说话间又进来几个人。三个骨瘦如柴的姑娘正在换鞋，窃窃私语着，她们肯定是来参加舞蹈面试的；一个父亲和一个儿子穿着简陋的服装，男孩约莫十三四岁，肩上挂着手风琴。毫无疑问，他们都来试镜，莫娜感到自己是多余的。

玛丽塔·里德从自己的异域服饰里掏出一叠材料，把视线移向其中一张纸上，查看事先确定的登台顺序。

"特里奥·拉斯·蒙特罗！"她不客气地转过身去大声宣布，"请快去准备！"

莫娜试图恳求，却如鲠在喉。老艺术家已经去忙自己的事了；即便她有滴水穿石的决心也不会有任何结果。她咕哝着告辞，没有回应；此刻她只好穿过走廊走向出口，泪水马上就要从眼眶奔涌而出。走到空无一人的门厅时，远处响起充满活力的踢踏声；她大踏步地再次走上街头，嘈杂的声音和刺眼的光线迎面而来。

"喂……"

她强忍痛苦扭过头，看见一位年轻男子。他站在大门右侧，乍一看恍惚有种似曾相识的感觉。

"我偶然听见您向那老女人介绍生意。"

站在晌午的日光下，身边熙熙攘攘人来人往，莫娜仍然没有想起他是谁。

"您给我五分钟时间好吗？"

35

好熟悉，好熟悉……他的脸，身形，包括声音。一切的一切都好熟悉，但是，在哪里见过呢？

"您和姐妹们来我们店里处理父亲安葬费用时，我们见过。"看到莫娜充满疑惑的眼神，他主动说道。

那个殡仪馆的男孩？的确，还是那么憔悴。她靠近后确认他的双眼向外突出。看上去又不太一样，对不上号。更像是最近在哪里见过的一个人，几乎就在眼前。但，是谁呢？

"也许因为我的发型您认不出我，"他指着脑袋说，"我换发型了。我在一家理发店把它拉直染黑了。"

"哦……"她不知该作何反应，低声应和。

"因为加德尔。"

莫娜惊讶得下巴都快要掉下来；终于想起来他像谁了。眼前这个穿着简洁的浅色衬衫和破旧的棕色针织背心的男孩就是前一晚在"小伙子"演唱探戈舞曲、招致一些客人咒骂打击的年轻人。她们的桌子距离舞台很远，更何况餐厅里烟雾缭绕，灯光昏暗，客人进进出出，他又把头发染得乌黑，穿着精致的西服，三姐妹谁也没有想到自己会认识他。然而，虽然演出并不开心，他还是在餐厅中一眼就认出了阿莱纳斯姐妹们。

"那不是我最开心的一天，"他耸耸肩坦白道，"我刚演出完，科亚达就不情愿地付给我工钱，跟我说再也不要回去了。彻底封杀我，你明白吧……"

也许他期待听到几句同情的安慰，或者莫娜会对他说其实没有那么糟。然而她不知所措，瞠目结舌。

"但是我可没打算投降，"面对她漫长的沉默，他继续道，"我应该继续尝试，把租来的服装还回去后，我就来看看能不能找到别的机会，听说里德在四处招人准备一场演出。"

"您不在殡仪馆工作了？"

"目前还在，但我不想再干了。您着急走吗？"

"很急。"

其实那不是事实，但她没兴趣和一个渴望演唱探戈的失败者继续交谈。我想一个人待着，我需要自己冷静冷静：她需要时间消化玛丽塔·里德的严词拒绝。

"您怎么来的？"男孩坚持道。

"乘公交车。"

"那我跟您一起吧。"

"我叫菲德尔，菲德尔·埃尔南德斯，我想成为歌手，加德尔是我的上帝。"他们在公交站台等车时他第三次祖露真心，莫娜隐约觉得自己甩不掉他了。

"我太尊敬他、太崇拜他了，我都不敢叫他小卡洛斯，想都不敢想，我觉得人们那么随随便便地称呼他太失敬了。小卡洛斯，"他神情鄙夷地、一字一顿地嘟囔着，"小—卡—洛—斯，就跟他们与他认识了一辈子很熟似的。"

他们总算挤上公共汽车，努力拨开乘客，即便这样男孩依然喋喋不休。

"坦白讲我很晚才认识他，近距离接触后才开始对他产生热情。我之前都没有他的碟片，也不喜欢去看他的电影，我感觉人们激动得离谱，女人们发疯似的尖叫，男人们连他的发型都要模仿，前年夏天在坎波阿莫首次演出《下坡》时您还没来纽约吧，对吗？"

"没有，我们才来了几个月。"

"您都不能想象当时的情形，街上被没票的人挤得水泄不通，成百上千的民众呼唤着他的名字，由于大门被堵死了，演出不得不推迟三个小时，最后不得不架起音箱让外面的人都能听见。"

汽车在石板路上颠簸前行，咯噔作响，乘客们左摇右晃。他们没有找到位子，只好像沙丁鱼罐头似的紧贴着其他人的身体，莫娜抓住一根把杆，脑中盘旋着与玛丽塔·里德没有结果的对话，而殡仪师的儿子继续畅所欲言。

"他被从哥伦比亚接回来时，一切都不同了。整整八天九夜他和我们在一起，我几乎没有离开过他。于是我产生了巨大的好奇，开始去发现他真正伟大的地方。自此，我在'西班牙人'商店里买了好几张碟片，背下歌词，模仿他的语调和发音方式……"

他们挤在车厢里继续前行，感到越来越闷热，汽车忽快忽慢上下颠簸，乘客前后左右来回摇晃。如果我是负责守卫他的人会怎样，他继续道，如果在最后几个小时我都陪伴在旁会怎样……

"这就是为什么我会如此认真对待，因为他几乎成了我存在的道理，尽管我发现还有很长的路要走，一段很长很长的路……"

摇摆不定的汽车已然让莫娜难以抓住他的叙事线索，更何况这个出生在曼哈顿的波多黎各后裔的口音怪异，有时他的语调和用词令她十分费解，有时迟疑卡壳，不得不用英语表达，接着跳回西班牙语再次尝试。

"我从十二岁起就帮助父亲和叔叔照看生意，"他接着说，"我梦想着有一天可以离开那里。自从我妈妈厌倦了死人生意，厌倦了她半死不活的丈夫，一走了之后，我爸爸强迫我毕业后就到店里帮忙。尽管那时我还很小，可是就要负责处理尸体，那原本是她的活；我最先学会的是帮尸体化妆，有些家庭希望他们的亲人可以英俊潇洒地走进天堂，"他解释说，"我认识许多人。有人寄予你信任，让你帮一位至亲整理仪容，帮他沐浴更衣，把他安置在棺材中，帮他闭合嘴巴，帮他把双手放在胸前，仿佛你们之间形成了某种密切永恒的关联。然而，如果他们没有亲人，甚至连个朋友都没出现，做完活我甚至会为他们伤心落泪，帮他们祷告。"

汽车颠簸得愈加厉害，男孩依然喋喋不休，莫娜却越来越心不在焉，迫切希望到站下车；她不习惯乘坐机动车，又不是加德尔的粉丝，对殡仪馆这个行当的奥秘就更加没什么兴趣了。正当她忍不住要让他闭嘴收声片刻，他突然话锋一转。

"我知道那个老女人根本不打算跟您合作。但是，如果您允许的话，我愿意。我能帮您招揽顾客，帮您的饭店准备一场演出。我还认识《媒体报》的人，因为我负责讣告版面，我保证能够插些广告，而且可以说服他们在开业当天派记者发一篇新闻报道。"

莫娜眼前一亮，强忍住眩晕感转向同行的伙伴。他刚才的话听上去十分靠谱。虽然对于如何经营那种生意毫无概念，但她猜想肯定不像撒佐料那般随意。起步阶段最重要的是客人。发广告。口口相传。一整天下来，阿莱纳斯家二姑娘的脸上总算绽出一丝微笑，她还没准备好屈服；虽然最初的提议惨遭拒绝，但是可以另寻出路。虽然她不甚了解这个圈子，但直觉告诉她纽约的西班牙艺术家并非只有玛丽塔·里德一人。

快到站了，他们准备好下车。重燃激情的莫娜开始对男孩另眼相看，眼神中甚至流露出一丝温柔。可怜的孩子，她想。她为他的一生都感到惋惜，无论是顺境还是逆境。

"如果一切进展顺利，你希望我让你参加表演，对吗？"

她开始放弃使用敬称，他也效仿。

"我会做得更好的，我向你保证。"

会不会又如何，莫娜心想。她没有参照，对探戈也一窍不通。她想大致了解一点，鼓起勇气问道：

"你的朋友加德尔听过你的演唱吗？"

"不，不，不，"他连声否认，"我从未有幸认识他。他在麦德林的那次空难中被烧死了，在那里停灵直到十二月；然后，今年一月他的灵柩才被运回纽约，由轮船运至阿根廷，卫生部门花了好长时间才签发许可。那段时间，我被要求看管装在锌皮棺材里的烧焦的遗体。"

36

她们邀请巴洛纳来"船长"共进午餐；自从前一晚他带她们出去放松之后，她们就觉得欠他人情。维多利亚、露丝和他三人围坐在桌子旁，回忆着"小伙子"里的各种细节、轶事、瞬间、感受。

唯有莫娜一言不发。她的身体坐在姐妹中间，用一小块面包刮着炖菜剩下的汤汁。然而，她的心思已经飘走了。她决定晚上回到公寓时向她们提出自己的想法。不知道为什么，她觉得家里的环境更加合适。因此，当她听见自己嘴巴里冒出一连串自己都没有预料到的词语时吓了一跳。

"我在想我们也可以弄类似的东西。"

他们好奇地看着她，而她在心中暗暗骂自己鲁莽。但是已经来不及把话吞回去了，既然已经没有回头路可走，还等什么呢。

"没有多难吧，也许我们可以趁利托嬷嬷帮我们搞定另一件事的时候再多赚些钱；也许没那么复杂，肯定值得放手一试……"

"可是，你疯了吗，丫头？"母亲嚷嚷着，"你想把这里变成糜烂的歌舞厅吗？想在你父亲的棺材上再刺一刀吗？"

雷梅迪奥斯的拳头还没落在桌子上，身旁的姐妹俩坐不住了：露丝激动得拍手称赞，开怀大笑，维多利亚要求她赶紧解释清楚。在喧哗声中，莫娜费了很大劲才组织好语言把剩下的话说完。

"你们真的是没脸没皮了！"母亲固执己见，破口大骂，"你们不知检点，以后不再有体面的男人会看上你们，你们会把我恶心死的！"

雷梅迪奥斯越是吵嚷，女儿们的嗓门就越高，她们努力压制彼此的声音，说到激动之处比比画画，拍打着大腿，而母亲一如往常，默默流起眼泪。

空气陷入尴尬的沉默，当她在低声抽泣时，姑娘们留意到身旁的烟草商，他静静地看着眼前尖酸激烈的争吵。他们之间已经建立起信任，一起去"小伙子"消遣增加了彼此的亲近感。但即便如此……

巴洛纳不想让局面进一步激化，他用食指压住嘴唇暗示姑娘们暂停，试图低调处理。

"这些都是孩子们的事，雷梅迪奥斯，您不要那么生气……"他用调解的语气说。

他把手插进夹克的内袋，掏出一只信封放在桌上。他尽其所能缓解眼下剑拔弩张的形势。

"您看，今天早上我刚得到儿子的消息，他从费城写信给我。"

他好几次提到自己有个儿子，但从来不愿透露更多细节。儿子大了，没有住在他身边，她们就知道这么多。

"他本来打算下周回来，我有五个月没见过他了，现在突然又通知我回不来了。我知道了又能如何？我只能忍着，雷梅迪奥斯，没有别的办法。心里再难受，我也只能继续生活下去。还记得他小时候，每次听见钥匙插进锁头的声音，就像个小疯子似的奔出来扑到我怀中……"

他继续讲着家里的点滴回忆，终于达到目的：小餐馆会变成夜总会的想法消融在空气中，母亲的啜泣也逐渐缓和。莫娜深深松了一口气，露出同盟者的表情。谢谢，她细声说。

"他现在做什么？"露丝问，她总是那么轻率。

烟草商长叹一口气。

"他是拳击手。"

拳击手，三姐妹不约而同地低声道。跟她们的生活毫不相干的一个职业，她们不知该作何评论。看到大家沉默回应，小女儿开口了：

"您是不是不喜欢拳击啊，卢西亚诺？"

他扬起嘴角面带讽刺，回答说：

"当然，孩子，哪个思维正常的人会喜欢？不久前我在麦迪逊广场公园看巴斯克人乌斯库登比赛，他是重量级怪兽瓦伦丁·阿奎来的朋友，是西班牙人民的骄傲，然而当晚是他职业生涯中唯一一次败局，几个星期后……"

他突然收声：他似乎发现女主人们对拳击世界没有任何兴趣。

"但是您不愿意，"维多利亚坚持道，"不想让您儿子在那里打拳，是吗？"

烟草商面对大姐的率真露出苦涩的微笑。

"我一想到哪天他被打断了腿送回来就钻心地难受。或者被打瞎双眼，或者被打傻了嘴角流着口水。"接着，他深吸一口气，用力摇摇头，仿佛在摆脱内心的恐惧，"这就是生存的法则，雷梅迪奥斯，您不要再纠结了。我们种下种子，但命运在他们自己手里。难道不是您硬把女儿们拖来纽约的吗？现在您就得面对后果，就像我一样，所有人都不例外。"

他喝下最后一口咖啡，扯掉脖子上的餐巾，缓慢地站起身，这该死的燥热感。他从口袋里掏出几张钞票放在桌上，没问该付多少钱。

"他继承了我的名字，这也是我父亲和我祖父的名字，但是在家里我们叫他恰诺；那是我老婆名字的一部分，方便区分。尽管我们努力想把他留在我们的世界，但我常常问自己从什么时候开始他从我们手中溜走了。"

37

她们边穿睡衣边急促地窃窃私语，不想被墙板另一侧的母亲听见。

"剧场的那个老女人怎么回答你的？你真的不觉得那想法不切实际吗？"

"你真的觉得'船长'有一天会变成'小伙子'那样？我可以站在大家面前想唱什么就唱什么？"

其实莫娜内心还在颤抖，但她佯装深信不疑，小声地安抚姐妹们。

"我跟一个可以帮助我们的人聊过了，约好明天再碰面，他说会准备一张清单，写清楚需要做什么，花费多少，他经营家族生意，对数字很敏感。"

她暂时不想告诉她们那个给大家带来曙光的人是殡仪馆的男孩；否则，露丝的嘘声和维多利亚的反对声站在屋顶上都听得见。

姐妹们不想再惹母亲生气，她正在逐个房间关灯。对于在油灯下长大的她而言，电灯泡就像是撒旦的怪胎。没多久大家就钻进了被窝，莫娜却丝毫没有睡意。

钱。钱才是关键。她的目光穿透黑暗，脑子里萦绕不去的只有这个念想。其他东西都可以想办法解决，艺术家很容易找，她在萨苏埃拉彩排现场和玛丽塔·里德那里就看到许多。至于其他嘛，菲德尔跟她保证过自己可以负责。虽然他也不一定靠得住。

也许靠得住。也许靠不住……

"呃，莫娜，你还醒着吗？"

从床的另一侧传来维多利亚故意压低的声音，把她从思绪中拉回现实。

"你明天去买东西时别忘了把另一支软膏带回来。"

"什么软膏？"她也压低声音回答。

"医生帮母亲的眼睛新开了一支软膏，他没跟你说吗？"

她突然扬起声音，不敢相信自己的耳朵。

"医生今天又来过了？"

一整天乱糟糟的，雷梅迪奥斯和维多利亚都忘记跟她说了。精致、专业、浑身散发着须后水的芬芳，年轻医生奥索里奥那天早上再一次到访"船长"。恢复情况良好，夫人，他第二次为母亲检查后嘱咐说，但也不可掉以轻心，我会给您开支新的软膏，您继续涂抹一周。这次他看上去更加淡定，甚至接受她们的邀请，坐在空荡荡的餐厅中间喝咖啡，还有一会儿才到中午。母亲和维多利亚不知道该说什么，十分拘谨。和阶层相当的客人寒暄闲聊是一回事，和堂堂医生认真交谈就是另一回事了。

他率先打破尴尬的沉默。他对饭店很感兴趣：经营情况如何，生意好不好。他还问了些关于街区的问题，"莫奈奥之家"的食物好吃吗，国民联合会组织什么类型的活动。我在想也许什么时候我也可以入伙，听上去像是突然灵光一闪。他肯定不是早有打算：一个在上城区卡斯特洛比耶霍医生手下工作的专业人员怎么会想要加入一个帮助工人阶级谋福利的慈善机构呢，他们流血流汗也只能换回五十美分的时薪。但他这么说其实另有原因：希望拉近彼此的距离，令她们不要把自己拒于千里之外。希望她们能够放松交流，告诉他那天上午似乎不会现身的二姑娘去哪里了。

"家中有这么多位女士，"他起身告辞时大胆建议，"也许哪位愿意出去找份工作。"

不，不，不，母女俩连声否认，我们自己会解决的，不劳您费心，医生。她们没有疯狂到让他窥见家里惨不忍睹的财务状况，只是告诉他年龄最小的妹妹现在在洗衣店工作，二妹负责采买跑腿。啊哈，原来如此。他总算搞明白为什么她不在。

"无论如何，我把名片留给你们，如果你们想好了就给我打电话。工作很简单：上午陪伴我行动不便的教母外出，下午三四点左右即可结束。她不会说英语，所以希望身边有一位能够交流的人。薪水每星期一发，具体金额可以商量。"

我们不必理他，维多利亚说着轻轻拍了几下枕头，拍平后重新躺下。为了不让医生难堪，她补充说，母亲把名片塞进围裙口袋了。我们已经焦头烂额，哪还有精力去陪一个残疾人。

房间里再次陷入一片沉寂，姐姐讲完眼科医生到访的经历后很快就睡着了，发出均匀的呼吸声，莫娜仍旧思绪万千。歌手，钱，客人。广告，关系，钱。菲德尔，里德，钱，剧院。钱，钱，加德尔的尸体。现在，又多了个医生。

当她决定起床时都不知道是几点。两点、三点、四点，有什么关系呢。她实在不想和失眠继续纠缠下去，赤着脚小心翼翼地踩在地板上，怕弄出声响。推开隔壁房门时铰链发出吱嘎的声响，吓得她连忙收手。她伸头往里张望，黑暗中看见母亲睡得很沉，眼睛上贴着膏药，被单盖到下巴，总算松了口气。

她通常把平日戴的围裙挂在右侧墙壁的钉子上。三个女儿费尽口舌想要说服她把它留在"船长"，不要穿上街，在纽约没人会挂着围裙出门，她从来也不理会。幸运的是，那天晚上她的固执总算帮到莫娜。她没有走进母亲的房间，尽可能伸长手臂够到旧围裙，翻找开口的地方。她在第一个口袋里摸出一根鸡翅骨头，一对生锈的发卡和几根用过的火柴。她继续把手臂伸进虚掩的门里摸索，总算在皱褶中找到第二个口袋。

她刚要把手指伸进去，就听见床板吱嘎一响。她倏地缩回手，猛地后退，听见母亲哼哼着在床垫上翻身。她等了几秒钟，感觉母亲只不过换了个姿势，仍在熟睡。她抓紧在黑暗中再次摸索尝试，总算在一堆鹰嘴豆中找到目标。

她手里紧紧握着那张名片，打算回到床上蜷缩进被窝里。现在脚步轻松许多，不再害怕地板发出吱嘎吱嘎的响声。

38

第二天中午，菲德尔站在前一天道别的站台等她，怀里抱着一个装满材料的文件夹。

刚碰面他就跟她说："我们走吧。"

他们在第十一街转弯，没走一会儿便逐级而下，来到一家简陋的店铺门口，招牌上的文字看不懂。柜台后面堆满面包、包子和奇怪的蛋糕。店主是一对浅色头发玫瑰色皮肤身材魁梧的男女，他们看上去像双胞胎，说着奇怪的语言。

他们是苏联人，殡仪馆老板的儿子说，他们的客人通常也都是苏联人，所以他们听不懂你我说什么。接着他跟他们要了些什么，拽着莫娜的袖子把她拖到最里面的一张桌子旁，还有三张颠倒的空桌子，摆放杂乱无章。坐下后，他把文件夹摊在大理石台面上，用鹰一般的眼神盯着它。

"我转得越多，看得越清楚。"

他没有过多解释，翻开文件夹，开始打开整沓报纸和散页、传单、菜单、杂志剪报等。看看这个，这个，还有这个，他一边说着一边跳翻着那些纸张，神经紧张地敲打着上面的文字。看，这是"斯托克"俱乐部，现在在第五十三街，经营六七年了，当时禁酒令最是严格，一个来自俄克拉荷马州的家伙开的，还有"摩洛哥"，它在第五十四街，四五年前由一个意大利人开的，他和一个阿根廷的金主合作，那不是关键。你知道现在这些地方怎么样了吗？现在是富豪名流和……和纽约最上层的人士经常光顾的地方。

莫娜刚想反驳，被他举起的手制止。

"我知道你想说什么，你想说第十四街不是中城区，富豪名流跟你的生意有什么关系，明白，我都明白，我只想让你知道我们现在所处的时代里，所有人都痴迷于夜总会，但是你看，再看看这个……"

他捏住一份杂志的边角把它从桌面杂乱的纸堆中拎出来；几张纸随机滑落在地，他也无意去捡起来。

"……在这儿，你看，'棉花'俱乐部，开在哈勒姆北边，纯黑人区，我知道跟你们的情况不同，是一个走私犯开的，有最好的爵士乐现场演出，我知道'船长'里坐不下一支乐队，我想说的是之前任何有脑子的人都不会想到去那里，但是现在你看，你看这些照片，每天晚上门口都大排长龙，挤满了豪车和穿金戴银的贵妇。"

"但是，菲德尔……"

"我知道，我知道，我知道你要说这些东西跟你的想法有什么关系，但是你再看看这个，看这里。"他激动地坚持着，翻开一份《媒体报》，像被钉在十字架上似的双臂伸在胸前。

这时，店主走过来，身上裹着围裙，手里端着两杯类似咖啡牛奶的饮品，装在磨损严重的半透明高玻璃杯中，声音高亢激昂的菲德尔险些把它们打翻。看到桌子上没有空间，男人默默地把饮料放在隔壁的桌子上，回到柜台。

"你看，听听这个，听听这个……"

他以惊人的速度翻阅上面的文字，指指点点要求她集中注意，迅速打开合上新的材料。你看，这是"小伙子"，每天都会登上新闻。还有其他的，你看。"节日""瓦伦西亚之家""斗牛士"……还有，你看，"玛尔塔"，格林威治村里的西班牙花园，"庭院"，位于拜若街17号的西班牙城堡里，还有这个，你看……

莫娜不再试图打断他，认真地听着他的话，仿佛周围的世界都不存在。

"还有很多餐厅时不时邀请外面的艺术家；我可没有经常光顾，没那么多钱，我是听人家说的，你看这些：'回力球''国际范''福尔诺斯''塞戈维亚''瀑布''世界范'……从上到下，"他合上最后一份报纸随手折了几下，总结道，"莫娜，这座城市到处都是你想打造的歌舞厅和夜总会。"

刚才小店里还空落落的；他们没有留意到有个老头儿拖着脚

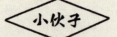

步走过来；他用光秃秃的牙龈啃着手里的面包，那肯定是苏联人把前一天吃剩下的施舍给了他。从他手上的结痂、油腻腻的头发和肮脏破烂的外套可以判断他不是常客，也听不懂他们的语言。但以防万一，菲德尔压低声音。

"昨天我四处打听在《媒体报》上发布广告的那些地方的主人是谁，你猜我发现了什么？"

老者在旁边的桌子坐下，上面还放着一口都没碰过的两杯咖啡。他置身事外，仿佛身旁的两个人根本不存在，头靠在墙上，用嘶哑低沉的声音反复哼着一段旋律。他黑黢黢的手指间还捏着吃到一半的面包。

"都是些跟我们一样的人，那就是我的结论。或者曾经是移民，移民的后代，劳动人民，敢于甚至甘于冒险的人，某一天他们毅然决然地跨出那一步。没有人身缠万贯地来到这座城市，莫娜，人们都没有明确的规划，一切都不明朗。大家来到这里都是为了生计而打拼，城市的各个角落都充满机会，就看你敢不敢去抓住。没人逼着你去寻找，也没人会阻止你去寻找。"

伴着耳边那个流浪汉嗡嗡的哼唱声，莫娜思绪万千。

"你真的不觉得我们的冒险很疯狂？"她终于鼓足勇气问道。

他点点头，清了清嗓子再次谨慎回答，仿佛那个脏兮兮半疯半傻的老头儿是一个间谍或者敌人。

"肯定要花很多精力，但我相信我们会成功。"

"钱怎么办？"

哼唱声越来越响，那家伙从地上捡起一页掉落的纸张，那是"哈瓦那马德里"俱乐部的菜单，他刚要读背面的字。苏联人粗暴地冲他嚷嚷着什么，仿佛在责骂他。柜台前面现在站着两个头裹围巾的助产士，一个伸手等找钱，同伴正把一根黑色硬皮圆面包放进篮子里。

"我有些存款；我父亲几乎不付我工钱，但下葬后，人们通常会给我丰厚的小费。"

他挑挑眉毛，暗示性地挤弄眼睛，很显然他在镜子前模仿排练过很多次加德尔的微笑和神情，不过是东施效颦。

"我有差不多一百美元，"他坦言，"我都拿出来给你支配。"

莫娜心里一揪。

"但是，孩子，那是你自己辛苦挣的钱，不能全都扔进这个……"

"正因为如此。这是一种投资，如果进展顺利的话，你连本带利还给我。"

"那如果不顺利呢？"

"那也没办法啊。"

莫娜挤出一丝微笑，掺杂着不安和温柔。谢谢，她轻声道。

他们走上街头结束谈话，老头儿在他们身后把面包浸在喝剩的咖啡里。菲德尔要回殡仪馆，还有一场下葬仪式等他完成。他们约好明天同一时间同一地点见面，还有很多细节需要商量。

他们各自朝不同的方向隐入人群，他刻意做出痞里痞气的走路姿势，染过的头发已经没什么光泽，她的脑中则像是热锅中炖的肉汤般沸腾，眼睛盯着地面。

"菲德尔！"

男孩走了回来，两个人相距十来米。

"这个地方很远吗？"

莫娜伸手递过去一张刚从破旧的蓝色针织衫口袋中取出的名片。

正是她清晨从母亲的围裙口袋中偷走的那张名片。

39

如果你们哪位想找工作，请给我打电话，年轻的医生对维多利亚和她的母亲说。妇人的眼睛早就没有问题了，但是塞萨尔·奥索里奥依然信誓旦旦地谎称她的眼睛有问题。换句话说，他总是有自己的理由——那唯一且无法抑制的理由：他迫切地想见到莫娜，她的面容在他脑海中挥之不去。不光面容，还有身体、秀发和香气。

毕竟，他没有撒什么谎：他的教母的确四处寻找一名用人，几天前才不知跟第几个女孩谈妥工资，聘请她来做助手、保姆、陪护，同时还得忍受自己的怪癖和乖戾。但是他从来不去掺和啰唆，也从未烦心去指正教母，或者给她推荐替补，她都是自己去想办法解决。而这次，他内心有个声音告诉自己，也许是时候介入了。请给我打电话，他对母亲和维多利亚说，找我就行了。她们刚刚对他坦白饭店的生意在垂死挣扎，莫娜负责采买和跑腿。她是家中唯一没有固定的作息时间，不需要应付严苛的老板和照顾客人的那个。简言之，她是唯一没有被套牢的那个，他得出此番结论。看到眼前的惨淡经营，他觉得背着教母多付几美金她应该会接受。

但是莫娜那会儿不在"船长"，所以没有听到他的话。况且，她从未拨打过电话，去任何地方也从不提前打招呼。眼下她瞠目结舌地跟菲德尔坐了一段开往上西区的地铁，她没有告诉他那是她第一次乘坐地下火车，那是一种巨大吵闹的金属机械蠕虫，在整座城市的肠道中快速移动。接着他告诉她如何走到西七十三街。

她按响名片上显示的门牌电铃，没有等待很久，手臂刚刚触碰到大门，就感到门是开着的。走进去后，她惊讶地发现屋子一楼的门也是开着的。

她轻轻推开门。打扰了，她探着头谨慎地说，但没人回答。打扰了！她再次说，又往前迈一步。还是没人回答。第三次也没人回答。简洁的入口通往一个半大尺寸幽暗拥挤的客厅。油画，落地灯和台灯，壁纸，陶瓷摆件，一些破烂玩儿、窗户上挂着双层栗色天鹅绒帘布。

"你就是新来的姑娘？"

里面突然传出一个声音。莫娜吓了一大跳。远远地听上去是个女人，但是中气十足，更像是屠宰场的工人。她犹豫着如何应答，没料到对方的出现，只能见招拆招，走一步看一步。

"你是新来的姑娘吗！"没一会儿，耳边响起更加坚定的声音。

她又往里走了几步，清了清嗓子。她的大脑飞快运转，也许维多利亚没说清楚，她可能让医生误以为她们中的一人会去应聘，可能也说过我们会考虑的之类的话。得说点什么，以免太尴尬。

"是的，是我！"

"我正在按摩，你过会儿再来，我现在没法出来！"

她再次犹豫不决。

"或者，最好明天再来！"

一只猫头鹰标本正瞪着圆圆的大眼睛，还有一只受伤的小鹿仿佛想从奔跑的壁毯上逃走，壁炉架上一堆丰满的陶瓷猫正在盯着她。

她吞了口唾液。最好走吧，是的。何必不识趣地待在那个房子里，忍受那么不赏脸的声音，那些摆设和所有令人不安的动物。

"哎，丫头！你去拿伞架旁的箱子，穿戴整齐，我烦透了天天饿肚子！"

她走回入口，在指定的位置找到箱子。尺寸不大，虽然破旧了但质量很好。她犹豫了片刻，打开，不打开，不打开，打开。直到她决定抓起它，再次走出来。

过了一会儿，她遇到一个年轻姑娘正迟疑地观察门牌号，跟她年纪不相上下。浅栗色的头发，褪色的服饰，简单的打扮，粗壮的小腿和红彤彤的颧骨。和她一样的穷苦之人，肯定也是西班牙人。

走到她面前，女孩停下来比照手中的字条查看门牌号。莫娜在中午的阳光下坐在台阶上等她，双腿并拢，箱子放在脚边。

"你来应聘吗？"

女孩不安地点点头。

"你不用敲门了，职位已经没了。"

第三部分

40

剧目选角每天下午在第十六街的"莫兰"旅馆的屋顶举行，客房由四层狭窄楼面组成，老板娘是一位吃苦耐劳的阿斯图里亚斯女人，她的厨师丈夫半生都漂泊在海上。她不是特别外向的人，但自从几个月前埃尔南德斯殡仪馆负责安排公公的安葬事宜起，她就非常欣赏菲德尔，心怀感激地允许他们使用那块空间，从不干预过问：出于感恩和尊重，她甚至从不收费。

菲德尔如约负责低调宣传招募演员的公告：他认识许多许多人，通过熟人的熟人可以令更多人知道。因此，公告像雾一般在聚居区的各个角落迅速蔓延开来，很快就出现第一批候选人。

他们花了几个星期时间评估蜂拥而至的面试者；与此同时，莫娜还在为医生的教母马克西夫人工作。旅馆的老住客米兰达老师多年前曾与舞蹈家文森特·埃斯古德罗一同来到纽约，他同意根据节目需要弹吉他伴奏，身旁还有一位干瘪的科尔多瓦吉卜赛老人坐在小椅子上：形容枯槁，没牙也没头发，身体僵硬得像柄长剑，破旧的白衬衫直扣到颈部，地上放着一罐牛奶，鞋上的补丁层层叠叠，鞋底都磨掉半边。他寡言少语，不过老板娘私底下告诉他们那人曾经有过荣光岁月；美国女人们痴迷于他忧郁的斗牛士风采，他甚至还到纽约城市广播音乐厅表演过，那时酒精还没有令他手颤，也没有致使他在演出途中轰然倒下，甚至还听说他酒醉不醒，浑浑噩噩了三天三夜，错过了和公司一起返回西班牙的邮轮，从此以后再也没能攒够钱买新的船票。现在，他已经戒酒康复，靠零散授课勉强度日，靠吞饮牛奶缓解胃溃疡带来的痛苦。

莫娜和菲德尔对于如何组织综合剧团没有任何理论知识，直觉和本能成了他们唯一的灵感源泉。如果节目引发一丝微笑或者惊讶的表情，令观众不由自主地拍手或点脚打拍，他们就会认为效果理想，并要求重复表演。如果恰恰相反，直觉告诉他们效果欠佳，他们就会十分礼貌地谢谢对方，说下次再合作。

屋顶上站着一排年轻人和饱经沧桑的人，他们有些人到中年，有些是相对早熟的孩子。他们涵盖了各类表演形式，其中有歌手和演奏家，轻喜剧演员，甚至还有魔术师和一个疯子，自称能够通过唾液读懂别人的思想。放眼望去，有些候选人看着眼前破烂的场地根本无法掩饰内心的困惑：联合广场附近的这栋旅馆公寓屋顶凌乱不堪，周围环绕着一个大水箱和成堆的鸽粪；狭小的露天场地里挂满了晾晒的衣物，角落里还有一只鸡笼，一位吉他手裹得跟木乃伊似的坐在另一个角落里，而最让大家困惑的，是眼前这对在本地文艺圈毫无名气和成绩的男孩和女孩。

尽管如此，大部分人还是选择留下来碰碰运气。有些人满腹犹疑，还有些人充满幻想，保持着乐观的态度，希望做到最好。他们乘坐地铁、公共汽车或轻轨、轮渡抑或是步行而来。所有人都衣着简朴，尽力展现自己美好的一面，接下递过来的凉水一口气喝掉。接着，一些人取出乐器或其他东西，还有一些人躲到晾晒的衣物后面换装。许多人什么都不用准备：没有伴奏，无须装扮，赤手空拳。他们都不知道自己来应聘什么，只因为听到了一句咒语——"西班牙表演"——就贸然赶来，心中默默祈祷上帝保佑，每次同胞社团有任何活动公告他们都会积极参加：加利西亚之家、阿斯图里亚斯中心、工人俱乐部、布鲁克林的安达卢西亚中心、十五街的西班牙语美洲中心、新泽西州的伊丽莎白西班牙中心都是非常受欢迎而且十分活跃的机构。

五月中旬的午后，最后一批候选人是一对埃斯特雷马杜拉人，他们用晾衣绳上挂着的床单作为舞台幕布开始表演霍塔舞。无论他们如何努力，莫娜和菲德尔都觉得行不通。他们只需眼神交流就心照不宣，彼此达成共识，菲德尔站起来，假装清嗓子，感谢他们的努力。一个干瘦女孩站在天台一侧默默地盯着身边的鸡，另一个更加年幼的女孩心绪不宁地摆弄着手中皱巴巴的抹布。拒绝了那对舞者后，莫娜感到胃部一阵刺痛，看着他们抱起两个孩子走下楼梯，头深深埋在胸前，双唇紧闭，拖着仅有的行头和破灭的幻想。

忙碌一整天下班后露丝才赶到据点。维多利亚没有过多参与，而是谨慎机智地支持她们，以免被雷梅迪奥斯发现。三姐妹相互约定：我们自己来组织演出，不需要母亲的支持，犯不着和她对峙，也不必事先激怒她。如果事情进展顺利，我们呈现出一台体面的演出，到时再向她坦白，忍受她疾风骤雨般的咒骂。待她的愤怒逐渐平息，一切尘埃落定，我们会帮那可怜的女人免除许多心烦。

两个妹妹每天张罗完此事才能休息，她们和菲德尔逐一审核各种细节，三人坐在两个空果箱上算成本拿主意。直到米兰达老师突然站起来，手里拎着笤帚棍打断他们。

"你们还需要我吗，还是我可以走了？"

露丝迅速起身，重新把衬衫塞进腰里。

"您稍等一下啊，曼努埃尔先生，我们想再过一遍《喧嚣》。"

加德尔替身和阿莱纳斯家小妹是未来节目中毫无争议的台柱子，他们俩都清楚自己的保留剧目：菲德尔，三首探戈舞曲，露丝，纯粹的加泰罗尼亚歌曲，那是她自己的东西，她有共鸣且熟练掌握。她对于自己的演出充满激情，认真到每时每刻都投入彩排。

"随时可以开始，老师……"她用拇指弹动响板时回应道。

配乐响起，她高高举起手臂在空中划落。接着，她用自然华丽的声线开始演唱，开始踩着节拍扭动自己的身体，不断敲击手中的棍子。我爬上绿色的松树 / 想看看是否能够望见她 / 想看看是否能够望见她……她面带微笑，晃动着肩膀，挑动一下眉眼，撩起每天都穿的褪色长裙，想象那是一件轻盈的圆点长袍；她扭动膝盖甩出胯部，踏着轻快的脚步，仿佛面对狂热的观众表演，而不是在移民旅馆的屋顶上，眼前只有一位落魄的吉他手和两个梦想家。

莫娜垂着头在齿间哼唱着歌词；她沉醉在自己的世界里，罗列清单和成本；排练刚开始，菲德尔就怀着愈加倾慕的心情望着露丝。每次露丝唱歌、讲话、舞蹈、呼吸或者站在大家面前，他都痴痴地盯着她，眼珠都快掉出来了，双手僵硬地搁在膝盖上，嘴巴微张，神情呆滞，彻底被折服被吸引。即便如此，她结束表演时两个人从不鼓掌；因为手头太忙了，每次都想不起来鼓掌。

然而那天下午，意想不到的状况打破了日复一日的主基调。

"哇喔。"

天台深处突然冒出一个嘹亮的单音。接着响起三声缓慢、寥落而清脆的掌声，响彻将暗的黄昏。

四个人不约而同地转过头。一个男人的身影出现在背光的天台深处。中等身材，结实紧凑，肩上披着华达呢大衣，袖子没有穿进去。头上戴着的绅士帽遮住了白净纤细的颈部，发型梳得一丝不苟。

他脱下帽子迈着韵律感十足的脚步径直走向露丝，从莫娜和菲德尔身边路过时都没有正眼瞧他们，更是无视吉他手的存在。

"太棒了。"他说着伸出手。讲话时露出一口炫白整齐的牙齿。

露丝感到很困惑，呆呆地站在那儿；他无动于衷，没有要把手缩回来的意思。直到她慢慢地抬起右臂，怯生生地慢慢将手指放在陌生人的掌心。她猜不出那人是谁，也不知道他很快就会走进自己的生活，决心要改变自己的未来。

41

"万分荣幸，小姐，"陌生人咕哝着，"万分荣幸。"

露丝下意识地报以微笑。她不知道该如何回应，从未有过男士用这么正式隆重的方式和自己说话，她犹豫着该自己把手抽回来还是等他松开。彼此的肌肤依然接触着，不速之客继续道：

"我的西班牙语不是很好，如果说错了请见谅。我听说你们在准备演出，就不请自来了。"

傍晚的最后一缕阳光开始褪去。楼下的街道华灯初上，远处摩天大楼的窗户里万家灯火。

"我们快结束了，正准备走，您是想……"

莫娜的话令其他人突然回过神来：露丝抽回手，菲德尔站起身，米兰达老师手里紧紧握着吉他，扭动僵硬的身体换了个姿势。"如果您要为我们提供什么演出资源，"她补充道，"我们很乐意招呼您。"

"不，不，不，很抱歉，"男人举起双手仿佛在为十分严重的指控辩解，"我不是来提供资源的，恰恰相反：我是来找资源的。"

附近的十字路口响起了持续的喇叭声，那是一辆马车的响声。从邻近楼房敞开的窗户里传出人的声音和做家务的噪音：女人们在厨房里忙碌，家里有人在争吵，男人们在水龙头下清洗自己在码头、隧道、工厂和脚手架工作了一天后沾染的污垢。

大家都不知道该说什么，沉默不语。

"请允许我介绍自己，我是一个人才经纪人，"那家伙赶忙补充，"一个星探，一个猎头，我专门寻找有前途、有未来的艺术家。我在哈莱姆的一家西班牙碟店听说你们在准备演出。"

"是第一百一十街的塔泰吗？"菲德尔跟他确认。如果是的，那问题不大，因为是他本人去发布的公告。

"是的，我今天下午在那里闲逛，偶然听到几位顾客的对话，就决定来看看。"

他没有说出在那里听到的关于菲德尔的流言蜚语：天知道殡仪馆老板埃尔南德斯家的儿子发什么癫，你们还记得那个可怜的小恶魔如何朝拜加德尔的尸骨吗？听客们都哈哈大笑起来，但是眼前的男人决定去试试。基本上那就是他的工作。时刻保持警惕，关注流行趋势，留意演艺圈的动向，寻找被埋没的人才，加以打磨然后尝试放在最理想的地方。他经常说，谁知道哪里藏着一块宝石呢。

"但是，恐怕这里面有误会，我可能没理解您的意思。"

三个人脸上都挂着疑惑的表情，老吉他手没忍住打出一个饱嗝，连忙轻声道歉。

"我以为你们在准备一场拉丁风格的演出。"

"呃……"莫娜澄清道，"我们会有西班牙音乐、阿根廷探戈……"

"不，不，不。"

那家伙轻弹着拇指连声否认。

"刚才听到的音乐完全不是我的兴趣所在，恕我直言。我脑中想象的完全是另一种表演。我以为是热带风格的，古巴、加勒比，你们明白我的意思吧。"

他没有再多说什么，仿佛希望自己的话可以得到对方积极的回应。他从口袋里掏出一盒"骆驼"牌香烟，用金色的打火机慢悠悠地点燃一根，也不顾其他人是否要抽。米兰达老师完美继承了科尔多瓦斯多葛学派的智慧，他抓起地上的空奶瓶，抓着吉他柄站起来，拖着双脚走向楼梯。这种分歧跟我没什么关系，他嘟囔着。你们几个商量好吧，我要回去吃晚饭了。

莫娜从箱子上站起来，神经紧张且怒火中烧。天色已晚，她从早上六点不到就一直站着。忙活到现在还没得出什么积极的结论，一切都还不确定，不仅如此，还要忍受这个不知从哪儿冒出来的傲慢家伙指手画脚，说她们的努力于他而言多么微不足道。

"长话短说，先生；如果您已经清楚地知道我们的节目没什么意思，还有什么要说的吗？您请回吧？"

他深深抽了一口烟，脸上挤出哂笑，仿佛觉得她的无礼很有趣。

"很抱歉耽误你们宝贵的时间了，小姐。"他一边吐着烟圈一边回答，"您说得很有道理：就像我刚才说的那样，我没有人可以推荐。除非……"

他欲言又止，在漫长的沉默中，阿莱纳斯姐妹和殡仪馆家儿子的脑海里无声地回响着：除非什么？

"除非你们接受我的建议。"

他故弄玄虚，又深吸一口烟。

"非常有价值的一条建议，请允许我说出来，否则你们的努力都将是白费。"

三个人皱起眉头；他们心中依然充满疑惑，目瞪口呆，犹豫着是否要认真听那个人接下来要说的话，还是应该直接反驳他傲慢的侮辱，然后把他从天台上赶走。

"伦巴。康佳鼓。邦戈鼓。沙槌。丹松。"他没有理会其他人的想法，一吐为快，"你们还是没搞明白目前在这里颇受欢迎的是那些曲调节奏吗？大家都为之疯狂，这里的每一个人都痴迷于加勒比音乐，最新最火爆的流行趋势。"

夜幕终于降临了；整座城市灯火璀璨，地平线上的克莱斯勒大厦和帝国大厦以其现代而精湛的美感脱颖而出。他们仍然待在原地，不知道该说什么。

"这位美丽的女人刚刚表演的片段的确十分精彩啊，无可否认。情真意切，悦耳动听，令人如痴如醉……她有巨大的潜力去成为艺术家。"

他说着走向露丝，把手按在她左侧锁骨部位，紧靠颈根；她隔着衬衫感到男性手指滑过时，一阵寒意袭来。

"很遗憾，"他用力咂咂嘴，"您的风格在这里没有什么未来。"

夜风拂过，吹动晾晒在天台上的床单，一只鸡扑腾着翅膀，楼下有几辆车驶过，街上传来一阵爽朗的笑声。三个人目不转睛。

"弗拉门戈是西班牙特有的音乐形式，已经来到纽约几十年了，但一直不温不火。它很美，很深沉，很异域，但是永远也不可能征服这个国家，也不会走出移民或得势小人的圈子，一些有钱人从欧洲旅行回来，装作很懂艺术的样子。"

那家伙最后喈了一口烟，把烟蒂随手扔掉，然后继续侃侃而谈。他说他们生活的世界变化莫测，告诉他们现在人们的品位和流行的音乐风格，提到一些他们听都没听过的歌曲、流派和艺术家的名字。面对他口若悬河的演说，三个年轻人无言以对，一通理论过后，他得出残酷的结论，诚如他刚来时宣称的那样：他们准备的演出完全不符合现在的潮流，彻底过时了，如果他们还在错误的道路上固执己见，未来将一片灰暗。

露丝脸上的得意早已消失得无影无踪。她紧闭双唇，流露出极度失望的神情。听到他诌媚的恭维之辞时，瞬间闪过的喜悦与骄傲一下子被击得粉碎，她不习惯被人质疑自己用灵魂去热爱的东西，她一直是自己那个小圈子里的一颗璀璨明星，用优雅和自然的表演征服了所有人。现在，她内心坚定的支柱被那个从天而降的家伙用几句伤人的话彻底击垮。

"有些店里也有类似的演出，效果不错啊。"

莫娜跳出来，语气傲慢地反驳道。

"有，*我亲爱的小姐*，当然有，但都在慢慢改良，生怕落伍。比如'小伙子'，我想你们都认识吧，他正在张罗签下埃斯特拉和蕾内，身价最高的伦巴组合之一；下个月肯定会推出首场演出。此外，还有'庭院''斗牛士''世界范'和其他同等级别的夜总会。他们现在还在西班牙风格和拉丁风格间切换，但是过不了多久大家都会彻底倾向于后者了。"

天台上笼罩着厚厚的阴霾，这个往我们身上扎刀的家伙到底是谁，从哪里冒出来的，他有什么企图，三人疑惑不解。直到内心的骄傲被对方的倨傲和大放厥词伤得体无完肤，露丝放声尖叫起来：

"您怎么还不滚？"

附近房子的后院传来犬吠声，对面楼上一对伴侣正在争吵，谁家的收音机里一位播音员捏着嗓子广播。黑暗中他们只能看见彼此的轮廓。

"我马上就走，你们不用担心。不知道什么时候我们还会再遇见；无论如何，请记住我的名字叫弗兰克·科鲁桑，科学的科，鲁莽的鲁，桑树的桑。请原谅我不能告诉你们地址，因为我总是换地方，但是上城区的音乐商店都认识我。"

42

他们趴在栏杆上俯身向下张望，看见身穿浅色风衣的男人离开旅馆向第六大道的方向远去。他的身影刚刚消失在夜幕中，莫娜和菲德尔就开始破口大骂：倒霉鬼，扫兴的家伙，浑蛋，孬种。莫娜其实并没有弄明白那家伙口中的热带旋律指的究竟是什么，但他肆无忌惮的吹嘘和傲慢让她忍无可忍。菲德尔作为波多黎各人的后代，当然清楚他所说的音乐类型，可他不认同那些音乐形式在艺术性上优于他所倾慕的露丝演绎的歌曲或者加德尔的探戈。无论出于什么原因，两个人都高声抗议着，那家伙怎么知道他们想干什么，他究竟在想什么，为何不请自来，还那么无情地当面攻击他们？

两个人沉浸在纠结和不满的情绪中，几乎没有留意到露丝一言不发，心情起伏不定，充满困惑与苦恼。那个名叫弗兰克·科鲁桑的家伙对于自己鄙视他们所热爱的音乐毫不掩饰，这令她的自尊心颇受打击，他的言论令她感到很沮丧，她像一只泄了气的皮球一样失去了活力。

直到他们意识到浪费了很多时间，才消停下来，噢天哪！莫娜尖叫道，你们快看已经几点了！殡仪馆家的儿子只得飞奔回家，以免再次被父亲责骂；阿莱纳斯家姐妹也早就该回家了。

"明天我们再继续商量，菲德尔，"莫娜匆忙安排，"露丝，你去国民联合会，应该还赶得上最后的彩排；我回'船长'，母亲肯定会把我撕碎的……"

他们在街角道别，朝着各自的方向离去。接着，她独自一人匆忙赶路，步履急促，怒不可遏，根本没有察觉在光线最昏暗的一段街道有个黑影偷偷跟着她。

突然她的手臂被几根强有力的手指紧紧抓住；一个男人的声音在她耳边小声道：

"小姐，请……"

她本能地想呼救；刚要开口就被捂住了嘴巴。

她一通拳打脚踢，然而愤怒的反抗却怎么也击不中要害。没一会儿，她还没看清男人的脸，就被他塞进车里。她在车里放声痛哭，不断疯狂地敲击车窗，但无济于事。她的愤怒被发动机的噪音所吞没，汽车开始向夜幕深处驶去。

一切都发生得太快，不着痕迹，电光石火间。那个时间街道上行人稀少，只听见一声尖叫，根本没人察觉发生了什么。除了车上的三个人谁也没发现，那个负责抓人而现在正在开车的年轻人，莫娜本人和坐在后排等待下属抓捕猎物的人：是法布里西奥·马萨，身上散发着男士乳液的气味，是他的身形仪态，不会错了，他的手指轻轻叩着膝盖。

"冷静，冷静。您不要生气，小姐；我只想和您谈谈。"

然而他的话适得其反，更加激怒了她。他妈的，浑蛋，该死的你把我放出去。她更加疯狂绝望地拍砸车窗，浑身战栗，用脚猛踢前排座椅；她试图掰开车门，但是司机早有防备，从外面反锁起来。直到力气慢慢耗尽，自我保护的本能告诉她再愤怒也于事无补。

她终于平息怒气，挤在座椅的角落里，身体左侧紧紧贴着车门，尽可能远离意大利人。尽管依然血脉偾张，呼吸急促，莫娜鼓起勇气望向窗外：她完全不知道汽车在往哪里开，只看见人烟稀少的街道，偶有孤苦伶仃的乞讨者拖着自己少得可怜的家当，此外便是光秃秃的土地。时不时地，从方正空旷的工业大楼正面射出幽黄的灯光。

"就当我们趁着夜色散散步，您不要紧张，亲爱的。"

莫娜没有回应，连头都不回。她双臂抱在胸前，极力抑制狂乱的心跳和惴惴不安的情绪。过了没多久，汽车驶入一条岔路，放缓速度，穿过栅栏上的缺口，终于在一片荒芜的空地上慢慢刹车。摇摆间远远看见几艘轮船、破旧的拖曳船和驳船停靠在岸边。身后是哈德逊河黑色的水面，尽管她不知道，远处河对岸闪耀着霍博肯码头泊位和防波堤的灯光。

"我们一起走走如何？"马萨说着挺直后背打开车门。

彼时，司机已经从方向盘前走下来，把钥匙插进莫娜这侧的门锁里。她一动不动。她不会那么容易就范，哪怕最后被那两个笨蛋像麻袋似的拖出去。

律师捕捉到她的讯息，重新坐回位子上。车门却敞开着，莫娜感到很庆幸，至少能呼吸到夜晚的新鲜空气，稀释强烈刺鼻的男性香氛的气味，缓解内心的懊恼和疑惑。司机——那个跟踪她，捂住她嘴巴把她塞进车里的随从——识趣地走开，背对着他们，他肯定是听从了马萨的命令，让他不要插手多事。直到那时，莫娜对他的印象仅仅是年龄不大，皮肤黝黑，身材结实，个头一般；看着他走开时，才发现他的腿是弯的，走路时更加明显。

"您怎么没像对待利托嬷嬷那样把我从楼梯上扔下去呢？怎么没像对待我姐姐那样殴打我呢？那样您就不用费心把我拖到这里，

既省时间又省汽油。"

面对莫娜的傲慢，律师嘴角泛起一丝讽刺的微笑。疯狂的女孩，他心想。这女孩如此叛逆大胆，真是疯了。

"首先，修女那件事纯粹是个意外，换句话说，她们在恶意中伤我；其次，对于你美丽的姐姐，那不过是我面对挑衅的本能反应。"

"还好巴洛纳一拳打歪了你的下巴，很可惜……"

"住口，"他咬牙切齿地说，"住口。"

他语气酸涩尖锐，不再遮遮掩掩、玩世不恭；想起烟草商在两个女人面前给他的一拳，血液都沸腾起来。但是他尝试忘记那个片段，在他的顾虑清单里那属于另外一档事，当他分心去想别的事情，那段记忆就不再回到脑海里。

"我决定找您谈谈，因为我觉得您是家里最理智的那位。"

他故意停顿片刻，意在让她体会到戏剧性的情感冲击。接着，他继续道：

"您负责餐厅的采买和账目，还在中城区的一户体面人家工作，对城市的各个角落相对熟悉。毫无疑问，只有您才有着更远大的理想，不会屈从于端菜、洗衣服或唱曲。"

他列数三姐妹的工作内容是为了告诉莫娜他严密掌控着她们每天的活动细节，一举一动都逃不出他的监控。然而，令马萨意外的是，她似乎没有退缩。她可不打算让对方的阴谋得逞。

"因此，亲爱的，我希望您能认真考虑，并说服您的姐妹和母亲。好好为自己打算，为大家着想，甩掉那个古怪的修女。我并非为了自己的利益才这么说，您要明白，这么做对大家都有利。

如果你们愿意合作，允许我为你们辩护，您父亲的诉讼就可以与其他众多的案件打包处理，我们就可以齐心协力朝着相同的目标前进。从长远来看，这对我们大家都有利。相反，你们如果一意孤行，很可能会无果而终，竹篮打水一场空。时间越来越有限了，我的压力也很大……你们为自己的利益着想一下，现在就做出决定吧。"

莫娜面无表情，不动声色，双臂交叉，目光透过挡风玻璃消失在远方。她死也不会让对方察觉到自己口干舌燥，浑身肌肉紧绷，太阳穴突突直跳，仿佛被胡乱敲打的鼓。

马萨点燃一支雪茄，烟雾和橙色的火光笼罩住令人窒息的沉默。莫娜仍然缄默不语。他又吸了口烟，继续等待，只等到更加浓厚的烟雾和更加凝重的空气。第三口烟更深，时间更长，意大利人开始不耐烦了。

"您没有什么要说的吗？"他咬牙切齿地说。

莫娜回过头，他们并排坐到现在终于四目相对。尽管光线昏暗，她凭直觉判断他的轮廓：肉肉的脸颊，油性皮肤，眉毛浓密。突出的领结紧紧勒住喉结，头发梳得油光发亮。

"您大老远把我带到这里真的就为了跟我说那些废话吗？"

意大利人原本放在左膝上的手突然举起，她则本能地缩起下巴闭紧双眼，仿佛要保护自己的脸以免受将要感受到的打击。但那并没有发生，也许马萨及时克制住冲动，也许从一开始他就另有所图。感受到大腿上突然传来一股黏糊糊的热量，她惊恐地睁圆眼睛。马萨的手正贴着她的肌肤和身体向上滑动，他粗壮的手指、石榴石戒指和肥厚多毛的手背赫然可见。

她一阵反胃，忍不住想呕吐，猛地冲出车外。她刚踩到地面就用尽全力四处张望，但找不到任何东西可以缓解内心的恐惧。即便如此，她还是撒腿就跑。她被反感和愤怒驱使着在黑暗中漫无目的地前进。

"托马索！"律师尖叫道。

一直保持距离的司机兼助理听到命令，拔腿就追，莫娜继续疯狂地盲目奔跑：跑向码头，跑向轮船，跑向水面，跑向虚无的前方。

步履匆忙，呼吸短促，脚步沉重地落在砾石路上。埃米利奥·阿莱纳斯的女儿拥有矫健的双腿，很难被追上。直到避无可避，又被抓捕，她反抗后又被强行制服。托马索以为自己已经控制住那女孩，突然感到手上被狠狠咬了一口，随从痛苦的号叫声刺穿夜幕。

他强忍疼痛，还是制服了猎物，把她拖向停靠在岸边的汽车，车门敞开着，车灯也没有熄灭。他紧紧箍住莫娜的身体和双臂，但是她没有放弃挣扎。她不断用脚尖和膝盖攻击对方，拼命扭动肩膀和脑袋，头发被甩到面前。裙子被拉到大腿根部，一边的袖子被撕破了，衣服扭曲地缠绕在身上。她拼命地嘶吼、呼救、诅咒。她就像一只被狼群围攻的小动物，声音尖利、痛苦、无助。

很显然，没有人应声赶来。马萨早有预谋，把她带到那个人迹罕至的地方，把尸体丢弃在这里到第二天都不能保证会有人发现。

拖到汽车旁几米的位置，托马索松开手，她屏住呼吸。进去，他低声喝令。接着抬起手背吮吸着被咬过的部位。它在流血。

马萨换了个位置，从后排来到副驾驶，继续抽着雪茄，头靠在椅背上。

"我们走。"

没听见任何回应，发动机开始轰鸣，汽车在空地上绕了一大圈掉头，莫娜和司机凌乱的呼吸声清晰可辨。空气中除了烟草味，还掺杂着两个人的汗臭。驶出几十米，他们再次穿过栅栏的缺口。身后留下船舶的轮廓、黑色的河面，还有河对岸的灯光。

"把我放在'莫奈塔'。"

律师冷冷地下了个命令，车子经过的街道莫娜都搞不清楚是否熟悉，虽然她的视线定在车窗上，但对眼前的一切都视若无睹。整座城市就像一幅没有上色的油画，荒芜、寡色、空洞。

他们继续在街巷中穿梭，来到意大利聚居区的中心，虽然已经很晚了，这里的道路仍然混乱嘈杂。他们停在距离唐人街一步之遥的桑树街，没有熄火，大红色的拱门笼罩在餐厅的入口。餐厅外门庭若市，迟到的客人，偶尔经过的车辆，吵闹的告别，出来散步的邻居，附近轻轨列车的咔嗒咔嗒声。

律师正了正领结，举起双手整理两鬓，粗声粗气道：

"不要迟到。"

"好的，叔叔。"他回答道。听到那声叔叔，莫娜这才明白两个人是亲戚。

马萨走下车，先伸出两条腿，接着探出脑袋，最后立直身体。他没有回头看后排，也没跟莫娜或侄子多说一句话，径直走进餐厅。

返回第十四街的途中车内一片死寂，两个人各怀心事。然而，托马索时不时透过后视镜偷偷瞄她。刚在"船长"门前停车，他就放开方向盘，想下车打开后门，这是纯属自作多情的绅士风度，因为她早就冲向人行道，像有魔鬼在后头一样。

告辞前，马萨的侄子一边揉搓着被她咬伤的手背一边警告她——愤怒的牙齿留下两排整齐的印痕。

"你以后小心点，宝贝，他今天被吓到了，"他低声说，"当一个可悲的人受到惊吓后，会变得非常危险。"

43

雷梅迪奥斯没有像往常那样因为莫娜晚归而厉声责骂，继续忙着手中的活计。客人们都走光了，姐妹们一如既往地坐在桌前，身边还有卢西亚诺·巴洛纳；之前他只会路过来吃午饭，但最近渐渐习惯晚饭点也过来。无论如何，对莫娜而言，他何时来都与她无关：就好像人们常说早起的鸟儿有虫吃。彼时，她只想默默地跟他们吃完饭，在母亲向她开火前尽量避开眼神交流。她恨不得躲起来，从身体到精神都想逃避。不去想马萨，不去想托马索。不去想岸边的空地，在黑暗中疯狂逃跑，惊慌失措，对于把案件托付给利托嬷嬷辩护，她心中突然产生疑惑，她不去想自己有可能弄巧成拙。

坐在车上，她趁着最后一段路努力抚平头发，掩藏袖子被扯坏的线头，把裙子整理熨帖，从脸上抹去恐惧的神情。她试图整理情绪，以免引起任何怀疑。莫娜心中十分清楚，当晚崩溃的经历她一个字也不会透露。

姐妹们简短的问候令她无比宽慰，谁也没有怀疑，她总算松了口气：你看都几点了，差点赶不上吃晚饭……她这才意识到自己可能没有缺席很久，尽管她感觉自己被折磨了半生。即便如此，她沉默着陷入一把椅子，装作饶有兴趣地听烟草商分享的八卦轶事：不回家的儿子，同胞，想念家乡阳光和葡萄庄园，梦想着有朝一日衣锦还乡，一些所有移民都曾幻想的场景。

阿莱纳斯家的大姐和小妹貌似在认真聆听，尽管莫娜内心极度紧张，她很快察觉事实并非如此。维多利亚专注地看着巴洛纳，手里摆弄着桌布的折边，露丝的一只手肘撑着桌面，掌心托腮，跟参加礼拜日布道一样心不在焉。在伪装的外表下面，两个人都深陷在自己的苦恼中。

露丝的内心仍然因为星探的态度感到煎熬。就在刚刚，那个素昧平生的弗兰克·科鲁桑用强烈的措辞成功地动摇了她坚定不移的内心，令她脑中产生疑惑。

维多利亚则内心挣扎着，努力接受当天下午发生的事情，当时晚饭点将至，她们正准备从家里出来往"船长"走。

母女俩抓起钥匙和外套，正准备转动门把手，只听见公寓外有叩门声。她们好奇地看了看对方，接着维多利亚把耳朵靠在门板上，短促地问：

"谁？"

"我是来送信的。"

她毫无防范地迅速打开门。面前站着一位大耳朵男孩，她总觉得在哪里见过。

"我是拉瓦伦西亚娜老板帕科·森德拉先生的人。"

这位父亲前老板的年轻雇员，在那天下午开着一辆面包车从樱桃街把她和露丝送回第十四街；维多利亚总算想起来了。

"今天早上克里斯托弗·哥伦布号的邮袋里有你们的信。那是从西班牙出发的邮轮，您应该知道……"

他递过来一个信封，她的心里五味杂陈。

"给我。"她低声道。她几乎是从对方手里夺下来的。

她差点把门砸在男孩脸上：她迫不及待想知道是谁写来的信，会不会是她朝思暮想的那个人。男孩挡住门，提醒她还有别的东西。

"帕科先生让我给你们带来这个，祝你们身体健康，万事如意。"

雷梅迪奥斯抓住仁爱的森德拉先生送来的香肠：给老员工家孤儿寡母的一点心意。维多利亚根本没有留意，她只想弄明白寄信人的身份，焦虑地紧紧捏住信封。埃米利奥·阿莱纳斯的遗孀在她穷苦的一生从未给过任何人小费，这次她也没打算破例，维多利亚心急火燎地撕开信封，男孩没办法，只好呆呆地道了一声再见，再次戴上帽子保护好自己的大耳朵，回店里去了。

是萨尔瓦多，是萨尔瓦多，是萨尔瓦多……维多利亚心潮澎湃地祈祷着。但不是。萨尔瓦多·贝罗卡尔，那个发誓爱她爱到海枯石烂的家伙不知是死是活。书信的确来自马拉加，但是寄信人是拉特立尼达街区的老邻居，妈妈佩帕的老姐妹们。执笔的是其中一位塞巴斯蒂安人，她曾经在一位老师家里帮佣，只有她勉强能够把文字拼凑成句。所有人都说了些个人近况：家里添新丁了，有人过世了，有人结婚了，都是些家长里短……然后大家共同传递了一个信息。我们已经从恩格拉西亚的大伯口中得知埃米利奥的死讯，他是船员，前几天刚从美国回来，信中写道。还有新闻：我们想告诉你们，最近经常听街区邻居说市政府打算为穷人们修建一批住房，廉价房或者大院，估摸着你们在纽约应该攒下些积蓄，或者埃米利奥帮孩子留下些家当，然后打算回到这里。你们在那么远的地方没了丈夫和父亲，孤苦无依，男人无论好坏总还能给点庇荫。我们在这儿还是日复一日没什么变化，继续辛苦忙碌，头顶还是那片天，脚下还是那些街道。

邻居的书写太过笨拙，维多利亚吃力地逐字辨认，雷梅迪奥斯在一旁紧紧咬住嘴唇强忍感伤，泪水又开始在眼眶里打转。那是她熟悉的人、世界、面孔和声音：乡愁不期而至，她要费很大的劲才能消化。

读完后，阿莱纳斯家老大把信揉成一团，背靠在墙上，弯曲膝盖，身体慢慢向下滑，坐到地板上。接着，她把手肘撑在膝盖上，脸深深埋入双手中间。

这几个星期，她心里的恐慌与担忧不断累积，那封信的到来更是雪上加霜，重重打击了她望眼欲穿的等待。令她精神崩溃的问题不外乎：悬而未决的赔偿诉讼，对于在陌生土地上前途的迷茫，厌倦了日复一日在中午晚上的跑堂收拾，还有一些顾客的猥亵行为和恶意举动。

一切的一切都令她感到悲哀和沮丧，尽管每天都被这些苦恼纠缠，她已经渐渐学着接受。然而，问题远不止这些。最近发生的某件事情已经悄无声息地潜入她们的生活，可能那才是真正吞噬她、令她迷惘的罪魁祸首。那不是过去的阴影也不是现实的写照，不。那种感觉很特别，是一种矛盾的不安，不仅没有令她苦恼，某种程度上竟然让她感到兴奋。

她刚开始感到不安时，还不知道如何解释那种眼神和微妙的神情：每次靠近他的桌子时都会听到腼腆的恭维，语带双关。没过多久，各种小礼物纷至沓来，戈麦斯香氛铺的"美如致雅"牌香水，装着三条刺绣手帕的礼盒；各种小礼物看似无心，但意图越来越明显，她每次都秘而不宣，把它们藏在口袋里或者床底下，仔细掩藏，不想让母亲和两个妹妹发现，因为她无法预料她们会如何看待此事，只好顺其自然。

您不急着走，卢西亚诺，再和孩子们坐一会儿，烟草商吃完晚饭后母亲对他说，我给您拿一杯甘菊茶，省得您过会儿胃酸。说完，她转身离开，他们想她去继续忙活了吧，用总是挂在肩头的抹布擦干碗碟和餐具，把扭曲的勺子和旧叉子分开，或者把旧叉子和豁牙漏齿、急需磨光的餐刀分开。

烟草商故作镇定地接受邀请。那好吧，他说，您这么坚持，我再坐一阵，但时间不能太长，我明天要早起。事实上，他心潮澎湃。他知道自己必须克制，还不可以显露出来，但内心深处欢天喜地，他竭尽全力不让自己被语言和态度出卖，但其实他已欣喜若狂。

他已经恍恍惚惚好一阵了，夜晚独自一人躺在布鲁克林高地的家中，心中只有一个想法伴他入眠，白天他在纽约各个经营场所和客户讨价还价销售香烟时脑海中也无法停止那种想法。起初，他不愿接受，极力抗拒。他试图为自己辩解，想着经常拜访埃米利奥·阿莱纳斯的家人不过是出于对孤儿寡母的关怀，因为怀念熟悉的味道，或者为了排解自己的孤寂。那些被上帝抛弃的姑娘们，同一片乡土，相同的味道和口音：这些都是他为自己失魂落魄辩解的借口，他必须抛弃这种妄想。

自从那晚一同去"小伙子"散心，共同击退意大利律师后，他决定放弃挣扎：他不再寻找借口和解释，决定释放自己。自此以后，他确信自己不是因为同情或孤单才每天都去那个不起眼的饭馆。他另有不敢公之于世的原因，每次靠近第十四街时都心跳加速，每次推开"船长"摇摇欲坠的门板时都小鹿乱撞。他下定决心：必须迈出这一步，不再虚度光阴。最近他格外注意自己的形象，每天都到同胞佩德罗·佛罗莱斯的理发店去修面，还要求涂抹"弗洛伊德"剃须泡沫；他甚至还在第四大道的沃纳梅克广场给自己买了几件衬衫和三条新领带，衣服口袋里随时装着一把梳子，每天早上对着镜子挺胸收腹，把腰带再勒紧几扣。

烟草商和姑娘们又聊了一会儿，午夜将至，雷梅迪奥斯没有催促；事实恰恰相反。她躲在厨房里，多次归置已经摆放了无数遍的锅碗瓢盆，用同一块抹布反复擦拭台面。不用着急，慢慢来。雷梅迪奥斯非常清楚巴洛纳的感觉。她清楚之余还默许了他的想法，支持他付诸行动。

回家的路上露丝哈欠连连，三姐妹一晚上几乎没开过口，白天的经历在体内累积，仿佛一团用图像、声音和感受揉成的乱麻，她们都迫切需要钻进被窝，趁着夜深人静让大脑休息冷静。

她们走出来时，第十四街上连个人影都没有，烟草商护送她们至门口。跟她们道过晚安后，他方才察觉已经太晚了，地铁已经停运。他穿过马路，在街角驻足，直到确认四楼有灯点亮。他扬起手臂招停出租车，司机知道目的地后快速离开了。

你从来没那么多愁善感过，他心想，车子经过联合广场南侧驶入第四大道。你的理性总是能战胜感性那一面，现在呢，看看你现在变成什么样子了。他坐在出租车里，脑中不断盘旋着各种声音。你到底怎么了，哥们儿，他扪心自问，汽车正在嗒嗒驶过布鲁克林大桥，桥下是黑漆漆的东河水面。你这样下去如何是好。

身后曼哈顿的万家灯火如点点星光映照在后视镜上。卢西亚诺·巴洛纳坐在车里继续前进。内心充满了不安、犹豫、困惑和相思。

44

"我今天要早点吃饭。"露丝第二天宣布说。

巴斯克夫妇深信不疑地点点头，继续忙着手中的事情，老板在启动庞大的自动洗衣机，老板娘在帮衣领上浆。他们越来越喜欢这位年轻的雇员：不仅手脚勤快，还为他们带来一股清新的气息。因此，尽管平常她会晚些回家里的饭馆吃午饭，但谁也没有怀疑她的特殊要求。

"莫奈奥之家"那天中午没什么客人，忙碌一上午后难得地平静。

"罗萨莉娅可以出来一下吗？"

罗萨莉娅！其他店员把头扭向仓库异口同声喊道。姑娘应声从门帘后探出脑袋，努力吞下刚塞进嘴里的面包夹奶酪。她住在下东区，没时间回家吃午饭，也没有钱在附近的饭店吃饭，因此每天都躲在后面啃面包。

进来，进来，她从里面招呼露丝，嘴里的面包还没咽完。卡门夫人回家吃饭去了，她就住在转角处，姑娘囫囵吞下面包后说，吃完饭她都会打个盹。你跟我到内堂，我快忙完了。

她是一个非常单纯的卡斯蒂利亚姑娘，满头不羁的卷曲短发，在曼哈顿住了快十年。她们是在萨苏埃拉彩排时认识的，虽然一个星期才见面几次，但差不多算是朋友了。

"你是不是跟我说过你表姐某个周六带你去过波多黎各街区一家卖西班牙音乐碟片的商店？"露丝突然问道。

姑娘点点头，又啃了一口面包。

"叫塔拉伊，还是蒂塔伊什么的，"她说话时嘴里喷出几片面包屑，"但是你等等。"她一边拍着领口一边用力吞咽，仿佛想帮助面包落进胃里。

她在货架上四处寻找，露丝趁机环顾四周：她们所在的仓库正是父亲下葬后那天商店老板接待她们三姐妹的地方，当时一切都那么迷茫和不确定。里面还摆放着那些堆满货物、弥漫刺鼻气味的架子，还有那些满满当当的麻袋和箱子，吊在天花板上的鳕鱼干和挂在墙上的黑色塑胶电话，他们趴在货架上登记订单。新朋友满意的声音把她从回忆中拉回了现实，对方手里挥动着一份过期的《媒体报》。

她们在第六版最底下的一个小方框里找到了需要的信息，夹在"维多利之家"的新品广告和"瀑布"餐厅的广告中间。商店名叫塔达伊。"碟片。乐谱。吉他。弦乐器。第五大道 1318 号，110 街路口。"最后写着电话号码：UNiversity 4-8729。

露丝一口气告诉她整个上午都在酝酿的想法，声音低沉：

"你……罗萨莉娅，你可以让我在这里打个电话吗？"

彩排的同伴听到后惊呆了，三明治悬在半空中还没放进嘴巴。

"卡门夫人不允许我们打电话。"

"就一分钟，我跟你保证，我就打一分钟问问看……看他们有没有我姐姐想要的碟片。"她撒谎。简直是睁眼说瞎话，姐姐们连唱片机都没近距离接触过，谁会想要碟片。

"不行，露丝，老板娘会知道的。"

"一分钟，罗萨莉娅。就一分钟，你想要什么都可以。一分钟就够了。"

尽管万分不情愿，同伴实在很难拒绝她：所有萨苏埃拉的同伴都格外喜欢"船长"的小女儿，被她的明眸皓齿、机智敏捷和风趣幽默彻底征服。女孩又哼哼了半天，实在扛不住她的哀求放弃抵抗。

"等一会儿。"

她轻轻拉开门帘，探出半个脑袋向店内张望。依然只有寥寥几个客人，但幸运的是同事们看上去都很忙。

"过来，快，抓紧。"她指着电话低声命令道。

"我不……不知道怎么打电话。"

同伴啧啧咂舌，嘟囔着我会被你搞死的。她把手里的三明治递给露丝，一只手托着报纸仔细看上面的号码，另一只手的食指拨号码，然后将听筒递过来。

"我去盯着防止有人进来，无论多激动你都不可以大声，而且要快。卡门夫人听到一点风声，明天我就要被扔到大街上了。"

露丝已然心不在焉；她心跳加速，听筒搁在耳边等着对方接通。丁零。丁零。丁零。铃声响了七下。她紧张得感觉心脏都快提到嗓子眼，突然听见一声"喂？"，是男人的声音。她激动得张口结舌，磕磕巴巴；这是她第一次隔空与人交谈，不由自主地想要大声说话，但是她极力控制自己的音量。我想给一位美国先生留个口信，他叫库阐，科鲁坦，库弗兰，还是什么的，她对着电话说。好好，我知道您那里没人叫这个名字，但是你们肯定都认识他，他自己说的；他负责找……找……找新的艺术家。对，对，是他，科鲁桑，就是他。一个口信，对，请您记一下。请您转告他，就说露丝·阿莱纳斯打过电话，露丝，阿—莱—纳—斯—，对，他昨天听过她唱歌。她……她想找他聊聊。看……

罗萨莉娅做了个催促的手势。

"好了！抓紧结束！"

看他能不能回到她的街区来见个面，她声音颤抖着继续说道。对，她的街区。请您告诉他，明天她会等着，如果明天来不了，就后天，或大后天。但是请他不要去天台找她；对，不要上天台。她会在……

"赶紧挂电话！"

她会在……在……在"湖泊"银行门口等他！她突然提高声音。

"快结束！否则我给你挂断了！"同伴走过来警告道。

当她说最后一句话时，罗萨莉娅已经把听筒夺回来。她会在"湖泊"银行门口等他，时间是……是……是六点钟！

在小床上辗转反侧一整夜后，她决定早起。科鲁桑的话不断震动着她的鼓膜，令她逐渐产生共鸣。我有天赋，与生俱来的天赋，她不断重复着说服自己。也许他说的没错，也许我唱的歌曲，我家乡的东西在这里行不通，我们相隔那么远，我们的群体又那么小。也许，如果我改变一下风格，未来会变得明朗，大家都说这是个可以美梦成真的国家。如果我被"船长"和菲德尔跟姐姐的计划套牢，可以肯定的是谁也不会注意到我的能力，而且，一旦夜总会的风头过去了，我就错过了大好时机，后半生就只能后悔，在洗衣店里慢慢腐烂。

她万分感激地拥抱罗萨莉娅，掐了一小块三明治。当她走出商店时，良知在心中呐喊，说她是个大叛徒，比载着她们来到纽约的邮轮还可恶。

45

她刚推动轮椅时把方向搞错了，于是一整天的指责谩骂便拉开序幕。

"哎，丫头，你今天还没搞清楚路线是吗？你是傻瓜吗？"

这位女士说的有道理：对，莫娜还没搞清楚路线。其他情况下她会提前准备，问菲德尔或巴洛纳或米拉格罗斯夫人，或者在教堂旁的加尔多斯书店买一张城市地图，借助那张折叠的平面图，她可以手指着街道慢慢查找路线。但这次她来不及事先了解。她也没那个动力或者兴趣。与意大利人纠缠扭打的那个黑漆漆的夜晚依然在她的脑海里挥之不去，马萨粗糙的手掌在她的大腿上摩挲，在河边砾石上追逐奔跑时咯咯的脚步声。

您要是再说我傻瓜，阿莱纳斯家二女儿低声说，我就把您推到大马路上，让您被路过的公共汽车轧死。从一开始，她和年轻五官科医生的姑母之间就建立起十分微妙的关系：紧张却疏离，几乎从不亲热，有时非常糟糕。虽然我不习惯早起，你必须早到，万一我需要你；然后看情况你可以早走还是需要多待一阵。那些是莫娜第二天来到马克西夫人在上西区的家中时她提出的要求。疯了吗，她想，如果我任由你随便支使的话，一个星期你就再也见不到我了。于是她反驳道：十点之前我到不了，因为我还有别的事情要做；最晚三点我就得走。周一到周五每天五小时，每小时五十美分，每个星期十二点五美元，交通费另算：要么让我留下，要么我走人，夫人，但是我肯定比其他任何人更有能力胜任。

一场拉锯战后她被录取了，尽管双方没有给彼此长久的承诺。通过菲德尔她得知一个普通女佣挣多少钱；她参照那个标准增加了百分之二十五，因为来回路上要耽搁很多时间。事先约定好的工作时间保证她可以继续采买和排练。至于她之所以公然自以为是地大肆夸奖自己，是因为想着最好从一开始就获得尊重，否则那个肥硕的女人会把她整个吞了。因为马克西玛·奥索里奥——马克西夫人身形巨大，波涛汹涌，给人强烈的压迫感。无论身体上还是精神上，在公开场合或是私底下，从莫娜早上十点整跨入门槛那一刻到推着轮椅把她送回家，她都无比压抑，工作结束后她风一般冲上公交车，然后再箭一般登上旅馆天台。接着她与菲德尔会合，继续构思夜总会的框架。

她不需要帮老太太梳洗穿衣，另有一个她从马德里带来的已经半聋的年迈女佣负责这些工作；更何况，老太太不是完全不能动弹；实在没有办法的时候，就算再困难她也会想办法自己挪动。但是她在马克西夫人那里挣到些钱，那也是她唯一的期待：多亏了花那么多时间陪她散步，照顾她的需求，忍受她的粗鲁，莫娜总算攒下点积蓄，认真地捆在一块手帕中，藏在衣柜深处。她骗母亲说那钱用来慢慢还债；雷梅迪奥斯没有怀疑。

　　她们达成协议的那天，也就是第二次去她家的那天，莫娜穿上老太太按摩时嚷嚷着让她拎走的那只箱子里的一套服装；公平地说，箱子本应属于那个稍稍晚到的女孩，她事后有些后悔当时抢了人家的工作。她回到家打开箱子时才知道里面装的什么：她这辈子都未曾拥有过的衣服，肯定是穿旧的，娴静端庄，质量非常好，而且十分体面。短裙和衬衫，三件礼服，很可惜两双鞋略小。她并不知道所有这些都曾经属于那晚她服务过的侯爵夫人的女儿奈娜：那对母女已经成为老太太无法摆脱又不得不妥协的对象。最近她们合作举办了一场慈善抽奖活动：老太太抽到了这只装满衣服的箱子，碍于情面她勉强留下，整理后交给陪护她的姑娘们。

　　尽管带有一丝残酷的讽刺，莫娜第二天早上略感宽慰，虽然有些衣服略显宽松，有些略短，但基本上符合她的气质和身份。她穿了一件香草色轻透衬衫搭配深绿色短裙。

　　"要不是你的安达卢西亚口音，还有吉卜赛人厚重的毛发和高挑的眉毛，你看上去出身还不错。"老太太冲口而出。

　　如果您不是腿脚不便的孤家寡人，屁股肥到塞不进椅子，下巴里三层外三层，就不会有那么多可怜的女孩被拖进你的生活，推着你到处走，被你的各种无理要求逼到要窒息，然后又被残酷地扔到街上。但是莫娜现在需要工作，又刚好被送上雇用解聘的传输带，因此她选择闭嘴。

她在这里服务了几个星期，逐渐习惯了自己的工作内容。到聚居着一小部分西班牙人的街区拜访同胞，他们来自与第十四街或樱桃街完全不同的阶层，带她去参加米拉格罗萨教堂的慈善活动，去哥伦布大道路口的马德里餐厅大快朵颐，或者到附近安索尼娅大酒店去读一本杂志，或者看看能不能再找到一位同胞闲聊，出口商俱乐部的总部就在这家酒店：上述就是莫娜的一些工作内容。此外，还要陪她去购物，或者装作去购物。

"明天我们去梅西百货，丫头。你准备好，我们明天要逛很久。"

前一天老太太跟她说，彼时莫娜还不知道一个傲慢的人才代理会突然在莫兰旅馆出现，贬低他们的计划；她也没有预见到意大利律师和他的侄子托马索会强行把她带到一个几乎废弃的码头，令她胆战心惊到第二天早上都没缓过神。

"向右转，把我转过去，推啊，快。"马克西夫人要求道。

她们走了很久才到海诺德广场，在仲春的上午耗费那么多的体力，莫娜快要热死了，老太太则舒适惬意地把一身赘肉安放在轮椅上，丰满的胸部挺在前面，就像一具傀儡。为了让自己不去想眼下不愉快的工作，埃米利奥·阿莱纳斯家的二女儿仔细观察街道、路口和商店，行人、广告、招牌和橱窗。那大概是她工作能换来的最开心的事情：她得以更好地认识曼哈顿的街区，资产阶级及和平的上西区，热闹的中城区最核心的地带。与此同时，伴随着脚步和眼前闪过的街道，她认真思考和决定把"船长"变成夜总会的项目：项目如陀螺一样依然在旋转，下午依然要排练，还有很多事要做。

那天早上的百货店不是马克西夫人带莫娜去的最大的商场；每隔三四天她们就会换一个地方，有时更加奢华尊贵，如洛德泰勒百货店或萨克斯第五大道精品百货店，有时相对普通，如富兰克林西蒙百货或亚历山大百货。置身于那些购物中心内，莫娜的眼睛瞪得像灯笼一般，被琳琅满目却遥不可及的服装和物品吸引，老太太行动能力有限，基本无法在任何地方驻足：听从她的指挥就是了。我们去看手套，丫头，老太太命令道。或者去看化妆品，看瓷器……向右转，然后向左，小心那只愚蠢的贵宾犬，转到这里，好了。

总之，就是梅西百货，莫娜被她弄得晕头转向，死命推着轮椅穿过拥挤在门口的行人和顾客，走进去后她不禁停下脚步，感叹道，我的天哪。听说这是全世界最大的百货公司，占满整个街区，旁边还有一栋附楼，内部排列着很多根大理石柱子，各种青铜器件，熠熠生辉的灯光以及充满艺术气息的装饰。

"我需要买一件礼物，一件很好的礼物，"她咕哝着，"让我的侄子看上去特别绅士的礼物。"

尽管年轻的医生与姑妈同住，但莫娜从未撞见过他：早上她还没到他就走了，等他回来时她早就下班了。也许他根本就不知道那个他迫切希望见到的年轻姑娘每天都会来到他的地盘。没人如他所愿给他打过电话，他也努力克制自己再去"船长"的冲动，因为帮母亲多做一次检查会显得意图过于明显，十分可疑。而且从马克西夫人那里他几乎无法获知她的存在，因为老太太连莫娜的名字都不知道。如同众多前任那样,老太太只唤她丫头;这样的话,尽管她频繁换人,也没必要费心去熟悉每个人的身份。老太太没兴趣知道她们的名字,更不想知道她们从哪里来:她从来没有问过她们的祖籍、家世、梦想、住址。

相反,明显不对等的待遇是马克西夫人不厌其烦地跟莫娜回忆过往。她和邻居在马德里圣伊莎贝尔街共同拥有一套大宅,靠着那份租金支撑她在纽约的生活;她可怜的弟弟——帅气伟岸,她强调说——在拉斯佩迪斯山坡上发生重大车祸,遇难身亡,留下唯一的儿子和半瘫的她。弟媳——侄子的母亲——在事故中致残,日渐憔悴,受不了丧夫的打击,没过几个星期就因败血症病发死掉了。侄子在卡斯特洛比耶霍某次马德里之行期间在医学院认识他,并在他的庇护下发展得一帆风顺,男孩坚持让她陪着一起赴纽约进修学习;她在曼哈顿有很多很多朋友;贵族同胞们非常尊重她,总是邀请她出席各种宗教聚餐、聚会和座谈……

没几个星期莫娜就把她过去几十年的点点滴滴都摸清楚了,因为马克西夫人几乎不给她机会插嘴。然而,辉煌背后的秘密她从不示人。圣伊莎贝拉街上的大宅是一位没有后代的老妇随手转赠给她弟弟的,弟弟是一个行事鲁莽没有顾忌的辩护律师。他在公路边的露天排档“卡莫拉之家”把一根羊排和一瓶半红葡萄酒塞进肚后不慎遭遇了车祸。遗孀当时是一位顺从脆弱的少妇,十六岁时被他搞大肚子。现在她频繁接到邀约完全是因为她寡廉鲜耻的坚持或者自说自话地不请自来。她和侄子之间貌似和谐的同盟关系除了亲情以外,还因为遗嘱条款的约束力把他们紧紧拴在一起:她奄奄一息的弟弟——同时也是人父——在公主医院的病床上度过人生的最后几个小时，他在咽气前签下那份遗嘱。通过各种互相牵制的条款、遗嘱执行人和仲裁人，他立下遗愿，令他唯一的两个亲人永不分离：要么维持姑侄关系，无论身在何处都居住在同一屋檐下，要么切断他们的经济来源，他们继承的财产最终将捐给梅塞德斯避难所。

46

那天上午很多客人在梅西百货的男士配件区流连徘徊：形单影只或者结伴而行的优雅女士们，上了年纪的伴侣，很多独自逛街的男士，其中有一位个子很高、深度近视的先生夸张到不得不把所有东西都拿到面前……

"停下；就在这儿，不要刹车。"

接着，马克西夫人开始自己推动两只大轮子，好奇地在轻薄围巾、领结、手帕、印花丝巾、夏季手套之间穿梭。

六位店员高效谦和地招呼着客人，她们刷了睫毛膏，涂着甲油和口红，头发光滑地束在脑后。她们年长她最多四五岁；莫娜无比艳羡地盯着她们，女主人自顾自地左顾右盼。除了整齐摆放的商品散发着诱人的光彩，还有华丽的天花板和天晓得被什么神秘力量推动的机械电梯，但是逛大型百货商店时最令她神往的还是那些神采奕奕的年轻姑娘们。其中一位店员正在精心折叠薄纸打包商品，另一位正在柜台上打开各种款式的领带，还有一位面带灿烂的微笑送别顾客。

马克西夫人很快就拿定主意：她几乎不会说英语，用手指明确地指了指一盒白色的手帕，那大概是这里最便宜的商品吧。她付完钱把包装好的礼物放在大腿上，立即下令：

"推吧，丫头；现在去钟表区。"

晶莹剔透的玻璃橱窗，天鹅绒饰面的展示柜。又一股尊贵的气息扑面而来，包围着矜持不苟的客人、精致装扮的店员和目瞪口呆的莫娜。

"我在这里逛一会儿；你去转转，别走远。"

马克西夫人招呼一个店员过来，再次用食指挑选手表，要求店员拿过来给她看看，第一块、第二块、第三块……直到看得无聊了，莫娜方才离开，在附近溜达，从眼角偷瞄身边的场景。一位身材滚圆的成熟男性正在为一个惹人怜爱的金发女郎试戴精美的金链手表；再过去一点，一位头戴裹发巾的滑稽女士正在用不知哪种语言吃力地解释；另一个角落里年轻的情侣羞涩地询问价格……莫娜时不时地回头张望，确认马克西夫人还在全神贯注地购物，用肿胀的手指指向不同的方向，要求无可奈何的店员不断打开表盒、抽屉和橱窗。莫娜感到有些厌烦，继续漫无目的地溜达。

"丫头！丫头！哎！丫头！"

马克西夫人用力地推着轮子从背后靠过来；她的语气烦躁强硬，仿佛突然遇到天大的急事。

"过来，过来，丫头，走，走，我们走！"

莫娜已经习惯了她变化莫测的脾气，没有一句异议，站到她背后开始推，一个男人突然拦住她们。身材宽厚，金色头发，强壮魁梧，面孔红润。他双腿略微分开，双手握拳叉腰。他身穿棕色制服，表情严肃，头上戴着保安帽。

莫娜停下脚步，马克西夫人回头看着她，掐着嗓子紧张颤抖地说，继续，继续，不要停……但是根本不可能：穿着制服的家伙挡在面前，没有要让开的意思。

莫娜感到困惑不安，环顾四周想搞明白究竟发生了什么。她注意到男人身后四五步有两个表情严肃的女人。一个年纪稍长，不施粉黛，着深色套装，双唇蹙紧，胸前紧紧抱着一个文件夹；她看上去像这个区域的某个主管。她身旁站着刚才服务老太太的店员：脸上的谦逊热情荡然无存，看上去明显很不高兴。

前者向前走几步，绕过身穿制服的家伙，来到轮椅前面，用英语说着什么。

"我听不懂，美女，"马克西夫人用自己特有的语气匆匆说道，"要么你说西班牙语，否则我什么也听不明白。"

"深色套装"没有理会，继续自己的长篇大论，指着老太太盖在腿上的精致毛毯控诉。她走到哪里都会盖着它，那是一条类似于披肩的毯子，遮住她从腰部到脚踝变形的身体。

"你是在问这个吗？"她傲慢地把手帕盒怼过去，"早就付过钱了，我可以把收据拿给你看……"

对方冷漠地抓过盒子，看也没看她一眼就放在附近的柜台上，继续指着她的膝盖厉声说着什么；莫娜站在轮椅后面惶恐不安地看着眼前的场景，不知所云，更不知道该做什么。

但是马克西夫人不落下风。

"我听不懂你说什么，扑克脸！有屁快放，让那个死胖子让开，我们要走了！"

附近的顾客被他们的争吵声吸引，好奇地望过来，还有一些人靠近几步看着他们。负责人想尽快解决尴尬的局面，俯身亲自掀开毛毯，没承想被捆了一巴掌。

"你在干什么？"马克西夫人惊慌失措地尖叫起来，"你不要碰我，死贱人！快，丫头，快把我推走！"

莫娜一头雾水，焦虑感瞬间飙升，围观的顾客越来越多。负责人气愤地冲着制服命令道：

"快去搜查。"

穿制服的家伙不假思索地冲上去，尽管马克西夫人死命挣扎反抗，他还是一把扯开盖在她身上的毛毯。

暴露在空气里的不仅是马克西玛·奥索里奥的裙子。眼科医生姑妈的两条肥腿中间夹着一只天鹅绒防尘罩和一块手表，印证了其他人的疑惑，也让莫娜大吃一惊。

从此刻开始，莫娜恨不能找条地缝钻进去。她们被保安和疾言厉色的主管押着丢人现眼地穿过一个个柜台和走廊，马克西夫人还在啐着口水，莫娜惭愧地在后面推着车，路过时身后几个冒失的顾客转身投来异样的目光。他们走到一个远离公共区域的房间，没有窗户，只有幽黄色的灯光。墙上钉着时间表和通知、规章、日历；家具只有两张桌子、四把椅子和一对文件夹。跟外面熠熠生辉的热闹景象相比如同另一个世界。

几分钟后，第三个人加入他们，他嘴巴上挂着两撇胡子，身穿灰色西装，典型的政府行政人员气质；主管跟他说明了之前发生的情况，脸上露出十分厌恶的表情，他嘴巴都没张下令道：搜身！从上到下不要漏掉任何一个角落。莫娜试图拒绝，但是没有成功，脸涨红到发根，身穿制服的肥猪接到命令后用力地把两只大手伸进她的内衣里，猥亵地揉搓她的乳房。

马克西夫人的哀号尖叫声如炮弹般在耳边呼啸，主管试图强迫她张开双腿。两个女人深陷丑闻，一个扭曲挣扎，另一个拼命反抗，就在这时马克西夫人的身体开始痉挛。起初还比较轻微，后来越来越剧烈。她眼前变得模糊，一片空白，身体继续强烈地抽搐颤抖，直到轮椅都开始震颤。

"快……快……快打电话给我侄子，丫头。"

那是她失去意识前最后一句话。

47

连续三天一到下午六点露丝就站在"湖泊"银行门口。事实上，那家位于曼哈顿的西班牙金融机构早在二九年大萧条之前就破产了，直到老板哈伊梅·拉戈，一个厚颜无耻的加利西亚骗子拖着成千上万同胞辛苦攒下的积蓄带着它走向灭亡。现在一家美国进出口公司占用那栋旧楼，但是附近谁也没兴趣去弄明白公司究竟叫什么名字，大家依然继续把第九大道南侧和第十四街的交叉路口处称为"湖泊"银行。

连续三天她都在六点整准时抵达，既期待又紧张，她偷偷涂了嘴唇，穿上新买的白色衬衫，梳理整齐的头发垂在肩头。第一次等到六点一刻，第二次等到六点半，最后一次等到七点，弗兰克·科鲁桑从未现身。笨蛋、傻瓜、无聊、冒失鬼，她心里无比后悔。你就是个异想天开的可怜鬼。欺骗姐姐活该被放鸽子。因为你的背叛，你的不忠。

第二天一切如常，露丝暗暗对自己说不要再去等了。当她正在洗衣店里屋把几件衣服塞进水缸里，突然听到老板大声叫她。露丝！出来！

柜台另一侧的顾客区有一个身穿灰色西装制服、头戴滑稽帽子的男孩，臂弯里捧着一束花等在那里。

"您是刘斯·埃里纳斯小姐？"他的发音糟糕透了。

老板夫妇既好笑又温和地看着眼前的场景，她支支吾吾地回答：

"是……是我。"

送货的男孩伸手把那束花和一个小信封递过来，她在柜台另一边擦干手；恩里克先生拿出一枚硬币递给他作为小费。

"你得告诉我们这位情郎是谁。"老板娘用戏谑的口吻说。

不知该如何回答，露丝走回里屋，两条腿像踩在棉花上。谁也没给她送过花，她都不知道如何抓着花茎、玫瑰和玻璃纸。

"抱歉这么晚回复，我昨天才收到您的留言。"她全神贯注地从信封中取出卡片阅读。闻上去还有墨水的气味，白色的纸张一尘不染，似乎刚刚印上弗兰克·科鲁桑的名字和地址。下面还有一行手写的字：请今天下午五点来我办公室。

她吓得差点背过气去。

她没有跟老板夫妇澄清，最好让他们认为花是某个追求者送来的。因此，当她害羞地申请早走一会儿时，他们以为她去会情郎而欣然答应了。

"是否可以预支我一半的周薪？"

他们也勉强同意了。如果想知道更多男孩的情况，我们如何说不呢，他们俩心想，恩里克先生递过来一把钞票。四点二十分，露丝第一次独自坐上出租车；她完全不知道如何到四十五街362号，也不想冒险尝试。

星探的办公室在百老汇附近一幢办公楼四楼走廊的尽头。她没有疯狂到打算钻进可怕的电梯，所以爬楼梯上去。找到卡片上的具体位置前，她兜兜转转好几次迷失方向。眼前的一切都太过于震撼，让她感到窒息，那么多长得一样的走廊，那么多数字和指示箭头，那么多人脚步匆忙。各个年纪的男性、年轻的女性，他们从身边擦肩而过，有的正在拉包链，有的把外套披在肩上，有的补妆。露丝逆着所有人的方向往里走。

她总算找对地方，这时听见一阵敲击声。大门敞开着，她看见科鲁桑正撸起袖子站在椅子上，往墙上敲钉子。

"嗨，阿莱纳斯小姐！快，请进！"

他领带松垮在胸前，周围一片狼藉。装满文件的纸箱，一摞摞碟片和杂志，还没有挂起来的相框。近距离看着他没有那么可怕，没有穿风衣也没有戴帽子。看上去更加成熟：面部皮肤发红，某些地方很干燥。

"可以麻烦你帮我个忙吗？"

他站在椅子上指着地上的画框。

露丝弯腰抓起来递给他：照片上是一位年轻迷人的女士，披着浓密卷曲的头发，香肩裸露。半面墙全是写真，他把那幅挂好：女性玲珑的面庞和胴体，有的站在舞台上，有的搔首弄姿。

他走下来，忙着为乱七八糟的办公室抱歉，把笨重的锤子丢在一大包文件夹上，费力地跨过包裹往外走。他关门转身，伸出右手，令露丝大吃一惊的是他并不是礼节性地握手：他紧紧抓着她的手，牵着她穿过满地狼藉，把她带到另一端的沙发前。她感受得到他手掌的力道，不知从哪里泛起一阵灼热。

"我没什么喝的可以给您，我很抱歉，我还在搬家。"

露丝做了个微妙的表情示意没关系，她十分惶恐，声音被锁在喉咙里。她听从指示坐下，双腿并拢，双唇紧闭，心里有各种找不到答案的疑问。你怎么敢一个人来，呆头鱼，迷失在走廊深处，楼里的人已经基本走光了，这个区域你并不熟悉，事先没有告诉任何人，面前的男人你也不认识。

"您喜欢那些花吗？"

"非常喜欢。"她声音细得跟蚊子似的。

科鲁桑没有在她身旁坐下，而是斜靠在办公桌边上，一只手臂在胸前交叉抱住手肘，另一只手托着下巴。他不紧不慢地看着她，目光炽热。

"很好。"他轻声说。

星探用具有穿透力的明亮目光上下打量露丝，若有所思，她的两颊瞬间滚烫，连耳根都变得绯红。快跑出去，离开这里，她的潜意识告诉自己，快回家去，跟自己的家人待在一起，就算再贫困潦倒，就算要继续忍受母亲的聒噪唠叨，和姐姐们争吵，无论怎样都好过让自己陷入眼前的困局，你根本不知道事情会怎样发展。但是她僵硬得无法动弹，甚至当他的手指靠近脸颊时，她也只能吞咽口水屏住呼吸。

他没有碰触她的肌肤，仅仅把垂落在她面前的一缕棕色的头发撩开,似乎想查验她的发际线。他嘴角翘起,露出满意的神情。好,好,他喃喃道。接着他用拇指肚抬起她的下巴,转向右边又转向左边,检查两侧面颊,侧面轮廓,下颌线条。好,好,好。

"现在,甩甩你的脑袋。"

"我听不懂。"她含糊不清地说。

"脑袋。甩甩脑袋,"看到女孩没有反应,他坚持道,"从一边到另一边,这样。"

她腼腆地服从指令,没有意识到他已经不再使用敬称。

"继续。"

她又甩了几次。

"继续,继续,继续!"为了鼓励她,他拍了三下节拍,"把头发甩起来!甩起来!很棒。现在,低头,这样,整个低下去。"她坐在原地,脖子向前伸,看见男人的手指伸入她的颈部,拨开面前的头发,命令道:"现在抬起头,快!"

她猛地抬起头,剧烈的动作带着她的头发从空中划过,像一只疯狂的母狮子甩动自己的鬃毛,双目明亮,两颊发光。

"太棒了。"科鲁桑啧啧称赞,"太棒了。"他重复道,"我在想你的镜头感,西班牙语怎么说的?"

她毫无概念,只好耸耸肩。

"还有很多事情要做,必须改变你头发的颜色,帮你脱毛,再给你取个艺名,也许还得减掉几磅,让我看看。"

他让她站起来,双手叉腰,专业地判断她的手感。

一向鲁莽、率真、嬉皮笑脸、玩世不恭、外向开朗的露丝面对这种情形却一言不发,放任自流。

"好，好，好……"他赞不绝口。

检查完毕，他宣布结果。

"如果你愿意，*亲爱的*，我帮你做大改造。你需要接受训练，技巧训练。有很多技巧。你天生就有很好的台风、节奏感和表现张力，那天我已经亲眼见到。你非常漂亮，有魅力，而且自带光芒，你身上有很特别的东西。"

露丝感觉自己体内的自豪感渐渐膨胀起来，快要爆炸了。将来我也会拍摄写真，就像墙上那些笑靥如花的女子，她心想，我将登上真正的舞台，接受掌声，还……

科鲁桑打断她的浮想联翩。

"但是有些事情你得知道。"

"请您尽管说。"她总算挤出声音。

"好。你有前期准备的资本吗？"

"没有，先生。"

"有人可以资助你吗？"

"没有，先生。"

他转过身，走到杂乱无章的办公桌后面坐下。他交叉双手托住颈部，肘部撑开。他身后的窗户上没有挂百叶窗或窗帘，傍晚最后一缕阳光照射进来。

"如果是这样，我可以资助你。但是如果你接受了，等到我们签到演出合同并且你开始挣钱了，我需要从中收回成本。你需要和我达成协议，听明白了吗？"

48

坐在轮椅上的顾客偷窃劳力士皇后系列手表刚刚被抓个现行，梅西百货的三名员工查验过她并非假扮抽搐，开始试图安抚她：保安用力抓住她的肩膀，防止她从轮椅上跌落，主管控制住她的头部，长着小撇胡的家伙强忍疼痛，把手指塞进她嘴里，以防癫痫发作。马克西夫人已经彻底失去意识；莫娜站在角落里怔怔地看着他们。她不明白究竟发生了什么，也不知道该如何帮忙。

可能那个过程不过几分钟，但对于她而言却是无尽的焦虑。直到老太太的身体开始慢慢平静下来，逐渐恢复意识，缓过气来。所有人都松了口气，莫娜差点要哭出来。就在这时，门突然被推开，三名员工仿佛听到集合哨声倏地挺直身体。一个衣着考究、头顶光秃、胡须花白、鼻子上架着金丝框架眼镜的男人走了进来；从三个人试图向他解释当下情形的唯唯诺诺的态度判断，他应该是位高管。他们刚让出空间，莫娜就冲到马克西夫人身边，她感到迷茫、困惑而凌乱，幸好老太太的意识慢慢回到现实。好了，好了，好了……边说边抓住她的一只手。对方还没有完全清醒，点了点头像在说是的。

尽管莫娜没搞明白刚刚现身的人是谁，但是从他冰冷的声音可以判断他完全不赞同下属的处理方式。她想不到的是那位经理的指责根本不在于他们对两位外国人士尊严的侵犯，而是担心如果给坐在轮椅上的老外造成严重后果，将给百货公司的公众传媒形象造成多么恶劣的影响。

斥责结束后，他确认老太太的意识已经基本恢复，低声吩咐了几句，其他人火速执行命令。他们立即把她们带出了昏暗的小屋，走廊里保安推着轮椅，主管收敛自己的傲慢在前面开路，莫娜羞愧难当，并排走在马克西夫人身旁，紧紧握着她的手；另一个人负责收尾。她们被带进一个铺着地毯的会议室，宽敞的窗户正对着先驱广场，墙上贴着象牙白色的缎面墙纸。粗鲁保安守在门口，小撇胡不见踪影，扑克脸心里像吃了苍蝇，遵照上司的指示用托盘帮她们端来两杯饮料。 马克西夫人已经差不多克服了心中的恐惧，看到他们恭敬的态度略感宽慰，安全感恢复大半。

"给我侄子打过电话了吗？"她把两杯饮料一饮而尽，紧接着问。

"还没有，"莫娜弯腰附耳轻声说，"还没来得及，没……"

"那现在打吧，自从我体内出现了这么奇怪的东西后，他不来我不会动的。"

他们费了好大力气才跟经理说明一切，而经理在确认对方已无大碍后，就想赶紧把她们打发走。他们不再提贵重手表偷窃事件，她也不再提自己因为强行搜身而险些丧命。只要胖女人身体状况好转了，就把他们送到三十五号门口，他对保安和主管说，如果需要的话，送她们一件小礼物，日历或其他什么愚蠢的东西。他没有料到肥婆会拒绝。

"把我的包递过来，丫头。"

莫娜在轮椅后面的钩子上取下包，她仔细翻找，拿出一本日记本。她用大拇指沾了些唾沫，翻过三四页，用食指指尖翻阅，找到那一行后用指甲划出印记。

"这是他在卡斯特洛比耶霍诊所的电话，这里。随便诸位：要么你们打电话给他，要么我打。"

虽然他们听不懂彼此在说什么，但拉锯战非常紧张，而她很快就累了。第一次抽搐可能是突发情况，第二次很大程度上是她个人意志造成。看到商场员工不配合，她开始剧烈摇晃身体和轮椅，佯装自己再次痉挛发作。光头经理为了抑制内心的愤怒，一只手抱住另一只手掰动手指关节，决定采取行动。那个行动不便的女人上了年纪，如果他们把绳子绷得太紧，很可能又把事情搞僵。更何况，她在优越的上东区诊所有熟人，她不是一位简单的外地游客，也不是穷苦的可怜移民。最好不要惹祸上身。以防万一。

那已经不是塞萨尔·奥索里奥第一次被迫帮姑妈收拾烂摊子，之前就发生过不愉快的事情：她曾想从布鲁明戴尔百货商店带走一只贵重的手镯，在兰佩尔迈耶甜品店吃完下午茶后把银制糖罐塞进后面的包里。上次丢人现眼后，她向他赌咒发誓不会再犯，但她可能还做出过类似的恶劣行为，可能没有被发现，或者她自己搞定了。

这位年轻的医生在接到梅西百货的电话时万万没料到，除了让他的姑妈从新的泥沼中摆脱出来之外，那个中午将标志着他生命中其他事情的开始。他刚走进去，脸色大变。姑妈、经理、缎面软包墙壁和一望无际的大型卖场映入眼帘。除此之外，莫娜——姑妈的女佣——就在眼前，她正拿着一页商业传单扇风。而她再次见到他时，从头到脚瞬间轻松下来。

紧接着现场乱成一团：马克西夫人夸张地大喊大叫，领导匆忙解释，主管奋力辩解……他不停跟每个人说好的，好的，明白，明白，仿佛所有人赋予他理性思考的能力。他拗不过姑母无耻专横的要求，竟然同意让商场打电话叫救护车，送她去做全身检查。"我身体里不会再发生那么奇怪的状况吧，我的孩子？"他平时还算通情达理，尽管这次没什么道理可言，他还是同意了。

"那么，我先走了。"

莫娜说着打算告辞，两个人把担架上的马克西夫人抬进救护车。商场员工从这件事中脱身，第三十四街路口就剩下她和医生两个人，身边熙熙攘攘、车水马龙。行人，汽车，吵嚷，巴士。

"如……如……如果请您陪我们去医院，会太过分吗？"

她本想说自己的工作时间还有一个半小时就结束了，她一整天忍受他愚蠢的姑妈已经足够，因为他姑妈的行为，自己遭遇了极其可怕的经历，她烦死了，想回去忙自己的事情，爬到旅馆的天台上琢磨自己的生意，忘记那天遇到的所有人。

"坐我的车去吧，就停在附近。到点下班了，我叫一辆出租车送您回家，"接着，他又补充道，"或者我再把您送回去。"

快节奏的城市街头人们步履匆忙，他那令人厌恶的姑妈近在咫尺，然而塞萨尔·奥索里奥看上去那么睿智谦和，莫娜实在没办法拒绝他。

马克西夫人在医院里住了两天，对护士颐指气使，对医生装傻充愣，妄想他们从头到脚给她检查一遍。就在那两天，前途无量的眼科医生和那个怀揣谦卑梦想、义无反顾投身祖国演艺事业的姑娘逐渐彼此相知。

49

看这里！看这里！摄影师助理喊道。看这里！头摆正，眼睛盯着相机。差不多了，大家都看好了。听我口令，一、二……

人们刚刚走出昏暗的教堂，踏上初夏的周日阳光照耀下的人行道，簇拥在一起，欢声笑语不断，相互拥抱、击掌、贴面。身穿白色婚纱的维多利亚容光焕发，身后披着长长的蕾丝面纱，紧紧挽着新婚丈夫的手臂接受祝福，卢西亚诺·巴洛纳身穿一套在"巴莱拉兄弟"莱诺克斯大道店购买的礼服展现出胜利者的姿态，毫不掩饰自己强烈的自豪感。当着卡西亚诺神父和圣母瓜达卢佩的面，他们承诺彼此相爱相敬直到永远，阿门。在第十四街上，"艺术范"的摄影师正在帮他们拍摄合影，记录下这一美好时光，前提是助理能够让所有人都看着镜头。

受苦的助理嗓子沙哑：走起来！女士们先生们！拜托走起来！但是无济于事，每个人都自顾自站在那里：问候，寒暄，彼此交换祝福。米拉格罗斯夫人身穿一件压在箱底几十年的礼服，散发出刺鼻的樟脑味；利托嬷嬷精心打扮了一番，把儿童靴子擦净上油，还穿上会众时的白袍子。伊利格瑞夫妇的喜悦之情溢于言表，"拉瓦伦西亚娜"的老板帕科·森德拉专程从下东区送来一箱莫斯卡托酒作为贺礼。

公寓楼里的一些邻居也在场，也少不了莫兰旅馆的阿斯图里亚斯老板娘，身边站着刚刚下船登岸的丈夫，另一侧是年迈的米兰达老师。还有菲德尔。当然，还要加上新娘的母亲和妹妹们，她们穿着新郎送的印花丝绸礼服，戴着春款轻薄手套，和华丽的诺顿斯小礼帽，看上去光彩夺目。不用了，卢西亚诺，不用了；您不要买啊，怎么能让您那么破费呢……雷梅迪奥斯当场阻止。但是根本挡不住巴洛特坚持要帮全家人搭配最高档的礼服。还差点东西。

他不光邀请了一些烟草商朋友，来自阿尔哈玛的几对夫妇专程从布鲁克林的公园坡赶来。来到一个陌生的街区，相对于围在主教堂门口叽叽喳喳聊天的其他宾客，他们略显安静：他们跟巴洛纳的前妻都很熟，因此突如其来的婚礼令他们感到不快。可怜的恩卡尔娜刚走了一年多点，这位鳏夫已经让另一个女人取代了她的位置，他们从收到请柬开始就不断感慨。但是，难道这个男人没有权利重新修复自己的生活吗？丈夫们反驳道。他们几乎所有人都先老婆一步来到美国，对于寂寞的凄苦有切身体验。

只有一点遗憾令新郎愉悦的心情蒙上阴霾：他的儿子。他专程打长途电话给儿子告诉他自己的决定，通话过程中噪音不绝于耳。他沉默良久，接着用严肃的声音说，如果你遇到对的人，就会知道的。后来他又打电话告诉他日期、地点和时间，估摸着那时儿子的心情已经平复得差不多了。他承诺会尽量来参加；没过两天，他回电话确认自己一定会来，在巴尔的摩最后一场比赛结束后他会乘夜班火车赶过来。但是现在仪式已经结束了，他依然没有现身，一想到儿子缺席婚礼，烟草商的心就仿佛被针扎般刺痛。让他接受另一个女人取代自己母亲的位置实属不易；慢慢来吧，他总有一天会懂的。

摄影师保罗·佩雷斯一直负责记录聚居区的所有重要时刻，开始逐渐失去信心。相机已经举了半天，贝雷帽下面渗出一层汗水。他等得不耐烦了，索性径直走向新郎：您随便怎么弄吧，伙计，我得走了，我在瓦伦丁·阿奎来先生的"回力球"还有个活儿，他烦躁粗鲁地说。

为了不让他走，巴洛纳走下舞台，掌控全场：来，快，所有人都准备好，我们要拍照了；雷梅迪奥斯，靠向我这边，还有你们三姐妹也往前走……总算，他们站成半月形准备好合影，露丝最后捋了捋维多利亚的头发，让她展现完美的仪容，莫娜摆正小礼帽，新娘换了一大束鲜花。都准备好了吗？烟草商问。

巴洛纳刚要说好了，伙计，按快门吧，声音突然哽咽在喉咙里。

一个手托帽子的男孩子大步流星地走向人群，就快到舞台了。他脚步匆忙，意识到自己虽非本意却很不合时宜地迟到了。该死的火车，该死的竟然晚点了，他一路想着。随着他渐渐靠近，模样也越来越清晰：他身上有着紧实的肌肉，线条感十足。右手抓着一只大行李箱，扶着帽子的左手缠着绷带。挂满胡茬的下巴上隐约可见累累伤痕，他身上穿着一件浅蓝色的休闲西服，一整晚伴着哐啷哐啷声蜷缩在二等车厢中，衣服已经皱得不像样了，帽檐下一只眼睛乌青肿胀，一条眉毛被打裂了缝过针。往下看，颧骨瘀血未散；再往下，上唇嘴角一个深色的切口凝结着暗红色的血液。

巴洛纳刚看到他出现就打破了人群的和谐气氛，他往前迈出一步，破坏了整体队形。

"恰诺，儿子……"他张开双臂喃喃道。

但是太迟了。摄影师已经按下快门，底片上永远记录下一位成熟新郎模糊的身影，就好像墨水滴进水中，以及一位满脸疑惑的年轻新娘，因为她突然意识到刚才在上帝和神父面前许下誓言的婚姻可能是个天大的错误。

宾客们需要穿过马路，在对面的人行道上走几步就到"拉毕尔巴伊纳"。他们成群结队往前走，没有一个人落队。顶层设有宴会，尽管雷梅迪奥斯希望不要大肆庆祝，巴洛纳不想显得吝啬。我们还在守丧呢，上帝保佑，女人忏悔不迭。我们怎么能不庆祝呢，母亲？女儿们齐声怒吼。当她建议新娘为父亲守丧穿黑色礼服时，姐妹们高声反对道，您疯了吗，母亲？

您别着急，雷梅迪奥斯，一切都很低调。起初，未来女婿为了让她们冷静下来向她保证，她总算停止抗议。然而，在年轻人们强烈的怂恿下，也为了自己的幸福，事情的掌控权逐渐落入烟草商手中，他其实没有什么积蓄，因为该死的香烟，很长一段时间以来烟草生意都在下滑，他一辈子攒下的积蓄多半用于支付亡妻生前的医药费和住院费。巴洛纳早就知道自己没剩下什么钱了，但是聊胜于无，都可以用来装点幸福。

宾客们眉飞色舞，气氛热烈欢乐，美食如此丰盛，是阿莱纳斯家的女儿们在地中海边艰苦度日、捉襟见肘的童年时期根本无法想象的，当时只有竹荚鱼、西班牙凉菜汤和凤尾鱼。现在置身于"拉毕尔巴伊纳"，坐在长桌前，首先映入眼帘的是多到无法想象的冷盆，接着是装在黏土砂锅里的巴斯克炖鳕鱼，然后是牛肉块——人们叫它牛排；还有瓦伦西亚面包房精心准备的新娘蛋糕作为甜品。葡萄酒，当然少不了葡萄酒。还有埃尔盖特罗苹果酒，西班牙勒班陀白兰地和拉斯卡德纳斯的茴香酒，均来自一百一十六街的梅地亚比亚酒庄。精美的食物阵列旁围坐着充满食欲的面孔，她们铺好餐巾纸，咬一口香肠，把酒杯送到嘴边，嘴里瞬间充满气泡，母女四人心中的想法彼此心照不宣，突然某一刻她们会产生幻觉和抽痛，仿佛理性在提醒她们从那场婚礼开始，她们的生活将发生一些变化：她们几乎没有意识到自己已经融入这座城市的生活。

人们推开窗户让空气进来；大家都已吃饱喝足，精神十分亢奋，头脑有些混沌，大厅里突然听到有人引导着人们的注意力。伴随着指关节叩击桌面，十几把叉子敲打玻璃杯：新郎发言！新郎发言！新郎发言！不必多说，巴洛纳有备而来，他把椅子往后一推，站起来深吸一口气。他的口才谈不上优秀，但是听上去愉悦真诚：他准备的稿子充满离乡背井、颠沛流离的迷惘与痛苦，因为突如其来的好运，这一切糟糕的事竟与幸福撞个满怀。

"当我得知这个女人同意与我度过后半生时，"他说着激动地举起酒杯说，"我体会到的是一种如此伟大深沉的情感，我都不知如何描述。"

新娘小心翼翼地站起来，害怕失去平衡。她的两颊闪闪发光，有些晕眩，快热死了。人们帮她添了三四杯酒，她顺从地全部喝下，一滴酒都不剩；面前的菜换了好几轮，她都没有拒绝，全部吃掉。无论谁对她微笑，她都报以微笑，只要有人赞美她的礼服，她就不住地说谢谢、谢谢、谢谢，没有意识到自己说了一遍又一遍，一遍又一遍……

人们没有察觉到那股最让她感到困惑的力量。眼神。他的眼神。新婚丈夫的儿子坐在对面，桌子的另一侧，表情肃穆，脸上没有任何愉悦感，一整顿饭他都充满疑惑地观察她，仿佛在无声地追问：你从哪里冒出来的，女人？

微笑在维多利亚的嘴上僵住，她知道恰诺伤痕累累的眼睛正紧紧追踪着自己，刚刚承诺婚姻的丈夫口中那些感性的话飘入耳中，滑入脑海，她还来不及理解就消融不见了，一切都发生得太快，太快，她根本抓不住。她不用太在意，与她无关。没什么关系了。

值得庆幸的是，烟草商动人的致辞刚结束，埃斯特班·罗伊格和他的"快乐男孩"乐队迅速跟上，宴会厅里响起《蒙特斯之猫》那充满节奏的旋律。人们兴奋地站起来伴着喇叭、手风琴和单簧管的节奏鼓掌打拍；服务员们迅速移动桌椅，空出一小块舞池。西班牙聚居区的派对总少不了那位同胞的乐队，他平日在中城区的一家保险公司担任礼宾，只有他能够通过音乐的情感把那么多离乡人送回到那片被他们抛弃的土地。

巴洛纳把顺从的维多利亚拉到刚刚空出的舞池中央，人们在四周围成一圈。他让她站在对面，抓住她的手和腰，跟着斗牛舞的节奏四个两拍地跳起来。脚踢向一边，头甩向另一边，维多利亚把脸颊靠在他宽厚的胸口，轻轻闭上眼睛。她闻着他身上男士香水、烟草和快乐的汗水味。他爱你，她心里默默地说。他爱你，他爱你，他爱你，萨尔瓦多却从未爱过你，她对自己说，你要学会去爱他。

乐队演奏完第一支曲目，没有停歇。人们为新婚夫妇大声喝彩，热烈鼓掌，尖叫着新郎新娘万岁！话音未落，罗伊格的同伴奏响《西班牙斗牛曲》的旋律，其他宾客迅速涌入宴会厅中央。烟草商跟大家跳了好一会儿集体舞，在斗牛舞和波莱罗舞之间来回切换，直到他附在维多利亚的耳朵上轻声说：来。

恰诺一个人坐在里面紧靠开放阳台的位置，被拉到角落里的一张桌子上摆着吃到一半的酥皮派。他靠在窗台上，窗户被拉到上面，底部完全敞开，他用受伤没那么严重的半边嘴巴吸着父亲最厌恶的卷烟，手里端着某种琥珀色的酒，掺了大量冰块。看到他们走过来，他站直身体，与此同时，脸上莫名地抽痛起来。

巴洛纳伸手揽住他的肩膀，亲切地摇晃着。这些年所有紧绷的关系，所有争执和痛苦离别，仿佛都在那天中午烟消云散。

"你不想邀请我的妻子跳支舞吗？"

维多利亚的胃里一阵热浪翻腾，她突然觉得脚下的地板都在晃动。恰诺面对突如其来的建议不知该如何回答。他指了指一夜火车过后邋遢的衣服推托，试图用自己童年时学过的那点西班牙语勉强辩解，但是话到嘴边却说不出口。烟草商重重地拍了一下他的后背大笑着鼓励他。

"来吧，儿子！别那么扭扭捏捏的！这样你们可以加深了解！"

他喝了一口酒，她吞了口唾沫，知道逃不掉了。两个人保持距离走进舞池，宾客们迅速让开空间。他们又犹豫片刻才抓住彼此，调整好姿势，手握在一起，身体和脚贴紧。

恰诺和维多利亚明显感到僵硬、紧张而陌生：他们就这样第一次彼此相拥。他努力地控制着自己生硬的脚步，她故意摆出冷傲的姿态——那不过是用来掩饰自己的保护色。尽管如此，他们都无法抗拒对彼此的感受。维多利亚察觉到他皱巴巴的西服下面肌肉紧实的身体：强壮的手臂和宽大的手掌，一只长满老茧，另一只缠着绷带。他嘴唇开裂，颧骨乌青肿胀，下巴上长满坚硬的胡茬。还有气味，他散发着年轻男性强烈而纯粹的荷尔蒙气息，不掺杂剃须水或古龙水的芬芳。那股气味和他父亲完全不同，摄人心魄，充满野性。

慌乱的恰诺感受到年轻女性娇柔的身体。虽然他在教堂门口初见她第一眼就开始努力控制情绪，仍然无法让自己冷静下来。如果让他在一百个女人中猜测父亲会选择哪位作为自己第二任妻子，那个年轻姑娘肯定会落选，最多排在第九十九位。她如此纤巧轻盈，如此不同。如此性感迷人。

他们统共说了最多三句话，这段音乐结束了，两个人彼此对视。谁也不知道该做什么，维多利亚打破僵局。

"我需要……我需要去……"

她把脸扭向大厅一侧。

"当……当然……"他说着松开手。

她眼神慌张地在人群中寻找妹妹们。

"找她们帮我。"她抓起宽阔的新娘礼服下摆，衬裙和衬里发出摩擦声。

"当……当然……"他重复道，"我……我……我也得走了。我想我也马上离开了。"

莫娜和露丝的视线紧紧追随着她；她们一察觉到姐姐的想法，迅速赶到身旁。

她们一股脑钻进卫生间，把门反锁起来。维多利亚感到自己得救了，顺势把后背靠在墙上。

"他儿子要搬回来了。"

妹妹们的问题像机关枪似的射过来。

"和你们一起住？在同一栋房子里？你们仨？"

50

走出厕所前，她们用手指理了理头发，一个接一个传递使用同一支暗红色的唇膏。她们刚要出去，维多利亚犹豫片刻，不屑一顾地撤下面纱：没了几米长纱的累赘，没了发夹抓着头皮，她感到头顶一阵轻松。

"出什么事了？"她们惊呼道。刚走到外面，就发现音乐停了，舞池中也没人跳舞，人们三五扎堆窃窃私语。

她们待在卫生间里全神贯注地聊天，根本没有留意已经很久没有演奏音乐了。一个擦肩而过的阿斯图里亚斯的服务生解答了她们的疑惑，手里还举着装满脏碗碟的托盘。

"彩票贩子来了，女士们。赶紧，快去下注，五分钟就结束了。"

彩票贩子是在纽约街头兜售外围博彩的商贩，嗅觉十分灵敏，哪里有聚会哪里就会出现他们的身影。外围博彩许多年前起源于古巴，扎根后迅速蔓延。虽然法律严令禁止这项活动，被抓住后可能坐牢，然而它在恶劣的环境中依然兴旺。有些人称其为穷人的彩票，因为只消拿出很小的赌注，一个穷困潦倒的人可能一夜之间家财万贯。

在宾客中，三姐妹辨认出几个不速之客：看着不过十几岁的光景，手里抓过纸币和硬币，随手递过筹码，手脚利索地指着号码。不知是因为快乐还是乡愁，又或者两者皆有，男人的票夹和女人的零钱包都倾囊而出，几乎无人不幻想着轮盘吐出的小象牙球砸中自己选择的号码赢得大奖，当晚小球在城市中的几十家地下钱庄上随机弹跳。

维多利亚完全不理会身边的金钱交易，迅速地用目光扫视餐厅，注意到恰诺已经离开了。好吧，她坚定地对自己说，这样更好。她定了定神，挺直后背，扬起下巴，决绝地走向自己的丈夫，准备好接受在神的见证下结合的婚姻。全身心地，毫无保留地，坚定不移地走入新生活。几分钟前，妹妹们注视着她坐在马桶上，内裤脱到膝盖位置，撩起的裙子皱褶卷簇在大腿周围，当时她已经坚信那是她唯一的选择。做自己该做的事情。严肃对待，遵守诺言。努力让自己承诺过爱情和忠诚的男人快乐。说到就要做到。

露丝穿梭在宾客中间曲折前行，急切地找地方放下左臂上缠绕着的新娘头纱，菲德尔紧随其后，莫娜站在一个挂满披肩和外套的衣帽架旁，双脚定在那里，仿佛被扔进了焦油坑里。

就在那里，呼吸着同一片污浊空气——烟雾缭绕且掺杂着汗臭味——踩在同一块舞台上。那个曾经在机缘巧合下利用她摆脱麻烦、甩掉警察，后来又找到她，想引起她的兴趣并试图道谢却被严词拒绝的年轻男子。他再次出现在那里，置身于纽约春季某个周日下午的盈门宾客中。

她一动不动地盯着他，心神不宁，无所适从。他身穿清爽的亚麻西装，搭配一件白衬衫，领带松散，顶着蓬乱的浅棕色头发，身形高挑，行动敏捷，脸瘦肩削，胯部狭窄。他两手插在裤口袋里，神情轻松自如，然而，莫娜发现他在故作镇定，注意力分散在两个地方。他的一半精力在与饭店老板阿维利诺·卡斯塔尼奥斯友好交谈。两个人站在餐厅一侧远离喧嚣，刚来的这位认真倾听，时不时爽朗地仰面大笑，令她汗毛立起。与此同时，另一半精力在保持警惕，时刻关注着厅里的风吹草动：男孩们收下赌资发放筹码，娴熟地记录交易细节，近乎专业水平。莫娜留意到他的任务似乎是控制全场，那些人都由他掌管负责。

莫娜继续站在原地静静观察，犹豫着是躲起来还是索性露面，恍惚中她的脑海里闪过塞萨尔·奥索里奥的形象，如此遥远，完全不属于第十四街和自己族群的骚乱扰攘，发放筹码的小伙子在他们中间上蹿下跳，像在清水里游弋的一尾鱼。直到饭店老板谨慎地看了一眼时间，无须多言，身旁那位即刻领会：约定的时间到了；如果那些男孩子继续在卡斯塔尼奥斯的店里乱窜，对他而言风险太大了。无论这位和善的商人多么想愉悦自己的同胞，给他们提供如此私密安全的空间玩耍违禁博彩，他清楚地知道那并不合法，警察见到十五到二十个说西班牙语的人凑在一起就会本能地追过来。他们可能会对"拉毕尔巴伊纳"和他的生意提出十分严重的警告，甚至开下严苛的罚单，令他的账面几个月都翻不了身。那两个男人——莫娜紧盯着的那位和饭店老板——心知肚明，因此越早了结此事，越早让那些兜售发财梦的彩票贩子消失，对大家越有好处。

年轻男子举起双手清脆地拍了几下手掌，召唤手下注意，离他最近的那个人听到后，他使了个眼色，那人立即领会吹出响亮的口哨。其余的男孩子按照约定听到哨声后迅速回头看向他：他们收到信号了。时间到了，伙计们，我们走。他们像士兵那样遵守纪律，服从命令，迅速完成最后的交易，把钱和筹码塞进口袋里，立即收拾好所有家当，准备撤退。

他最后扫了一眼大厅，确保没有自己的人落在后面；他总是那么谨慎，想确保万无一失，没有不必要的风险。正当他进行扫尾检查时，在人群中看见了她。

莫娜被衣帽架上挂着的衣服半遮住了，但他还是一眼认出她，身穿装饰着大花朵的轻薄连衣裙，深色的头发有些毛躁，刚才在卫生间她对着镜子用手指抚压半天也无济于事。她十分清瘦，骨架突出，眉毛浓密，丝质长袜，皮肤上还保有地中海日照的痕迹。

他一脸吃惊地看着她。接着，他嘴唇微张，挤出一丝微笑，走过去。然而，突然有人拦住他。

"喂！年轻人！"

巴洛纳大声叫住他，毫不避讳地突然急步向他走去。他脸上为莫娜绽放的笑容瞬间消散，肌肉紧绷，肾上腺素飙升，准备好要像老鼠见到猫那样遁逃。

但是烟草商喝了不少酒后，见谁都无比热情，一把抓住他的胳膊。

"不好意思，年轻人，我在街上遇到过你几次，我总觉得你很像是我以前认识的一个人的翻版……"

巴洛纳看上去十分兴奋，眉飞色舞，已经脱掉外套，领结松垮，衬衫上浸湿汗水，叼着牙签：没有任何威胁。即便如此，对方也没有放松警惕，谨防万一。他有着猫一般的敏锐，用重复了上百次的几乎难以察觉的动作环顾四周，寻找潜在的威胁。然而，周围一片祥和。乐手们重新拿起乐器，女士们晃动着扇子东拉西扯，孩子们漫无目的地在椅子中间穿梭追逐打闹，男人们靠在阳台边喝干从大洋彼岸运来的酒水。没有异常，他确信无疑。他总算稍稍卸下心防。稍稍。

"每次我遇到您，小伙子……"巴洛纳继续道，完全没有注意到对方的怀疑，"我总是想：这个男孩……简直就是一个模子里刻出来，简直一模一样……但是显然谁也不知道。况且，已经过去那么长时间了。总之，肯定是我自己胡思乱想……但是现在您就站在我面前，我在想，管他呢，为什么不趁这个机会直接问问您呢：孩子，您和坦帕没有关系吧，是吗？"

对方做出回应前犹豫片刻，盘算着风险系数，内心挣扎着说谎还是诚实以对；毕竟他已经习惯了每天亦真亦假的生活，游走在黑白边缘。餐厅老板卡斯塔尼奥斯刚才已经告诉他那个充满好奇地询问他出处的老男人正是当晚迎娶美丽新娘的幸运儿，她正身披婚纱忙碌地招呼宾客，因此他认为当下在这个地方承认事实不会有什么危险。

更何况，莫娜还站在衣帽架旁边，满腹狐疑、眉头紧锁地望着他。美丽的她站在对面沉默地见证着一切。他也许是为了她而直言不讳。

"我和坦帕有些关系，是的。"

"哎呀呀，那我猜得不算太离谱！"

大门口有人吹了一声尖锐的口哨，他回过头，冲呼唤他的男孩使了个眼色，那是他手下的一个彩票贩子。我马上就来，他暗示道。接着他把头转向巴洛纳。

"至于另一个您想问我的问题，我的回答是肯定的。"

"那么，我没猜错？"

"是的，没错，我是您心里想的那个人的儿子。现在，请允许我……"

没给对方时间反应或继续追问，他握了握烟草商的手，把目光投向莫娜。他举起手，用两根手指在右侧太阳穴轻轻向前一挥，使了下眼色，匆匆告别。

"我曾经是他的朋友，是您父亲的朋友。对于他的事情我感到太遗憾了！"他转身闪人时烟草商在背后叫道，"哪天您回来我们再聊，孩子！再来找我啊，就在附近，'船长'！"

但是，从未被提及的那个人的儿子头也不回地离去，冲出大门，顺着楼梯跑到街上，回到自己偷偷摸摸、未来渺茫的营生中去。

莫娜此时走到姐夫身边，肩并肩站着，望向大门处。

"谁是他父亲，卢西亚诺？"

他从口袋里拿出一块手帕，慢慢地举到嘴唇上方，接着轻拭冒汗的额头。

"安东尼奥·加莱尼奥，曾经是科斯塔·雷伊烟厂的代理，后来成为伊博市一家俱乐部的老板。"他两眼放空地回答道。

"他出什么事情了？"

他用手帕擦拭着充血的颈部。

"他因为碰了自己都不太明白的生意，被人在腹部射了两枪。"

51

没时间过多解释：罗伊格的乐队再次奏响音乐，巴洛纳把满脸疑惑的莫娜留在身后，转身寻找自己的妻子。

漫长的一天令大家筋疲力尽，摇摇欲坠的舞池中伴侣越来越少。公园坡赶来的亲友再过一会儿就要走了，女人们腿胀脚酸，提醒丈夫该回家了；米拉格罗斯夫人吃完饭后喝了几杯白酒，现在头靠在墙上半张着嘴睡着了。她身边的利托嬷嬷没喝那么多，但是也不怎么清醒，天旋地转地注视着餐厅，思绪早已不知飘向何处。

和烟草商一样，她从来也不是个浪漫的人，苦涩的童年和青年未曾让她感受过关爱、温暖或柔情：她多年以后才知道字典里还有那样几个词。然而身处那种感性的氛围里，修女不禁问自己如果出生在一个正常的家庭里，身边围绕着普通老百姓，而不是自甘堕落的人，现在的生活会是怎样。内心一定充满安全感，性格也不会那么好斗、多疑和粗鲁，不会学习法律，也不会总管那么多闲事去帮他人出头。相反，有些事情会非常不同。例如，若不是因为从小就被人像对待癞皮狗那样肆意糟践，她的身体也不会变得如此畸形；若不是被男人随便侵犯，她也不会走上修教禁欲之路。恰恰相反，她会和家人健康自然地生活下去，她会被完美而强大的男性欲望吸引，新婚之夜她会被钦慕自己的男子轻抚肌肤，就像若干小时后维多利亚和她的烟草商即将经历的温存。毫无疑问，她的生活中一定会出现男性。亲吻她，爱慕她，抚摸她，希望占有她……

"噢，耶稣、玛利亚、约瑟夫！"

从意淫中她被自己的叫声唤醒；邻居家的小孩疯狂追逐时不小心钩到附近的一张桌布，把上面的杯碗瓶碟全部打翻，发出震耳的轰鸣声。利托嬷嬷甩动脑袋，试图摆脱那些疯狂的想法。看在老天的分上，她嘀咕着站直身体，努力恢复震惊，身上越来越疼，精力愈发不济，看来最近我得去看看医生，她暗下决心，但是知道自己根本不会去。你还是想想怎么把这些女人从困境中解救出来吧，而不是幻想自己仍然如她们般年轻貌美，还会有大把男人贴上来向你求爱。那个浑蛋律师仍然不死心，即便你一直瞒着她们，趁事情发展到大家都不愿见到的地步之前要把它拉回正轨。

"来吧，加利西亚女人，*醒醒*！"她一边摇晃朋友一边说，"你快醒醒酒，我们走了。"

邻居被利托嬷嬷拉扯着努力回到现实，"快乐男孩"正轻轻哼唱歌词，结束《格拉纳达》的演奏。待掌声渐渐消退，埃斯特班·罗伊格用一阵鼓声请大家安静下来。

"在结束这场难忘的婚礼之前，我们祝福这对新人未来生活幸福美满，"尽管投入地演奏了数个小时，乐队队长仍然专业而充满激情地喊道，"我们特此满足他们的一个心愿！"

好奇心迅速在"拉毕尔巴伊纳"内蔓延开来，又响起一阵鼓声。啦—嗒—嗒—嗒—嗒—嗒—嗒—嗒—嗒。

"有请露丝·阿莱纳斯小姐……走到场内！请上台！"

所有人都扭过头来寻找；连露丝自己也吓了一跳，用食指指向自己，嘴唇浑圆，困惑地问："我？"餐厅瞬间爆发热烈的掌声。上台！上台！上台！

她没有过多推辞，顺从大家的意愿走上舞台；大家尽量不向外透露彩排细节，她猜测是姐姐们密谋让她借机展示即将为大家带来的演出《比托》或《四个养驴人》，或者是故土的凡丹戈、民谣、古风短歌。然而，她刚走到舞池中央，耳边立即响起铜管乐的旋律，其他乐器也随即加入。

听到伦巴的旋律，她的脸上露出不可思议的神情。"快乐男孩"无所不通，了解拉丁民族各类音乐曲风，包括伊比利亚和加勒比旋律。人们要求他们演奏伦巴，那就伦巴起来吧。

露丝惶恐忐忑，抓过一位年轻乐师递过来的沙槌，焦虑地环顾四周，仿佛在宾客中搜寻某一张面孔。当然，她没有看见那张脸，因为没有人邀请他来参加婚礼，但是她确信是他幕后主使了这莫名其妙的请求。意识到人们内心涌起的期待，她紧张慌乱、无所适从，接着紧绷的身体渐渐松弛下来，直到完全放松，跟着"啊……伊内斯妈妈……"的旋律性感妖娆地扭动胯部，摇晃躯干，耸起肩膀。

所有宾客，无论男女老少，包括服务生在内都站起来，为她打节拍，跟着哼唱扭动。连利托嬷嬷和米拉格罗斯夫人的睡意也一扫而光，跟着旋律和"啊……伊内斯妈妈……啊……伊内斯妈妈……黑人都在喝咖啡……"的节奏轻点着下巴。

结束时场内的欢呼声响彻"拉毕尔巴伊纳"，使墙壁都颤抖了，莫娜和菲德尔不安地交换了一个眼神。

没人知道露丝在哪里学会跳如此奔放自如的古巴伦巴，也没人留意到埃米利奥·阿莱纳斯家小女儿的眼中闪过一丝惊恐的阴影。

52

每年六月初，烟草商都有一项任务要完成：去"别墅山谷"付清烟草尾款。但是什么是"别墅山谷"，卢西亚诺？维多利亚在婚礼前好奇地问道。他建议趁蜜月旅行顺道出差。

"那是最受西班牙人欢迎的旅游目的地，一有机会就会去。"

甚至于有人称那里为"西班牙的阿尔卑斯山"。分散在坎茨基尔山脉的二十多栋别墅提供各类住宿，从小旅馆到中等舒适型酒店。"罗德里格斯别墅""马德里别墅""佩雷斯之家""新别墅""拉格兰哈""拉卡瓦尼亚"……每一家都提供对外租借的房间、传统菜单和与同胞聚会的乐趣：天气骤然转冷，城市变得令人窒息时，那里便成为既经济又便利的诱人选择，让人们轻易地重返旷野生活，拥有纯净的天空和浓郁的牛奶，所有远离自己的家乡、村庄、农舍和农庄的人都心向往之。

烟草商和维多利亚新婚第一天早上便搭乘阿维利诺·卡斯塔尼奥斯的顺风车前往目的地；"拉毕尔巴伊纳"的老板主动提出捎他们一程，他在那个区域也有生意，正好要为新一季收拾打点。

在"新别墅"新婚夫妻将正式展开共同生活的新篇章，然而，迫于彼此的义务约束，他们很快就会回去：维多利亚婚前曾经约法三章。条件一：他承诺一旦赔偿案尘埃落定便和她们一起返回西班牙。条件二：她还可以继续在"船长"帮忙。条件三：他必须帮莫娜搞好迫在眉睫的夜总会项目，即便他认为那愚蠢至极。接受我的要求，否则我不会跟你结婚，她态度强硬地回答，你自己看着办。

烟草商像一个少年似的陷入爱情，无论是什么条件他都满口答应。因此，他们的蜜月十分短暂：仅仅四天，生意还得继续，况且——尽管维多利亚没有说出口——两个尚不了解彼此的人在山里单独待太长时间也没什么意思，身边除了牛羊和松柏，只有上帝与其为伴。

卡斯塔尼奥斯十点整开着自己的哈德逊埃塞克斯来接他们，他们已经拎着箱子站在第二十三街的人行道上等候，巴洛纳神采飞扬，维多利亚则穿着已婚少妇的连衣裙和这辈子第一件西装外套，戴着精美的金戒指，头上的女士毡帽优雅地歪向一侧。

男士们在前排落座，维多利亚一个人坐在后排，沉默地望着窗外的街道，他们正沿着第十大道前行，熟悉的街道和环境被甩在身后。切尔西服装区，那里随处可见裁缝铺和服装店，"地狱厨房"里聚集着爱尔兰无产阶级，"圣胡安山"聚满了黑人，上西区净是豪宅和穿着光鲜的人们，来到布鲁明代尔区阿姆斯特丹大道可以见到很多犹太裔，而华盛顿高地再次出现西班牙广告招牌。他们穿过乔治·华盛顿大桥时，巴洛纳回过头想看看她对于眼前如此壮观的工程奇迹作何反应，但是她根本无动于衷。

"你还好吗？"他问。

维多利亚点点头，努力冲他微笑，他稍感欣慰，扭头望向前方。不，她不好，尽管她极力掩饰：她的身心五味杂陈，早餐的鸡蛋味道很怪，车内掺杂着汽油味、烟草味、乳液和皮革的气味，再加上气温很高……

跟我说说，阿维利诺，你如何看待阿萨尼亚？你觉得共和国的未来会怎样？男人们自顾自地侃着；他们已经各自回顾了生意情况，现在轮到遥远祖国的政事，大家仍然十分关心大洋彼岸的动态。左派、右派、候选人、大选、紧张局势、动乱……

维多利亚头靠向一边闭目眼神，她任由身体随着车辆晃动，让自己的思绪停留在最近的记忆中。婚后生活也没那么难以应付。丈夫和卡斯塔尼奥斯继续探讨着社会主义、保守派、工会和团体，阿莱纳斯家大姐的脑海中再次闪过切尔西酒店红砖墙背后的新婚之夜。

他用手指穿过她散落在枕头上的浓密乌发时在她耳边呢喃的情话，不断亲吻她的眼睛、嘴唇、脖子、额头，把新娘睡袍从膝盖处用力往上推，从肩部往下扒，全部堆叠在她纤细的腰部。她心里想着回去后要在丝质面料上铺一层毛巾才能烫平所有皱褶。久违的年轻胸部、挺实臀部和光滑肌肤已经令他彻底疯狂。她僵硬得像搁浅的木筏，平静地感他狂热的双手上下游走，他笨重的胸膛压在她瘦弱的胴体上，压得她快透不过气来。他在她光滑的大腿间摸索前进，直到滑进她体内发出胜利的咆哮。她一动不动，把头扭向虚掩的阳台，盯着铁艺栏杆，盯着街上风吹过时如幽灵般晃动的窗帘，体内感觉到撕裂般的疼痛，左耳听着男性炽热急促的呼吸。

汽车摇摇晃晃地向东北前行，眼前只有田野和农庄，行行松柏，一路平坦。两个男人继续自顾自地聊天，全然没有理会维多利亚，他们已经脱掉外套，打开窗户，撑住手肘继续吸烟。阿尔卡拉·扎莫拉、拉戈·卡巴莱罗、英达来西奥·布利耶托、马丁内斯·巴里奥、《土地改革法》、国王被流放、西班牙自治权联合会、长枪党……局势十分紧张，阿维利诺，越来越黑暗，天晓得将来会怎样……

在他们身后，维多利亚继续在脑海中回忆着前一晚的云雨之事。他紧紧贴在她的身上，前后移动自己的胯部，每次都会发出饥渴男性获得满足时的呻吟声。现在她又把注意力转移到一扇通往私人浴室的门上，把思绪从床事上抽走，想象着自己光脚踩在冰冷的地砖上，站在全身镜前面，观察着熠熠生辉的卫浴洁具和闪闪发光的水龙头，思绪随着手指一同插进蓬松的毛巾里。他的动作愈加急促猛烈，因为快感发出低沉的嘶吼声。她忘记了体内因摩擦产生的刺痛感和把自己压到要窒息的庞大身躯，思绪仍然留在卫生间里，琢磨着是否可以把洗脸台盆架子上用纸包裹着的几块象牙牌香皂带走。他满头大汗，咬紧牙关在她颈部狂乱地亲吻啃咬。她形神分离，任由身体被猛烈地冲击，心里盘算着房费是否包含那些摆在除臭剂边上的洁白卷纸，箱子里是否还塞得下，因为公寓的马桶边只有一些剪开的旧报纸用铁钩挂在墙上。

军队呢？你觉得军队会如何，阿维利诺？你想想发生在阿斯图里亚斯的事件，不过才两年光景。还有共产党、牧师、无政府主义者和全国劳工联合会……

维多利亚已经听不见他们的声音，彻底地抽离，沉浸在自己的记忆中。他的身体一阵痉挛，发出粗犷的吼叫，头猛地向后一抽。她琢磨着两卷抽纸太少，箱子里是否放得下三卷。他的身体僵在原处良久，仿佛化成一尊花岗岩雕像，越来越沉重，过了一会儿，他从她的体内滑出来，转身轰地躺在旁边，脸颊绯红，身体像被抽干了，双眼迷离，嘴巴张开努力恢复呼吸。她注意到自己的思绪从远处飘回床上归位。他嘴里咕哝着什么，她终于神形合一，从床上站起身，堆叠在腰间的睡袍彻底滑落在地上，赤裸裸晃悠悠地走进浴室，突然感到双腿之间倾泻而下一股浓稠的暖流，就像是鱿鱼喷出的墨汁。

男人已经精疲力竭，还没等她幽暗的轮廓走进浴室在身后关上门就昏睡过去。她终于看见镜子中的自己，痛苦而自豪。之所以自豪，是因为她在新婚之夜与丈夫云雨交欢时，脑中不断出现另一个男人，令她饥渴难耐，他的脸上创痕累累，一只手还缠裹着绷带，但是她竭力保持清醒，没有让另一个男人在脑海中停留，也没有让他爬上婚床，尽管他们同祖同根，可他不是那个她在卡西亚诺神父面前发誓尊敬和忠诚一世的卢西亚诺·巴洛纳。

53

婚礼后公寓变得乌烟瘴气，还好房间不大，雷梅迪奥斯手脚也很麻利，没到十点家里就忙完了。她把花卉礼服和裙摆肮脏的婚纱卷好打包，准备送去洗衣店令其焕然一新，某个星期六下午新郎突然带她们去百货大楼挑选婚纱礼服，她平生第一次见到如此多款式，看到那么多人逛街购物，发现人体模型的存在。

她夹着一大捆衣服走出家门，钥匙在锁孔里转了三圈，突然间，她脑中闪现了自己走入那家"诺尔顿斯"商店的机械电梯时感觉到的莫名惊恐，险些叫出声来，用钩子般的手指紧紧抓住女儿们；她还记得挑选婚纱时因为守丧期拒绝任何不是黑色的礼服，坚决不同意穿着衬裙在隔间里试衣服……但一切都是值得的，她走下楼梯时想着。肯定是值得的，肯定是。

婚礼对她而言毫无意义：斗牛舞也好，祝福语也罢，就连双层奶油蛋糕也未曾在其心中泛起一丝涟漪，她在可怜的前半生里从未见过如此这般的美味佳肴。对她而言，重要的就是重要的，不掺半分虚假：婚姻，一个男人向女儿许诺的一生一世，遮风避雨的港湾，丰衣足食的生活；一纸婚约可以保护她不再受放浪形骸之徒侵犯猥亵。男人可以撑起一片天，马拉加大杂院的邻居在信中写道。太有道理了，她感慨道。太有道理了，上帝啊。

然而，纽约的情形不尽相同，雷梅迪奥斯用所剩无几的智慧思忖着。她站在转角平台上喃喃自语，在这里人们似乎更容易走出困境，不会因为自己的狗屎命运而一辈子翻不了身。她得出结论，在这里所有人都可以轻松地获得更多。

雷梅迪奥斯非常满意维多利亚的婚礼，她们第一次感受美国梦的精髓，两百年来一艘艘邮轮承载着来自世界各地的无数移民逐梦而来。她逐级而下，脑中开始筹划未来。

走上街头，她却往心中相反的方向走去。她要晚些去找伊利格瑞夫妇，不着急：还有更加要紧的事需要处理。

"上帝保佑，早安啊，我来找利托嬷嬷。"她走进"玛利亚之家"宽敞的厨房随口问候。

几个修女扭头回应，她走进去时，一些年轻修女在几口大锅间忙进忙出，其他人自顾自忙碌着。

"哎呀，雷梅迪奥斯！您怎么来了？昨天太精彩了，我刚才……"

利托嬷嬷一如往常坐在那里，没有穿长袍，花白的头发剪成贝壳状顶在头上，眼神如老野兔般诡谲，但并不苛刻。她轻轻哼唱着"啊……伊内斯妈妈……啊……伊内斯妈妈……"并伴着节奏蹒跚摇摆。但很快她便停住脚步：该死的腰痛令她动弹不得。

"我正好要跟您谈谈那件事情，姐姐。"

"说吧，女人。"

"我有个请求，但首先我希望您实话实说，我们的事情办得怎么样了？"

她顿了顿。

"按部就班。"她模棱两可地回答。

雷梅迪奥斯深吸一口气，仿佛想给自己鼓足勇气继续谈话。

"是这样的，嬷嬷，我对诉讼和文书材料一窍不通。我是个文盲，掰着手指连十都数不清楚，不要说诉讼，文书材料，我几乎什么都不懂。但是我在想……"她用手指关节敲了敲脑袋，"我很清楚想给女儿们什么。"

修女满脸疑惑地眉心紧缩。

"这样，我简单说吧。现在老大已经嫁人，目前我只需要帮另外两个女儿找到合适的人家。如果可能的话，最好是年长她们一些的男人，就像卢西亚诺那样，而不是没有事业营生的毛头小伙子，您明白我的意思吗？"

"明白，雷梅迪奥斯，但是我觉得应该是她们自己……"

寡妇举起手掌。

"可您昨天没瞧见露丝吗，大庭广众搔首弄姿，屁股扭得像……像一只……"

利托嬷嬷再次试图打断雷梅迪奥斯，但是她语速太快。

"我不知道她最近在忙什么，最近十分古怪。莫娜也是一样；

她们俩不知道在捣鼓什么呢。我不喜欢，我不喜欢，"说着她拍拍自己的胸口，"我感到很遗憾……"

利托嬷嬷从桌子上的烟盒里取出一支烟，慢慢放入嘴中。

"所以您想到的唯一的解决方法是找几个男人拴住她们，是吗？"她讥讽地问，顺手点着一根火柴。

"是的，我心里跟明镜似的。"她回答说。刚吸了第一口，修女呛得一阵猛咳。"我跟您说了，我来找您就是这个目的，想请您帮忙找合适的人家。"

完成第一项任务，雷梅迪奥斯离开"玛利亚之家"，沿着人行道向伊利格瑞的洗衣店走去，胳膊下面夹着一大捆衣服。婚纱的一小块裙摆掉落出来，悬挂在半空中就像是投降时举的白旗，她急着赶路，根本没有发现。

她不太习惯独自一个人走在路上；平常总是和女儿同行，但是那天上午她感到有些不同，内心更加笃定和自信：一个女儿已经成家，另外两个女儿的婚事也已经托付出去，日日令她担惊受怕的事情就好像她在"船长"清洗水槽里的锅碗瓢盆时使用的滑腻肥皂泡挥发得无影无踪。她没有再像之前那样把汽车妖魔化，走在路上感到畏畏缩缩，面包车刺耳的喇叭声也没有惊到她，她也没像往常那样被身边吱嘎吱嘎驶过的庞大马车吓一跳。

正当埃米利奥·阿莱纳斯的遗孀信心满满地走在路上，全然不理会街头的喧嚣，掩藏在书稿文件后面的利托嬷嬷突然瘫卧在旧扶手椅上，一只手捂住腹部，脸上露出十分痛苦的表情。虽然雷梅迪奥斯大字不识，成天就会胡思乱想，但也许她说得没错呢？也许她的基本价值观并非完全没道理，修女想着；也许有经济实力、愿意付出一切保护年轻妻子的丈夫是那几个姑娘最好的出路，随着时间推移，她们的诉讼案变得越来越不明朗。修女没有向母亲或女儿们坦白，但是赔偿问题根本没有厘清权责，反而越来越混乱。起诉程序进展缓慢，与港口当局和跨大西洋海运公司之间的复杂关系也是剪不断理还乱，远远超出自己的预期。律师马萨自从那天在"船长"被维多利亚质问又被巴洛纳重拳捣在脸上，他们之间已然展开了一场没有硝烟的战争。于公于私他都会进行报复；尽管修女并不确定，但是预感那样告诉她。甚至于，他可能已经去骚扰过她们，只不过姑娘们秘而不宣罢了。

因此，尽管利托嬷嬷终其一生帮助弱势的年轻女性自立独立，她一直以来恪守的信条是授人以鱼不如授人以渔，但这次她不禁想自己是否彻底错了，三姐妹需要的不过是可以依靠、为她们遮风挡雨的大树，可以保护她们安危的盾牌。若非如此，修女肯定会高声指责母亲，怒其不争，教训提醒她做人的基本原则——自尊和尊重。然而现在，她开始怀疑自己始终不移的信条。

利托嬷嬷继续沉浸于自己的思绪中，等着日益剧烈的疼痛缓解下来。与此同时，以往唯唯诺诺的雷梅迪奥斯心中已为女儿们做好打算，迈着坚定的步子走进小女儿平日打工的洗衣店。

54

她推门进去，问候着上帝保佑，早安啊。门楣上挂着的铃铛也叮当作响。伊利格瑞夫妇热情地出来迎接，像往常一样精力充沛、眉飞色舞，妻子穿着白色晨衣，丈夫穿着衬衫，衣袖卷起，卷曲灰白的胸毛透过领口裸露在外。

"我把这些带来了。"她说着把一包衣服放在柜台上。

老板伸出毛茸茸的手臂抓过包裹。

"放心吧，雷梅迪奥斯，我们会让它们焕然一新，瞧好吧您。"

"哎呀，那就太好了，太好了，"老板娘插进来说，"希望您女儿可以再次穿上这件婚纱，我们可以再次参加婚礼，就像昨天一样那么美好……"

他们聊了一会儿，直到另一位女顾客走了进来。

"拜托让我姑娘出来一下，"走之前她请求道，"看看我们待会儿吃什么，'船长'今天没开门……"

巴斯克夫妇彼此看了一眼。

"她不在。"

雷梅迪奥斯皱起眉头。

"她怎么会不在？"

他们一时语塞，意识到女孩的母亲并不知情。

"我问你们呢，"她尖刻地问，"我女儿怎么会不在这里？"

夫妻俩再次对视。

"今天早上她跟我们请假了。"

"说是婚礼后想休息一天。昨天太过忙乱……"

尴尬的沉默凝固在空气中，掺杂着水蒸气和洗涤剂的气味。

"哦……"过了几秒钟寡妇嘟囔道。她转身要走，极力掩饰自己的不安。还没够到大门的铜把手，她再次折回头。"她经常这样吗？"

他们似乎没有理解她的问题。或者他们在装傻。

"她经常跟你们请假溜出去吗？"

夫妻二人耸耸肩，挣扎着如何回答，说实话还是帮露丝打掩护。

"当然不是，女士；怎么会呢，"老板故作轻松地澄清道，"她很棒，非常能干；您应该为她感到骄傲，放心吧。"

"哦……"她又嘟囔道。

"您看，"老板娘想突出强调她的优点，"自从她提出兼职半天的事情后，她再也没有……没有……"

雷梅迪奥斯脸上的表情令孔恰夫人的声音渐渐微弱如游丝。

"您刚才说工作半天？"母亲的眉头愈加紧蹙，"她申请每天少工作几个小时，你们是这个意思吗？"

他们犹豫片刻，直到恩里克先生模棱两可地回答：

"差不多吧。"

雷梅迪奥斯并不满意这么简短的回答；她提高嗓门激动地追问道：

"什么叫差不多吧？"

"差不多一个月前她提出每天下午两点下班。"

寡妇愤愤地推门离开，嘴里嘟哝咒骂着什么，玻璃门被甩得轰隆作响。上午出门时的满心欢喜就像厨房里不慎从手中跌落在地的盘子般撞得粉碎。自从第一次踏上这片陌生的土地到现在，她总算对未来产生了少许憧憬，但是现实又把她重重地摔回原地，她的心里再次泛起无比凄惨的感觉。女儿们的未来不再那么重要，眼下她有更加棘手的问题需要解决：小女儿恬不知耻地欺骗自己，逃避自己的义务，每天只去工作半天。天晓得她去了哪里。天晓得她和谁在一起。

现在最重要的是搞清楚露丝究竟撒了多少谎。几个星期以来那个死丫头到底钻到哪里去了，母亲怒不可遏地自问。从下午两点开始她跟谁鬼混在一起，每天很晚才回饭馆，等客人们走光后，一家人才把剩下食物的吃干净。有几天下午她应该是去了国民联合会，彩排萨苏埃拉，但是雷梅迪奥斯知道那里晚上七点才开始排练，因为很多参与演出的人要等到下班后从城市的各个角落赶过去。而且每天工作的时间缩短了，说明工钱也相应减少了，对此她一无所知，都是莫娜在存钱和管账。

她决定去一趟"莫奈奥之家"，露丝跟她提过那里的一个员工也参加了萨苏埃拉的演出，她没有迟疑，就想去问问清楚。她牙关紧闭，双臂交叉抱在胸前，没有观察过往的车辆，气呼呼地准备过马路。一辆皮卡在她身边猛地刹住，差点把她撞飞。轮胎吱嘎打滑，行人惊恐地回头张望，一筐筐气泡水——老家管它叫苏打水——噼里啪啦撞在一起，摇摇欲坠，怒气冲天的司机从窗户探出半截身体，用意大利语破口大骂。去死吧臭不要脸的！她尖叫着回骂。接着她决绝地走到马路对面，全然不顾周围的环境和街头的喧嚣，她又恢复了之前的感觉：一切都那么有攻击性、可怕而且不怀好意。

"早上好啊，雷梅迪奥斯！"

"莫奈奥之家"的老板娘看到她走进来从店铺尽头问候道，身边摆满了黑布丁、灌肉肠和腊肠串。

寡妇没有回应，推推搡搡地穿过顾客。站在卡门太太面前像抛石子般开始质问。

"那个姑娘叫罗萨莉亚，对，"来自塞斯陶的老板娘从大理石柜台后面回答道，"她招呼那个罗马女人呢，正在称辣椒粉。"她扬扬下巴，补充道。

女店员跟在雷梅迪奥斯身后，用围裙擦净手指上的红色粉末。卡门·巴拉尼亚诺让她们进内堂交谈，但寡妇希望到商店外面聊。

"我女儿还去参加彩排吗？"刚走出去她就没头没脑地径直问道。

年轻的姑娘怯生生地打量面前的女人，她脸庞瘦削，头发盘在脑后，神情咄咄逼人。

"您女儿是露丝？"

"对。"

"我……"

她迟疑着，不知道如果自己说了实话会令朋友陷入何种境地。

"我什么？"

"我有一阵子没见过她了。"

确切地说，从那天中午允许她打那通电话开始。

"她就参加萨苏埃拉开头部分的演出，排练早就结束了。"

雷梅迪奥斯眯缝着双眼试图看穿她；女孩感到很慌张，吓得嘴唇都颤抖起来。

"您女儿是个优秀的艺术家，夫人，"她几乎用气声说话，希望用正面的信息宽慰黑着面孔的母亲，"她把角色演绎得很好，就像一个专业的……"

雷梅迪奥斯没有继续听下去，她耸起双肩，缩紧身体。她什么也没有多说，转身走了。没有说谢谢，没有说好的，也没有说再见。

之前无论女儿们出现什么状况，总有人——无论出于好意还是恶意——提醒一声。邻居也好，家人也好，佩帕妈妈的姐妹们，街角的流言蜚语或者门前的飞短流长。雷梅迪奥斯，你不要掉以轻心，人们总是提醒她，有个言行轻浮的男孩总是绕在老大身旁；你要留意啊，女人，老二最近总是四处晃荡；你小心点，老三经常去狂欢聚会；你时刻要保持警惕，三个女儿说不定哪天要触你霉头呢。

但是在这座该死的城市根本不可能，她站在马路中央大声哀叹道。在这里大家都各忙各的，谁也不会费心来提醒你或警告你。都他妈怪你，埃米利奥·阿莱纳斯，她想起已故的丈夫，暗暗咒骂。她用手帕抹着眼泪往空荡荡的公寓走去。我恨你，诅咒你，你从来也没关心过我们，不管不顾地把我们拖来这里。

走上楼梯时，她体会到骨子里有种深不可测的孤独感。

第四部分

55

莫娜陪着一对新人来到"船长"门口；确定母亲听不见他们的对话后，她抛出自己的决定。

"得让她离开这里一阵子。至少三天吧，我和菲德尔打算从后天开始改造装修。等着瞧我们能捣鼓成什么样子，但是木匠和漆匠进场的时候她不能待在这里，我们要让这里焕然一新。"

得知小姨子的计划后，巴洛纳本打算直言那是非常愚蠢的决定，纽约可以让外来移民通过劳动致富，那并不意味着随便哪个傻瓜都可以将不切实际的梦想变成现实。但是他把话吞回去了：他向妻子保证不给莫娜泼冷水，更何况，小两口刚度完蜜月回来，不该在此时发生口角。

"我们把她带去布鲁克林怎么样？"

维多利亚的话吓得烟草商一个激灵。昨晚是新婚妻子第一次在他们自己的家里过夜，那个他经营烟草生意辛苦赚来的位于亚特兰蒂克大道上的二楼公寓，烟草店是码头附近西班牙聚居区内的一处物业，在布鲁克林高地南部，主要集中在亚特兰蒂克大道、希克街、亨利路、乔拉莱蒙路、科特路……在此之前，维多利亚只去过那里几次：第一次是卢西亚诺带她去认识周围的环境，一个星期后她又和母亲妹妹们去了一趟。她极力掩饰自己看到卢西亚诺前妻留下的家具和物件时的心情，那是死去的恩卡尔娜这么多年积累下来的家当。至少她的衣服已经不在了，卢西亚诺在婚礼前几天把它们都送到附近的毕拉尔主教堂捐掉了。即便如此，因为太过匆忙和作为男性的粗枝大叶，仍然有很多不该留下的东西从各个角落冒出来。储物间门后挂着的围裙，一个装卷发器的盒子，一个装满线轴的针线盒里放着他们之间往来的信件。

维多利亚之所以趁机抓住妹妹抛出的难题，其中一个重要的原因是想让自己不再那么像一个入侵者：毫无疑问，母亲出现在布鲁克林可以帮助她减轻这种负疚感。但是那解决不了问题；还有一个更加令她心神不安的因素。

前一天下午临近七点，夫妻俩从"别墅山谷"短暂度蜜月归来，没有通知任何人：谁也不会想到回自己家还要打招呼。刚打开门，他们就发现屋里有人。收音机里传出比莉·霍勒迪的歌声，她正在演唱《不后悔》，阵阵清风从窗户吹入，屋内有生命活动的迹象。他们继续往里走，又发现别的线索。一件外套随意搭在椅子上，空气中弥漫着烤面包的气味。走到底，在厨房里，是他。

恰诺就坐在那里，圆圆的脸上稍许消肿，右眼已经能够微微睁开，但身上仍然清晰可见上一次比赛留下的伤痕。在从小生活过的房子里，他像孩童和青年时期那样吃着芝士火腿鸡蛋三明治，放松地喝着啤酒，耳边播放着美国国家广播公司音乐频道的节目，手里翻着《纽约先驱报》的体育专栏。他没有在等任何人，光着脚，里面穿着 T 恤，外面的衬衫敞开，隐约可见一个经过数百次训练和攻击逐渐锤炼出来的中量级选手的躯干。

他看上去十分困惑，他没想到他们那么快就回来了。相反，卢西亚诺看到他瞬间喜笑颜开。儿子调低收音机的声音，爵士歌手高亢的歌喉听上去轻柔了许多，父亲走过去用手抚摸他栗色的头发，就好像他还是记忆中的那个小孩。温柔的手掌落在恰诺的肩上；一方面为了表示父亲的关爱，另一方面是不自觉地想阻止他从椅子上站起来，关切地问他问题，而他不过用低沉的声音嗯啊应付。维多利亚站在大门旁一言不发，头上仍然戴着深红色的小礼帽，比之前略短的乌发散落在肩头，谷穗般的身体和大大的眼睛，全然不顾炫目的灯光，她感觉自己就像一个暴发户，恨不得马上找条地缝钻进去。

"快进来呀，进来，丫头，进来，别戳在那儿……"烟草商看到她远远地站在门口连声招呼。

当父亲转身邀请她走进来时，他再次用自己独特的目光注视着她；就像在婚礼上那样，仿佛在满腹狐疑地无声质问，你从哪里冒出来的，女人，你来这里做什么。她与他的目光片刻交错，紧接着不安地瞟向塞满脏盘子的水槽。

"放下三明治，我们马上做饭，"卢西亚诺根本没有留意到他们之间的微妙反应，坚持道，"或者我们出去找个地方吃一顿，可以去你朋友立科的父亲开的酒馆，吃你小时候就特别爱吃的番茄培根意大利面，维多利亚也可以趁机熟悉附近的街区，也可以……"

恰诺脑子里瞬间出现各种离开的借口：朋友在等我，我跟别人约好了，或者明天吧……他在屋内活动了没多久就走了；维多利亚正在另一个女人的卧室中把自己为数不多的几件衣服挂进空荡荡的大衣柜中，就听见父子俩告别的声音，恰诺离开后大门哐的一声在他身后关上。

她抑制不住自己的心情。一只手抓着衬衫，另一只手拎着衣架，踮着脚走到窗边。她把头探出玻璃和窗纱，看着他强劲而富有线条的后背、矫健的步伐、粗壮结实的颈部。天色已晚，温和舒适，他没有穿外套，双手插在裤口袋里疾步离开。走到科特街路口左转前他转身抬头，她赶忙后退闪躲。不知道他有没有发现。

最后就剩他们俩一起吃晚餐，几块简单的法式玉米饼和一些冷菜，安静的餐厅里只听见餐具接触花边碗碟时发出的叮叮当当声，那些都是可怜的恩卡尔娜留下的物件，他们面对面坐在桌子旁，灯光昏暗，在儿子灰心丧气离家出走之前，在母亲被病魔缠身去世之前，在维多利亚无意中唤醒了这位父亲和鳏夫最原始的冲动前，那里曾经是一家三口的纽带。他们偶尔说说话，客气地笑笑，生分沉默。他们很早就上床休息，完成神圣的婚姻赋予他们的义务，他们渐渐习以为常——他奋力耕耘，她心不在焉。他们没有什么娱乐，天黑后只好睡觉。

卢西亚诺筋疲力尽、心满意足后倒头就睡。维多利亚却迟迟无法入眠。她躺在烟草商身旁，费了好大力气才从他坚实的手臂中挣脱出来，时间滴滴答答流逝，街上幽暗的阴影逐渐泛亮。她听见寥寥数辆汽车驶往码头方向，或从码头方向驶过来；剩下的时间里，她只有自己为伴。

约莫凌晨三点，她突然听见钥匙插进锁孔转动。她一动不动，眼睛牢牢地盯着天花板，如同白天那般清醒。他进来了。虽然他蹑手蹑脚，地板依然发出咯吱咯吱的声响，浴室门砰地关上，强劲的尿冲刷在陶瓷马桶上，洗脸池上方自来水喷薄而出，接着他走到卧室，他拖动椅子时椅腿摩擦地面发出尖利刺耳的噪音，但马上就消失了，他悄悄地脱掉衣服，躺倒时床垫的弹簧吱吱作响。终于，四周归于平静。

　　整个过程中维多利亚的身体僵硬得如同一根旗杆，喉咙酸涩，墙壁另一侧的男人出现在脑海中，她在黑暗中浮想联翩。有时她甚至以为自己感受到了他的呼吸。

　　听到莫娜提出要把母亲支走偷偷改造"船长"时，维多利亚终于看到一丝希望，让自己熬过漫长而混沌的黑夜，所以她迫不及待地建议把她带回家：不是后天或者明天。是今天，马上。她需要借助外力打破那个三角僵局，让她不要失去理智。

56

　　他们还站在饭店门口谈笑风生；母亲一个人待在里面，最好不要让她起疑心。维多利亚坚持己见，莫娜说那样做太过突然，巴洛纳越听越不淡定。露丝的出现打断了她们的争论。

　　"你头发怎么了？让我看看。还有你的眉毛？你的眉毛去哪儿了？你疯了吗？"

　　看到面目全非的妹妹，维多利亚控制不住自己的反应，没有像往常那样问候，而是疾风骤雨般厉声质问。原本栗色的头发变成了一头红毛，眉毛被修得只剩下两根弯弯的细线，就好像用画笔画上去的。

露丝跟往常一样，遇到自己没有兴趣的事情就会逃避话题。没什么，我自己犯傻罢了，快跟我说说你们怎么样，蜜月旅行如何啊……他们好几天没见面了，小两口婚礼结束后第二天上午出发前往"别墅山谷"，而她在当天跟洗衣店请了一整天假。

几个星期前她接受星探弗兰克·科鲁桑的建议：她当时畏畏缩缩、忐忑不安、鲁莽冲动地答应了对方，但毕竟还是答应了。她接受他的建议，希望他帮助自己华丽转身，也能够拍摄写真挂在墙壁上。不再手握响板，身穿披肩或者头戴梳形发簪，而是变成一位现代时尚的艺术家，真正的美国式艺术家。

自此以后，阿莱纳斯家的小女儿就开始忙进忙出，从内到外武装自己。她跟伊利格瑞夫妇请求缩短工作时间，减少进食，瞒天过海。科鲁桑帮她找来一位老师，一个名叫雷乌尔达的古巴人，他看上去有些娘娘腔，瘦骨嶙峋，淡咖啡色的皮肤，他在西一百零九街的一座大厦中开了家舞蹈学校，宽敞的大厅里墙皮斑驳脱落，那里曾经一定风光无限，现在快要被拆除了。周围无人知晓，露丝开始每天下午赶过去学习伦巴昂首挺胸的舞步和其他热带节奏，如里约热内卢和皮博迪音乐，探戈和狐步舞。

你会从副歌伴唱开始，刚开始的几天科鲁桑如此断言道，接着我会努力带你进入大型乐团的核心舞群，很快你就会脱颖而出。最终你会成为百老汇的音乐家，登峰造极的那种，我们等着瞧，或者我们也可以尝试打入夜总会，比如"斯托克"，或者"奇特坎特"，又或者我们很幸运地进入"摩洛哥"；很快我们就可以考虑进军影视圈……你看看爱德华多·坎西诺的女儿，她父亲也是很小就跟父亲和兄弟姐妹移民到这里追求美好未来的西班牙同胞。

后来他和一个爱尔兰女人结婚了，给女儿取名玛格丽特·德尔卡门，从小就教她跳弗拉门戈，现在她被伯乐识中，背弃了自己的父亲，彻底改头换面。她换了个简单好记的名字，就留下母亲的姓，把黑色的头发染成红色，而且通过一种新技术把发际线往后推，显得额头更饱满，眼睛更有神；她以丽塔·海华丝为艺名在洛杉矶拍摄电影，你可不要以为她比你漂亮很多，或者比你优雅华贵……

　　所有话露丝都深信不疑，仿佛他念了一段咒语，不仅激励鼓舞了她，还令她神经错乱。她丝毫不怀疑弗兰克·科鲁桑描绘的似锦前程，甚至从未想过他口中真正的演出事业究竟指什么，他凭什么如此笃定她未来的发展。她一向率直坦荡，居然从未质疑那个坚称自己在演艺圈摸爬滚打多年的男人为何只代理了她一个人，为何总是跟古巴人雷乌尔达讨价还价；当然她更不知道他之所以搬办公室，是因为交不起房租被赶了出来。

　　随着信任感日益加深，每次赞美阿莱纳斯家小女儿的优雅和天赋时，他都会顺势把手伸进她的衬衫领口或者用手揉搓她的颈部或者在裙底抚摸她的大腿；每次向她许诺更加灿烂的未来时，都会有一张狂热的嘴巴凑上她的双唇；每次提出一个看似成功的观点时，他都会欲火难耐地在她身上蹭来蹭去。每每如此，露丝就会闭上双眼，咬紧牙关，用力攥紧双拳，任由他轻浮造次。她相信——或者她宁愿相信——那样是正常合理的，那个国家的经纪人和一个在弱肉强食的世界里追求艺术的女孩之间就该那样相处。她认为一切都很正常。

　　直到维多利亚和卢西亚诺婚礼那天，当乐队主唱罗伊格邀请她闪亮登场，在所有宾客面前表演《啊伊内斯妈妈》。旋律刚响起时，露丝还以为那是弗兰克·科鲁桑的安排，她感到自己被出卖了，因为此前二人从未就此达成共识。我会想办法让我的家人知道这一切的，她一再跟他强调，我会找合适的机会。一想到自己将打破姐姐经营夜总会的梦想她就感到十分不安，她相信自己能够说服弗兰克，允许她不背叛他们，尽管"船长"的观众有限，她同样可以实现自己的梦想。

"没门，宝贝。你趁早断了那个念想，我跟你说了几百遍了。你现在的目标不在于此，你知道的。"

但是露丝想争取时间。她仍然心存幻想，觉得最终总能够劝服他，争得他的同意。然而，与她天真的猜测恰恰相反，科鲁桑不仅无视她的顾虑，还强行把她弄上台：逼迫她在公众场合跳伦巴，令人对她起疑，她不得不为自己辩解，已然无路可退。

因此婚礼后星期一的早上，她跟老板夫妇撒谎，跑出去找他，因为她感到很痛苦，满腔怒火无法抑制。但是他不在办公室，她想问隔壁办公室的人是否知道他的工作时间，可谁也听不懂她的话，她只好靠在大门上等他，却不见他的踪迹。守了几个小时后，她决定离开，去上城区他经常光顾的影音店碰碰运气，还是没找到。直到下午，她像往常一样在古巴人的工作室门口遇到了他。他正靠在门框上吸着烟等她，显然刚起床，头发还是湿的，一只脚搭在另一只脚上面，冷静，淡定，全然不理会她的痛苦。露丝已没有力气去面对任何挫折，沮丧，气愤，饿得要死，讨厌他，讨厌自己，讨厌这个世界，她再也控制不住自己。

"你疯了吗，大蠢蛋，让我当着母亲和其他人的面跳舞？"她用手在他胸口捶了两下大声哭诉。

他先是佯装惊讶；接着，妥协地扔掉烟蒂，温柔地抓住她。

"冷静，宝贝，听我解释……"

"你就是个笨蛋！大骗子！你怎么可以那样做！我们之前不是说好了吗！"

科鲁桑解释了他那样做的理由：那是让全世界的人知道事实真相的最好的方法，你必须断绝对家人的依赖，她们应该知道你有更加远大的志向，你不会参加那种可怜的演出……但是露丝根本不能接受他的狡辩，把心中积压的不满一股脑儿倒出来。

"但是，你以为你是谁，你怎么……？你……？"

星探不再解释什么，静静地看着她气到花容失色，手舞足蹈，像猫科动物那样具有攻击性。浑身散发着野性的露丝比任何时候都要娇俏，他心想，如此激动，如此抓狂。他瘪着嘴，用疑惑的神情掩饰自己幸灾乐祸的心情，他并不想安抚她，心里十分清楚结果如何。所有的女孩都一样，他暗笑着总结。都一样。静观其变吧。

时机来了，她开始力不从心，嘶吼变成断断续续的句子，斥责被眼泪取而代之。搞定，他对自己说，这下你走不掉了。

他上前抓住她的手腕，一边说着冷静，亲爱的，冷静，冷静，一边把她拖进工作室。黑白混血儿雷乌尔达刚要结束上一堂课，三个四十岁左右的金发女人正伴着加勒比旋律《西波涅》毫无美感地扭动身体。科鲁桑用眼神向他示意，他没有停下脚底和胯部的动作，冲他点点头：两个人不是第一次也不会是最后一次做那样的勾当。他抓着露丝的手把她带进里面破旧不堪的休息室，那是舞蹈老师的私人空间，墙壁上装饰着已经褪色脱落的镀金蔓藤花纹墙纸。办公桌上乱七八糟，旁边堆着一袋袋速食汤、煤油炉、七零八落的乐谱和一张折叠床。

你疯狂的模样太撩人了，宝贝，科鲁桑在她耳边呢喃着，随手把门关上。他开始用自己的语言和她说话，意图如此明显，无须翻译。露丝惴惴不安，刚才过度紧张铆足劲的爆发令她感到虚脱，无力反应。走掉，留下，冷静，叫喊，屈服，逃跑……她脑中盘旋着各种可能，但是身体却纹丝不动。

露西①，露西，露西，你不要对我这么凶，他轻诉着把她推到墙上，湿润的嘴唇在她颈根疯狂地亲吻，音乐、老师和动作僵硬的美国女人就在隔壁。我所做的一切都是为了你好，小甜心，我会把你变成一个明星、一个天后，他一边解开腰带一边沙沙地对她说，我无时无刻不为你着想，我的宝贝，说着他解开裤裆。一切一切都是为了你，他贴在她耳边轻声表白，一把褪下裤子。

后面的一切都如疾风骤雨般发生了，如此突然，根本没有时间反应。露丝双脚靠墙站着，先是感到一阵撕裂的疼痛，接着体内似被异物侵入。男性强有力的双手用力揉搓她的胸部，令她疼痛难耐，自己的后颈被对方的身体推着律动性地撞击墙壁，由于他猛烈地晃动臀部，裤袋里的硬币叮叮当当滚落在地，最后弗兰克的喉咙里发出一阵野马的嘶鸣声，身体像被掏空了一般。

今天不用排练了，他说着从她体内滑出来。你可以走了。走吧。

她乘坐地铁回第十四街，脑中一片空白，身体和灵魂都有种

---

① 此处用英文名字 Lucy 代替了露丝的西班牙语名字 Luz，二者发音相近。

灼烧的感觉，她紧紧抓住吊环，身体随着车厢哐啷哐啷剧烈摇晃，视线无法聚焦，眼前模糊混沌。接着，她垂着头缓慢地爬上地铁站的楼梯。她似乎没什么力气，漫无目的。莫兰公寓的天台是她唯一想到可以暂时逃避现实的地方，她希望在那里找到姐姐，搂住她的脖子，把头深深埋进她的怀里，就像童年时一起睡在稻草垫上听着窗外电闪雷鸣那样。她需要痛哭一场，把积压在心里快要让自己窒息的焦虑宣泄出来，向她解释自己的心情和感受，坦诚自己的渴望和恐惧，告诉她刚刚自己经历了什么，问问她刚才自己没有抵挡住这一切是不是错了。

"你一整天跑哪儿去了？"

莫娜疯狂的尖叫声瞬间打消了妹妹所有期待。排练进入倒计时，她既紧张又急躁，参加演出的人员还没有到齐。她被自己的忧心忡忡蒙蔽了双眼，完全没有注意到露丝走进来时脸上沮丧的神情，疯狗般冲她嚷嚷，无情地指责抱怨。

"拜托你现在就告诉我你跑哪儿去了，做了什么，跟谁在一起！伊利格瑞夫妇跟母亲说你旷工了几个星期，从你昨天婚礼上的表现我就知道你肯定在哪里学跳舞，你很少来天台，欺骗了所有人，为什么要跟我们撒谎？"

露丝肯定没有听过一句名言，叫进攻是最好的防御，但是此时此地，惊慌失措、垂头丧气的她无力辩解，本能地吼叫着反驳莫娜。

"我什么都不会告诉你，因为我不高兴说！还有，我根本不想参与你们弄的狗屁演出！"

菲德尔被露丝劈头盖脸的宣泄震惊了，他对她的倾慕之情日渐强烈，大踏步走到她们身旁；米兰达老师捧着吉他站起身来。三个人屏住呼吸，阿莱纳斯家小女儿怒不可遏地吼叫着：

"你听着，我还有更加远大的理想和抱负！我很有天赋，有成为真正的艺术家的潜质，我有……我有……"

突然，她的声音开始颤抖起来。

"我有一、一、一……一个信任我的人，他、他、他……他会帮我登上真正值得为之奋斗的舞台，因为我、我、我……"

没有人打断她的话；她自己停顿了片刻，扬起下巴，用力把眼泪憋回去，故作高傲，甩出自己的誓言：

"我值得拥有更多。"

话音刚落，莫娜一巴掌掴在她的脸上。

自此以后，她们快一个星期没有说过话。

57

雷梅迪奥斯未如维多利亚所愿那么快被带到布鲁克林，两天之后才被成功转移。她刚被哄骗着离开街区，装修队就如旋风般进驻"船长"。

桌椅板凳被垒在角落里，厨房的容器用具被罩上旧报纸，防止落上灰尘，工人、送货员、设计人员和众多好奇的邻居进进出出络绎不绝。

菲德尔遵守承诺，动用自己的一切关系和仅有的积蓄，让饭馆焕然一新。两个相熟的年轻粉刷匠已经开始粉刷墙面，尽管使用了三种不同的颜色：那是他们从正在施工的豪华公寓楼里顺来的，如果拿完全一样品种的油漆显得太招摇。翠绿色用来粉刷外立面，深橙色和亮绿松石色用于粉刷内墙：色彩太过扎眼，他保证尽可能降低不适感，呈现令人惊叹的效果。菲德尔正在和他们探讨着，突然听到有人在门口冲他喊：

"雨篷！雨篷到了！"

莫娜才刚爬到长椅上挂一串小旗子，听到喊声后马上跳下来朝门口奔去。

马克西夫人在梅西百货进行蓄意盗窃后因身体不适而入院，最初，莫娜本打算照顾到她出院就不再去了：她顺手牵羊把手表偷走令阿莱纳斯家二女儿陷入糟糕透顶的处境，不愿意再向着她说话，住院的那几天已经把莫娜推到绝望的边缘。直到她侄子的建议动摇了她：

"我付您双倍工资，"他提出，"但是请不要让她知道。"

"为什么要这样做？"莫娜不解地问，"您可以用相同的报酬找到其他女孩，您坚持的话甚至可以压到更低。"

他撒了个谎，没有被她识破。

"理由很简单，我信任您。"

年轻的医生根本无所谓她如何对待自己的姑母，他在意的是别的东西：留她在身边使塞萨尔·奥索里奥感到意料之外的快乐。在卡斯特洛比耶霍诊所工作的那几个小时变得无比煎熬，周旋在角膜、瞳孔和晶状体之间：职业理想曾经是他生活的动力，现在却变成了羁绊，他每天都渴望着送走最后一位病人，扯下白大褂，冲到阳光灿烂的马路上，回家，见她。

他对她的幻想越来越强烈，欲火焚身的夜晚漫漫无期，上午在诊所的时光度日如年：看见莫娜在厨房里忙活，感受到她的身体忙进忙出，听见她面对难缠的姑母，面对姑母荒谬任性的要求和阴晴不定的情绪，不悦地嘟囔回应。她的一切都让他感到新鲜，她自然的天性令他痴迷，细白灵巧的手臂裸露在短袖衬衫外，愤怒的双手像美丽小鸟的翅膀挥舞指点，一头乌发执拗地披在肩头，身体修长颈部纤细，双眸熠熠生辉，她不同于每天周旋在身边的那些女人。

他们经常在房间里偶遇，他故意制造邂逅的机会，哪怕输掉全世界他也甘心。他们简单平淡地闲聊，他关切地问询她近况如何，听到她毫不掩饰地责怪姑妈的臭脾气会眉头紧蹙，她时不时抱怨自己受够了荒谬的霸道独裁、威胁要走，每到此时他都会极力劝慰安抚。

莫娜全然不知医生对自己的款款深情，却也渐渐对他产生好感：他正直和善，虽然与她平日面对的那些男人有很大的差距，但更觉亲切。自从发生了梅西百货事件后，他最近经常完成卡斯特洛比耶霍诊所的工作提早收工回家；他已经两年半没休过假了，照顾生病的姑妈似乎是申请缩短工作时间最合理的借口，那位杰出的眼科医生如何能想到徒弟如此这般另有动机。

有一次他带给莫娜一盒糕饼，外面包装着精致的礼品纸，他说那是一位女病人送给他的礼物，他不想把它留在家里，防止姑母受不了甜食的诱惑，她现在的情况实在不宜多食；事实并非如此，那是他心心念念专程为她买的。另一次他带给她一枝白色牵牛花；他说那是街头卖花的老太太坚持要他买的，他无法拒绝。有几天下午，碰巧在她下班时他借口自己刚好也要出去办事，陪着她走到公共汽车站，一路上都紧紧跟随她急促的脚步。

短暂的住院治疗对于马克西夫人而言是一次绝妙的休息，回家后她重新展开一场漫长的冒险征程。她命人在《媒体》日报上刊登自己癫痫抽搐的新闻，称欢迎任何人上门探视，她特别找熟人对外放风，家里很快就变成社交场所。她试图让莫娜穿上制服进一步粉饰整件事，被莫娜严词拒绝了。即便如此，好多天她都无法频繁进出，被逼着留在屋里伺候无聊的太太和陪她们一同参加的丈夫，为他们端茶倒咖啡，还有一杯杯冰水，应对越来越怪异无理的要求。即便如此，她还是留下了，她接受医生提出的增加薪水的建议，吞下所有不满，在最绝望的时候一遍遍告诉自己那些是救命钱，可以让她为"船长"续命。比如可以用来买一顶雨篷，这样她们的店门外就可以拥有"小伙子"那样的雨篷，显眼，吸引人，有个性。因此她选择继续留在奥索里奥家里，这样她可以向自己选定并谈好价钱的装修队定期支付款项，让自己梦想成真。现在，雨篷送到了。

没过多久雨篷就安装好了，她寸步不离地在一旁盯着，身边聚集了越来越多好奇的目光。等到雨篷完整展开时，街上响起人们由衷的掌声，莫娜感觉脚下的地面都在颤抖。在红色的面料上印着巨大的白字——船长的女儿。

58

木匠们手中锤子和锯子继续热火朝天地忙碌喧嚣着；空气中弥漫着刺鼻的油漆味，人们进进出出运送清除物料，问着哎朋友、小姐，乌南努百货送来的这几箱葡萄酒，住在华盛顿高地的一位同胞借给你们的斗牛士斗篷，还有跟第五大道的西班牙旅游慈善机构借的宣传海报应该放在哪里。

就在这时，菲德尔着急地冲进来。

"我争取到……我争取到……"

他跑得气喘吁吁，拍了几下胸口，好让氧气充进肺部。

"我争取到埃斯特班·罗伊格乐队一半的人这个周末来我们这里演出。"他总算把话说完，差点背过气去。

"谁的乐队？"

"在你姐姐婚礼上演出的埃斯特班·罗伊格的'快乐男孩'啊。但只有三个人；其余的人要去卡茨基尔的'别墅山谷'做开季表演，这几个人留下来是因为他们手头有工作走不开。"

"快乐男孩"的成员们都来自阿利坎特的马里那阿尔塔，当年因为根瘤蚜荼毒了葡萄藤，令百年的葡萄干业务毁于一旦，那里的男人们不得不背井离乡谋生活，他们也是其中一员。许多人颠沛流离到别的国家，很多人留在了纽约，做泥水匠、门童、工人等；闲暇之余，音乐便成为一些人额外的收入来源。

菲德尔还在大口大口喘着粗气，兴奋不已。

"他们收费比平时低很多：只有一半乐队演出，更何况队长还不在。唯一的问题是我们必须加快进度，提前开业，从星期五开始至少两个晚上他们都可以驻场演出。"

莫娜忍不住冷笑起来。

"你疯了吧？今天已经星期二了，你不会不记得了吧。"

"很好。我现在就去《媒体报》发广告，再去'阿尔戈奥'打印传单……"

"你说真的我们就剩下明天和后天准备了吗？"

"千真万确。星期五晚上我们就拉开序幕了。"

莫娜暂时停下手头的工作整理思路，两个人坐在厨房里的纸箱上，趁机匆匆分享一盒沙丁鱼罐头。随着开业日期提前，脑中突然涌现出无数个问号。如果没有客人怎么办？如果他们不喜欢我们的节目呢？如果还没开始就砸了呢？

"问题是我们没有一个灵魂人物，就像当时加德尔光顾'小伙子'。我们需要具有强大号召力的人，哪怕开业那天来这里喝一杯。某个名流……但是探戈王子只有一位，最近西班牙也没来什么有意思的人；否则很快就会在整个聚居区传开，我就可以找到成功的捷径。"

菲德尔还在唉声叹气，突然莫娜的记忆深处有一道光闪现。已经过去几个月了吧，是的。即便如此，他当时刚到纽约，如果她没听错的话，他计划在这里住一阵子。

"我想起一个人也许……"她心里没什么底。

菲德尔将信将疑地打断她。

"你？你认识什么大人物？"

"一位侯爵。还是一位伯爵什么的，我记不清了。但肯定是什么重要人物，因为他被几个男人当街骚扰，被刁难追问还拍照。"

"几个记者想给他拍照？"他蹙起眉头问道，"你不记得名字了？"

她一边咀嚼一边摇头。

"但是他给了我一张名片，"她嘴里含着食物回答，"还说在我需要的时候可以向他求助。"

我对您不胜感激；这里是我的地址，希望有机会能够报答您。夜幕中，那男人在城市炫目的灯光下对她说，接着乘车离去。莫娜及时托住他，才没让他摔倒，否则后果不堪设想；他并不知道，她因为救他，不得不独自一人胆战心惊地在影影绰绰的午夜步行横穿整个曼哈顿城回家。

"你为什么不回家找找看？这样我们好知道他是谁。至少试试看……"

他话音未落，莫娜已经站起身来，抖了抖裙子上的碎渣，咽下最后一块沙丁鱼。她用手背蹭了蹭下巴，擦掉油迹。回家没几分钟就回来了，两人把头凑在一起。

第一行写着阿方索·德·波旁－巴滕博格。第二行是科瓦东加伯爵。接着是用蓝色钢笔划掉的一行位于法国埃维昂的地址。最后是手写的一家纽约酒店的名：圣莫里茨酒店。

"你觉得这家伙会有什么吸引力？"菲德尔不确定地问。

"那天晚上所有人都翘首以盼，等他出现，我不是告诉你嘛，袭击他的那些人像疯狗般想爆他的料。所以我敢肯定，如果他能来的话，对我们而言再好不过。"

男孩疑惑地挠挠耳后，莫娜拍了拍他的后背给他鼓气，也借此暗暗告诉自己那不是痴心妄想。

"来吧，菲德尔，你去殡仪馆打电话；就问问看他是否还住在那里。如果还在那里，我们再打过去，让他们把电话转过去，我来跟他说。"

不由他拒绝，她又回到现实中，幻想着眼前的旧"船长"将被载入史册，门口堆满垃圾、工具和工人，此时卢西亚诺·巴洛纳突然出现，双手握拳撑在腰间，抬头看着崭新的雨篷，上面闪耀着"船长的女儿"几个大字。

"漂亮吧？"莫娜在他背后问候道。也许她应该先问问他母亲如何，一起在布鲁克林生活感觉如何，但是她太激动了，急于炫耀新买的装饰，才会本末倒置。

烟草商摇了摇下巴，眼睛没有离开招牌，满腹狐疑。他仍然觉得把餐厅改成夜总会是件愚蠢至极的事情，但事已至此，即将开业，岳母也像人质般被绑在自己家中，他不想再次重申自己的观点。我应该早点制止她们，他无数次暗暗后悔。甚至于，我早就应该劝她们把这家可怜的小饭馆关掉，帮这些姑娘们找份更加安稳体面、不用那么抛头露面的工作。他的前妻从未工作过，但是聚居区的其他女人都做些活计，报纸上每天都有十几条广告找她们这样的女孩。服装区裁缝，灯罩压纹技师，装饰品小作坊女工；甚至他自己家中都可以招小工。薪水肯定不高，但是她们连英语都不用学。她们欠着一屁股债，修女并没有解决她们的问题，他也没有足够的财力帮助她们……

"难道你不喜欢，卢西亚诺？"

"不，很显眼……"他咬牙嘟囔，眼睛仍然盯着巨大的红布，脑子依然飞速运转。

其实，他应该认真对待这件事。但是维多利亚坚持认为他应该支持妹妹，如果他真的爱她，应该为她接受一切，但是眼下的局面令他担忧。因此他约了一个人在此见面，此刻正在等他出现。

"他在！他在！他在！"

菲德尔回来了，像一只山兔蹦蹦跳跳地穿过马路，大声嚷嚷着，差点撞到一辆雪佛兰，幸好餐具贩子闪躲及时。他丝毫不介意锡匠愤怒地鸣笛和谩骂。

"你地位显赫的朋友还在那家酒店，最近不太舒服，已经三天没有出过门了。"他气喘吁吁地告诉莫娜，"但是可以在房间里会客，并……"

还没等他说完，阿莱纳斯家的二女儿一把抓住他的手臂，愠怒地使了个眼色：巴洛纳还在旁边，跟一个木匠聊天，他意识到事情已无转圜的余地。她不想让姐夫知道他们要请谁，最好谁也不知道。

"他让接线员过滤电话。"菲德尔稍稍压抑自己激动的心情，"让她每次听到有人找他就说：他正在休息，如果有人想要拜访他，就提前转告，他会在房间里接待，所以……"

莫娜狠狠拍了他一巴掌，总算让他压低了声音。

"所以我留了个口信，让他们转告伯爵先生我们今天下午会去拜访，"他激动不已，总算细声把话说完，"六点。"

59

人行道上堆满了木板和油漆桶，暴露在过往行人好奇的视线中，他们总忍不住问老"船长"里面到底在搞什么。

"哦天哪，托尼！你总算来了！我还以为你不来了呢！"

听见烟草商激动的叫声，两个人都扭头望过去。

菲德尔后来说的话莫娜没有听进去，他的声音仿佛凝结在空气中，逐渐飘散开去。巴洛纳热情招呼的、从第八大道转角走过来的那个人是他。那家伙总是在躲躲藏藏。他为了躲避警察，把东西塞进她的手提篮中便消失得无影无踪，在婚礼晚宴结束时跑到现场用地下博彩出售幻觉，而后顺着楼梯快速溜走。这一切都历历在目：那些片段会不经意间出现在眼前。因此，看到他戴着松垮的领带，嘴角似笑非笑，拖着软绵绵的脚步走过来时，她的胃里不禁翻腾起来。

"我太高兴了，小伙子，你总算来了！"巴洛纳兄弟般仗义地拍拍他的左肩。

然而，她满脸疑惑地看着他，实在无法强颜欢笑。或者她需要更多的信息。在"拉毕尔巴伊纳"的婚礼上烟草商口口声声说自己不认识他，现在却无比亲切地对待他。

莫娜不知道那不是卢西亚诺和他在婚礼后第一次见面：姐夫迫不及待地想见到他，蜜月回来后便四处找他。他四处跟亲朋好友工作同事打听，他通过第三方给庄家、彩票贩子、拆家①和彩票走私商留口信；直到得知口信已被带到他才停止寻找。内容和他在餐厅里说的差不多：他想认识认识老朋友的儿子，仅此而已。安东尼奥·加莱尼奥的死讯从佛罗里达迅速传到纽约：那个瘦高可爱的阿斯图里亚斯人曾经是科斯塔·雷伊几个大烟草商的代理，服务于几个卖家，多年以后，他不再来北方奔波代理业务，而是留在坦帕逆着禁令盛行之风开了家饭店，生意兴隆；午餐供应古巴三明治和黑豆饭，他巧妙躲开禁令的审查，夜晚大肆供应酒水

---

① 以非法手段谋得财物之后寻找分销出货的人，古玩玉器行当里的掮客也被称为拆家。同时，在制贩假币的犯罪活动中，负责向外流通的人员也被称为拆家。

以及城内最令人难忘的扑克游戏。

好吧，面对顽固的巴洛纳，年轻人总算答应，我接受邀请，见一面吧。他建议了碰头的地点，两人喝了几瓶啤酒畅谈起来；尤其是烟草商，他无法抑制激动的心情，滔滔不绝，不知是否因为新婚不久，还是恰诺归来唤醒了他的父爱。他们坐在"村子"的一家酒吧的吧台前追忆过往。

当记忆的塞子被拔掉后，维多利亚的丈夫回想二人青春年少时期，男孩的父亲经常来找自己，那时家人们都在遥远的大洋彼岸，他们站在纽约的土地上，口袋里穷得叮当响。起初，朋友的儿子静静地听他回忆，搞不清他的记忆是否有偏差：小轶事，关于铁皮玩具的记忆，一台黑色的行李车上面探出一只小狗的脑袋，接着引申到男孩的父亲——他朋友的死。

发生惨痛血案的时候他还年幼，母亲的古巴娘家把他直接送到马萨诸塞州的一所寄宿学校，他幸运地完成了中学课程，不像父亲那么可怜：成日胡思乱想做白日梦，分不清大胆和鲁莽。然而，他从父亲身上遗传到很多特点：同样瘦削的面庞，蓬松的浅栗色头发，一双绿莹莹的眼睛笑起来眯成一条缝；活泼的态度令他总是从积极的角度看事情。他的名字简单好记，在纽约街头人们都叫他托尼，谁也不知道他真正姓什么。瘦托尼，彩票托尼，坦帕的托尼，坦帕人托尼。

他们在饭馆门口互相打招呼，巴洛纳指向莫娜。

"这位是我的小姨子，店是她的。"

她当时恨不能找条地缝钻进去，或者转身跑走，穿过大路，逃到河边。

"昨天我跟托尼提起你们张罗的项目，他不敢相信……"烟草商继续道。

"现在不是看到了。"她干脆地回答。

逃跑的想法只能就此作罢，别无他法，她只好迎难而上，用傲慢的态度极力掩饰自己的慌乱：她无论如何都不会想到自己会在那样的情形下与他重逢。她的头发用一块手帕松松地束在脑后，身上穿着脏兮兮的衣服，双手油腻，脸上挂着石灰和油漆，四周一片狼藉。她从早上七点就投入战斗，还好马克西夫人给她批了一个星期的假——但我不付工钱哦，听见没丫头？她骗她家里的饭馆要装修，但是只字未提自己的计划。

"船长的女儿们。"他抬头盯着雨篷，手插在口袋里，脸上似笑非笑，说不清是狡黠还是欣赏，"听上去不错……"

"我在想或许你可以出份力，孩子。"

莫娜和托尼满脸疑惑地看向巴洛纳。为了解释清楚自己的想法，烟草商用手圈出整个饭馆的范围：外立面，入口，摞在一起的木板和面板，溅满油漆的报纸散落一地。他跟朋友的儿子说了妻妹近期积极筹划的项目后提出再见一面，其实他另有所图。您跟我说的是那个在您婚礼上躲在衣帽架旁穿着伴娘礼服的黑发女孩吗？朋友的儿子不可思议地问。您说她想开一家夜总会？父亲的朋友频频点头，确认他没有听错，建议他第二天亲自去看看。坦帕人托尼没有拒绝。

"孩子，你昨天跟我说你刚来这座城市时在很多夜场工作过，对吧？"巴洛纳当着她的面问道，"有了彩票生意后，你已经很习惯在那种场合与人打交道了吧……"

莫娜生硬地打断他的话：

"不用。"不，她还没有准备好让其他人插手自己的生意。他更不可以。不行。绝对不行。"很感激你们的好意，但是没必要。一切都尽在掌握，我们已经准备好了，对吧，菲德尔？"

但是探戈歌手没有在听她说话，注意力被马路的另一边吸引，嘴里爆出一句咒骂。

"妈的。"

他的父亲正站在对面的人行道上，黑着脸等过往车辆通行后穿过马路。终于来了，他紧张极了，肩头仿佛千斤重，面如死灰。

"菲德尔！"他刚走到马路中间就气急败坏地嚷嚷着。莫娜、巴洛纳、刚来的托尼和旁边忙碌的工人听见怒吼声都回过头来。"菲德尔！"

儿子不满地哼了一声。每天晚上睡下时他都在盘算着离开那个家，抛弃可恶的家族生意，出去独立生活，哪怕要在下东区的一间公寓里与人同住。

"你过来我有话跟你说！"

男孩从尴尬的聊天中抽身出来；他可不想让任何人看见他父亲如何像训斥小学生那样责骂他。

"你看吧，姑娘……"巴洛纳无视殡仪馆父子间的争吵，再次转向小姨子，"托尼昨天告诉我他认识……"

"我说了不用。"

"但是至少让我跟你解释，姑娘……"

父亲正冲菲德尔大发雷霆，肯定是因为最近几天要施工和筹备工作，他几乎没在殡仪馆露过面。花圈和挽联怎么没准备？父亲举起手臂大声指责。他低着头紧张地抓挠颈部咕哝了几个借口。什么叫不小心？父亲怒吼道，怎么会忘记了？

"你什么都不必解释，卢西亚诺。"莫娜冷冷地说。

烟草商深吸一口气，鼓起胸腔，接着叹了口粗气。埃米利奥·阿莱纳斯的好女儿们啊，他自言自语地嘟哝着，太固执了，圣母玛利亚，她们太固执了……

"哎呀，你快回布鲁克林吧，姐姐和母亲都在等你呢，这里我们会弄得很好。至于您，非常感谢专程来一趟。"

最后一句是说给托尼听的，她说的时候语速急促，看都没看他一眼。她宁愿不知道他脸上的表情，不想看他如何平衡好灵活的身体，左侧嘴角微微翘起，似笑非笑地看着她。

为了表示自己将不再理会烟草商和他二人，莫娜高声呼唤与自己冒险试水的同伴；几米开外，殡仪馆老板还在训斥儿子，手里举着一把碎纸，他很早之前就该解决这个麻烦。菲德尔怯生生地站在那里，似乎没有听见她的叫声，她可不打算退缩放弃。她很着急，一切迫在眉睫，巴洛纳非要把她从屋里拉出来，托尼的视线没有离开过她。

"菲德尔！"她又叫道，"我们该走了！"

探戈爱好者终于答应她：他拍了一下自己的脑门，仿佛在说该死的，我怎么忘了跟伯爵的约会。

"你快去，我去不了了！"他声音颤抖地回答，"你快去！一个半小时内得到那里！"

60

往公寓走的时候他的形象一直在脑海中挥之不去：灵活的身体，麻布外套下面凸出的肩膀，瘦削的脸庞上总是露出讪笑，明亮的眼睛具有穿透力，眼神里充满好奇和欣赏。她走到门口时迎面碰到的却是另一个人；他们险些撞个满怀，莫娜正要进去，他正好走出来。她只看见他的侧影，脑中仍然盘旋着托尼的形象，他的面容一次次在她脑中浮现；毕竟在那座城市里每天会见到那么多男人的脸。

他却一眼认出她，立马把头扭过去，以免和她面对面视线交错。他大跨步跳下通往人行道的三级台阶，快速地左顾右盼准备过街，莫娜突然心生疑惑转过身体。他鬼鬼祟祟的态度和冒冒失失的动作令她感到不安。看到他穿着浅色风衣离去的背影，她突然想起什么。

她心生警惕，三步并作两步迅速冲上楼，看到公寓虚掩着的大门厉声喊道：

"露——丝！"

这个时间妹妹不应该在家，但根据她前几次逾规越矩的行为和匆忙离去的男人，她预感此刻她在家。

"露丝！露丝！"她嚷嚷着跑过走廊。

她看见她坐在窗边，双手捂面。手肘压在大腿上，后背拱起，前后晃动着自己的身体。

"他对你做了什么？他对你……？他对你……？"

小妹抬起一只手示意她让自己静静，另一只手仍然捂在脸上。

莫娜没有理会她的要求，一把抓住她的手腕扯开。她的脸就这样展露出来，挂满泪水和浸湿的头发，还有凸起的颧骨。瘀青，肿胀，让人不忍直视。

她不知道该说什么，连句咒骂也讲不出，她感到的并非怜悯同情，只觉得悲从心中来。她们是怎么了？这么短的时间内彼此就那么疏远？她怎么会没有看出妹妹深陷旋涡？她沉默不语，崩溃地坐在露丝身旁凌乱的床垫上。她一言不发地伸出手臂揽住妹妹的肩膀，拉入自己怀中，让露丝尽情地宣泄泪水。

"他会帮我成为一个艺术家。"恸哭了几分钟后她抽搐着说，她的脸靠在莫娜胸前，说话颠三倒四，"一个真正的艺术家。我……我……他欣赏我，有时他甚至跟我说他喜欢我。但是昨天我们吵得很凶，他不允许我参加你们的演出，他希望我保存实力，再准备……今天下午我没有像往常那样去彩排，因为我还是很生气，我想趁你们都不在家一个人静静，他就来了，我不想给他开门的，但是他一再坚持，还……还……"

终于，她来到那堵竖在她们之间的墙，讲述所有改变她的态度、令她不再像从前那个她的原因，现在的露丝顶着鸡窝似的头发，眉毛修得像一条线，态度和做派总是拒人于千里之外，曾经的她多么活泼可爱。

"他要帮我成功，"她声音断断续续地坚持道，"他爱我，他爱我，他看重我，我喜欢那种感觉，但同时我也感到害怕。"

莫娜心痛得揪成一团，嘴里念叨着我的老天哪。她忍住没有破口大骂他这个控制狂大浑蛋，只是对妹妹说：

"我们晚些慢慢聊；现在你先起来，快。我们走。"

她站起身，拉着妹妹就往外扯。

"你去梳梳头洗洗脸，去敷一块土豆，看看能不能消肿。"

"你要带我去哪儿？"露丝惊慌失措地问。

"我要去留个口信，你也一起来。"

话音刚落，她打开衣橱；她把整个身体探进去，开始找衣服，把它们一股脑拖到床上。维多利亚婚礼上的礼服，长袜，搭配比较。她估摸着马上要去的地方肯定金碧辉煌，卢西亚诺送给她们在婚礼上穿的礼服是家里唯一一庄重的服装；马克西夫人箱子里的衣服太过严肃，太过忧伤，而且让人直接联想到她的工作，那不是她想要的感觉。

"但是，去哪儿啊？"露丝抽泣着追问道。

"等下你就知道了。"

她跪在地上急匆匆地说，一边忙着找藏在床垫下面的鞋子。她无论如何都不能丢下妹妹一个人，如果非要逼她的话，她会强行把她拖去找科瓦东加伯爵。

"走吧。噢天哪，你赶紧穿好衣服……"

"我还是留在家里吧。"她可怜兮兮地说。

"赶紧穿衣服。快。"

但是露丝一动不动：从刚才开始，姐姐的古怪行为就令她目瞪口呆，她头上顶着乱蓬蓬的新发型，双眼肿得跟桃子似的，颧骨火辣辣地疼。莫娜一把抓住她的肩膀用力摇晃。

"看着我，露丝，看着我。快停下来，不要再自怨自艾了，没有后悔药可以吃。但是你要清楚，那个恶心的家伙既不欣赏你也不喜欢你。他就是个杂种，你得忘了他。现在，"她冷静地命令道，"你把长裤穿上，我们走。快点，今天必须得去。"

十五分钟后，露丝用头发遮住颧骨和姐姐一起进入第九大道路口的地铁站，她勉强克服了心里的障碍，嘴里依然嘟嘟囔囔。脆弱的时刻过去后，这位追求艺术梦想的姑娘开始后悔自己刚刚敞开心扉的忏悔。我真是蠢，她用手背擦干最后几滴眼泪，心里暗暗责怪自己。其实根本没有什么，我真是大惊小怪，她抽吸着鼻子怨自己太没用。

莫娜完全没有意识到妹妹在自我反省，拉着她来到竖着挂在墙上的地铁线路图前面。她用手指沿着地图在无比复杂的街道、线路和换乘站点之间寻找方向。

"需要帮助吗？"

她们吓了一跳，回过头看见托尼站在背后，他平时总是东躲西藏，那天却似乎一反常态。看到他出现，莫娜再次用傲慢的态度克服心里的不快。

"完全不用，非常感谢。"

正因为没有及时阻止卑鄙无耻的弗兰克·科鲁桑，才导致妹妹如今被他欺骗利用，失去贞操，成日胆战心惊，以泪洗面。不，绝不需要任何过于自恋自大的男人的帮助。菲德尔是个例外，他是唯一可以信赖的人，希望傻露丝早日感受到他对她的倾慕之情，远离科鲁桑那样控制欲极强又十分霸道的男人。

"我们自己可以找到方向。"

她试图让自己听上去平和冷静，不想让他发现礼服裙下面的心脏跳得多么强烈。

61

车站里人流涌动起来，身边挤满了匆忙上下车进出站的乘客。他们三个人站在中间，令来来往往赶路的人们不得不从旁绕行。

"我想顺便跟您道歉；我真的不知道卢西亚诺·巴洛纳是想让我帮助您。"他补充道，"他只说让我到您的店里看看……"

他的西班牙语掺杂着加勒比的韵律感和半岛上的粗糙直白，混合着两种口音。他没有撒谎，巴洛纳的确是那么建议的：烟草商自己都没有意识到有股力量牵引着他把男孩带入自己的新家庭。二人在"村子"的酒吧里共同度过了几个小时，根据托尼自己的描述，似乎老朋友加莱尼奥的儿子自从大学二年级秋季学期考试前一个星期开始生活就偏离了正确的轨道，他突然发现书本和教室不是自己的兴趣所在，放弃了舅舅帮他在马萨诸塞州奇科皮找的一所非常天主教风格的学校——圣母埃尔姆斯学院，乘上一辆公共汽车，来到了纽约。

他谁也不认识，但是并不难找到和自己相似的人，与他们自在相处，在两种语言、两种文化和两种生活、饮食和价值观之间自由切换。他建立起关系网，结交朋友，尝试各种利润微薄的小生意，做过服务员，开始在西班牙移民中搞起地下博彩。玩彩票不同于抢钱，我向您发誓，他跟巴洛纳保证道，防止对方质疑自己：没人出老千或恶意坑骗，没人会利用善良的穷苦同胞，所有操作都是干净透明的。只不过，奖项从来都是不公开的，当局者根本无法知晓。最终的赢家是庄家和中奖的幸运儿，仅此而已。我作为中间人，支付手下工钱完成老板的任务，剩下的少许利润留给自己，那就是我的工作内容。钞票从一些人的口袋进入另一些人的口袋，无论是地方机构、国家机构还是联邦机构都一分钱也拿不到。因此，那是游走于法律边界之外的行当，也正因为如此，才会让那么多的人趋之若鹜。其实没那么十恶不赦，不是吗？如果哪一天我被抓了，会有人保护我：上头的人答应为我支付保释金，如果事情变得棘手，他们还会帮我请律师。

这男孩就像他的父亲一样，巴洛纳在听到他宣布一件事几秒钟后告诉自己道。男孩告诉他，此外，自己还有一个目标，一个计划。告诉我，孩子，他在喝了第二杯啤酒后回答道。看着吧，我渴望建立自己的银行，拥有自己的人马，拥有我自己的管控人和筹款人。我要成为一个被我包揽的特定区域内的银行家，这就是我的远大抱负。我不要只做一条资本家和权势者之间的纽带，也不要再当一条当街揽客者和足不出户就能盆满钵满的人之间的纽带。因为现在我身处中层，所以深知自己既然能从零开始、自然也可以攀升至顶，你明白我的意思吗，卢西亚诺？

我明白你的意思，孩子；当然，烟草商喃喃道。我也能预见到如果你继续作茧自缚最后会落得怎样的下场。当然，最后这句他没有大声说出来。只是默默地留在心里。如果你有幸被判入星星监狱，你所信任的那些人连包烟都不会带给你；还有种可能，两颗子弹无情地穿过的肚子，你就会像你可怜的父亲那样，清晨倒在某条街巷的血泊中。烟草商走过的桥比他走过的路都多，太清楚游戏规则：托尼希望打入某些庄家团体，但事情从不会那么简单，背后肯定还有一股势力。那就是罩着地下博彩、支持庄家、掌握整条利益链一举一动的黑帮。他们是黑社会性质的社团，是完美配合的网络、结构清晰的组织。有意大利帮、爱尔兰帮、拉丁帮和犹太帮，有时他们之间的利益甚至还交织在一起。他们都追逐丰厚的利益回报，都想分一杯羹，总是在挑战法律。

前一晚托尼坦诚相待，巴洛纳听完他的话后觉得自己得做些事情。因为对当时颇为重视的老朋友的追忆，也因为男孩本身，他和父亲简直一模一样，烟草商必须得做些什么帮他离开歧途。一想到小姨子异想天开地想要经营夜总会，他更加心急如焚，由此突然想到可以一举解决两个问题的办法。

"我跟您说得很清楚了，我们不需要帮助，现在不需要，生意上也不需要，"莫娜在车站中央傲慢地重申，"您也不要理会卢西亚诺·巴洛纳，就算他是我姐姐的丈夫，也无权对这件事指手画脚。"

"好的，我明白了。我很遗憾，是我多管闲事了。"

坦帕人托尼故意露出妥协的微笑，其实内心根本不感到遗憾；甚至他很高兴自己去了第十四街，得知那里的进展情况。多亏了父亲的老朋友一再坚持，他总算知道那位迷人的西班牙姑娘在忙什么，内心充满惊讶、钦佩和好奇。在他认识的女性中几乎没人愿意在如此复杂的城市经营那样的烂摊子，更加没有哪个女孩敢于尝试改变，将其带往更加光明的未来。

双方仅沉默了片刻，露丝为了报复姐姐逼她同行，声音颤抖地说：

"她想去中心公园南站，她刚才说了。她在想着如何去那里。"

莫娜偷偷捏了她一把。住口，蠢货，她小声说，妹妹疼得皱起眉头。没必要让他知道自己多么无知，她宁愿独自面对笨拙而不安的自己。

"我差不多也要去那个方向，"他故作惊讶状，太巧了，"我们走吧；我不是坚持要陪你们，只不过我们不得不乘坐同一班地铁。"

当然，托尼又撒了个谎。他们也不是碰巧在车站偶遇：他其实在莫娜身后跟踪了很久，巴洛纳跟他告辞前告诉他姑娘们住在哪里。他站在街角，没有躲起来，只是远远地等着，直到看见她从红色公寓楼里走出来，大声地和妹妹争吵。

三个人站在月台上，离得很近却刻意保持距离。他装出一副心不在焉的模样，吹着口哨，露丝依然满心疑惑，莫娜则盯着黑漆漆的轨道，心中愈发感到不安。突然她觉得此行十分愚蠢：一个不谙世事的女孩怎么会天真到请科瓦东加伯爵对她伸出援手。还好她尚未向妹妹透露自己此行的目的，挤进水泄不通的车厢时，地铁开始摇摇晃晃地在地下穿行，托尼问她们究竟去干什么。露丝苦恼地耸耸肩，指着莫娜轻蔑地努了努嘴巴。

"她知道，但不想告诉我。"

地铁在黑暗中剧烈地晃动，三个人被挤在乘客中间，紧紧抓着吊环，努力站稳身体。托尼看到了妹妹遮遮掩掩的瘀青颧骨；尽管她不停把头发拨到脸上，但有时摇晃得过于激烈，她来不及掩饰。与露丝不同，莫娜纹丝不动地站在那里，一言不发。车到站了，乘客们上上下下，车厢再次晃动起来。她忍不住让步了。稍许而已。出于教养。

"就是去看一个熟人。"

过了几秒，她补充道：

"去看一位住在酒店里的同胞。"

托尼用炽热的眼神看着她，似乎想知道更多。抑或他根本看不够那张严肃且极具感染力的脸庞，浓眉大眼，睫毛乌黑纤长，忙碌了一整天没来得及好好打理的黝黑长发，纤细的身体裹着上次他见到的花卉礼服。她坚忍、顽固，散发着迷人的魅力，他心里想着，刹车吱嘎响起，所有乘客都碰撞在一起，莫娜穿着平日常穿的高跟鞋，失去平衡。车厢完全制动前，她有几秒钟靠在他身上，两个人的身体碰撞摩擦，尽管隔着衣服，肌肤间仍然产生热烈的感觉。快，托尼，挡住她。她嘀咕了一句抱歉，不安地稳住身体。

62

他们来到第五大道街角的地铁站，一出站就看见中央公园的东南角。公园里郁郁葱葱，有花坛、灌木丛和树木；公园外，车水马龙，穿着制服的保姆陪着孩童，优雅的女士和男士闲庭信步，连他们身边的狗看上去都很优雅。远处有一个广场似的公共空间，中间竖着高大的金色雕像；那个人的一生要么拥有财富要么拥有权势，否则不可能为他建造那样宏伟的雕像。正对面的远处有几幢美轮美奂的建筑：莫娜的直觉告诉她那里就是她要找的地方。有几次她推着马克西夫人的轮椅从那里经过，她侄子工作的诊所离得不远。想到这里，塞萨尔·奥索里奥突然从她脑海中闪过。尽管年龄和身高相似，他与托尼截然不同，一个如此吊儿郎当、无处不在，另一个总是中规中矩，把自己掩藏在平静肃穆的外壳下。

"非常感谢您一路陪伴。"她甩甩头跟他道别，仿佛想把无聊的比较从脑中抛开。集中精力，傻瓜，你还不够忙吗。

她用行动和语言告诉托尼接下来的会面细节与他无关。示意他赶紧离开。

与此同时，露丝正在偷偷地探查周围环境，琢磨着怎么逃走。来的一路上她都在想弗兰克，回想那天下午在房间里发生的一幕幕，想着要不是前一天她违心地当面告诉他自己已经决定要在姐姐的节目中演出，一切都不会改变。

莫娜把她从沉思中拽出来。

"走啊你。"

托尼依然不放弃。他心里满是好奇，无法想象那个年轻姑娘手里拿着怎样的筹码，居然有足够的胆识独自经营夜总会。

"如果你们告诉我酒店的名字，也许我可以帮你们指路……"

一个意味深长的眼神足以让他闭嘴：不是跟你说了赶紧滚蛋，白痴？她刚想，却未及开口。他举起双手示意回应。好了，明白了，他想告诉姐妹俩，我不说了。

露丝被猛地一扯，挪开脚步跟姐姐走了。尽管不愿去想，随着脚步渐渐远离彩票贩子，莫娜的内心却波涛翻涌：她从未靠他那么近，想着他的身体，回忆着他如何用身体自然敏捷地挡住自己。她多么想去过悠闲的生活：不必去游说陌生的伯爵做一件蠢事，也不需要去费心经营。可以心无旁骛，脱掉鞋子，跟他说随便带我去哪里，光着脚在公园里奔跑，把脚伸进池塘里，傍晚踩在鲜嫩的草地上。但是，她们必须得走，继续孤独地前行。她知道那是最好的选择。

她们路过的第一栋大厦有着富丽堂皇的入口：六根大柱子撑起高高的门廊，中间伸出一个墨绿色镶金的金属结构。嵌着一扇大玻璃门。顶上一排国旗迎风招展，二十层的建筑高耸入云，外立面上密密麻麻的精致窗户上方伸出屋檐，尽管她们并不知晓，但任性的建筑师试图仿照法国城堡的风格。

"我们要找的是这里？"面对这栋令人眼花缭乱、光彩夺目的建筑，露丝怯生生地问，不知道那是不是正门。

"问问就知道了……"

门童如同建筑的外立面一样庄严肃穆。他们高大威猛，金色头发，身穿制服，头戴大檐帽，就像是某支军队的服役军人，深色大衣拖至脚踝，肩章仿佛夏日的阳光那般闪耀动人。

莫娜深吸两口气才鼓足勇气走到左侧的门童身边。

"这里是圣莫里茨酒店吗？"她操着安达卢西亚口音，总是吞掉最后面的辅音。说着，食指像枪管似的指向里面。那家伙傲慢无礼，都不属于看着她。她从胸罩带子里扯出名片，从刚才出门她就把名片一直藏在里面，她递过去，对方快速地看了一眼。不，他用几乎无法察觉的幅度摇了摇头。不是这里。

她走下铺着地毯的台阶，来到人行道上。我们走吧，她快速地对露丝说。还没走出几步，一个年轻人喊住她们：

"你找什么，姑娘，圣莫里茨吗？"他一边干活一边用加勒比口音问道。

他正在往汽车后备厢里装行李；刚停下脚步看着她们，尽管莫娜的口音很糟糕，他还是听懂了。

"这里是广场酒店；你们搞错了，"他一把把硕大的皮箱塞进后备厢，解释道，"你们再走一小段距离；就在这条街上，你们马上就看见了。"

那栋楼的外立面明显低调许多，门童们不那么像普鲁士上校了，但是圣莫里茨酒店三十六层的建筑和近千间客房也不逊色。看到门口的招牌，她都没停下来问，直接走了进去。大堂里贴着深栗色大理石，上面有白色脉状纹理，她们被惊艳得目瞪口呆；一侧有一个巨大无比的烟囱，另一侧挂着一幅雪山之顶的画作，向阿尔卑斯的同名山村致敬。里面散落着很多沙发、扶手椅和桌子，服务生轻声地招呼客人，浑身珠光宝气的女士们和穿着得体的男士们体面地交谈。

她们站在厚重的几何图案地毯上，半天才缓过神来：她们这辈子都没有去过酒店，第一次就踏入一家五星级酒店，而且位于纽约地价最高的街道上，那实在是太大的跨越。大堂深处有一张宽大的前台，酒店员工在后面谨慎地左右移动，应答电话，接待客人。莫娜迟疑着，觉得可以上前咨询。

她猛地一推，让露丝从叹为观止中清醒过来。

"快走。"

她们往前台走过去，完全没有察觉到从刚才踏入酒店那一刻起自己就被盯上了。酒店专门安插人员监视可疑人员，他老鹰般犀利的目光一眼就能看出她们不属于那里。

她们俩长得很像，他心想，她们肯定是姐妹，只不过一个姑娘头发乌黑，另一个染成了红色。她们毫无疑问是外国人，拉丁裔或者吉卜赛人，面相很异域，甚至散发着野性。她们如花似玉、光彩动人，但是和店内的其他客人格格不入，鞋子也很不搭。她们俩谁也没带行李，连个包也没拿，她们看上去实在很可疑，是个潜在的麻烦。他受够了在酒店里遇到貌似无害的年轻女子口口声声说自己是来看望熟人或者亲戚的亲戚，最后把腰缠万贯的无辜客人洗劫一空，那些天真的可怜虫们以为终有一天可以在这座繁华的大都会实现自己虚无缥缈的梦想。

还没走几步，那个人身着便装黑着面孔、目空一切地拦住她们，光秃秃的脑袋像一只耀眼的电灯泡。

"女士们……"

她们惴惴不安地看着他，没有明白这句暗号。她们不知道那家伙是想打招呼，还是想询问什么，抑或是请她离开，从哪里来回哪里去。

"能告诉我你们要去哪儿吗？"

这家伙在说什么？露丝从齿缝间低声问莫娜。我一个字也听不懂，她闭着嘴用腹语回答。但是两个人都察觉到他来意不善。

阿莱纳斯家二姑娘用蹩脚的英语和机械的手势跟他解释自己想问问一位朋友住在几号房间。

"女士们，请……"那人压低声音重复道。为了让她们清楚地理解自己的请求，他挑起眉头用手指和下巴指向大门口。

但是莫娜还不想放弃，恰恰相反：她提高嗓门大呼小叫。

"我们来这里找个朋友！"她用可怕的英语坚持道。

大堂里熙熙攘攘的客人扭头看向她们；坐在沙发和扶手椅上戴着头饰和头巾的女士们也抬起头侧目。

令员工大吃一惊的是，莫娜把手伸入领口打算再把科瓦东加伯爵的名片掏出来，而他误解了她的意图，表情更加扭曲了。

"赶快离开。"他咕哝着。

这句话两姐妹听得明明白白，很显然她们不受欢迎，再加上又有两个穿灰色制服的男人走过来。气氛愈加紧张起来；露丝为了帮姐姐加入对峙，两个人高声吵闹辩解，打破了精致平和的氛围。

"一个朋友！"露丝大声喊道。

"一个朋友！"莫娜大声喊道，"一个在西班牙非常重要的人正在等我们！"

局面恶化到超出豪华酒店可以承受的范围，周围的人都被吵得无法思考。三个家伙的威慑力倍增，把她们硬赶出去，没一会儿她们就站在路边了。

她们义愤填膺，恼羞成怒，疑惑不解。又回到该死的街上。

63

"不走运，是吧？"

他坐在酒店楼下雅致的咖啡馆露台上，双腿交叉，指间夹着一根烟。大理石台面上放着一个烟灰缸和一瓶冰饮料。

没等她们回答，只见他用目光环顾四周，扫了一眼身边尊贵的客人。他左看看右看看，一口喝完剩下的饮料，站起身来。

"我们走。"

他张开双臂，把指腹搭在她们腰间，推着她们向公园走去：姐妹俩惊魂未定，谁也没有反抗。

他们身后传来怒吼声，肯定是服务员发现他没有付钱就溜走了。一杯酒八十八美分？他嘀咕着。难不成当我们疯了？

他紧紧跟着她们的脚步来到马路对面，走到中央公园门口，相信任何人都不会追到这里：不会跟着她们确保她们不会再溜回酒店，也不会跟着他讨要苏格兰威士忌的钱，他不过是为了面子才喝那杯酒。

他们逃离酒店员工的视线后，托尼停下脚步，开门见山地问莫娜：

"你有多想见到那个人？"

一下午她总算从他的声音和表情中感受到一丝严肃认真。之前讽刺的语气和轻浮讨厌的态度突然不见了。而且现在，他用语也亲切许多，开始用你来称呼自己。

她犹豫了片刻思考如何回答。她本想说无所谓，一点兴趣也没有；如果他们不让我见他，我就回家，谢天谢地，我就可以彻底忘记这件事，让那个可恶自负的人一边凉快去吧。但是，这是夜总会的未来，她想，开业那晚她需要一个话题人物，但是很可惜，她实在想不出第二个人选。

"非常想。"她十分直白地坦诚自己内心的真实想法。

"那很好。我们走，我认识一个人可以帮忙……"

他还没说完，就被生硬地打断了。

"我不。"

两个人都扭头看向露丝。

"我不去，我……我……我得……"她结巴着，"我得走了。"

弗兰克还在她脑海里挥之不去。弗兰克和他的所作所为，弗兰克和他做事的方式。随着内心不断挣扎，她越来越相信刚才的争吵归根结底是自己的问题：我不应该触怒他，对于他为自己、自己的事业和未来所做的一切应当心存感激，因此她想去找他，再见他一面，告诉他之前发生的一切都没关系。甚至请求原谅，也许她才是那个应该道歉的人。

"你哪儿也不许去。"莫娜干脆地说。

自从托尼看见她们从公寓里走出来，就感受到二人之间紧张的气氛。接着在地铁站的线路图前遇到她们时，他依稀见到妹妹眼中尚未擦净的泪水，车厢晃动时他隐约见到她头发下面瘀青肿胀的颧骨：通过这些线索足以判断她曾被流氓侵犯过。然而，他选择避而不谈。

"你和我们一起走，"阿莱纳斯家二女儿坚持道，"快走吧。"

没时间思考判断，她决定接受他的帮助：无论如何，事情也不会变得更糟糕了吧。露丝哼哼着被姐姐拖着走，三个人再次穿过五十九街，与圣莫里茨酒店保持谨慎的距离。他们走进第六大道，兜了一小圈回到酒店，站在大厦侧面。托尼带她们钻进一条狭窄的巷子，两侧的高墙令街巷内阴森幽暗，往前走几米便看见一扇高大的金属门，门没有关严。他先把头探进去，接着整个身体都滑进门里，消失不见了；没一会儿他便回来了。从这里走，他嘱咐道。

他们在门侧犹豫片刻，后背贴在墙上。附近飘来厨房的气味和噪音：锅铲与金属和陶瓷器皿碰撞，肉在烤架上嗞嗞作响。一个尖锐的声音正在向厨师发布命令：快！快！快！

机敏的托尼像猎犬似的警惕着某个猎物出现。一位汗流浃背的壮汉肩上扛着袋面粉从他们身边路过，姐妹俩屏住呼吸，没有被发现。接着又有几个身穿红色马甲的服务生走过，肯定是想在开工前抓紧再吸一根烟；他们也没看见有外人出现在那里，托尼依然没有上前。第三个出现的是一位少年，双手捧着一块黄油。他听见坦帕人清脆的口哨声，回头张望。

"古巴人马利托在里面吗？"他用英语问。

男孩的脸上长满了青春痘，有些近视，他犹豫片刻点点头。

"把他叫出来，我给你五分钱。"

他呆呆地看着他们，似乎没有马上明白对方提出的交易；直到托尼把手伸进口袋找五分钱，他似乎才搞明白，说好的。

马利托很快穿过厨房和走廊之间的双层门，他们正站在外面等着；他是一个黑白混血，头戴白色厨师帽，身穿白色厨师服，看上去凶神恶煞。

"你在这里做什么，兄弟？"他看到托尼惊讶地说。

他们之间谈话的语速很快，就像所有彩票贩子鬼鬼祟祟交易时那样。我需要这个，马上就要。对方咂咂舌头，回头看看门口，希望不要被人发现他在厨房最忙的时候偷偷溜出。最终，他让步了。等一下，看看我能做什么。你说那家伙叫什么？

托尼疑惑地看看莫娜。

"科瓦东加伯爵。"她回答，"阿方索·德·波旁。"

他快速地走向走廊的另一端。这期间，大家一言不发，她们没有追问，托尼也不做解释。很快古巴人回来了。

"2609 号房。这边走。"

我们走，坦帕人小声对她们说：他拿到房间号了，现在需要跟着他的朋友，由他带大家过去。他们弯弯绕绕，走了好几条走廊，转了好几次弯，穿过几个厅。厨房里飘出来的诱人香气逐渐被洗衣房的气味取代，好几次他们差点与人相撞，但是四个人遮遮掩掩总算没被人发现。终于，他们来到一个宽敞的方形空间，马利托用手掌啪地拍在一台电梯的启动按钮上，两扇门慢慢滑开。

"二十六楼，谁也没看见我。"

两个人快速地拍了拍彼此的后背道别。回头见，兄弟，托尼对朋友说，抑或是熟人，随便谁吧：这座城市的西班牙裔移民间互相称兄道弟是一种非常模糊的概念。然而归根结底，那暗示着未来这份人情是需要以某种方式偿还的。三个人走进电梯间，待门开始合上时，厨师已经不见人影了。

电梯开始吱吱嘎嘎往上走，只听见马达刺耳的运转声。二层。三层。一个箭头指着排成半圆形的楼层数字。五层。六层。有人推着一辆装满干净衣服的大推车走进来：几大摞雪白的床单、一沓沓干净的毛巾，跟街道上的水平和外界的生活不可同日而语。

"现在几点了？"莫娜小声问。阿莱纳斯家的人从来没有过手表。

"六点四十五。"他回答。

迟到了，几乎迟了一小时，之前约的六点整。可能他根本就不在房间里了，莫娜想；他可能等烦了已经走了，或者他有别的访客，天晓得。十二层。十三层。十四层。突然她的胃像是被钳子拧在一起，想起自己也许欠了托尼人情。

"我几个月前认识那位先生的，不知道他还记不记得我。"

露丝还是气鼓鼓的，沉浸在自己的忧郁情绪中，她鼓足勇气细声问道：

"我们要见的那个家伙真的是个伯爵吗？"

"我想是吧。他是个重要人物，我来找他帮个忙，出席表演开幕仪式，看看他是否能帮我们吸引来一些客人。"

他点头同意，露丝哼了一声。他们继续保持沉默，肩并肩看着前方。二十层。二十一层。二十二层。

"你想如何说服他？"

二十三层。二十四层。二十五层。终于，电梯一抖停了下来。二十六层到了。电梯门向两侧滑开时，莫娜坦白道：

"我不知道。"

托尼举手示意她们先别出来，自己伸出头去看四周是否安全。没人，他说。我们走。

走廊里富丽堂皇，与乏味的功能性地下室截然不同。一望无际的华丽厚地毯，软包墙面和羊皮纸贴花散发着温暖和奢华的光芒。在一些门后面传来说话声和大笑声：肯定是有钱有闲的人正在装扮自己，准备出去吃晚餐、跳舞，享受纽约春季绚烂多姿的夜晚。

所有房间的门都是奶白色。一块椭圆形的青铜门牌上写着四个数字：2609。他们到了。

莫娜闭上眼睛深吸一口气，一边呼气一边理平裙摆和头发，但效果一般；接着用手指叩响房门，一开始断断续续，后来稍稍用力。

里面传出男人的声音。进来！

"祝你好运。"托尼小声说，想就此告别。

莫娜推开门，坦帕人凑到她耳边说：

"如果是他的话我相信。"

糟糕，后颈居然感受到他的气息。莫娜的皮肤像过了电似的汗毛直立。她想也没想，甚至都没看他一眼就挽起他的胳膊，拖着他一起走进房间。

64

他在床上，但并非卧床不起：只是躺在上面。后背撑着几个靠垫，腿伸展在前方，深色的裤子搭配白色衬衫，领口打开，脚上穿着黑袜子，没穿鞋。床头柜上摆着一台收音机：里面轻声放着优美的音乐，没有歌手，也没有歌词。他身边的绸缎被子上散落着几张手稿和两个盖着国外邮戳及寄件地址的信封、几本杂志和目录册、一个烟盒、一只装满烟蒂的烟灰缸。

莫娜几乎已经记不清他的五官，再次见到他便立马认出：约莫三十岁，修长的面孔，嘴唇上方一绺细长的胡须，皮肤光滑，浅色的直发向后背梳露出宽大的额头，发际线很高且两侧凹陷，那双水灵灵蓝莹莹的眼睛在很久以前的那个夜晚因为恐惧瞪得溜圆，这天下午他看到三个陌生人突然闯入自己的房间又再次目瞪口呆。

"下午好，伯爵先生。"她轻声问候，语气谨慎且略微尴尬。

他坐起身。

"下午好。"他按住太阳穴回答道。他没有站起来；身体坐得笔直，语气尖锐地问，"请问几位是？"

"是这样。"莫娜说着向前走了两步,"您肯定不记得我了,几个月以前的一天夜里有几个男人偷袭您,不断追问问题还试图拍照,差点把您拉倒在地,我当时正好在附近,冲出来扶住您,所以,您当时对我说……"

他猛地打断她。

"在哪里发生的事?"

也许他不止一次被媒体骚扰,需要更精确的信息才能回想起来。但是莫娜对于纽约城市地理方位认知有限,尽管经常陪马克西夫人出门散步,但想不起来当晚服务的那位女士家的具体地址。

"呃……"她紧张得舔了舔嘴唇,"就在那个住在公园旁的尊贵女士家外面。"

"那具体是什么时间呢?"

"呃……我想,差不多三月份吧。"

伯爵似乎想不起那个模糊的时间点;而且未经前台通报就贸然出现的三个人也令他心生不快。他无法判断年轻姑娘说的是否都属实,还是她在骗取自己的信任以套出更多信息。尤其是他轰动一时的婚姻,全世界的人都想窥探更多内幕。抑或是他最近为一家英国汽车公司工作,那令包括自己在内的所有人都感到惊奇:历史上首位波旁继承人领取薪水进入公司任职,尽管报酬是象征性的,而且那也不纯粹是一份工作,事情进展得未如预期般顺利,他目前仅在莱克星顿大道的专卖店售出过一辆车。所有这一切他可以对那几个陌生人畅所欲言,紧接着他们就奔走相告,消息很快甚嚣尘上,美国媒体、西班牙媒体、欧洲媒体……他们爆料时还会添油加醋;甚至有可能提及他们岌岌可危的婚姻,他已不再写信给妻子。那肯定会是爆炸性新闻，原本闹得满城风雨、饱受争议的爱情故事仅仅三年就演变至反目成仇，他内心已然充满挫败感。

那些想法在科瓦东加伯爵的脑海中不断闪过，就像童年时期父亲带他去大都会体育馆看追逐机械野兔的赛狗表演，就在此时，莫娜坚持帮他恢复记忆：

"那天晚上，您给了我一张名片。在这儿，您看。"

不等他邀请，她便自顾自上前几步来到床边，从靠近胸部的地方取出带有身体温度的小纸片递过去。

"的确是一张我的名片。"他喃喃自语。

这不是第一次有人假意靠近，他盯着名片上那几行字继续思忖着。甚至不排除他们是来抢劫的，那么他们要失望了，房间里除了金质烟灰缸和一套银质鬃毛刷外，就剩下几美金了；自从他的秘书兼护士戈特弗里德几天前弃他而去后，没有人再帮他打理可怕的账目。他手里还有价值不菲的金质勋章，但是被存放在酒店的保险柜中，不在房间里。

被软包墙壁环绕的房间里出现尴尬的沉默，只有街道上的嘈杂声从二十六楼紧闭的窗户渗进来。莫娜摆弄着手指，露丝和托尼在她身后一动不动，不知道在等什么，伯爵仍然坐在床上，疑惑不解地看着手中的名片，莫娜站在他身旁等待他的反应。

"小姐，请允许我问一句，你们是谁，来这里有何贵干？"

莫娜总算看到点曙光：至少他愿意屈尊听她解释。她激动不已，急切地讲完前因后果，尽可能长话短说，重点说明来的主要目的，谨防他突然改变主意下逐客令，或者叫来那些凶神恶煞般把她们赶出酒店大堂的员工。她们的姓名和籍贯，她们的计划和想法，她口若悬河地讲完所有信息，曾经一度有望继任西班牙国王的男人目瞪口呆地看着她，眼皮都不眨一下。

"让我理一理，看看是否清楚地理解了您的意思。您想要邀请我出席一场开幕式？"

"一点没错，先生。"

"您刚才说那个夜总会在哪里？"

"第十四街，先生。"

"您说您是老板？"

"确切地说，是我们全家。包括我母亲和我的两个姐妹。"她扭过头用下巴指了指露丝，"但是主要由我负责；她们有别的工作。还有菲德尔，他协助我经营。"

他回头看床头柜上的小本子。三人也随着他看过去，他们在上面看到一部电话、几个药罐、一支注射器和一袋医用棉花。

"菲德尔·埃尔南德斯？"他读着自己的笔记。他曾留言六点整到访却没有出现，他的确记在那里了。

"就是他。"

"菲德尔就是您？"前继任者瞬即转向托尼问道。

莫娜替他回答。

"不，先生；菲德尔最终没能来。"

"那您跟夜总会也有关系？"

两个人的声音冲撞在一起。

"是的。"

"不是。"

坦帕人不解地皱起眉头，莫娜本能地说了个令人汗毛直立的谎言。

"他不是老板，是我们的一个调酒师。"

"啊哈，"阿方索·德·波旁意味深长地说，"所以我自己的房间里除了夜总会的两位老板，还有一位经验丰富的调酒师。"

"竭诚为您服务，先生。"

托尼自然而冷静地顺着莫娜编造的版本发挥，她那么说肯定是让伯爵认为他们是一个整体，避免他心生疑虑。无论如何，那个有气无力的男人引起彩票贩子极大的兴趣；他之前根本不认识他，也不了解他的血统，他在金碧辉煌的皇宫里度过童年，后来为了远离动荡不安的马德里重整旗鼓，他暂时躲避在埃尔帕多的皇宫内，狩猎、喂鸡、养花种草，远离尘嚣，痛苦煎熬地过完青年时期。

一九三一年四月第二共和国到来，人民群众暴力反抗皇室，他不得不迅速逃亡：尽管他们三个人无从知晓，每天午夜梦回时分，所有的记忆都会涌上阿斯图里亚斯王储的心头。他和父亲驾车逃亡卡塔赫纳，接着身穿船长的制服乘船前往法国海岸，清晨像普通市民那样身披羊驼毛大衣头戴礼帽下船。王后和六个孩子分别乘车前往加拉帕加尔，接着乘坐火车前往亨达亚，然后转至巴黎。他被人像个包裹似的从一楼的房间里拽出来，由四个朋友撑着，旧病复发令他再也无法站立。他不能像其他人那样从车上走下来，因此摄影师只在马德里的山上拍到他的母亲和兄弟姐妹，他们像普通远足者那样坐在石头上，如惊弓之鸟，尚不能接受自己竟然面临着流亡的命运；王后吸着烟，把烟灰弹入草丛中，手搭凉棚，掩住自己湛蓝的眼睛，也许在与那个从未善待过她的异邦道别。

几个月之后他便与自己的父母天各一方：西班牙国王在罗马安定下来；英裔王后居住在枫丹白露。兄弟姐妹各自落脚，居所远不及宫廷的奢华，他则辗转于各个疗养院。没有家人出席他与埃德尔米拉在洛桑的婚礼，夫妻俩住在依云的一处简单的寓所中，不久便收到惨绝人寰的消息，尚未满二十三岁的弟弟冈萨罗在一场轻微的车祸中因内出血去世了，尽管令他始料未及的是，两年后他在迈阿密的经历如噩梦重现。

最初，夫妻双方发生摩擦，戈特弗里德和埃德尔米拉之间的关系越来越紧张，生活出现经济问题，她抱怨他过度注射镇静剂，外部的压力和令人心灰意冷的争吵使得彼此对婚姻生活失去希望。他与父亲的关系日渐暗淡，与母亲关系交好，多方势力妄加干预试图让他承认自己的错误并离开埃德尔米拉，梵蒂冈也施加压力逼他承认婚姻无效。

结婚一年半后他们第一次宣布分居，她和姐姐从瑟堡不辞而别，两人靠书信联系，五个月后在纽约重逢。他面对急迫的媒体不假思索地发表声明，宣布要在好莱坞制作电影，计划最终流产了。哈瓦那，她的家人，艰难的生活，戈特弗里德和妻子之间一触即发的紧张关系。二月份他的身体状况出现危机，大腿上的脓肿溃烂致使他失去意识，教皇大使在他贝达多租借的寓所为他做临终祷告，输血加电疗，总算病情有所好转，莱瑟拉公爵夫人以他母亲的名义专程从法国来游说他不要再做傻事，带上自己的东西直接返回欧洲。

这桩桩件件拼凑成伯爵过往半生，但他们不可能知晓，他在长乌木烟嘴中塞了一支波迈，擦着一根火柴把它点着。他看着他们嗫了一口烟，心里犹豫着慢慢品味，不敢估计如果自己给对方机会的话要冒多大的风险。不可否认，姑娘们美丽动人，姣好的容貌极具本国特色，衣着体现美式优雅和轻松；那位男士看上去也没什么威胁，甚至有些可爱，他们提出的建议也并非荒诞不经：纽约有成千上万的西班牙人，从他刚到这里便经常有人邀请他去为生意捧场或帮忙站台。

　　如果他同意接见他们而不是像对待入侵者那样直接驱逐，也许不仅帮了他们的忙也对自己有好处，他忖度着：他一整天几乎没和他人交谈过，除了早上来帮他打针的那个尖酸刻薄的护士，帮他送早餐和午餐的波兰服务生。时间过得十分缓慢煎熬，如果不和那几个陌生人聊一会儿，他势必要独自等待夜幕降临，丝毫感受不到人情温暖。

　　"请原谅我没有站起来，"他说着吐出一口烟，"但是，根据医生的嘱咐，我需要尽可能卧床休息，那样有利于我身体的恢复。"

　　他再次转向床头柜，拎起电话听筒。他们屏住呼吸，伯爵用食指转动拨号盘，空气中只剩下咔啦咔啦的拨号声和尴尬。他们觉得一切幻想都要破灭了：他们怎会如此天真，他那样身份的人如何会屈尊配合一帮乌合之众去搞和自己不相干的小生意，无论是地理位置还是社会阶层都跟自己常去的街道和常见的人不相及。或许他应该跳回遥远的过去，提到很久以前经常到访的街道和人们，因为他两个星期以来一直郁郁寡欢，已经连续三天卧床不起，似乎没有人还记得他。

他的得力助手戈特弗里德·施威泽几乎没有提前打招呼就辞职了，改投另一位住在酒店里患有低血压的底特律百万富翁，一天吃早饭时他不假思索地把富翁从昏迷中抢救回来，从此两人便结下缘分，后来他陪着他前往法国里维埃拉，换回伯爵能够支付的三倍工资；无论如何，他都决定要抛弃伯爵了，瑞士人实在太想离开美国了。

另一方面，住在纽约的西班牙皇室成员前往迎接并表示必要的尊重后，都尽量不去拜访他、邀请他或给他打电话，他们意识到父亲和儿子之间的关系很复杂很微妙；毕竟阿方索十三世依然是流亡中的国王，手里掌握皇权，如果他们过度恭维任性的长子，谁也说不准将来会发生什么。还有一种态度很相似，但是理由完全不同，他明显感到古巴当局之前经常邀请他出席活动和招待会，因为他们迷恋于阿斯图里亚斯王储跟自己在瑞士温泉结识的古巴姑娘之间的爱情童话；现在两个人各奔东西，很显然过不了多久都会各自恢复单身，那些人也渐渐不再待见他。也没有人兑现承诺要请他去出席大会发言或电台讲座，谁也不需要他做任何事。所有人——西班牙人、古巴人、美国人等等；总之，所有机会主义者和见利忘义的朋友，他们第一天以疯狂的热情迎接他的到来，甚至在他身边欢呼雀跃，赞赏他为了爱情放弃继承权。所有因为他的爱情故事开怀大笑的人，或者因为在他身边拍照被他顶了肘子的人，或者在这个民主自由现代的国家参加他的葡萄酒和玫瑰之夜的人，所有那些人都扭转了态度，从视线里消失了。他们就像是融进水里的盐，留下他一个人日渐衰弱，苦恋家乡，孤苦伶仃地漂泊在这座巨大的城市。

"我是科瓦东加……"对方总算接起电话，"帮我备车，我想我要出去一下。"

还没等他们脸上的表情舒缓下来，他把听筒放回原处，宣布：

"我同意。我愿意考虑去您的夜总会，但是有一个条件：今天晚上把我从这里带出去。"

65

他们神情轻松，脚步坚定：莫娜和露丝把自己想象成住在圣莫里茨酒店最高档套房里的尊贵客人，淡定地穿过大堂。托尼紧紧跟在她们身后；她们与之前发生冲突的几个员工狭路相逢，昂起下巴装作视而不见，接着她们遇到那个为了维护酒店良好声誉而埋伏在门口的光头，莫娜冲他眨眨眼睛，他的脸上瞬间爬上不悦的困惑。

走出酒店时天色已晚，华灯初上，车灯照亮马路。

"我真的哪儿也不去了。"露丝再次提出。

她在伯爵的房间里表现很得体，和其他人一样被他的身份威慑住。然而，现在一切都过去了，她再次被自己的问题困扰。

"又来了？"

托尼感到惊慌失措，站在路中间，来往行人和进出的客人都要从他们身边绕行，阿莱纳斯姐妹怒吼争吵起来。又来了。

托尼费了很大的劲才拉住姐妹俩的胳膊把她们扯开。托尼把骂骂咧咧的两个人从酒店门口拖走；直到离开足够的距离，他毫不犹豫地干预进来。

"小姐们，我恐怕要说，你们吵的不是地方也不是时候。"

快八点了，还有两个小时。我九点半到，阿方索·德·波旁对他们说，我请客，按照西班牙的作息晚点吃饭，没关系吧？三个人连连摇头，仍然不敢相信自己的耳朵。我们可以去哪里呢？伯爵搓着自己纤长嶙峋的手，提前回味着临时起意的计划，脑中迅速划过自己喜欢的地点。"埃尔福诺斯"如何？离这里很近，食物很美味，而且营业至半夜。"回力球"也可以吧？老板瓦伦丁·阿奎来上个月为我筹备了一顿午餐，虽然有些晚了，但我肯定他会给我们准备晚餐的。或者我们可以选一家有表演的古巴餐厅；我爱死代基里酒了。"尤姆里俱乐部"？"拉孔加"？"哈瓦那—马德里"？也许女士们觉得那些太美式，太……太……他拍了一下床单，会心一笑。就这么定了，我们去华尔道夫酒店，我太想念他们的黄油龙虾，"酷基"和他的乐队肯定在那里，我们会度过非常美好的夜晚。

"但是我……"露丝再次抗议。

托尼戏谑地打断她：

"等那个打爆你的脸的浑蛋再打肿你另一半颧骨吗，总有机会的，亲爱的。如果你那么想让他玩弄你，你大可以等到明天。所以，来吧，我们走。"

"走去哪儿？"莫娜惊恐地问，"时间还早呢。"

"去准备准备啊；你们不会打算就这样去华尔道夫酒店吧？"

托尼张开双手示意三个人的服饰。莫娜低头看看自己的花卉礼服、丝质长裤和布面高跟鞋：对于几个前半生几乎赤脚过日带着一箱手工粗制衣服来到曼哈顿的姑娘而言那已经算华服加身。

"这是我们最好的衣服。"她坦白。

"如果我们现在就走还可以稍作改善，我们走。"

露丝全然没有理会莫娜和托尼，脑中不断盘绕着他刚才说的话。她确信自己不会再被打了；那天下午发生的事纯属意外。他们不认识弗兰克，谁也不知道他为自己尽心尽力做过什么。算了，那么晚了她怀疑是否还能找到他，他不可能还待在办公室里，唱片店应该已经关门了，她没有别的办法找到他；尽管她问过很多次，但她从不知道在哪里、如何或者问谁能够找到他。虽然不情不愿，她还是选择沉默退让，托尼吹响口哨，一辆出租车在路边停下，她默默地和姐姐坐进后排。

距离不远；坦帕人没告诉她们去哪里，也许想给她们一个惊喜，或者他只是疏忽大意了，与司机讨论老话题：数字，筹码，付钱。他们在第三大道的商店门前下车，她们不明白招牌上"典当行"三个字的意思，也不知道里面是什么买卖，橱窗里挤满了各种物件：收音机、理发店扶手椅、灯具、雨伞、小提琴、帽子……

托尼叩响紧闭的玻璃门，很快一位驼背老者走出来开门，还不到他肩膀的高度。沙洛姆①，本撒莱姆先生，他乖巧地问候。他们用英语彼此寒暄了几句，可能他穿插了什么戏谑的话，老者笑得喘起来。

噢，你们来自老赛法迪！听说她们是西班牙朋友时他激动地说。接着用柔和苍老的声音说着奇怪的西班牙语，直到托尼亲热

---

① 希伯来语：你好。

地拍了一下他的后背。

"我们有点急事，亲爱的朋友，我们去仓库吧？"

他用小碎步在前面引路，只能看见他头顶戴着的基帕。阿莱纳斯姐妹觉得赛法迪人的内店像是阿里巴巴的山洞：装满货物的架子，十几只行李箱和手提箱，许许多多水烟袋，一堆堆破烂家什。屋顶上挂着自行车、雪橇、婴儿床；一个角落里塞了五六台钢琴。

"这些都是他的？"露丝躲在托尼背后轻声问。

"暂时是的；它们的主人正努力攒钱好把它们赎回去，有些人最后做到了。"

原来那是一家当铺。行至走廊尽头，从满到要扑出来的仓库弯向另一侧，终于到了托尼要找的区域。长长的杆子上整齐地挂着几百件衣服。大衣、制服、童装、晚礼服……

"这里，公主们，随便翻随便选。"老者用一口祖先留下的古老犹太西班牙语说，一只手搁在挂着十几件晚礼服的区域。

塔夫绸、天鹅绒、缎子、丝绸；各种款式、颜色和尺码。莫娜和露丝被眼前的景象惊得目瞪口呆。

"还有我的彩票朋友，"他补充道，"来这里。"

他带托尼走到旁边翻找男士服装，她们总算缓过神来，开始用灵活的双手仔细翻找。翻过来摸一摸，取下来欣赏赞叹，把衣架挂在胸前向彼此展示自己的新发现。

"搞定了吗？"几分钟后托尼问。他看上去已经准备妥当：手里举着的衣架上挂着几件衣服，另一只手拎着一顶大礼帽。

姐妹俩干脆地回答没有。

"快点，姑娘们；最多五分钟，我们得赶紧走，还有很多事要做呢。"

莫娜最后选了一件酒红色裸肩真丝礼服；露丝更加奔放，选了一件金属光泽露背礼服。谁也没问那些礼服是给谁做的，又是哪些人穿过它们：没有时间胡乱猜测，老犹太人在叫她们。

"现在轮到鞋子了，公主们。"

他指着几个塞得满满当当的架子，她们再次眼花缭乱。

染色皮凉鞋、衬里短靴、包头和鱼嘴口、高跟、中跟、低跟。她们犹豫不决，脱下换上，不甚满意，讨论比较，托尼则在一旁催促，快走，姑娘们，快，快，时间来不及了……帮小姐们找两个包，本撒莱姆先生，拜托。

一刻钟后他们再次坐上出租车，抱着衣服和配饰，连一分钱都没有付：用几张彩票和筹码交换就算买单了。明天一早我就都给您送回来！托尼透过车窗喊道。身形瘦小的老者站在门口点头微笑，举手示意。沙洛姆。

下一站是城市北部的一百一十六街，位于人们常说的西班牙哈莱姆的中心。街道上人来人往，飘着龙虾饭和炸猪皮的味道，患有荨麻疹的老人抽着烟高谈阔论，大笑时嘴里几乎没剩几颗牙。托尼站在人行道上，怀里抱着的衣服都快扑出来了，身边站着两位姑娘，他抬起头，冲着一栋简陋建筑上面的窗户一遍遍大喊：

"阿黛拉！"

不一会儿，一个成熟丰腴的女人探出脑袋，头上扎着鲜艳的头巾。

"你这个时间找我想做什么，疯子？"

"帮我的朋友们打扮打扮。"

"我的天哪! 但是, 我早就关门了啊! "

"你知道我会报答你的; 十万火急, 我的甜心。"

那个叫阿黛拉的女人站在楼上俯视着两个女孩, 犹豫片刻。

"要打理那么长的头发的话, 我最好把表妹小何塞法叫来帮忙。"

那是莫娜第二次踏入一家理发店, 露丝是第三次。她们第一次的共同经历是为了维多利亚的婚礼装扮, "莫奈奥之家"推荐的几个意大利人在他们自己位于十六街的理发店里帮她们做头发。后来弗兰克·科鲁桑带露丝去过位于时代广场附近的一家现代美发沙龙, 里面被漆成炽热的粉红色。拥有明星梦的姑娘们都会来这里, 宝贝, 老板比任何人都清楚应该做什么。她将头发漂白染色, 原本长着眉毛的位置变得红肿, 当时连肠子都不安地绞在一起。

跟那个挂满气球灯和落地镜、进进出出都是染成金发的年轻人的地方不同, 波多黎各女人阿黛拉的理发店在她居住的公寓楼底层, 店铺十分简陋, 没有专业的理发椅, 只有两把破烂不堪的家用扶手椅, 两面污迹斑斑的不配套的镜子, 一个洗脸台盆和一排钉在墙上的杂志简报作为装饰。但是托尼对于女性审美的全部认知都来源于那里, 阿黛拉本人作为代理把彩票销售给店里的客人。他每周都会到女人那里收账, 走之前会跟她闲聊几句, 因此, 他知道她不会拒绝帮忙, 尽管已经晚上九点多了, 她还要照顾行动不便的父亲睡下, 为包装厂第二班放工回来的丈夫热饭, 迎接陆陆续续回家的三个儿子以及仍然寄住在她家的两个侄子。

坐下吧姑娘们；疯狂的彩票帅哥就给我那么点时间，我们看看能做什么。你们喜欢束起来还是披肩？披肩，姐妹俩不约而同地回答。四只手上下翻飞，梳理整齐后又用烫发钳和卷发棒做造型，她们用甜美的声音开着玩笑，喋喋不休地八卦着街区和自己岛上的事情。两个女人一气呵成，手下的作品精致大方，发际线侧分，大大的波浪卷发披在肩头。现在，阿黛拉宣布，稍微上点妆。唇彩、睫毛膏、用一些遮瑕膏掩饰露丝瘀青的颧骨。放弃那个男人，孩子；趁没有陷得太深赶快离开那个浑蛋，要知道他们一旦开始动手就不会罢休……手艺娴熟的理发师在她耳边轻声道，用食指腹轻轻地在受伤的地方涂抹按压，露丝强忍住疼痛。正巧那时托尼走进来，小妹松了一口气。

"好了吗？"

四个女人齐刷刷地回头；其中三人哄堂大笑，爆发出欢呼声。地下彩票贩子脱掉了整个下午都穿在身上的皱巴巴的浅色麻质西服，换上华丽的燕尾礼服，带有白色领扣和前胸装饰的浆洗衬衫，浅栗色的头发向后背梳，用发蜡打理得一丝不苟。

"太有男人味了！"阿黛拉大笑叫喊道。

只有莫娜一言不发，静静地看着他。

头发收拾好了，最后要换上礼服，老板娘让给她们一间黑漆漆装满杂物的隔间。姑娘们把礼服放在一个稻草垫上，从波多黎各投奔而来的亲眷肯定时不时住在上面；当着理发师和助手的面，她们脱下日常的衣服，只剩下内衣。

"噢，圣母卡门！你们这样怎么能出门啊姑娘们！"

小何塞法突然大叫起来，她约莫三十岁，奶咖肤色，平时在店里帮忙，看到露丝从头顶脱掉贴身背心时她才反应如此激烈。她没多说什么，走出房间，回来时手里拿着一把刀。举起胳膊，姑娘们，她说，我要让你们变得跟婴儿屁股那样光滑。莫娜和露丝第一次剃光腋窝，穿上礼服；波多黎各女人们整理她们的后背、长长的裙摆和领口，扣紧搭扣和纽扣。

"看看她们，帅哥，是不是很美？"她们终于走出内间，阿黛拉得意地对托尼说。

他痴痴地看着她们，瞬间忘记了还在赶时间。

"如果西班牙国王在纽约的话，你们今晚和他共进晚餐都没问题。"

66

烟草商去过"船长的女儿"之后本来急着赶回到维多利亚身边，哪怕还得忍受雷梅迪奥斯的臭脸。看你们什么时候送我回去，我不想把两个女儿丢在家里，她们肯定跟没头苍蝇似的四处乱闯，希望市政府的狗屁检查快点结束，这样就可以重新……

他们联合起来哄骗这个愚昧无知的女人：几个市政府的卫生官员要来检查餐馆，合格通过了才能继续经营。就算他们并不乐意，那也只能自认倒霉。

然而，与托尼告别后，巴洛纳突然改变计划，他遇到"玛利亚之家"隔壁酒馆的苏格兰老板埃尔，他在那里寄卖香烟。一个同胞在沙利文街开了家店，就在西班牙钟表行附近，你可以到那里找找生意，朋友，红毛壮汉告诉他，他的大脑飞速运转起来。

一边是维多利亚，水汪汪的大眼睛，浑身散发着年轻女性的体香，温文尔雅，为他带来宁静和陪伴。另一边是起起伏伏的烟草生意，积沙成塔的婚礼开销，婚后生活的高昂成本，想着将来还要接济恰诺，虽然儿子没有明说，但他似乎打算放弃打拳。他把两种情感放在冰冷的责任天平上，后者的重量远超过前者，因此烟草商抓起用打包带捆着的几箱雪茄，跟苏格兰人说好的，他马上就去看看是否能挖到那个新客户，即使要晚回家两三个小时。

与此同时，维多利亚和母亲二人在布鲁克林没有尽头地走着，打发时间。看看街道、路上的人、头顶的天空，阿莱纳斯家老大最迫切需要的就是呼吸新鲜空气，逃离那个如同密室般令她窒息的家，不知怎的，仿佛里面每个角落都有恰诺的影子。

只要他在家，她的注意力就被丈夫的儿子彻底吸引：他进进出出的声音，穿过走廊，打开厨房抽屉找一卷铁丝或者一把剪刀，所有这些声音都直击她的灵魂和鼓膜。他后背结实宽阔，用伤痕累累的手抓住门把手、水龙头和餐具，颈部满是肌肉线条，正在喝水的开裂的嘴唇，脸上因为无数次重击变得坑坑洼洼：那一切维多利亚都看在眼里，有时甚至发现他在偷偷观察自己，用沉默的眼睛追随、打量、洞察着自己，还以为不会被发现。

接着他便走了，慢慢跑下楼，维多利亚的脑海中不断浮现他的缕缕身影，仿佛风暴过后收集散落的遗骸。她每次偷偷潜入他的卧室都会拿起他的抱枕嗅闻体味，装满脏衣服的口袋他从不允许别人去碰，她把脸埋进衣柜中悬吊的衬衫里，拿起散发男性荷尔蒙的梳子对着镜子慢慢梳理自己的长发，用指腹摩挲他每天在下巴上滑过的剃刀刀片。

虽然母亲被蒙在鼓里,一无所知,拳击手的影子却在她脑海中挥散不去;因此维多利亚不顾雷梅迪奥斯抱怨,坚持出门透风,虽然亚特兰蒂克大道周边远比熙熙攘攘的曼哈顿宁静平和许多,但是对新街区的陌生仍让她感到恐惧。

一再坚持后她总算达到目的:她们走上大道,背对着河流一路向前走去,沿途路过几个和自己灵魂产生碰撞的场所,看到许多同胞的标识:一家名叫"竞赛"的西班牙腊肠店,另一家名叫"帕科的酒庄",还有一家店的老板叫比达尔;一家小剧院顶上写着"芙罗拉",还有一家店的招牌是"阿卡萨酒吧烧烤"。

"差不多了吧?"雷梅迪奥斯冷冷地问。

但是维多利亚还是不想回家,想等卢西亚诺到家后再回去,免得徒增烦恼,恰诺在到处找工作,作息很不固定,整日神龙见首不见尾;还是躲着他吧,她知道那样最好。因此,她坚持己见,拖着母亲继续漫无目的地往前走。我们赶紧回家吧,雷梅迪奥斯时不时哼一声,真不明白我们在这里瞎逛什么……但是维多利亚一再拒绝,再走一会儿吧,母亲,一小会儿。前面路口我们就回去,她撒了个谎,不想母亲继续抱怨下去。

她们沿着布鲁克林的第五大道继续前行,看到的景象都大同小异:简陋狭窄的三四层小楼,外立面不是红砖就是棕色灰泥,几乎每一栋楼都有外挂逃生梯,有些楼的底层经营生意:一家药店、中国人的衣物护理店、犹太人的杂货店、一家糖果店和一家修理铺。她们来到一幢红色外墙的三层小楼门前,要不是因为一群女人站在那里挡住了她们的去路,她们也不会留意驻足。她们高声地彼此问候,开怀大笑,用相同的语言和相似的口音惊呼尖叫，她们的穿着很朴素但是精致。

她们无法通过，只好无所适从地停下脚步。她们看着那群女人，女人们也看看她们：其中三个人立马认出她们。原来这几个人参加过婚礼，是卢西亚诺来自阿尔哈马的同乡，那是靠近地中海的一个角落，旱灾破坏了葡萄藤的生长，因此很多人被迫离开家乡漂洋过海来到这里。

三四十个来自同一个地方的家庭聚居在布鲁克林第五大道和林肯广场交叉路口周围，远离其他的西班牙聚居区，他们总是在一起分享家乡的共同回忆，给子女们灌输对那片土地的点点记忆，他们的半颗心已然留在了那里：教堂、医生街、十二月的圣尼古拉斯节、十字架山。他们仿佛从未离开过自己那个随处可见白屋露台的世界，嘴里念叨着一成不变的歇后语，叫着熟悉的名字和绰号，保持着独特的风土人情，还有日常饮食：星期五炸鱼，肋排配土豆和面包糠，圣诞节的甜甜圈和猪油酥饼。

男人们先期抵达，女人们紧随其后，有些出生早的孩子被抱在怀里漂洋过海来到这里，绝大部分孩子都是后来出生的。父亲们起早贪黑去上工，有些在造船厂，有些在工厂，还有很多人背上刀具前往曼哈顿；他们在餐厅和咖啡厅的后厨两班倒或者三班倒，帮工会争取权益，从不带走任何剩菜，只不过有时会把印着中文的空米袋子带回家，女人们用漂白剂不断清洗，直至布料软化后她们可以帮孩子们做成内衣。他们把挣来的钱都交给家里，当季的时候去法明威尔猎捕兔子，参加西班牙语国家图书馆的政治集会，喝布斯特罗牌浓缩咖啡，因为他们觉得美式咖啡喝上去像刷锅水，向子女展示无可挑剔的工作态度，通过自己的辛苦奋斗无须赊欠度日，对此他们颇感自豪，他们感谢生命中出现的各种际遇，从来没有任何怨言。

她们则守在家里操持家务，有时甚至要与人合住堆满二手家具的房子。一只眼睛盯着出门在外的丈夫，另一只眼睛盯着身边的子女，早餐是大杯牛奶加面包糠，用亿芭利橄榄油烹饪，在意大利人的商店里购买日用品，在厨房的水斗里手洗衣物，拒绝学习英语，在家里帮附近的铺子做饭，一分钱一份餐。她们从不怨天尤人也不无理取闹，经济拮据时彼此扶持，按时支付房租，需要开拓新世界时让孩子们从旁翻译，充满勇气和尊严地生活，时不时向大洋彼岸邮寄信件，分享这边的点点滴滴，但总是报喜不报忧。生活按部就班地向前推移，她们总是那样说，尽管背井离乡的残酷经常撕裂现实。生活得很好，她们总是那样说，尽管有时在陌生的土地上感到极度孤立无助，远离自己的亲朋好友、农田露台、兄弟姐妹、花草树木，还有自己熟悉的味道和阳光。她们期待着很快就可以回去，尽管随着时间一点点流逝，她们苦涩地认识到自己渴望的归期也许永远也不会到来。几乎没有人提及自己牺牲和放弃了什么，也不抱怨逆境、伤时感事，某些清晨她们会默默地流泪；日子总是要过下去的。

虽然卢西亚诺和他太太从未在这个区居住过，因为很多年前他工作的第一家烟草行在楼上给他们提供住宿，他们认识彼此，怎么会不认识呢，几乎所有男人都在差不多的时间来到这里，后来许多年他们一起打台球，庆祝平安夜，参加政治集会，星期天到普洛斯佩克公园野餐。

没有不透风的墙：由于人数限制不是所有女人都收到了婚礼

邀请，但她们都知道自己的老乡刚刚和那个二十来岁的漂亮姑娘结婚了，所以都十分和善地招呼她们。

"你们愿意的话上来坐一会儿。"她们主动邀请，"就在上面，二楼，是我们萨尔梅隆社团的总部。今天我们聚集起来组织一次去长岛田野的远足，我们管那里叫'铁锅'；我们会做苹果和……"

"不不，非常感谢，我们要走了，因为……"

话音未落，维多利亚察觉到母亲正用手肘顶她的肋骨下方。

"怎么了？"她不明就里地低声问道。

"要不我留下来？"雷梅迪奥斯怯怯地说。

大家异口同声地欢迎她：哎呀，当然要留下来啊，这有什么好犹豫不决的。她们如此回答她，尽管大家仍然没有忘记恩卡尔娜，其中几个女人互相递去微妙的眼神，窃窃私语。唉，要是那个可怜的女人醒过来的话……

"我不……不……我的……丈……丈夫……"维多利亚吞吞吐吐地说。

几个声音瞬即响起：您走吧，姑娘，我们会照顾您母亲的，待会儿我们陪她回去，请放心。母女俩仍然云里雾里、不知所措，但不一会儿就被分开了：雷梅迪奥斯在陌生人面前总是那么惘然无措，被好多从未谋过面的女人推着上了楼；维多利亚站在门口，惴惴不安，完全没搞明白刚才发生了什么。

她们的说话方式很像拉特立尼达街区的邻居，应该是与知己交流的生理需求令她打消了心中的疑虑，任由自己被那群固执的女人拖走。听听熟悉的语言和表达，彼此惺惺相惜。仅此而已。

于是，雷梅迪奥斯坐在指定的位子上，耳边陌生女人们窃窃的交谈突然让她产生似曾相识的错觉，维多利亚则独自一人走在回家的路上，愁眉不展。时间不早了，她们耽误了很久，卢西亚诺应该已经到家了，想着她们跑哪里去了……

她纠结了好一会儿，打开门时听见里面传出声响：是的，丈夫已经回到家了。实在无法理解母亲莫名其妙的决定，她一边穿过走廊一边大声讲述刚才的经历。卧室里有动静，应该是他在换衣服；她继续说着，随手解开衬衫，打算换一件旧的花布连衣裙，她可不想做饭的时候把衬衫弄脏。

她走到门口时刚好解开最后一颗扣子，整个人彻底石化。房间里面的人并非她丈夫，是丈夫的儿子正在从衣柜上面拿一只大箱子。空气瞬间凝结，两个人一动不动。过了好一会儿，维多利亚吞咽下口水，合上衣襟，双手紧紧地捂在胸前，他把箱子放在地上。

安静的空气中只听见烟草商床头柜上闹钟滴滴答答的声音。

"你要走了吗？"

维多利亚挣扎了很久才把心里的话说出来；恰诺点点头，向她走过来。

"我在曼哈顿找到工作了，我在同一栋楼找到房间，要搬去那里。"

她还站在门口，他走到她面前。两人近在咫尺，他一把抓住她的手腕。衬衫的两襟瞬即敞开。诱人的胴体上裹着衬裙和胸罩。他静静地欣赏着。

拳击手一言不发，头慢慢地靠向她白皙的颈窝，粗糙有力的双手轻轻抚过她的肌肤，所经之处毛孔随即绽开。他把鼻子深深埋入她的胸口，贪婪地吮吸，仿佛那里蕴藏着她的生机。接着，他用下巴在她耳边摩擦挑逗，似乎不想用身经百战负伤累累的双手亵渎她。他的嘴唇顺着她修长的颈部向上找寻，探入她的耳根。维多利亚的小腹一阵阵热浪翻涌，嗓子干燥难耐。突然，一双干裂的嘴唇靠上来，她下意识地紧闭双眼用自己的双唇去迎合，身体融化在他燃烧着欲火的强壮怀抱中。

就在此时，他们听见钥匙转动的声音。

67

餐厅经理细致周到地接待他们，像对待当晚所有在华尔道夫酒店富丽堂皇的瑟特餐厅用餐的客人一样，有商务应酬，有情侣约会，也有人形单影只。他们提前和科瓦东加伯爵在圣莫里茨酒店碰头；托尼自己走进大厅找他；没几分钟他们一起走了出来。托尼身上穿着某个人生失意的家伙押在犹太人本撒莱姆店里的燕尾服，意气风发，无可挑剔。伯爵先生穿着从自己衣橱里挑选出来的同款礼服：黑色燕尾礼服，真丝翻领，象牙白色的马甲，白色领带和漆皮鞋——在这座城市六点以后出席任何奢华高档场所活动的经典行头。与坦帕彩票贩子唯一的区别在于，这个曾经的西班牙王储右手拎着一根手杖。他需要撑在手杖上才能站稳，尽管如此，走路时明显一跛一跛，每走一步嘴角都会疼得抽动一下。

"您确信您能开车？"

路边一辆孔雀石绿的阿斯顿马丁正在等他们；不是几个月前

莫娜帮助他时的那辆林肯。他没有坦白那是他任职的英国汽车专卖店暂时借给他使用的。

"如果我不能开车了，我宁愿死掉！"说着他从酒店员工手里拿过钥匙。"女士们，很遗憾地告诉你们，坐在后排会有一些挤；我希望你们不会太局促。"

阿莱纳斯姐妹蜷缩在后面狭小的空间里，通常那里用来放行李箱、宠物或帽箱，而不是两个正常身材的年轻姑娘，即便如此，两人一句怨言也没有。莫娜脑中仍然盘旋着游说伯爵出席"船长的女儿"开业的念想；弗兰克·科鲁桑依然拨动着露丝的心弦，但是乘坐敞篷车在夜幕笼罩的中城区主干道上飞驰是如此震撼的经历，沿途的风景让她们应接不暇。他们经过许多段街道才从圣莫里茨酒店来到公园大道，伯爵自如操控着手中的方向盘，载着她们穿梭在流光溢彩的摩天大楼中间，耀眼的霓虹灯广告从眼前闪过，一辆辆豪华汽车从身边呼啸而过，穿着拖地礼服和燕尾服的女士先生们站在高雅的夜总会门口。遇到急刹时，前排两位男士的肩膀为她们提供坚实的保护，每次加速时，马达的轰鸣声令她们的耳朵嗡嗡作响，路口拐弯太急时她们忍不住大声尖叫，由于车速太快，她们刚刚做好的妆发在风中凌乱。她们感到十分迷茫无所适从，全程都侧着身体，仿佛连体婴般紧贴在一起，彼此十指紧扣，既害怕又兴奋，既紧张又惊喜。

汽车随着一声急刹停了下来。我们到了，伯爵愉快地宣布。他们站在华尔道夫酒店装饰艺术风格的正门前，姑娘们左顾右盼，仿佛世界在她们眼前旋转。

她们穿过金色的大门，来到高不见顶的大厅中央，地上铺着血红色的地毯；装饰着雪花石膏花瓶、灰泥柱和真实尺寸的绿叶棕榈树。头顶一共四十七层，容纳了全纽约最贵的一千四百间房间。科瓦东加熟谙周围的环境，带着他们走向通往瑟特餐厅的楼梯。

晚上好，女士们；晚上好，先生们。这边请，餐厅经理身体微微前倾，脸上露出专业的微笑。她们仍然没有缓过神来，跟在托尼和前任王储的身后。莫娜身上的石榴红色长礼服仿佛为她量体裁制，黑色的长发垂落于瘦削的肩头，在现场成百上千的灯光映照下，她水汪汪的大眼睛比任何时候都更加漆黑明亮；金属光泽的露背礼服把露丝衬托得熠熠生辉，光彩夺目。他们被带到一个绝佳的位置；两个殷勤的服务生快速上前挪开天鹅绒饰面的扶手椅方便他们落座，姐妹俩稍显迟疑。托尼向她们使了个眼色，暗示一切顺利。

餐厅里宾客如云：十来张类似的圆桌大概汇聚了全纽约最上流的人士，芝加哥、达拉斯或匹兹堡实力雄厚的企业家，他们专程来这里谈生意，还有刚从皇家玛丽王后号邮轮或者诺曼底号邮轮上岸富可敌国的游客们。一侧宽敞的舞台上摆满乐器，由于是演出间隙，台上无人演奏，舞池也空空如也。科瓦东加向服务生询问关于下一个节目的情况：他点点头，伯爵露出满意的微笑。

没有音乐，空气中只有交谈声，叮叮当当的碰杯声和刀叉碰撞陶瓷餐具的声响，身旁的一群人突然集体大笑，几步远的距离砰的一声，香槟被打开了。

"来，来，来……"

伯爵心满意足地翻开菜单：藏红花色布面文件夹里列满了琳

琅满目的菜肴，她们根本看不懂，一方面因为菜单是英文的，另一方面菜肴的名称诗情画意，闻所未闻：如此精致的风味永远不会出自"船长"那样穷酸的厨房。扇贝串配卡尔瓦多斯酱和抓饭。珍珠鸡焗土豆。脆皮乳鸽。炭烤牛排。

托尼从容不迫，很快便一切尽在掌握，仿佛自己是酒店的常客，其实他也是第一次踏入这样高档的餐厅。但是他不费吹灰之力地适应了陌生的环境，不一会儿摸清了一切：整体氛围，同桌这位先生的神情手势、说话方式和脾气秉性。阿莱纳斯姐妹俩咬着下嘴唇手指着菜单努力破解自己无法理解的信息，问自己什么是釉面烟熏火腿，什么是烤小羊排，什么是法式香煎龙利鱼排。

"我们点什么，托尼？"露丝不知所措地轻声问道。

地下彩票贩子替她们拿主意，帮她们解了围。

"我想这两位小姐想先来点炖肉。"

伯爵啪地合上菜单，不再过问；他面带微笑吸着烟嘴，透过湛蓝的大眼睛密切观察四周，时不时地向靠近餐桌的人打招呼，或者礼貌地回应远处的示意。

瑟特餐厅的墙壁上挂着巨幅壁画，十五幅灰金色的画面穿插在窗户中间，每一幅都与他们的祖国有关，她们一无所知，在座的其他客人可能也不清楚：画面都是堂吉诃德和桑丘·潘沙参加卡马乔婚礼的场景，有的举重，有的踩钢丝，有的表演空中飞人，斗牛，醉汉，舞者，绅士搭人塔，午休摇椅，吵闹的鼓乐队和祈祷好运的吉卜赛女人。所有壁画加上整个大厅的装修完成若干年后，酒店支付给加泰罗尼亚人何塞普·玛丽亚·瑟特十五万美金，那是实实在在的一笔财富。

人们无暇顾及细腻的艺术作品，继续吃着聊着，服务生机敏地为他们上菜：三个人都是琥珀色的炖肉。托尼也很想学科瓦东加的样子点半打蓝点生蚝，难得有人请他来这种地方吃饭。但是他不想让姑娘们感到尴尬，面对复杂的食物不知道如何下手，于是他也同她们一道选了炖肉，这样风险比较小。他左看看右看看，确保她们没有出错，看到莫娜双手端着瓷碗打算放到嘴边时，他扬眉提醒，听见露丝喝汤时发出很大的声响，他从齿缝中细声说，轻点慢点。

他们努力不让尊贵的主人难堪，然而事实上，他们没必要那么谨慎，因为阿方索·德·波旁根本无所谓同伴是否与周围的环境和谐融洽：他全身心地沉浸于当下的愉快时光，让自己暂时不去想那些日日夜夜折磨他的问题。他几乎不太在意那天晚上陪伴左右的同胞姐妹，她们尽量让自己看上去和谐融洽，却笨拙地使用刀叉，表情夸张，放声大笑，看到好奇的事物忍不住指指点点。

"伯爵先生，那些看起来很恶心的虫子真的很美味吗？"

露丝嘴巴一咧露出厌恶的表情问道，逗得两位男士哈哈大笑。莫娜刚开始恨不得在桌子下面踹她一脚，但后来也忍不住笑起来。她一想到妹妹被弗兰克·科鲁桑罪恶的双手玷污殴打时，自己没有陪伴左右，心里就无比煎熬，看到她恢复了以往的不羁和幽默总算松了口气，尽管她隐藏在化妆品和头发下面的伤痕依然隐隐作痛。

露丝口中的虫子指的是伯爵正在享用的生蚝。它们呈灰绿色，明亮柔软。

"我太太以前也常常这么说。"

听见自己的声音，科瓦东加脸上的笑容逐渐凝固僵硬。以前，他刚刚说，动词时态听上去像是石头砸在玻璃上那般响亮刺耳。我太太以前也常常这么说，那是他自己的原话：提到她时用的竟然是过去时，仿佛她已经不存在了，潜意识里他认为离婚已成定局。这种结果并不奇怪：尽管他们深爱着对方，但在乌契结婚后几个月他们的婚姻状况便急转直下，他开始控制不住自己波动的情绪，面对他父亲和周围的人兴高采烈的反应，她终于忍无可忍，决定暂时离开他，并公开宣布将依法办理分居。

幸运的是，大西洋的海风和几通苦苦哀求的电话令埃德尔米拉在途中冷静下来，原本打算返回古巴的她行至纽约总算决定登岸，身上穿着他买来希望重新俘获她芳心的奢华貂皮大衣，笑脸盈盈地对媒体宣布一切都是误会，他们又重新在一起了。六个月后他们在曼哈顿重逢，一起出发前往哈瓦那，重新展开共同的生活。仅仅几个月，一年还不到，两人之间分歧不断，争吵、入院和各种不愉快，尽管身边的人都想返回欧洲，但阿方索·德·波旁再次搬回纽约。只有秘书和助理陪着他：埃德尔米拉已经彻底受不了他们俩了。在那里他仍然无法摆脱电报、信件、律师、家人和朋友的烦扰，他们总是以二人的名义干预调解，利弊难辨，并不期待有什么解决方案。

"如果您不介意的话，我可以问问她现在在哪里吗？"

莫娜差点朝露丝身上扔面包，警告她言行举止不要那么轻率。似乎她的鲁莽并未让伯爵感到不悦。

"还在哈瓦那。"他挤出一丝掺杂讽刺和苦涩的微笑，"慢慢适应没有我的新生活。"

服务生从旁撤掉前菜端上主菜时，餐桌陷入短暂的沉默，餐厅依然气氛热烈，弥漫着受过良好教育的人的交谈声：这种氛围与他们习以为常的西班牙式尖叫、激动和狂欢截然不同。

伯爵没有去碰刚摆在他面前的身形巨大的半只龙虾，打开银质烟盒，取出一支烟塞进烟嘴。殷勤的服务员立即递上火，他深深地吸了一口，脸颊凹陷下去。

"她无法再忍受我。"

每况愈下的身体状况令他的行动越来越不方便，疼痛持续不断，他很长一段时间卧床不起，外界纷乱扰攘，他不得不依赖戈特弗里德每天帮他注射药物。

吸完第二口，科瓦东加把香烟压在烟灰缸里，脑中回响起妻子的抱怨、愤怒和哭闹。看到他的龙虾完好如初，同伴们谁也不敢碰自己的主菜。托尼帮自己和姐妹俩都点了烤小牛肉，那绝对是她们品尝过的最有汁水的牛肉，当然她们也很少有机会品尝优质肉。主菜快要冷掉了。

他以为他们能够逾越那道鸿沟，却未能如愿，阿方索·德·波旁心里想着，终于开始对面前的甲壳动物下手，同伴们也效仿他举起刀叉。他和埃德尔米拉之间的分歧越来越大。所有承诺，所有对彼此的慷慨誓约都烟消云散。残酷的现实如乌云压顶，漫步莱芒湖两岸、游玩意大利和居住在伦敦的那几个星期田园诗般的日子里，彼此在耳边倾诉的甜言蜜语最终都变成苦涩的指责和控诉。

莫娜和露丝按照自己的方式切肉，托尼已然放弃控制这两个缺少最基本社交礼仪教养的姑娘。她们一边咀嚼食物一边说话，抬起胳膊咕咚咕咚喝水，用大块的面包清空盘子。三个人一直全神贯注地聆听伯爵的叙述，他们决定不再继续感怀过往，努力想把话题引到邀请他出席夜总会开业上。他用讽刺的语气和五味杂陈的幽默继续讲述着如何与自己的妻子、政治家庭、真正的朋友和利益朋友决裂，仿佛他所经历的不过是一场失败的婚姻，而不是三年前震撼整个欧洲和半个文明世界的巨大丑闻。

"离开哈瓦那我真的很遗憾……"

就在此时，舞台上传来声响，他停下来回头望过去。当晚第一支乐团表演结束后，第二支乐团已经准备停当，伯爵就像个心血来潮的孩子，扔掉手中的龙虾，停下刚才的交谈，脸上露出大大的笑容用力鼓掌。

乐队指挥登上舞台的那一刻，餐厅的其他客人也报以热烈的掌声。他面孔饱满，鼻梁挺拔，头发稀少，嘴唇上挂着两撇小胡子；褶裥领口衬衫外面套着造型夸张的亮片夹克。他在雷鸣般的掌声中向大家问候，他用英语说了几句话，她们没听懂意思，但是知道那肯定是很幽默的话，因为引得大家哄堂大笑。

音乐家们开始调试乐器，原本嘈杂的观众席慢慢安静下来。指挥举起手中的指挥棒，突然一个男人的声音穿透整个餐厅，所有人都立马回头看向阿莱纳斯姐妹那桌。

"小古，朋友！"

指挥的手停在半空中，回过头立马看见科瓦东加伯爵，他没有发火或是惊讶，哈哈大笑着说：

"小阿方索！伙计！能再见到你太棒了！"

说完便举起指挥棒，随即手鼓声、沙槌声和小号声响彻瑟特餐厅。

68

另一边，巴洛纳的餐桌上也有四个人在共进晚餐，但是大道上光线幽暗、环境简陋的小餐馆和华尔道夫酒店完全无法相提并论。烟草商回来看见恰诺在家，他坚持让儿子留下，尽管儿子不想跟着掺和，却也只能屈服。我们几乎见不到你，孩子，他又趁机热情地抱住儿子的肩膀对他说；你现在要搬走了，以后见面的机会更少了，你得跟我们好好说说；另外，我们正好庆祝一下，我刚刚又获得一家新客户……

"雷梅迪奥斯，您不打算告诉我们刚刚您和我的老乡们都做了什么吗？"

巴洛纳第三次抛出同一个问题，说着拔掉葡萄酒瓶的软木塞，街角的酒庄每周都会供应那种廉价的葡萄酒。面对岳母坚定的拒绝，他话中带刺地说：

"您看看您这么吊我们的胃口，晚上谁也睡不着觉了……"

但是她主意已定，不想被人知道他们商议完远足和杀猪的计划后，三个公园坡的邻居应她的请求帮她写了一封信。其实信里没什么大秘密，但是她不想透露内容。雷梅迪奥斯心里的不安与日俱增，背着女儿们，她想为时机到来做好一切准备：有秩序地、妥善地安排好一切。什么时机呢？如果她露出口风的话，女婿和女儿肯定会问。当然是回家乡的时机，等那个该死的赔偿尘埃落定以后。是什么造成她如此不安呢？她看见女儿们正在一天天发生变化：维多利亚已经嫁为人妇，有了自己的家庭，莫娜像一条蜥蜴似的总是溜走，露丝把头发染成那副鬼模样，言行举止让她想起墙面广告上看见的那些不顾廉耻的女人们，甚至最近她还买了顶帽子。雷梅迪奥斯的灵魂受到太多打击：她怀疑等到一切搞定了，也许她们已经完全融入新世界，过上安逸的生活，不愿再回到西班牙。

卢西亚诺的孩子坐在她对面，更加证实了她的预感：他就是最好的例子，一对安达卢西亚农民的儿子如今变得和父母没有半点相似。无论穿着风格、饮食习惯还是说话方式。甚至有些词语他已经不知道用父母的语言应当如何表达，圣母玛利亚，他甚至拒绝用红酒佐餐，却直接喝瓶装碳酸饮料取而代之。他说自己要出去独自生活，继续保持单身，拥有和父亲家一样的房间；听听多么可笑，女人心想。

雷梅迪奥斯可不会疯到同意女儿们堕落成那副模样。为了防止利托嬷嬷操办她的委托时心存疑虑，一切都必须早做打算：在马拉加老家，人们习惯未雨绸缪。若能如愿，像她拜托修女费心的那样，两个小女儿也早点找到人家，或者至少找到迫切希望回国的同胞定下婚约。这样谁也不会动心思留下。门也没有。

雷梅迪奥斯一声不吭地暗自思忖，卢西亚诺厌倦了坚持，只好转移话锋。然而那并非易事：当晚妻子和儿子似乎都没什么兴致说话。二人面对面坐着，各自盯着眼前的盘子，眼皮都不抬。

"你说'马加纳'打算付给你多少钱？"

在一百一十街的一家五金店做店员，以此维生，真是摆脱家庭生活的绝佳借口。父母总期待他学业有成，可以拥抱更好的生活。他们一直幻想着自己的儿子在那个充满机会的美国大有作为：成为办公室职员、财务、保险经纪，在窗明几净的地方工作，每天下午准时回家，若干年后可以为自己置办产业。不用再像父亲卢西亚诺那样辛苦工作，几十年来每天擦亮鞋底，背着几箱雪茄烟风里来雨里去。父母半辈子辛劳，只为了帮他打好基础，待某一日他们回国时，如果他选择留下，不再背负移民的耻辱标签，说着口音怪异的半吊子英语；不再是阿尔哈马人口中常说的"炮灰"，真正的美国人也不再对他视而不见。

　　但是他们的梦想只实现了一半：男孩的英语带着强烈的工人阶级的质朴口音，他不喜欢葡萄酒，无论亡母如何努力，他都不喜欢鱼肉。其他的梦想都被父亲深深埋在心底，或者被恩卡尔娜带入坟墓：他从未进入办公室工作，甚至连高中都没能毕业。他很小就从阿尔梅里亚搬到布鲁克林，因为英语差经常被同学嘲讽取笑，开始用拳头在沮丧和困惑中顽强求生。出乎意料的是，他竟然因此威名远震，赢得尊重。他跟家里提出要去太平洋街一个波多黎各人开的健身房训练，父母认为那样他可以结交新朋友，更好地融入社区，因此点头答应了。自此便一发不可收拾。每星期四下午加两个周末，一帮业余拳手聚在一起辛苦训练，黝黑的身体，心中怀着对西班牙聚居区最伟大的神话的无上崇拜：赢得万千粉丝追捧的古巴拳手"巧克力男孩"；在纽约重量级比赛中脱颖而出的保利诺·乌兹库敦；人们称呼这个吉普斯夸巨人为"巴斯克斗牛"，可以在麦迪逊广场花园点燃两万人的灵魂。然而，无论如何操练，恰诺都没能在大赛中胜出。他充满期待，信心满满，坚定勇敢地努力拼搏，偶尔小有所成。但是终未成气候。现在，他已年近三十，理性告诉自己最好在被打至半傻或者被打掉最后一颗牙齿之前趁早放弃；理智提醒自己最好离开那个除了苦涩以外什么也无法给予的世界。

"无论如何，"巴洛纳继续说，"即使工作地点在市区而非布鲁克林，我不懂你为什么不继续住在这里，和我们一起……"

维多利亚一言不发，开始清理碗碟，恰诺喝着自己的饮料，努力不去看她，以免视线无法从刚才爱恋抚摸过的美妙胴体上离开，自从第一天在第十四街的教堂门口看见身穿婚纱的维多利亚，他便再也抑制不了心中的欲望和向往。他们谁也不会告诉卢西亚诺·巴洛纳，儿子之所以要离开这个家，是因为如果他继续留在这里，二人将被拖入那个令他们既渴望又害怕的深渊。

"但是如果你坚持……"被蒙在鼓里的烟草商继续表达父亲的疑虑，仿佛面对的是儿时的恰诺，而不是一个历经坎坷的男人。"如果你坚持要走，至少确保居住环境还可以；有最基本的条件，而且……"

听到卢西亚诺接下来的话，她的手臂突然松开：

"……而且搬家前找一天你可以把维多利亚带去帮你打扫收拾……"

盘子哐啷一声摔得粉碎，打断了他的话。瓷片四处飞溅，芦笋酱泼在维多利亚的脚上和墙边。雷梅迪奥斯厉声呵斥她笨手笨脚，卢西亚诺倏地站起来大叫小心，别割伤自己。只有恰诺一动不动坐在那里，静静地看着她。她穿着家居浅色连衣裙，裸露至胯部以下的双腿微微弯曲。她俯下瘦弱的身体，手臂一弯一伸捡起掉落一地的瓷片，眼睛紧紧盯着手里的工作，黑色的头发滑落在面前。

周围的一切都变得模糊不清，就像是比赛结束后精疲力竭地瘫倒在拳击台上，因为频繁重击而失去意识，血液在体内沸腾，视线被迷雾笼罩。雷梅迪奥斯的形象开始模糊，父亲的轮廓也逐渐朦胧，两个人的声音听上去越来越空灵。他的视线中只剩下她：躲躲闪闪，惊慌失措，曼妙迷人。他的脑海里仍旧回想着刚才令阿莱纳斯家大女儿的双手瘫软无力的那句话。

找一天你可以把维多利亚带去，烟草商这样说。

仿佛他敲响了隐形的锣，将妻子和儿子推向背叛的深渊。

69

先是《花生商贩》，接着是《卡奇塔》，接着是《罂粟花》，接着是《西波涅》。露丝和托尼自信优雅地舞动着，引人瞩目。彩票贩子身体灵活，青春洋溢，节奏感强，毕竟他和成千上万的坦帕人一样，是古巴人的后裔。但是，真正让人眼花缭乱的是：舞蹈似乎将露丝体内的恶魔彻底清除，她仿佛蜕变成另一个女人。金属光泽的长礼服熨帖自如，像是包裹着她的第二层皮肤，她已经在雷乌尔达的学校排练了几个星期，现在神态自如，动作从容挑逗，她似乎没有意识到有几双眼睛欣赏着她迷人的曲线和韵动的臀部。

然而，促成这一切的并非露丝，而是莫娜：她强迫他们走进舞池，让她能够与伯爵单独相处。起初，托尼和露丝意识到前王储无法承受骨盆和腿部的剧烈运动，不可能加入他们，故而出于教养假意推托。但是莫娜一再坚持，托尼疑惑地看着她，她只是轻轻地说了句拜托。那就够了：坦帕人立即起身，伸手邀请小妹，两个人离开了餐桌。

尽管身处富丽堂皇的环境，被身穿燕尾礼服的托尼弄得意乱情迷，因为露丝被虐打而感到不安，聆听原国王继承人的爱情轶事时而欢喜时而忧伤，但阿莱纳斯家二女儿从未忘记初心，十分清楚自己为什么要去圣莫里茨酒店。因此，她刻意制造时机吸引伯爵的注意，总算能够跟他独处，没有周围的干扰，她直截了当地问：

"那么，先生，您会出席我们的开幕式吗？"

他吐出烟雾——那已经是不知道第几支烟，用清澈的双眸注视着她。直到眨了眨眼睛，仿佛突然从遗忘的角落想起什么。

"啊，对，对！你们下午来找我就是为了那件事，对吧？"

"是的。"

"究竟是什么样的生意呢？一家餐厅、西班牙俱乐部，还是……？"

莫娜感到很失落，他的回答令她不知如何回应：就在此时，两位年岁已长的先生走了过来，一只手里夹着雪茄，另一只手端着酒杯。他们并不认识这位前王储，却自信、亲切而热情地问候他；可能是因为他身上散发出来的君主制信念，可能是因为自己喝高了。不一会儿，他们的太太们也加入进来：她们对他毕恭毕敬，明显对她的身份充满好奇，心里琢磨着那个穿着深红色礼服的黑发姑娘究竟是谁，应该还不至于取代古巴女人埃德尔米拉在阿方索十三世儿子心中的地位。我们前天乘阿基塔尼亚号邮轮来到这里，自从西班牙的局势每况愈下，我们就定居在比亚里茨，年长的那位女士说。她身材矮小，穿着一件紫色天鹅绒礼服。马德里现在根本没法待，年轻的那位女士附和着，脖子上绕了三圈珍珠，露出两颗兔牙。他们继续提到一些与伯爵相关的地点和人名，她闻所未闻：蒙特卡罗，戛纳，伦敦，洛桑，王后，国王，比阿特丽斯和亚历山德罗·托洛尼亚的婚礼，小冈萨罗在车祸中不幸去世。

为了让他们明白自己不希望被打扰，莫娜没有从扶手椅上站起来，而是背对着他们，一只手肘撑在桌子上，手托着下巴，故作冷傲的姿态望向别处。那几个陌生人的突然出现令她感到痛苦，她意识到夜已深，但伯爵仍然没有明确表态接受邀请。好几个人过来向他请安；她很担心有人吸引了他的注意把他拐走，那她的目的就落空了。毕竟，他只同意与他们共进晚餐，他们并非忠诚的友谊同盟，不过是为了各自的利益临时拼凑的组合。

不合时宜的四人帮继续纠缠着伯爵，大厅里回响着热带音乐的节奏，像是加勒比韵律的甜美版，古巴音乐受到非洲原始街头旋律的影响逐渐演变成通俗时尚，迅速流行开来；越来越多的舞伴兴奋地走入舞池，对于莫娜体内燃烧的不安无异于火上浇油。不仅仅因为她尚未争得科瓦东加伯爵同意作为特邀嘉宾出席"船长的女儿"开业仪式，还因为不断回响耳际的音乐让她联想到自己的整个夜总会项目就是个天大的错误。可恶的弗兰克·科鲁桑——下午打爆露丝脸颊的暴虐星探——早就提醒过她们，伦巴是音乐界的黑马，代表现在和未来。

雷鸣般的掌声将她从沉思中拉回现实：乐队演奏告一段落，舞伴们纷纷回到自己的座位。露丝滑进自己的椅子，用手呼哧呼哧扇着风，躲开某位身份显赫的先生对她隐晦猥亵的评论。托尼再次坐在莫娜身边，附耳轻声问，顺利吗？她回应的眼神闪烁着不安，他皱起眉头。出什么事了？没有，她闭上眼睛摇摇头。没什么，我自己的事。这位非法博彩的掮客没能追问下去：一个人横冲直撞地闯过来。拥抱，大声寒暄，男人洪亮爽朗的大笑。乐队指挥哈维·古加特走过来和阿方索·德·波旁打招呼。

他用丝织手帕擦拭着油光锃亮的脑袋；走近一看，他鼻梁高挺，眼睛里闪烁着智慧的光芒。一个黑人服务生帮他推来一把椅子，放在伯爵和莫娜中间，古加特指示道：

"让小弗拉科给这几位客人准备酒杯，古斯托迪奥……"

他看也没看，用食指指着身后的四个陌生人；他们还跟保镖似的围在伯爵身边，想继续八卦闲扯。

"……摆放在他们的餐桌上，站这么久别累着了。"

两对西班牙人只好识趣地告辞，悻悻地走了；真扫兴，他们离开时肯定心怀怨怼，我们差点和纽约市最有名气的两位同胞攀谈。

音乐家极具亲和力，魅力四射，令姑娘们和托尼都深深为之着迷。他说着古巴人特有的西班牙语，偶尔蹦出英语表达，还有着强烈的加泰罗尼亚口音，他又点了一轮代基里酒，像晃动马拉卡斯那样摇晃着调酒壶，亲自帮大家斟酒。他说笑着，偶尔拍手大笑，左右逢源地招呼熟人，但绝不允许任何谄媚者越过他设下的隐形防线。

因为哈维·古加特无论在哪儿都一样：散发着感染力且特立独行。他出生于加泰罗尼亚，幼年时迁至古巴，是一位早年成名的杰出的小提琴家。刚满十八岁时他就来到美国，那时他连一个英语单词都不会说，却野心勃勃，为了生活不择手段，好色花心，甘愿吃软饭。他是无可救药的乐观主义者，一个勤劳的人，在音乐的道路上成功之前曾经画过卡通漫画，在北部推广西班牙语文化，引入热带节奏，快速汹涌的旋律逐渐占据了美国的舞池，极具感染力的律动赋予美国大都市新的活力。

如果我告诉爸爸我和你交了朋友，他肯定不会相信，哈哈哈！他因为不想墨守成规、反对王权和自由激进离开赫罗纳！虽然你已经丢了所有继承权，小阿方索；你上次从鬼门关回来输了那么多血，早就不再是王室血统，你现在跟任何平民的儿子一样普通，哈哈哈！但是这里唯一的国王是你，亲爱的小古！对方顺着戏谑的口吻回答。你们知道全美国如何称呼他吗？伦巴之王。伟大的哈维·古加特，伦巴之王！

两个男人继续聊了一会儿，莫娜努力掩饰自己紧张激动的心情，她确认了自己的判断：从刚才的喧闹她得出结论，他肯定是开幕式的不二嘉宾人选。现在就差临门一脚，让他点头答应。直到音乐家突然停止诙谐的交谈，转向露丝：

"我刚才看见你跳舞了，宝贝。跳得太棒了，太棒了……你让我想起了一个不久前我在蒂华纳的阿瓜加利恩特赌场认识的西班牙女孩。她和父亲——一个塞维利亚舞者——表演了一个节目，名叫'墨西哥的午后'，虽然他们俩一点也不了解墨西哥。女孩很优秀，但是观众们不买账，嘲笑她头发的颜色、肥胖的身材。而且她缺乏诱惑力，不会摇曳生姿也不懂得如何举手投足，她本来的姓氏很难听，一点也不适应这个国家的快节奏；因此我建议她把姓换掉：从坎西诺改为海华丝，听上去好多了。看看我给她带来的好运气，她已经在好莱坞拍摄哥伦比亚影业的电影了……"

他并没有吹牛：他一路成长为音乐家和企业家，从几公里开外就能够嗅到人才的气味，而且对娱乐圈有着精准的眼光。露丝紧张得语无伦次，脸涨得通红；不仅因为舞蹈而燥热，还因为听到刚才的内容感到惊讶。她不知该如何回答，应该感谢他的夸奖，还是应该坦诚丽塔·海华丝正是弗兰克建议她效法的模特。

"我正在筹备一场演出，宝贝，几个月后上演；如果你需要工作，而且想精进技艺，磨炼自己，来找我。我没有名片，也不需要名片，大家都认识我。你只消清楚我在哪儿活动，报我的名字就够了。"

又开了几个玩笑，哈哈大笑一阵，他才告辞重新登上舞台。伦巴之王穿着亮片夹克，褶裥领口衬衫，光秃的脑袋闪闪发光，以后的岁月里他会把它藏在浓密的假发下面；他要让北方金发碧眼的僵硬身体伴着热带音乐欢乐地扭动起来，将古巴黑人在炽热的加勒比夜晚舞动的伦巴稍作改编，精细打磨，令其流行全世界。

音乐家离开仿佛一幕剧结束，帷幕刚刚落下，科瓦东加的姿势和表情就瞬间扭曲：整个人看上去疲惫不堪。变化如此剧烈，莫娜忍不住问道：

"您还好吗，先生？要不我们走吧？"

他默许了；古加特仿佛抽干了他所有的精力，刚才绚烂的烟花城堡现在彻底暗淡无光。托尼支撑着他站起来，一个殷勤的服务生帮他拿来手杖，伯爵在餐厅经理拿来的账单上随手画了个歪曲变形的签名。科瓦东加紧紧抠住手柄，咬住嘴唇，强忍疼痛，用尽全力走向出口，就在此时，不知疲倦的加泰罗尼亚人再次点燃全场，瑟特餐厅响起小号和非洲鼓的节奏。

四个人默默地穿过大堂，走出酒店，来到夜幕笼罩下的公园大道，姑娘们钻回汽车狭小的后排，托尼帮助伯爵坐到副驾驶的位子，自顾自地坐在方向盘前面。

回去的途中大家都缄默不语，路上几乎没有车，每个人都沉浸在自己的思绪中。莫娜不安地意识到伯爵的最终答复如清水从指缝间流走。露丝一言不发，因为她没想到古加特的建议如同一辆货运列车撞碎了科鲁桑的幽灵和她的野心。前阿斯图里亚斯王储紧闭着双眼，脑袋靠在座位顶上，双唇蹙紧，露出痛苦的表情。

他们回到圣莫里茨，除了门口昏昏欲睡的门童，路上连个鬼影都没有。莫娜从后排伸手摸到饱受煎熬的前王储，尽管心中不安，却温柔体贴地说：

"晚安，先生。您好好休息。"

三个人意识到帮助伯爵移动是件费时费力的事，托尼下车后，莫娜和露丝抓起裙摆防止踩到，准备扶着他下车。

"我们叫辆出租车，这个时间估计很难打到。"坦帕人说着把手伸给莫娜；露丝刚刚已经下车了。莫娜的礼服被鞋跟踩住了，她扯不开，只好坐回位子继续尝试。

"我去叫车。"露丝想节省些时间。没等回复，她走到门童身旁，用蹩脚的英语喊道："拜托叫一辆出租车！"

就在那时，大家都各忙各的：露丝背对着汽车努力和门童解释，伯爵仍然神志不清，处在状况外，莫娜的鞋跟总算从裙摆上挣脱开，让托尼抓着自己的双手帮忙下车。没一会儿，两人面对面站在街边。

紧接着是一个吻。虽然如蜻蜓点水般转瞬即逝，但是柔软而温暖，撩拨心弦，回味无穷。

突然，科瓦东加的声音划破沉寂：

"莫娜，亲爱的，过来。"

莫娜极不情愿地离开托尼，离开他的双唇和指尖，跑到副驾驶位。

"请吩咐，先生。"

他仍然闭着双眼，虚弱地挤出一丝微笑。

"你们的生意算上我，美人，"他声音气若游丝地说，"无论是什么……"

第五部分

70

母亲和维多利亚不在，公寓厨房对他们来说似乎很陌生。太过安静。空落落的。

"你把话说清楚，露丝，到底来不来？无论你想要什么。"

妹妹没有回答莫娜，继续低着头轻轻吹着杯子里的牛奶。她们面对面坐着，梳洗干净，穿着平日里破旧的衣服：睡觉前她们用毛巾擦净脸上的化妆品，华丽的礼服用铁丝衣架撑好挂在门后，稍后将还给犹太老板。

"你要尽早决定；你知道的，我们剩下的时间不多了。"

露丝仍然沉默不语，继续吹着气。

"如果你不来，我们就完了……"

莫娜的坚持令她的心防彻底崩塌，泪水顺着两颊滑落。她用手背用力擦拭泪水，剐蹭到瘀伤的颧骨时疼得大叫起来。

"我的天哪，露丝，现在最重要的是赶快摆脱那个浑蛋科鲁桑。"

阿莱纳斯家小妹终于抑制不住地放声痛哭。对于一个普通的移民姑娘而言，她背负了太多压力和不安，不久前她唯一的心事是去街道洗衣店工作，每周两天下午去参加业余萨苏埃拉彩排，扮演一个小角色。然而，自从莫娜突发奇想要经营夜总会，弗兰克·科鲁桑突然闯入自己的生活，露丝的生活轨迹被彻底改变：她对未来充满幻想，害怕自己令他失望，心中充满困惑，这才放任他随意支配自己的身体和意志，从不反抗。

"你再也不要去见他了。跟他保持距离，也不准再去舞蹈学校，逃得远远的。"

"可是……可是我……"

我以为我爱他，她想说；但是没说出口。她真的那样认为，被他对自己的痴迷蒙蔽了双眼。或者她逼迫自己那样认为。直到前一天晚上，她才臆想自己被他下了降头。古加特的提议与科鲁桑不同，他没有跟她许下锦绣前程，而是一份需要坚忍和努力才能获得的工作机会，其中的分量把她拉回现实。现在，她也不知道自己想要什么，真实的感受是什么，什么是好的什么是坏的。

"可……可是他……他肯定，肯定会回来找我的。"

也许她说得有道理，那个浑蛋星探不会那么轻易放过她。必须要谨慎小心，时刻提防，莫娜想。她得想个解决办法。

"你先把眼泪咽回去，吃完早饭我们就走。"

她陪妹妹去了洗衣店，伊利格瑞夫妇刚把钥匙插进锁孔，正要开门营业。露丝和孔恰夫人走入店内，莫娜待在门口，假意向老板咨询什么，趁机跟他简单交代了前一天的经历和今天可能会发生的情况。他眉头紧锁，点点头，同时打开所有门锁，对外营业；他终于明白他的员工最近为何行为诡异。你走吧，别担心，孩子，他对莫娜说，我们会看好她的。

确保妹妹有魁梧的巴斯克老板和妻子的庇护，莫娜安心地往自己家店里走去。她站在马路对面看见门口巨大的雨篷和五彩斑斓的墙壁，胃里拧成了一个疙瘩，突然感觉想吐。

她强忍恶心，打开门。漆匠手中的刷子上下翻飞，木匠已经做好活，听不见锤子的回响也听不到锯子刺啦刺啦的声音。虽然没有开灯，但仍然可以通过气味判断现场的活计：空气中弥漫着油漆、锯末、清漆和胶水的气味。

她借着马路上射进来的光线判断四周事物的轮廓和体积，慢慢摸索着往里走，依稀辨认着周围的变化：刚刷好的墙壁上挂着宣传海报，向海外游客们介绍一个充满阳光、斗牛、天竺葵和吉他等特色的田园诗般的西班牙；他们肯定是在姐妹俩试图游说科瓦东加伯爵的时候来的，菲德尔和父亲吵完后来这里挂好海报。前几天罩好堆在一旁角落里的桌椅已经在新的舞台周围摆放好。舞台后面悬挂着一块巨大的石榴红色天鹅绒幕布，莫娜立马开始怀疑它的出处：帮埃尔南德斯殡仪馆供应面料和寿衣的那位商人肯定帮衬了顾客的儿子。

还有许许多多细节没有处理，她坐在舞台边上细细盘点。然而，那天早上她很难集中精力：脑子里还在想着露丝。她想看见成日里天真烂漫、嘻嘻哈哈、活泼伶俐、无忧无虑的露丝。但是，她知道妹妹的内心已经发生了不可逆转的变化，令她失去了往日的率真和坦诚。她再一次暗暗责骂自己，没有陪伴在她身旁，任她独自犯险。

她的脑中浮现出前一晚伴着康加鼓和沙槌的节奏尽情舞动的露丝，此刻仿佛有人从水中拎起一张粼光闪闪的渔网，另一个人也跃然眼前。托尼。彩票贩子托尼，坦帕人托尼，他像一条鲶鱼似的自如穿梭，用自己的一言一行彻底征服伯爵，在他需要帮助的时候主动上前，告诉他自己的父族都忠于王权，为王室供应烟草，而母族体内流淌着克里奥尔[①]的血液，是独立的爱国者，外祖父曾经在蒙卡达将军的率领下在奇基塔战争中对抗过西班牙人，逗得伯爵哈哈大笑。托尼随遇而安，巧言令色，散发自然的诱惑力，在她唇上轻轻印下的一吻胜过千言万语。

她猛地站起身，刚搭好的舞台发出吱嘎的声响，她想把他从脑中赶走。除了感情波动，前一晚最重要的是她实现了自己的目的：邀请到教父级的人物出席开业仪式。在华尔道夫酒店她看见人们对他追捧爱戴有加，更确信他是嘉宾的不二人选。那件事搞定后，现在还有其他当务之急，还有大把事情要做。接下来的几个小时她缠着头巾，忙里忙外，心事重重，加工、清扫、除尘……直到过了晌午，他听见菲德尔从门口叫她的名字，突突突像机关枪似的跟她解释为什么会迟到。

她硬生生打断他。

"你住嘴，我有两件重要的事要说。第一件跟科瓦东加伯爵有关。我们昨天晚上和他在一起，他同意了，会来参加开业仪式。"

菲德尔兴奋地哈哈大笑，把手贴在胸口跳起探戈，仿佛搂着一个纤薄的假想舞伴，天花板上渗进来《坎帕西塔》的韵律。

"停下来，疯子。"她制止道，"停下来，听我说，还有呢。第二件事是关于露丝：我想她决定回来参加我们的演出了。可能过

---

① 出生在拉丁美洲的西班牙裔。

不了多久又会走，因为有人向她提出更好的工作机会，但至少刚开始的时候我们可以依靠她。虽然还有别的问题。"

"科鲁桑。"男孩声音低沉地说。

"就是他。他不仅欺骗她的感情，还虐待她。昨天他打爆了她的脸，之前还……唉，之前还对她做了同样恶心的事。"

听到她的话，菲德尔脸色都变了，一股怒火从头到脚蔓延开来。

"我不知道该怎么做，但是得帮助她摆脱他的魔爪。"

71

如果卢西亚诺·巴洛纳认识弗兰克·科鲁桑，看见他在第九大道的高架火车站下车时，肯定会停下脚步和他打招呼。如果停下来打招呼了，看见他脸上扭曲的表情、凹陷的黑眼圈和身上皱褶的衣服肯定会怀疑出了什么事情，对于一个平时非常注意个人形象的家伙而言那太奇怪了。虽然两个男人因为阿莱纳斯家大姐和小妹有着千丝万缕的关系，但他们从未被介绍给彼此认识，甚至都不知道对方的存在，那天早上在火车站二人擦肩而过，各自朝相反的方向匆忙赶路，一个紧紧抓住挂在肩上的烟草，另一个冷漠地握着一束鲜花。

走在通往第十四街喧嚣的西班牙聚居区的路上，包括刚才乘坐火车的途中以及在斯隆女子医院等候区的漫漫长夜，弗兰克·科鲁桑的脑中不断萦绕着一个问题：露丝。

他真的喜欢这个女孩，非常非常喜欢：她紧实的胴体、旺盛的青春和狂野自信的个性，新鲜、不羁、诱惑。最重要的是，他在乎她身上巨大的潜力。因此他才建议要把她变成自己最好的投资，因此在想到有可能失去她时才会血液沸腾，怒气冲天。

他没料到会被她顶撞，以为自己已经吃定她了。之前从未发生过那样的事情，从来都是他在自己认为合适的时候提出结束一段关系：比如女孩无法满足他的期待，自己力不从心，或者眼前出现更好的选择。只有杰妮丢下他和一位帮她拍摄喜剧的制作人跑了；那个狡猾的女人突然有一天不辞而别，从此杳无音信。后来一个叫梅兰尼，她倒没有任性地抛弃他，而是被自己父亲养的动物生生拖回了印第安纳的农场。然而，露丝很少让他心烦意乱：一个可怜的移民，一个迷失在街头的无知少女，几乎不懂英语，鲁莽执拗，不会百分之百服从命令，跟他纠缠着说要参加姐姐和隔壁傻邻居折腾的狗屁演出。不明白他们在搞什么名堂。

露丝于他而言是个绝佳的机会，可以帮他挣脱近两年的窘迫困境；他可以利用她重整旗鼓，彻底摆脱尼娜的阴影。尼娜，他神情苦涩地喃喃道。尼娜，贱货。他的脑海中再次浮现那个漫长的早晨。尖叫声，狼藉的公寓，染满鲜血的床单，惊恐的哀号，他们乘坐出租车去医院，她躺在病床上，冷漠的护士来到走廊宣布病人的状况。那晚尼娜自然流产了，傻女人都不知道自己怀孕了。我的天哪，她最后的壮举，科鲁桑无奈地想。还好胎儿只发育了几个星期；那种时候他最不需要的就是孩子，他已经受够了这个疯女人，成日对他各种苛求谩骂，他内心无比煎熬，糟糕的是他总误以为肉欲和所谓的才能足以让他有一天获得上层的充分肯定。

幸好她的兄弟姐妹第一时间赶到医院，他得以早早脱身：一听到远处传来的脚步声，眼前浮现出他们从走廊深处匆匆靠近的身影，他转身从消防楼梯逃走了。他和那两个气急败坏的爱尔兰人没什么好说的，而且医生说过她已经没事了，只需要卧床休息，于是他把空间留给他们兄妹三人，他们一如往常责骂尼娜，尼娜则对他们怨恨谩骂、拳打脚踢，直到他们诅咒发誓再有下回就让她吃不了兜着走。同样的故事一次次反复上演。

他已经对她、对他们、对整个世界都厌烦透顶。眼前唯一可行且急切的出口只有露丝：他必须集中精力在她身上，而当务之急是厘清关系，确保她还跟自己一条心，可以充分利用她。他知道自己该做什么；前一晚他思来想去、彻夜未眠。首先，他得逼她放弃洗衣店的工作，彻底打消参加家庭小作坊式夜总会演出的念头。对她动之以情晓之以理，继续用花言巧语给她洗脑，最好能把她从那个街区带走。他可没兴趣与她同居，尼娜就是前车之鉴，他可以帮她找一个公寓和其他姑娘同住，最好在上城区，或者在布朗克斯或皇后区，总之离可恶的第十四街越远越好。无论如何，他一定要明确表态，保证自己再也不会对她乱发脾气。昨天动手打她纯属失误，但的确是极大的错误。并不是因为她不该挨打，愚蠢的姑娘竟然敢用那样的语气和他说话，活该挨打，但是在她最脆弱动摇的时候冷酷地对待她只会让结果变得糟糕。现在务必重新征服她，弗兰克·科鲁桑暗下决心，他理了理领结，还有几步就到洗衣店了。引诱她，迷惑她，邀请她到某个廉价浮夸的餐厅共进晚餐，反正她也不懂；把他从医院离开前在新生儿房间门口顺走的那束花送给她。

"小姐跟你没什么好说的。"

令他大吃一惊的是，当他走进伊利格瑞洗衣店要求见她时竟得到那样的回答。成熟稳重的老板站在后面，鼓起胸膛，表情严肃，先用西班牙语说，接着用口音很重的英语重申一遍，生怕对方听不明白。

伊利格瑞口中的小姐自然指的是露丝，此时她正屏住呼吸躲在商店内间。她从一早就在店里工作，没有出去跑过腿。她仿佛预见到弗兰克那个时间会找上门来，每次门口铃铛响起或者听见客人走进来，她的心脏就会揪在一起。快到中午，心情总算平静下来，他出现了。

与此同时，店外的争吵愈演愈烈。科鲁桑坚持要见她，他在木凳上坐了一整晚，就靠在墙上打了几个盹，体力逐渐耗尽。伊利格瑞则态度坚定：没门，先生。科鲁桑试图硬闯进去，对方从柜台后面的扶手椅上站起来，把他用力往外推。两个人喘着粗气，大声争吵对骂。巴斯克老板厉声呵斥他滚蛋，星探愤怒地拒绝抵抗，水晶帘被推开的大门撞得哗啦作响，露丝双手捂住耳朵，老板娘把她紧紧揽入怀中，轻声安抚，嘘，嘘，嘘……

不一会儿两个男人扭打到门外，争吵愈加激烈，几个路过的行人驻足侧目，还有几个邻居好奇地走过来。

"需要帮忙吗，恩里克先生？"不止一个人问道。

他们身边很快围了一圈人，弗兰克·科鲁桑双眼涨得通红，衬衫一角从腰间滑出来；就在此时，他把手伸到洗衣店店主的胸前用力推搡。美国人至少比他年轻二十岁，气急败坏；巴斯克人虽然年事已高，但是在老家年纪轻轻就成了身强力壮的伐木工，对方有的他一样也不少，才不会被轻易吓倒。两个人扭在一起，还没到挥拳的程度，围观者越来越多，分不清谁占上风。

突然，一个身体仿佛从天而降压在科鲁桑的背上。突如其来的冲击使得他一个趔趄，险些撞在墙上；他好不容易稳住脚下，试图摆脱箍住他脖子的纤细手臂，现在他的目标不再是对抗伊利格瑞，而是拼命甩掉那个不知从哪儿冒出来的人，他紧紧地压在自己的背上，根本看不见他的脸。

围观的人群沸腾起来，吆喝着：上啊，"加德尔"，使劲弄他！加油，菲德尔，搞定他！耳边传来意大利语、英语，甚至还有葡萄牙语。巴斯克人闪到一旁，不可思议地看着他们，不明白殡仪馆家的少爷为何来蹚这浑水。现场变得滑稽可笑：菲德尔像只虱子似的趴在科鲁桑的背上，口中不断咒骂，对方气急败坏。

令大家意想不到的是，莫娜拨开围观的人群走出来。争吵声甚至传到"船长的女儿"去了，她心生警觉，连忙放下手里的活儿赶过来。

"住手，疯子，快住手！"她狂怒地喊着，"冷静点，快松开他！"

她拼命撕扯，伊利格瑞和一个邻居也上前帮忙，仍然无法把他从猎物身上拖下来，直到他不情愿地让步，现场的目击者们爆发出雷鸣般的掌声，还有人吹响口哨喝彩。

从菲德尔手中挣脱的弗兰克·科鲁桑狼狈不堪：外套被扯烂了，头发蓬乱，领带搭在肩上，衬衫下缘耷拉在外面，血气上涌，满头大汗，脸涨得通红，气粗如牛。他又气又累，说不出话来，瞪大双眼理顺呼吸，抬起手指向莫娜、菲德尔和洗衣店老板。

"你们……你们……你们……"

他语无伦次，他呼吸困难，句子都说不完整，捡起掉在地上的帽子，步履蹒跚地走了。

巴斯克人拍了拍菲德尔的肩膀，好奇的围观者纷纷散去。世道太乱，到处都是浑蛋，孩子，他摇摇头说。他根本不明白年轻人为何如此冲动，也不知道为了挚爱的露丝，不要说那个浑蛋科鲁桑，连自由女神像那小子都敢爬上去打。

他们远远看着他消失在街角，咂了咂舌头就算告别了，洗衣店老板转身走进店里。

就在那时，莫娜看见橱窗下面靠在墙根上的花：因为激烈的扭打被踩得稀巴烂。她弯腰捡起花，苦涩地哂笑，心想那可能是送给露丝的。

她举起那束七零八落的鲜花后，发现下面压着东西。一只钱包。一只棕色的男式皮革钱包。她转身面对墙壁弯下腰，不想被任何人看到。她打开钱包翻查，疑惑瞬间扫除。几张证件显示弗兰克·科鲁桑的名字，很显然钱包是他的，肯定是打成一团时从身上滑落。她赶紧把钱包塞进裙子的口袋中，不想被菲德尔看见。他肯定会去找钱包的主人，局面会变得更糟糕。

72

莫娜在餐馆里面忙得团团转；身旁两名电工正在铰接电线端口，点亮舞台灯光。午时已过，她连口饭都没来得及吃，正拆着从"维多利之家"赊来的商品，背对着大门全神贯注地在货柜上匆匆整理。

托尼走进来时没有跟她打招呼，也不想让她看见自己，只是远远地看着。她身材高挑，手脚麻利，动作十分和谐，弯腰寻找一罐黄桃罐头和一瓶香料，站直转身，踮起脚举起手臂把商品归置整齐。什么也无法阻止她，他钦佩地想。似乎真的没什么能够打倒那个年轻的姑娘，终于，她听见身后有动静，回过头来。只见她蓬头垢面，不修边幅，身上穿着家里缝制的破旧裙子和一件浅色的旧衬衫，可爱程度却不亚于前一晚。

"需要我帮忙吗？"

"不用，差不多都准备好了。"

"你也没时间跟我出去吃个饭？已经三点了，你肯定饿死了。"

她没有接受帮助，也不愿停下手头的工作缓口气；面对她斩钉截铁的拒绝，托尼怀疑她是否还是那个清晨在圣莫里茨门口被自己轻轻一吻的穿着红酒色丝绸礼服的姑娘，抑或是随着黎明第一缕阳光露出地平线，所有幻想都烟消云散了。

莫娜没有忘记那个羞赧的瞬间：他的双手托着她的脸庞，炽热的双唇压上来，肌肤间暧昧的摩擦。那一幕不断在她脑海中浮现：想念着他入睡，醒来时感觉他就在身旁，一整天都无法甩掉他的身影。然而，现在她进退两难。一方面，她希望顺其自然，彼此都不要有包袱、压力和为难，重温那个短暂的瞬间，忘我地拥吻直至永恒。另一方面，她知道自己不能随心所欲：她有太多责任在身，必须抵制住诱惑。托尼从她身上察觉到刻意的距离感，选择以退为进，给她空间；他一半身体靠在凳子上，年轻的女孩自顾自地忙碌着，电工继续尝试连接照明，每次接线失败都骂骂咧咧。最好让他们两个陌生人待在这里做"电灯泡",莫娜想,那样最好。

他们有一搭没一搭地聊着,回顾前一晚转瞬即逝的点点滴滴。不外乎华尔道夫酒店、古加特……还有科瓦东加伯爵。

"我陪他回到房间,不得不帮他脱掉衣服。走之前,他让我早上再去一趟,强撑着和我吃了早餐,他想跟我谈谈。"

他顿了顿,点着香烟,第一口烟吐出后,阿方索·德·波旁麻痹的身体浮现在烟雾中。

"他提议让我为他工作。"

听到他的话莫娜僵住了。

"他特别着急需要一位助理。"

"一个护士?"她头也没回地问,双手撑在柜子上。

"不仅仅是个护士。他说的是秘书。帮他处理日常事务,过滤日程,陪同他外出旅行。"

尽管托尼没有明说,他们俩都心知肚明,所谓的进进出出指的是医院。伯爵自己曾经多次提到医生、治疗和无尽的入院治疗,皆因他血液里携带的基因病:血友病,从母亲血统遗传来的疾病令他无法像其他普通人那样凝血。

"你是怎么回答的?"莫娜问道,她仍然背对着他,继续手头的工作,尽量让自己听上去语气正常。她不想让他察觉到自己内心的小小波澜。

托尼又吸了一口烟,迟疑片刻。他大可以花言巧语地粉饰那个令人震惊的提议,它足以让他彻底改变命运。但是他选择坦诚相待。

"我告诉他我们可以尝试两个星期。然后我再做决定。"

他们俩谁也不知道如何变成一个位高权重的人的影子，也没有意识到伯爵被废除王室封衔的窘境。尽管阿方索·德·波旁被驱逐出境，被褫夺世子之位，濒临离婚的边缘，与父母和兄弟姐妹隔海相望，他仍然是西班牙流亡的王室成员中关键的一环；然而，莫娜和托尼不明就里，而且开业迫在眉睫，他们只感兴趣伯爵的现状，最多关心眼前的将来。因此，莫娜坚信托尼留在他身边至关重要。彩票贩子从未想过平平淡淡地度过余生；他聪慧过人，渴望飞黄腾达。

然而，莫娜冷静下来理性地思考，臆测硬币的另一面。无论科瓦东加面临怎样的未来，托尼如果同意做他的跟班，将有机会见到不同的人，全新的世界。出入尊贵场所，接触王孙贵胄，驾驶敞篷汽车，品尝肥硕如野兔的龙虾，看到精致的女性吮吸着玳瑁烟嘴；彩票贩子将从此远离现在偷偷摸摸的营生，远离那些辛苦谋生的普通老百姓。犹太当铺老板也好，波多黎各理发店老板娘也罢，还有那几个妄图经营生意却不知前路荆棘的姑娘们，都将离开他的舞台，因为他的新生活将与那个二十多年来被称为殿下的人并肩度过。哈瓦那、罗马、迈阿密、伦敦、洛桑……莫娜对于皇室血统和世界地理的认知非常有限，但是足以让她预见到身边的这个男人将因此离她而去，彼此不再有任何羁绊；她极力掩饰自己的不安，重新点燃工作热情，过分小心细致地码放酒瓶。

"托尼，我可以拜托你一件事吗？"

他有话想说，尚未说出口又吞了回去。

"当然。"

她无法独自面对这一切，筹备如此匆忙，她如芒在背，还有千万个细节需要处理。推迟开业有可能给露丝造成灾难性的后果。即便如此，她也不想张嘴求他；他在圣莫里茨和华尔道夫已经帮了她们太多；与他相处的时间短暂却美好，最好不要拖他下水。

她转过身，在大腿两侧擦净双手，两颊泛红，一缕头发任性地垂在额前。她灰头土脸，但面容依然姣好，看着她那副模样，托尼的心中不禁泛起涟漪，他意识到自己宣布的消息令她困惑不安。她并不认为他会理所当然地接受邀请。

她弯腰从柜台里取出弗兰克·科鲁桑的钱包，想丢在桌面上；想到他就反胃，以至于动作太大，钱包掠过柜台边缘险些掉在地上，还好托尼及时接住。他翻过来掉过去仔细观察，棕色皮革，有些破损，没有牌子。他从里面取出一张驾照，念着上面的名字，没听说过。

"就是这个浑蛋在我妹妹脸上捣了一拳。"

托尼点点头，总算搞明白了。他继续好奇地追问。

"他今天早上去了洗衣店，想见她。为了阻止他，街上闹得沸沸扬扬的，钱包大概是在争吵过程中掉在地上的。我想他可能已经意识到自己不受欢迎，但是我怕他发现钱包丢了再试图找回来，最好先还给他，不要给他机会。"

她说到那里就止住了，剩下的话没有说出口，虽然表情说明了一切。你帮我去好吗，托尼？她似乎想那样说，但是她随手拿起一瓶水喝了一口，继续做自己的事情。他马上要为科瓦东加工作了，那样会加深他们之间的差距，最好不要继续投注更多感情。

然而，他立马心领神会：为了你，我什么都可以做，美丽的姑娘，哪怕你让我游泳横渡哈德逊河或者挂在美国国际大厦的尖顶上。但他没有表明心迹，自顾自想入非非。如果她想保持距离，他不会咄咄相逼。因此，他的回答比想法简洁许多。

"我来搞定，你放心吧。"说着，他把钱包塞进外套口袋里，"我住得不远，索性去一趟丢在他的邮箱里。"

或者还有别的办法，他想。

73

维多利亚和母亲刚从布鲁克林回来，她们尖叫着抱成一团，小别数日，跟几个世纪没有见面似的。她们互相倾诉；脚边堆着大包小包，锅碗瓢盆。过了好一会儿她们才冷静下来。

卢西亚诺·巴洛纳靠在门框上，手插在口袋里静静地看着她们，露出不可思议的表情。也许终有一天他会理解她们，但是直到今天，她们这个"四人帮"对他而言仍然是个谜。她们时而互诉想念，时而互相指责，像街头的野猫那样打闹闪躲着，她们彼此坦诚相待，烟草商的目光在母亲和姐妹们身上来回移动。

待大家冷静下来后，雷梅迪奥斯迫不及待地问道：

"好了，家里怎样？"

空气突然凝固，姐妹三人目光闪躲。片刻后，莫娜慢慢打开菲德尔一早送来的信封，从里面掏出一沓传单。

廉价的绿色纸张，上面黑色的墨迹尚未干透。他请阿斯图里亚斯老板阿尔戈奥在隔壁经营的西班牙打印店印刷两千份传单，

> ### 1936 年 6 月 26 日星期五
>
> # 船长的女儿
>
> ### 夜总会盛大开业
>
> 面向西班牙、西班牙裔及美国顾客提供服务
>
> 纽约西 14 街 250 号
>
> | | |
> |---|---|
> | **马拉加姑娘露丝** | **年轻的加德尔** |
> | 极其优秀的安达卢西亚小调及 | 探戈之王的继承者 |
> | 古巴伦巴歌手 | |
>
> **太阳阴影双重唱，超棒的喜剧组合**
>
> **边境的托莱丽塔，颇受欢迎的地区舞者**
>
> **吉他大师曼努埃尔·米兰达及**
>
> **埃斯特班·罗伊格携半支"快乐男孩"乐队同台献演**
>
> **开幕式特别邀请到阿方索·德·波旁－巴滕伯格殿下**
>
> **科瓦东加伯爵**
>
> **独一无二的气氛和无可匹敌的价格**
>
> # 千万不可错过！

请了几个男孩子帮忙在附近街区向四邻散发，商店、咖啡店、百货大楼、酒庄、修理铺和理发店。宣传口号极具煽动性，措辞夸张；打印店的员工出了些主意，因为菲德尔的语言水平有限。

"妈妈，我们有件事要跟您说……"莫娜鼓足勇气说。

既然事情已经成形，何必再等下去。雷梅迪奥斯拒绝接过面前的传单。

"为什么要给我这些纸？你明知道我根本看不懂。"

维多利亚和露丝怯怯地看着莫娜。她如鲠在喉，吞了一口口水。

"只是给你看看……但是，如果您愿意，我一口气给您念一遍，您耐心听完，不要打断我。然后，我再慢慢跟您解释。"

莫娜还没念完第六行，雷梅迪奥斯一拳砸在桌子上；她怒不可遏，不知道该吼叫、咒骂还是捶打三个女儿。

"你们是想气死我吗？你们彻底忘记你们的父亲了吗？你们这帮蠢货。"

她的尖叫声仿佛鞭子抽打着她们的鼓膜。谁也不敢回嘴，只听见水龙头的水滴在搓衣石上。这时，巴洛纳清了清嗓子。广告还没读完，一切听上去十分疯狂，但是他试图让大家冷静下来。

"也许行得通，雷梅迪奥斯，您不要这么激动……"

烟草商的话仿佛打响发令枪。三姐妹随即异口同声地劝慰母亲，但事与愿违：雷梅迪奥斯像是一只仰面朝天耍赖的猫，甚至用手捂住耳朵，面目狰狞地嘶吼着。

"无耻！不要脸！坏孩子！"

咒骂完后，她的怒气还没有发泄完，转而把矛头指向家里唯一的男士：

"您呢？您呢，卢西亚诺？您背着我支持她们干这种蠢事，不要不承认！看看我女儿嫁的好丈夫，堂堂男子汉大丈夫却如此无能，连几个疯丫头都拦不住！"

巴洛纳咬紧牙关，不让自己说出失当的话。他努力抑制自己的情绪，和妻子交换了一个眼神，她使了个眼色，告诉他赶紧走，不要掺和进来，直到风暴结束。但是烟草商早已没了耐心，他可不想夹着尾巴逃走，就好像自己真的有错似的。他受够了雷梅迪奥斯，受够了她的臭脸、冷落和抱怨；受够了她在他们布鲁克林的家中当着自己的面依然把女儿当成不懂事的孩子而不是一个成熟已婚的女子，说教不断。维多利亚也变得很奇怪，越来越怪；经常出神，思绪不知飘到何方，飘到一个他触碰不到的地方，对他甚是冷淡，夜晚躺在床上总是背对着他面朝墙壁，说自己头疼、肚子疼或者太累了、太热了……他无法解释年轻妻子态度的转变，只好归咎于自己倒霉摊上的古板岳母赖在他们家里。可恶的老太婆搞得他胃病又犯了。他的忍耐已经达到极限。

巴洛纳并不知道妻子和儿子恰诺之间不断升温的情愫，看不见，听不到，摸不着，仿佛无形的磁场把二人越拉越近。他们几乎不交谈，然而无声胜有声；一种虚无缥缈的东西超出一切神情和语言。那是一种本能原始的冲动。维多利亚在丈夫面前极力掩饰，不让日常生活受到影响，她心里清楚卢西亚诺不该承受双重背叛。但是她越来越无法忍受他碰自己，因为她渴望另一个人的双手抚摸自己的身体，她拒绝与丈夫做爱，因为脑中一直萦绕着另一个人的影子。那天早上，离开亚特兰蒂克大道的家、把母亲送回公寓前，她正在擦拭碗碟，雷梅迪奥斯在房间里收拾自己简单的行李，烟草商喝完第二杯咖啡，恰诺给自己倒了杯牛奶，喝下第一口后，他低着头用沙哑的声音说：我明天就搬走了。维多利亚背对着大家，任由水龙头流出的水从指尖滑落，紧紧抓着百洁布，仿佛那是一块救生板，担心卢西亚诺再次提出之前的建议。

但是无济于事。他不管不顾，再次抛出貌似无害的提议：你跟他去一趟，看看那地方是否合适，还需要什么，回来告诉我，确保他安顿好，什么都不缺。卢西亚诺·巴洛纳还是那套说辞，用一种慷慨父爱的姿态，同时让维多利亚担负起家庭主妇应有的责任。烟草商无论如何不会想到自己鲁莽的善意之举暗藏着危机。

　　一听到丈夫再次提出那样的建议，维多利亚的双腿忍不住颤抖。好的，我一定去，为什么不呢，她想说，但是声音低得几乎听不见。恰诺则一口气喝光牛奶，用手背擦擦嘴，转身离去。

　　几个小时后，夫妻俩来到第十四街的公寓，各怀心事，他们在等着雷梅迪奥斯恢复平静，或者变得筋疲力尽，想办法不去惹怒她。但是母亲似乎盛怒难平。她的情绪甚至越来越夸张：令大家出乎意料的是她要离家出走。她用力推开女儿们，拔腿就走，不告诉大家要去哪里，裹上深色的头巾，伸手抓起钥匙，砰的一声摔门而去。她们猜测母亲会去邻居家，于是松了口气，由她去了。

　　空气安静下来，卢西亚诺·巴洛纳抓起桌上的传单，读完引起轰动的广告内容。直到最后，莫娜没来得及念出来的几行句子提到该店受到阿方索·德·波旁的支持。令三姐妹惊讶的是，他警觉地问：

　　"孩子，你知道你把谁拉入这摊浑水了吗？"

74

　　雷梅迪奥斯骂骂咧咧地走下楼，来到米拉格罗斯夫人门前。她用力捶着门；电门铃对她而言就像是撒旦之子般可怕。没人应门，她继续顺着楼梯跑到马路上，气喘吁吁地跑过通往饭馆的街道；自从被带去布鲁克林，她还未曾回来过。来到店门口，她手抚胸口，看着鲜红的大雨篷和刚刚漆成亮绿色的门面。她马上就能想象出店面被弄成何等荒谬的模样；接着，她一如往常，看也不看两侧，径直穿过马路，听到司机愤怒的吼叫和喇叭，她恶狠狠地反击。你怎么不撞死我呢，浑蛋！给我有多远滚多远，臭不要脸的！

"哎呀，我的上帝啊，雷梅迪奥斯，我们多少天没见了……"

利托嬷嬷看见埃米利奥·阿莱纳斯的遗孀突然到访"玛利亚之家"，疲惫讽刺地问候，她未经通传径直闯进自己的书房，模样狼狈，一缕头发耷拉下来，气冲冲地走过来。

"现在您开心了吧，嬷嬷；您可以歇着了。"

"我不明白您在说什么。"

"我的女儿们背着我在倒霉的家里秘密策划，要改变她们可怜的父亲留下的生意。"她哀怨地顿了顿，深吸一口气，"您无法得到上帝的宽恕，您丝毫不同情我这个可怜的女人，您……"

修女点燃一支"好运来"香烟，没有从堆满文件的桌子后面走出来，而是靠在扶手椅背上，任由雷梅迪奥斯发泄积压在心中的怒火。修女累了，问题不断涌现，这几个星期她感到很不舒服；身体一侧的疼痛折磨着她，辗转反侧，夜不能寐；那天上午，身体的不适告诉她最好坦然面对寡妇的抓狂。

母亲乱骂一通后逐渐恢复理智，修女总算可以插嘴。

"她们已经不是小孩了，雷梅迪奥斯；您的女儿们再怎么说也已经是三个成熟女性了。毋庸置疑，您是为了她们好。但是您给她们太多压力，压得她们无法呼吸。于是她们自然而然地想要飞走。"

对方陷入不解的沉默，利托嬷嬷吐了一口烟，眯缝双眼隔着烟雾看着她。

"我跟您提过帮她们找丈夫……"

原来如此,是在说帮她们找丈夫的事情,她记起来了。事实上,起初她思考过雷梅迪奥斯的请求:帮她的小女儿们物色合适的人,家境不错、守本分的工人,面对生活的逆境能够保护她们。那个念想在不羁的修女脑中没有停留很久;没几天她就把那个愚蠢的请求抛到脑后。她们自己会找到共度余生的伴侣,也可以找到自立的办法。她真正关心的是竭尽全力帮她们争取赔偿,对抗一直以来要奸使诈的马萨律师。随着她力有不逮,热忱逐渐散去,她开始质疑自己当初的决定,索性趁早把案子结掉。但是她不想现在跟寡妇聊那件事,依旧维持刚才的话题。

"您指的是帮您的女儿们找恋爱对象?我一个都没找到。"

"怎么会没找到?"雷梅迪奥斯尖叫道。

"我说过了,亲爱的;你趁早把那种奇葩的想法丢掉。"

寡妇的嘴里嘟嘟囔囔,下唇开始颤抖,两颊滑落鹰嘴豆般大小的泪珠。她想斥责修女,质问她为何全世界都背叛她,为何没有人在意她的想法。

"我……"她明白自己所有的防御都被击垮了,张口结舌,"我只想离开这里,回到自己的土地上,把我的女儿们从这座令人作呕的城市带走。"

"待一切在法庭上尘埃落定了,您就可以回去了。但到那时我们再看她们是否还愿意跟您走。"

修女残忍的回答令她彻底失去反击能力,利托嬷嬷已经受够了她的固执己见。

"听着，雷梅迪奥斯。"她继续道，熄灭剩下的一点点烟头，"姑娘们像狮子般努力：老大和一个很好的男人结婚，我敢打赌她并不爱他，不过是想给家里带来些许安全感；老二恨不得把自己劈成两半，努力经营着可怜的生意，同时还要为一个吸血鬼工作；小女儿做着洗衣店的工作，同时还有成为艺术家的梦想。您不顾她们反对，硬把她们从自己的世界拖到这里，即便如此，她们脚踏实地打拼生活。难道她们承受的还不够多吗，女人？您当真不觉得她们值得获得您最起码的认可吗？您要好好想想是不是自己在逆势而行，无理取闹。"

沉默。埃米利奥·阿莱纳斯的遗孀被问得哑口无言，仿佛被人用剃头刀割断了舌头。直到泪已流干。

"我不……我不……我不想……"她迟疑良久，吞吞吐吐地回答，"我不想您继续负责我丈夫的案子。我……我……我……我不再信任您了。"

利托嬷嬷倏地从椅子上站起来，尽管个子矮小，她依然需要站起来以示庄重地回应：

"那由不得您一个人决定。您的女儿们也是我的客户，因为她们已经有了自主判断的能力。"

雷梅迪奥斯积压在心中的愤怒瞬间爆发，亵渎神明的污言秽语仿佛粗粒砂纸划过空中。

"您知道我想跟您说什么吗，嬷嬷？把这些事情交给合适的人去做，该死的……该死的国家，该死的歌舞表演，该死的艺术家，全世界可怜的修女该被地狱之火烧死。"

75

露丝留下姐姐们和烟草商激烈地讨论传单内容；她根本不关心王室和共和国的故事，关于政治她一窍不通，更不想了解。她离开公寓，独自一人向洗衣店走去；伊利格瑞夫妇还没到中午就让她休息一会儿，回去看看从布鲁克林回来的母亲，但是她不想令关系变得紧绷，毕竟在马路上与弗兰克大打出手已经够糟糕了。

尽管老板娘试图把她按在内间，她还是挣脱了，跑到商店前厅，隔着玻璃橱窗惊恐地看着外面的场景。要不是孔恰夫人拼尽全力抓住她，她肯定会像脱弓的箭飞出去，死命抓住他，哀求他住手，保证自己会回去他那里。

阿莱纳斯家的小女儿第二天早上还是感到迷惘、焦虑又紧张。她莫名地感觉自己被两股力量向两个相反的方向拉扯。一边是姐姐莫娜、洗衣店老板夫妇，还有最基本的常识告诉自己离开那个卑鄙小人，他不值得你留恋。然而，另一边是内心的疑惑和情感。直到现在她都不知如何解释自己歌词暗含的意思：冲动的爱情，没有结果的感情，折磨灵魂的男人。那些歌词曾经对于露丝来说不过是打着节拍吟唱的一串串字符；现在不一样了。现在歌词仿佛都和她有关，都在讲述她自己的故事，仿佛直刺心房的匕首。

她左顾右盼准备过马路，心中盘算着：再走一小段路就可以到地铁站，片刻她就可以消失在人们的视野中。她的内脏一阵绞痛，谁也不必知道她去了哪里。伊利格瑞夫妇会认为她正在和家人乐享天伦，家人会以为她和伊利格瑞夫妇在一起。而她，她可以趁大家没有觉察就离开。她还穿着工作时的白大褂，口袋里一分钱也没有，不用告知任何人她就可以进入月台，钻进车厢，驶往中城区，找到他，告诉他一切都过去了。

"哎，姑娘！"

粗犷的吼声把她从想象中唤醒。

"哎，露丝！"

周围的一切都变得真实清晰：熙熙攘攘的街道，初夏刺眼的阳光，汽车轧过鹅卵石地面发出咯吱咯吱的声音，一个卖冰棍的街头小贩，行人和敞篷货车。第十四街的日常生活。

从马路对面大声叫她的是自己的老板：恩里克先生心急如焚地等待她回来。尽管露丝并不知情，自从发生了科鲁桑事件后，他和妻子赋予自己神圣使命。保护她，尽可能避免那个无耻之徒再次靠近她，防止她犹豫不决，再次沉沦。巴斯克人穿着背心，洗衣店里的温度实在太高了。他双腿叉开，大腹便便，胸口、手臂和腋下汗毛旺盛，他冲她招招手，用不容置疑的态度告诉她，姑娘，快来工作了。

然而，即便露丝意志不坚定，无视恩里克先生的指令，闭着眼睛奔进车站，三步并作两步跑下楼，逃过售票处，爬上车厢去到目的地，也只会是徒劳无所获：她不可能找得到他，因为那天弗兰克·科鲁桑根本没有走往常的路线。他既没有像平日那样买晨报，没有坐在咖啡厅里一边吃着煎蛋配薯饼一边阅读《排行榜》了解最新动态，没有光顾常去的碟店，也没有去中城区的办公室。那天，就在露丝迟疑不决的时候，弗兰克·科鲁桑还在自己家里，瘫在扶手椅上，头向后仰，一包冰块压在脸部中央，试图止住从鼻子里喷出的鲜血。

周围的一切已面目全非，几乎看不到任何尼娜的东西。衣橱里只有空空的衣架，五斗柜的抽屉被扯翻在外，卫生间里只有一小筐发夹和一罐快要用光的旁氏乳液。星探不知道是妻子出院后回家拿走了属于自己的东西，还是有人替她收拾打包，总之她再也没回来过。无论如何，和露丝的邻居纠缠扭打回来后，他整个下午跟没头苍蝇似的瞎逛，心中懊恼不已，请求酒吧赊些酒水给自己，天晓得钱包丢到哪里去了，妻子的东西就剩下被翻得乱七八糟的床铺了。床单被罩上渗透着大片大片的血块，那本属于他的第一个孩子，现在只剩下形状不规则的暗红色污迹。

　　他蜷缩在沙发上睡着了，第二天早上穿着前一天的衣服，形容憔悴。该死的钱包，我得把它找出来，他起身时嘟囔着——那是他在浑浑噩噩中冒出来第一个想法，还没来得及在脸上扑点冷水清醒清醒，就冲出去开门了：门铃声经久不息，钻得他脑仁疼。他整个人稀里糊涂，鲁莽行事。不计后果。

　　对方一头撞爆他的鼻梁，然后一拳捣在左半边脸上，瞬间他的耳朵里嗡嗡作响，仿佛车站长在脑袋里吹响哨子。紧接着，对方猛地一推，他踉踉跄跄地打翻了角桌和台灯；他还没恢复听觉，对方的脚就如雨点般踹在他的脸上、身上和要害处。他无法辨认袭击者的身份，几个小时后依然无能为力。两个男人如闪电般无情施暴：不禁让他想起自己对妻子多么浑蛋。他们是来帮尼娜还是露丝报仇呢，弗兰克·科鲁桑不得而知，他们一言不发：可能是爱尔兰大舅子派来的恶霸，也有可能是两个西班牙小流氓来帮同街区寡妇的小女儿报仇，那些同胞之间团结互助，就像是兽群里的动物。

他好不容易挣扎着够到椅子，强忍呕吐，紧紧抓住扶手缓慢坐下。他鼻血止不住地流，头脑蒙蒙的，就像被驴踢过，因睾丸疼痛而浑身抽缩，他仅存的自尊没能告诉他是被谁算计了，但他不断暗暗起誓一定要彻查到底，绝不会就此罢休。

76

科瓦东加伯爵第二天上午在经销商英国汽车公司位于莱克星顿大道的专卖店里等托尼；他加入公司时职位不明，介乎公共关系和奢侈车辆销售之间。自从聘请了他，销售情况并没有明显的好转，但是出于某种莫名的原因，公司认为编制内拥有一位家世显赫的欧洲人——英国维多利亚女王曾孙和西班牙国王的长子——十分有趣，即便他眼下被流放海外。

他指间夹着烟嘴，身穿浅色三件套，系着丝质条纹领带，和善亲切，甚至眉飞色舞：自从戈特弗里德像丢掉烟头那样弃他而去，那是他第一天来到汽车专卖店，那天醒来时疼痛感相对缓解，有足够的力量支撑自己无须假借他人之力起床、洗漱和穿衣。因此，他不想请新聘的秘书帮助自己完成清晨起居——虽然那也属于两周试用期的工作范畴——而是尽量让他能够在新岗位上软着陆，因为痛苦的日子总会到来的。他和托尼在店里兜了一圈，向托尼展示陈列着的奢华汽车，甚至强迫托尼爬上一辆车想象那种真正开上公路时的速度与激情。二十分钟后，两人离开去吃午饭。

伯爵打心底里感到兴奋：尽管他现在很谨慎，避免在这件事上纠缠不清，但是这位前王位继承人的期盼如此迫切，以至于自己坚信托尼最终会接受这份工作。至于莫娜，他认为自己骨子里流淌着混合了美国、加勒比和阿斯图里亚斯的血液，非常适合成为她的守护天使：自己掌握两门语言，行事果断，在必要的时候稍作努力便可以控制心魔享受当下，如今恢复了钻石王老五的身份，更容易招蜂引蝶，彻底忘记埃德尔米拉。可以确定的是，西班牙的政治问题于他而言就如同上帝面对两把手枪，也许他根本不明白帝制究竟意味着什么，但那又如何，慢慢会懂的。他也没听同胞提起过该死的逃兵戈特弗里德，他蠢笨得还不如瑞士老家的牛，伯爵心想，即便这样，居然还与他共同生活了三年多。

他们的目的地是"佛尔诺斯"，曼哈顿最知名的西班牙餐厅之一。去年附近又开了一家新店，在西五十二街，但他们还是打了辆出租车；最好不要逼他挑战体力的极限。

"您知道今早酒店送来了您朋友们夜总会开业的传单吗？日程看上去十分有趣，我肯定不会错过的，能够出席站台我感到很荣幸。"

托尼在心里问自己，这位尊贵的同伴双脚跨过"船长的女儿"无比简陋的门槛时会做何感想；无论如何，他都会跟过去，帮伯爵缓和第一印象。

餐厅看上去并非十分奢华，但的确占据中城区最繁华的位置。跟莫娜向往的"小伙子"和纽约其他西班牙餐厅一样，装修风格都具有强烈的混搭特征：半高的托雷多贴瓷带状装饰，塞维利亚吉拉达壁画，加利西亚壁炉，隔离餐厅吧台的黑色锻铁围栏。尽管装修的审美杂乱无章，或者也许恰恰因为这个原因，餐厅几乎座无虚席。从食客们交谈的语气判断，大部分都是西班牙裔：不是西班牙人就是拉美人。每张桌子上都有红酒、果汁或桑格利亚，人们高谈阔论，不停地比画强调自己的观点，激动时甚至还会拍砸桌面，该笑时就应付地哈哈大笑，该怨时就愤怒地发牢骚抱怨。

伯爵撑着手杖走在前面，托尼紧随其后，一看到他们进来，服务生们挑起眉毛，招呼打趣着，引起许多客人和老板的注意。不一会儿他就赶出来迎接：一个五十岁出头的加利西亚人，宽大的脸盘，头戴花白的假发，姓莫莱。阿方索先生和同伴，欢迎光临，他问候道。

人们毫不掩饰自己的眼神，议论有如火一样蔓延。快看，一位波旁家族的后人，活生生地站在那里，有人说；我觉得他长得像他母亲，瞧他那双湛蓝的双眼，绝对是英伦血统；他把古巴女人丢在哪里了？看到自己的长子跑去卖汽车国王会怎么想啊？如果最终他离婚了会跟家人和好吗？他还有机会恢复继承权吗？还是自从他放弃继承权执意与那个交际花结婚那一刻起就彻底没戏了？流言蜚语甚嚣尘上，更有甚者，议论道他好像瘸了，但是面色还不错；身体状况更糟糕了？好转了？还是没什么起色？

"我斗胆把您安排在院子里吧，阿方索先生。我们这个季节刚开放它，有雨篷遮挡，室外的温度十分怡人。"

"我觉得很好，你呢，托尼？"他回过头和颜悦色地问；只要他开心就好，随便他选。

"完全没问题，先生。"

老板不想过问之前几次他居住在纽约期间陪他光顾餐厅的那位面如恶犬的壮硕老外去哪儿了，只是帮他们带路：这边请。阿斯图里亚斯前王储发现周围人对自己的极大好奇，一边往里走，一边疏离地向两边点头示意，没将目光驻留在任何人身上。

庭院环境怡人：顶棚遮挡住太阳的直射，两侧植被茂盛，中间有一处喷泉，深处的墙壁上画有巨幅海洋邮票：邮轮、桅杆、看不见面容的男人粗壮的双手、浮标和渔网。

"今天有什么美味啊，莫莱朋友？"科瓦东加随意地问着，打开折好的餐巾。

"今日特色菜是加泰罗尼亚炖菜，先生。看到菜单您就知道自己味蕾的选择了，阿方索先生。"

周围的二十来张桌子超过四分之三坐着客人，此时，几乎所有人都把注意力转向他们，有些稍加掩饰，有些毫不避忌，直接回头打量观察。一些人目光关切，一些人冷眼旁观。

伯爵丝毫不在意周围人的反应，看着看上去很美味的菜单，揉搓着纤长的手指点菜：显而易见，他像在华尔道夫细细品味半只龙虾那样期待享用炖菜，周围的挂毯、面前的银质餐具和大型管弦乐队都令他心旷神怡，在那样的餐厅里一切有条不紊。他点了一瓶拉里奥哈的红椒，询问老板的合伙人、家人和经营情况，托尼则暗中观察因为伯爵的出现引起的骚动。

他们安静地吃着午餐，聊着些无关紧要的事情：坦帕的烟草商和古巴朗姆酒，总统罗斯福和精力充沛的市长拉瓜迪亚，这个来自布朗克斯的意大利后裔生平第一份工作是帮大移民潮时期成千上万涌入埃利斯岛的同胞做翻译。用完甜品，二人似乎敞开了心扉。

人们似乎都在等待这一刻，几位客人慢慢靠过去，围在国王长子的身旁。他们问候寒暄着，久久不愿离去，直到伯爵邀请人席：十来个男人纷纷落座，在庭院的一侧围成一圈，抽着烟，谈笑风生。谁都不认识原王位继承人本尊，那不过是君主制拥趸者的自发性聚会；事实上，现场不到一半的人来自纽约的西班牙聚居区，大部分都是过路的游客，他们愉快地加入这场邂逅，此外，还有两个智利人和三个委内瑞拉人。

服务生早就停止供应午餐，"佛尔诺斯"的庭院里除了那群人就没有其他食客了，但是周围的桌子还维持原样：没人收拾，桌上堆满皱巴巴的餐巾、没有喝光的酒杯和脏兮兮的盘子。老板亲自为伯爵那桌服务，添满咖啡和科涅克白兰地。

"是西班牙的白兰地吧，莫莱？"前阿斯图里亚斯王储举起酒杯仔细观察，"热爱祖国的同胞们不应该喝美国佬的鸡尾酒，对吧？在这里我们只喝赫雷斯的白兰地！"

77

伯爵身边的氛围依然轻松活跃，旁观者则会发现那是一片喧嚣纷扰。可怜的莫莱表面上热情地应付那家伙，殷勤周到地招呼客人，实则觉得他是个大麻烦，但苦于无计脱身。

餐厅里面瞬间聚集一大群人：九名服务生，一位厨师，两个杂役和老板娘，他们都是西班牙人，也都是西班牙共和国的拥趸，完全无法理解为什么他要如此客气地对待一位已被废黜的王储。

"我们在这里不是为了搞政治，笨蛋！"他汗流浃背地一趟趟往厨房收拾碗碟，路过时听见他们抱怨抗议总会大声回应，"我们是来工作的！"

自从十三年前他在 23 号开门营业那天起，便苦心经营。他前半生都在其他地方打拼生活，颠沛流离，在萨达登上一艘货船来到纽约，那时他还是个毛头小伙。他先帮下城区科恩缇斯坡的"西班牙角"跑腿送信，那是最古老的西班牙餐厅，位于停靠西班牙航线船只的 8 号码头旁；接着帮沃特街的"瀑布"跑腿，在下东区的"恰孔"鱼市场设摊烤章鱼，他省吃俭用，精打细算，将一半收入寄给自己的亲人，坚持缴纳萨达及周边地区的老乡成立的同乡会的会费，只希望把汇款寄回老家，成立一所梦寐以求的学校。

"所以不要再提什么支持捍卫工人权益的共和国了，他妈的，这里只有我一个人是工人！"

莫莱冲着叽叽歪歪的员工们怒吼道，脸憋得通红，像一只大甜椒。

"我的心如贝坦索斯河那般热爱加利西亚，即便如此，我仍然提供阿斯图里亚斯炖菜、加泰罗尼亚炖菜、马德里炖菜和瓦伦西亚海鲜饭，我同样有一颗共和国的心，但我不会因此而不招待国王的儿子！"

任凭他再怎么努力都无济于事，手下继续待在炉灶间七嘴八舌地议论争辩，此时庭院内，伯爵身边围坐的宾客渐渐产生分歧。

"但是如果我们可以回去的话，我会是一个支持民主的君主、一个进步的国王，"科瓦东加坚称，"没人比我更加热爱西班牙，但是在美国我见识到了现代社会，现在我更加了解这个世界。"

同桌的一些人佯装赞许地点点头，背后在窃窃私语道："真够野蛮的！"还有一些人脸上露出疑惑的表情。只有拉美人赞赏他的想法，没有意识到当时的西班牙风雨飘摇，他的话听起来何其荒谬。但是前继承人兴奋不已，口若悬河，尽管已经亲手签字放弃王位继承权，他从不错过任何可以高谈阔论的机会，大肆宣扬自己解决大洋彼岸动荡不安的雄心壮志。

如果他的父母阿方索十三世和艾娜王后在现场听见他大放厥词，肯定已经不约而同地大巴掌扇过来，或者各打各的，毕竟他们已经不住在一起，互相不交流，全靠他人代传。无论哪种情况，他们的反应肯定是一致的：你疯了吗，亲爱的？皇室成员怎么可能有机会回去？你忘了吗，我的儿子，我们是在何种情形下被迫离开马德里？

托尼坐在伯爵左侧，认真聆听他们的对话，观察他们的反应：他需要把情况摸得一清二楚再决定是否要接受这个职位，他对眼前这位邀请他为其效劳的先生不甚了解，对其家族的兴衰存亡依然没有十分清晰的概念——国王、君主、君王和王储等术语自由搭配着放弃、拒绝和退位等词语，但是他不想追问其中的含义。

他专注地听着，然而，狗一般灵敏的鼻子发觉空气中有什么不对劲，诡异的氛围令他提高警惕。客人已经离开许久，周围的桌子依然无人收拾。那个时间本应一片安静祥和，厨房里却时不时传出怒吼声。老板走过来添酒时已是满脸倦意，不住用袖子擦拭头上的汗水，可怜的男人拼命掩饰心里的不安。所有细节都令坦帕人心生疑虑，他决定要一探究竟。

有人问及反神职的问题，他丝毫不关心西班牙牧师的命运，趁机偷偷离开桌子；从人们视线中消失后，他摸进厨房。厨房在下面一层，狭长纵深，屋顶被熏得乌黑，弥漫着浓重的油烟味，人们簇拥在一起，仿佛挂在角落里的一大块培根。面对老板消极的态度，三名服务生早就咬牙切齿地愤然离开。剩下的人也考虑离开。犹豫不决之际，人们抽着烟，掰弄关节，眼神放空，用过期的报纸折小鸟，就是不想上楼收拾餐厅和庭院里的餐具。总而言之，拒绝工作。

托尼探头张望，佯装迷惑。

"对不起，不好意思，我想我迷路了，我在找……"

一名服务生猛地站直身体，问道：

"您是陪他来的那个人，对吗？"

周围的人眼神不善，他犹豫片刻：他可以选择撒谎，或者用自己兜售发财梦的过人智慧蒙混过关，或者用自己最擅长的手段巧言令色。但是那些野蛮暴戾的人不容他选择。

"麻烦转告他，这里没人喜欢他。"

用纯正的加利西亚口音说话的人是厨师，他来自拉科鲁尼亚，长着一张尖脸，罩衣上油迹斑斑。话音一落，厨房里又陷入沉默，其他反对君主制的员工也恶狠狠地盯着他。

人群里唯一的女性走到他面前。她是老板的妻子：她和丈夫日夜一起工作，但总是默默地躲在后厨。她身材矮小，体态丰腴，头发因为油烟蒸汽凌乱蓬松；有着一张聪明、天才的脸。

"您这样的小伙子从未到过西班牙吧？"

托尼耸了耸肩，认可她的说法。

"让我跟您解释一下我们的道理，然后，如果您愿意，可以上去转告那位先生。"

其他人频频点头，轻声附和她：您说吧，马鲁克萨夫人，让他认清事实。

不消三分钟他便基本弄清楚来龙去脉。饥饿，落后，不顾穷苦之人，生活无望。这些都是女人对孩童时期不堪回首的回忆，她也为此背井离乡。那时西班牙还有王室，虽然国王的肖像仍然出现在比塞塔和邮票上，但没多久就变天了。

"现在一切都变了。"她补充道。

根据姐妹们的来信和在加利西亚中心聚会时的耳闻，现在的共和国五年前将王室驱逐出境，许诺公正、机会、就业和更加平等。然而，她不清楚的是大洋彼岸的紧张局势、政府更迭和街头暴动；她十分清楚一件事情，那是她所向往的充满希望的西班牙。

托尼脑中却想起另外一件事。很快他便得出和卢西亚诺·巴洛纳看到传单上写着科瓦东加伯爵将为"船长的女儿"捧场时相同的结论，那个决定可能是个天大的错误，将事与愿违，给阿莱纳斯家刚刚起步的生意带来毁灭性的打击。

尽管他的态度和蔼可亲，在庭院里高谈阔论，听上去一副民主现代人士的做派，上层阶级的拥趸众多，那个男人生在帝王家，是命中注定的王者，但那对于聚居区的绝大部分人——锅炉工、泥瓦匠、服务生、工人阶层——没有任何好感可言。所以，不要说什么吸引客源，他的出现很可能造成第十四街的夜总会从此无人踏足。

78

在"佛尔诺斯"状况不断的同时，"村庄"的一家西西里餐厅里另一场气氛完全不同的午餐正在进行。卢西亚诺·巴洛纳认识维多利亚以前隔三岔五光顾那里；店面本身并不起眼，不过是个简陋的家庭餐馆，价格实惠，但是供应的食物总让烟草商想起遥远的家乡。然而，那天中午，他实现了另一个目的：远离顽固不化的雷梅迪奥斯，与妻子共度一小段宝贵的时光。

他无论如何也说服不了她：她坚持要留在第十四街帮忙准备"船长的女儿"的开幕之夜；莫娜手里抓着传单死扛到底，一时无法接受姐夫对于科瓦东加出现在开幕式上的评论：那无异于玩火自焚。

莫娜冥顽不灵，只愿与天真无知的菲德尔和兜售发财梦的托尼分享自己的观点，她没有如炬的目光，看不清事情的本质，亦做不到高瞻远瞩。他们两对于遥远的西班牙一无所知，就像是游荡在中国城里的短扎枪手①，手忙脚乱不知如何助攻。而现在，距离开业就剩下一天了，阿莱纳斯家的二女儿需要认真思考纠正错误的方法。另外，店里还有无数的细节没有收尾。走吧，走吧，烟草商坚持一起吃午饭时，她对维多利亚说。你放心去吃饭，你再怎么想帮忙，现在也无济于事。

"你确定你没事？"

卢西亚诺和维多利亚坐进西西里餐厅没多久，他已经重复了三遍这个问题，每次年迈的老板娘咂巴着嘴巴露出一颗大金牙来收盘子时，他就忍不住问一次。先是烘面包配番茄橄榄，她几乎

---

① 一般斗牛比赛的形式是三个斗牛士各以两头牛为对手交战，即一场比赛要杀掉六头牛。进场仪式的次序是骑手、斗牛士、短扎枪手、长枪手，以及马夫、骡夫和沙夫。每位斗牛士都有三个短扎枪手和两名长枪手为他服务。

没怎么吃，接着是沙丁鱼意面，她几乎没碰过，最后是奶油芝士卷，她就咬了几口。可怜的孩子，老太婆看到年轻妇人食欲不振时咕哝着。

维多利亚无视老妇的嘀咕，一只手伸过去抚在丈夫饱经沧桑的手指上，呢喃细语道，是的，很好，我没事。说着脸上勉强挤出一丝微笑：她在睁眼说瞎话，所以极力掩饰，希望自己看上去真实诚恳。不，事实上她一点也不好：维多利亚的表情祥和、头发已剪短，纤长的睫毛下面乌黑明亮的大眼睛忽闪忽闪，然而表相背后的她怯懦畏缩，几乎被内疚吞噬，内心忐忑不安。

烟草商一口吞下涩涩的葡萄酒，在杯子下面扔了几张纸币，两人站起身来。满脸皱纹的西西里老板娘看着他们穿过桌子中间狭窄的通道走向门口，不悦地摇摇头。他走在后面，占有欲极强地一只手搭在她肩膀上；而年轻的妻子走在他前面，全神贯注地想着自己的事情，尽管午间温暖和煦，她双臂交叉在胸前，裹紧身上纤薄的针织外套，迫不及待地往外逃。他们离开时老太太用方言叨念着什么脏话。

二人并肩走了一小段路，直到他拦住一辆出租车。

"地址你记下了吧？身上有往返的钱吗？"

维多利亚指了指挎包以示回应。

"你知道怎么做了吧，到那里里里外外仔细看一遍，脑子里记清楚他还需要什么。"

她颔首作答，依然一声不吭。他响亮地亲吻她的额头，等她坐进后排，帮她关上车门。

"我们今晚到你母亲那里碰头！"他俯身大喊，好让声音穿过玻璃传入车内，接着在车顶使劲拍了几下，汽车开动向前驶去。

维多利亚没有回头告别；她想那样做，却没有足够的勇气。卢西亚诺·巴洛纳被甩在身后，独自一人留在人行道上，扛着几箱烟草强忍着胃灼热的痛苦，茫然不知自己已经站在被妻儿背叛的边缘。

她永远也不会记得汽车驶往哈勒姆西班牙聚居区的路线；她只知道车停下来时司机转向右侧指着第二大道上一幢狭窄的四层小楼。一楼可以看见五金店的橱窗，他马上就要开始在那里工作：水龙头、水管、阀栓、螺丝。正在营业，招牌上写着。楼上的起落窗敞开着。恰诺侧着身坐在窗框上，看见她穿着天蓝色的夏裙走下出租车。

她踮着脚踩在楼梯上，仿佛不想发出声音，楼上某间公寓里传出争吵声，她什么也听不懂。他正在门口等她，袖子卷到手肘上方，穿着短裤。他们和彼此打招呼，一句话都没有说。维多利亚仿佛结束了一段漫长的旅行，紧紧搂住他的脖子，把脸埋入他的颈根深处。他的欲望瞬间被点燃，双手抓住她的臀部托起她娇小的身躯，她的大腿盘在他的腰间，两个人跌跌撞撞地进了房间，嘭的一声撞上门。他们恨不得把对方揉碎在自己的怀中，维多利亚高高在上，手指深深嵌入恰诺黝黑的背脊和后颈，彼此唇舌缠绕摩挲，感受对方炙热的呼吸，沿着走廊磕磕碰碰往前滚。

两个人迫不及待拥有对方，片刻也不愿耽搁。他们激吻纠缠着撞进房间，顷刻间便赤裸裸地贴在一起，没有下流情话也没有嬉笑逗弄；只有身体交合的原始冲动，仿佛彼此已经期盼了一生。恰诺滑入她的身体，前后动着自己的身体和臀部，强壮的手臂把她牢牢地按压在床上，粗糙的手掌从她身体两侧摩挲游走至饱满挺耸的乳房、平坦滑腻的小腹、紧实玲珑的臀部，她裸露的玉腿紧紧环绕在他的腰间，彼此主动迎合，他享受着每次撞击时她身体的反应，她体味着每一个贪婪扩张的毛孔，那是一种实实在在的体验，此刻的她曼妙，婀娜，主动，头发散乱，舌尖灵活，用嘴唇、指甲和牙齿从容奔放地接纳他强壮的身体。汗水，燥热，唾液，娇喘，震颤，晕眩，快感，直到两人身体分开，手指缠绕并排仰卧，嘴唇翕动。

所有的重击，所有的愤怒。所有的挫折、失落、走投无路，脸盆、海绵和毛巾上沾染的鲜血；所有被击败后躺在异乡旅馆狭小的床上心灰意冷的夜晚，没有掌声和鲜花，只有一些很快就从记忆中抹去名字的女性陪伴他难以排遣的孤寂。如果命运把他带到这里，恰诺想着，一切曲折都值得。他轻声吟诵着她的名字。维多利亚。那种体验从未有过。

他撑着手肘侧卧，用小指挑开她面前的一缕头发，望穿爱人的眼底。我们走吧，他喃喃道。她很想问去哪里，但是声音哽住了。我们远走高飞，恰诺继续轻声絮语。去一个没人认识也找不到我们的地方。随便哪里，只有我和你。

彼时，维多利亚才意识到糊涂鲁莽的他们手牵手跳进了怎样的深渊，那无异于自杀。

79

莫娜让菲德尔负责收尾，照顾无精打采地排练着的露丝；心里无数次责骂自己为何不能留下来，无奈于还有许多悬而未决的事情需要解决。但是最刻不容缓的是去找伯爵，于是她在公园旁守了两个多小时，死死盯着圣莫里茨的大门。她还记得在华尔道夫共进晚餐时，古加特走近之前，科瓦东加脆弱的身体突然感觉异常疲惫，认为他急需小憩。如果我吃完饭不好好休息就会心力交瘁！这是他的原话，莫娜记不清他为何会突然袒露心声，说完后他哈哈大笑帮自己找个台阶。她没有别的办法，只能守在那里，等前王储午饭后返回酒店，感谢他的慷慨相助，他非常体贴，她和家人感到十分荣幸。但是，不需要他出席开业仪式了，不，谢谢。

时间一分一秒过去了，她急得如热锅上的蚂蚁，决定进去找他，这次她不再羞怯慌张或四处张望：她态度决绝地走进大堂，不理会他人的目光，径直走向前台。

"麻烦，我找科瓦东加伯爵。"她用糟糕的英语不假思索地说。

犹豫片刻后，前台拎起话筒拨了个号码，无人应答：她自己也听到持续不断的嘟嘟声，很显然他们头顶的二十六层楼上没有人接听电话。直到前台耸了耸肩，手势明确地告诉她客人现在不在房间里。

在尊贵的中央公园南区发生这一切的同时，仅隔七条马路"佛尔诺斯"厨房里嘈杂的气氛愈演愈烈。随着时间推移，餐厅半开放式庭院里的政治对话越来越激动，楼下激愤的情绪继续高涨，却是往完全相反的方向。他们的神经高度紧绷，气氛也随即变得紧张起来，几名服务生决定上楼。莫莱看到他们探出头来，恼羞成怒，警告他们规行矩步。

"小心，"他压低声音，"一定要小心，我可不想惹麻烦；谁给我惹麻烦，就给我走人，再也别想回来了，记住了。"

但是他们置若罔闻，停止交头接耳，突然提高声音。共和国万岁！两名服务生高声呐喊着走进庭院。尊贵的客人们立即回应：君主制万岁！国王万岁！对峙继续，其他人也从厨房里走出来加入同伴的队伍，前王储身边的所有食客都站起身来。

所有人，当然，除了科瓦东加。

"我们快走吧，先生。"托尼用英语在他耳边轻声提醒。听到反对派的言论他提高警惕，"先生，我们最好马上离开。"

但是前王储严词拒绝。他从容不迫，满腹狐疑，请彩票贩子扶他起来。

从厨房里冲出来的那群人气急败坏，浑身上下沾染着油烟气，他们挤在几米开外的庭院喷泉旁。两个阵营里最虚张声势的人向前迈出一步，脸涨得通红，脖子上的青筋暴起，似乎要动起手来。后面的同伴们有些挑衅有些劝阻。争吵声、煽动声、咒骂声甚嚣尘上。共和国必亡！一边叫嚣。另一边回应，波旁王朝倒台！国王倒台！

不顾坦帕人的提醒，科瓦东加努力站直身体，想往前走几步，他有话要说。但是从刚才开始他就变成了透明人：愤怒的情绪如同肆虐传播的病菌，他已形同虚设。就在此时，人群中突然传来打斗的声音，有人推了另一个人，而这个人失去平衡撞在一张桌子上，桌子顷刻之间倒了。怕被剩下的红酒和汤汁溅到，周围的人本能地往后退，相互撞成一团，产生多米诺效应，还没等托尼反应过来，国王儿子的大腿就撞在了椅背上。

托尼条件反射地把他抱起来，以免他摔在地上，但是这位蓝血贵族的身体已经感觉十分糟糕。

"我只想传播和平。"科瓦东加有气无力地说。

80

三姐妹回到公寓时已经晚上九点了。每个人都怀揣着自己的恐惧和担忧，躲藏在自己的保护壳里，不愿与姐妹们分享正在腐蚀自己的疑虑。

先是莫娜：她灰心丧气，瘫坐在厨房的凳子上，仰面朝天，头靠在墙上，盯着脏兮兮的房顶，试图让自己的沮丧消融在斑驳的污迹间。整整一下午，她既没找到伯爵也没找到托尼，谁也没有在酒店现身。

紧接着是维多利亚，她一进屋就回避眼神，闪躲问题，闷声不响地钻进卫生间，打开水龙头，用流水声掩饰自己的不安。

最后出现的是露丝，像一只受惊的小兽，颧骨青肿，奇怪的眉毛下面一双眼睛无比哀怨。

她想起当初母女四人刚刚来到纽约时，父亲烦透了她们目空一切、乱发脾气，宁愿缩居在"船长"的仓库中，夜深人静的时候，她们撕下白天戴在脸上的高傲面具，恢复真我：脆弱、孤单，如同几根迷失在地图上的大头针，这座城市光怪陆离，令人目眩。

直到她们在餐桌旁面对面坐下，如同擂鼓般异口同声问道：

"母亲去哪儿了？"

她们跌跌撞撞地跑进跑出，不消片刻便确认了自己的担心：

连个雷梅迪奥斯的影子都没有。她们像一群小马驹噔噔噔噔地跑下楼，响彻楼道；她们在米拉格罗斯夫人家门前停下，六只手握紧拳头拼命砸门；她们也不喜欢门铃。

不一会儿，邻居走出来开门：她几十年了像鸡那般早睡，但是睡眠很轻，以防消失了近半个世纪的丈夫突然哪天想回来。三姐妹失魂落魄，歇斯底里地冲她嚷嚷。老太婆干脆地回答：

"我一整天都在外面，在华盛顿高地的儿子家，他女儿患了麻疹。至于你们母亲，自从你们把她带去布鲁克林我就再也没见过了。"

只见她羊毛头巾乱糟糟地披在肩上，几缕白发散落出来，脚上穿着破旧的拖鞋，亚麻睡衣拖到脚面，脸上密密麻麻的皱纹中显露了一丝担忧。

女儿们沉默了片刻，不敢对视，各自思忖自己的责任：每个人都有过错，三人心知肚明。不消多想也不必挑明，维多利亚把母亲送回家后便理所应当地认为自己卸下了责任。莫娜的理解恰恰相反：那天母亲还应由维多利亚负责，她则跑去关照"船长的女儿"。露丝……露丝深深陷入自己的焦虑中，完全忽视了母亲。

但现在不是互相指责抱怨的时候，得赶紧出发。我们去街上找吧，莫娜建议，虽然谁也不知道该从哪里找起。我去穿衣服，加利西亚老太婆说。还没想好往哪个方向走，她们听到楼梯间里传来声响，有人走进门厅正在上楼。三姐妹如岩羊般灵活，探出半个身体向下张望；她们看见扶手上按着一只手，那是一只宽大疲惫的手，男人强撑着往上爬。

"卢西亚诺。"维多利亚喃喃道。丈夫的名字哽咽在嗓子里。

"卢西亚诺！"她嘶吼着。

她三步并作两步跑下楼梯，忧心忡忡地跑到丈夫身边；妹妹们和老邻居在楼上听见她如竹筒倒豆子般一通宣泄：她得知母亲不见了心中多么恐慌，紧接着阿莱纳斯家大女儿激动地嚷嚷着什么，夹杂着哀求、质问和语无伦次的解释，最后止不住凄惨地哭泣。

"好了，好了……"烟草商把妻子揽入怀中，轻声抚慰。

维多利亚把脸深深埋在男人的胸口：我们得找到她，我没想到，我不知道，我不想……这时，楼上的几位已经下来。

"我们都不知道她什么时间离开的。"最沉着冷静的莫娜解释说，"我们不知道她今天早上因为夜总会的事情生气后抓起钥匙离开家就再也没回来，还是她回来过又走了，还是……"

"但是一整天你们谁也不在家吗？"巴洛纳问。

幽黄的灯光在头顶上闪烁，周围陷入死寂。

维多利亚慢慢推开他的怀抱。

所有人都惶恐不安。

阿莱纳斯家大女儿感觉快窒息了。

"我去看了你儿子，然……然……然后……"

莫娜脑中如电流经过，一个激灵，她没有直截了当地冲姐姐嚷嚷，你没事吧？疯了吗？而是撒谎帮她掩护。

"然后我们就一直待在店里。"

他们来到街上，初夏的夜晚清风和煦。路上没什么人，过往的车辆也很少，马路两边的窗户里有星星点点的灯光，一些邻居已经熄灯准备休息了。

他们加紧脚步往饭馆方向走，刚到门口就听见里面传出音乐声，磨砂玻璃透出些许灯光。他们试图进去，但是门从里面闩住了，用钥匙也打不开。他们只好再次举起拳头，用力砸门，持续了很久终于有人应声走过来。

"是谁？"

菲德尔的声音。

"赶紧开门！"

男孩慢吞吞地打开门，伸出脑袋嘟哝着都这个时间了根本没留意有人敲门：他看所有准备工作已经就绪，想抓紧排练，改善打磨细节。还没等他说完，露丝一把推开门：

"让开，让我们进去。母亲不在这里吧，对吗？"

他怯怯地闪开，没有料到是那样的情形。他想在首演之夜给她留下深刻的印象，让她看到自己的声线有了怎样的飞跃，自己如何努力向崇敬的偶像看齐，但是露丝和姐姐们急吼吼往里冲，看都没看他一眼。

他们没有留意到他拉直了头发，还染了色，脸上搽了粉，身上穿着演出服：大翻领珍珠灰西服套装，条纹领带，胸前口袋露出一条丝帕。姐妹们没头苍蝇一样钻进各个角落翻找，伴着菲德尔自己从家里带来的老式电唱机播放的探戈旋律：厨房，厕所，父亲无法忍受与四个女人同一屋檐生活时蜗居的小储物间。

加德尔继续在黑胶唱片里吟唱着《手牵手》，连个雷梅迪奥斯的影子都看不见。姐妹们脸上写满担忧，往门口走去。途中莫娜突然含混其词，找个理由拦住维多利亚，其他人继续往外走，她估摸着拉开安全距离了，一把抓住姐姐的手臂。

"你不会……"她附耳小声说。

阿莱纳斯家大女儿吓得丢了魂似的。

菲德尔加入队伍，下一站是"玛利亚之家"，相隔几米远，都不用过马路。厨房一侧的入口那个时间已经关闭，他们只好去敲正门。听到叫门声，一个严肃的墨西哥修女过了片刻走出来，提醒他们已经很晚了，利托嬷嬷肯定睡下了……

"现在不是布道的时候，姐姐，我们有急事！"露丝嚷嚷着，"拜托您让我们进去。"

双方多番扯皮拉锯，修女勉强同意他们其中两个人进去，大家讨论后决定由米拉格罗斯夫人和莫娜代表；离开前，她们向留下的人分配任务。卢西亚诺，你为什么不去问问是否有人在国民联合会见过她，看看有没有邻居在楼下餐厅里玩？你，维多利亚，你去"莫奈奥之家"找卡门夫人，她们经常腻在一起。露丝，你去问问伊利格瑞夫妇。菲德尔，你去"拉毕尔巴伊纳"，看看老板是否见过她，他住在楼上……这样做无异于海中捞月，巴掌打空气有劲使不上。但是谁也想不出更好的主意，领了任务分头出发前往附近的几个街区。

利托嬷嬷的确不在办公室里，而是卧在床上昏昏欲睡，旁边的一盏小灯发出微弱的光芒，照亮她半边脸。她慵懒地阅读，看上去苍老了许多，手里握着几张纸，还有几张滑落在地面上，米拉格罗斯夫人走过去晃晃她的肩膀。她从昏昏沉沉中惊醒，老花眼镜歪在鼻梁上。

"她半晌午时在我这儿，是的。"她手肘撑在床垫上努力爬起来，"我们聊了一会儿，她气鼓鼓地走了，我就知道这些。"

她还在尝试起身，但是一阵剧痛令她不得不放弃。她一只手托住侧腰，重新躺平。

"你们聊了什么？"莫娜问，"她跟您说了什么，您跟她说了什么，什么……什么……"

"随便聊了一些。"利托嬷嬷含糊其辞地回答，再次侧卧在枕头上。

"说清楚点，嬷嬷，我的天哪。"

修女看看她们，视线有些模糊，在她看来她们身上就像裹了层蛋清。

"我劝她不要再过问你们的事。"

81

不到一刻钟大家又都回到"玛利亚之家"门外的人行道上，头顶笼罩着冰冷的廊灯。周围楼宇里还亮着灯的窗户越来越少。

在周遭的搜寻一无所获，谁也没有见到过雷梅迪奥斯。莫娜咬着小指甲，绞尽脑汁，露丝泪流满面，维多利亚面无血色。哪里？那个可怜的女人究竟跑到哪里去了？她几乎谁也不认识，也不知道如何在城市中移动；这里的一切都让她感到惶恐，她也没有钱，也没什么主见。夜已深，母亲依然无迹可寻。

"我们得扩大搜寻范围。"烟草商决绝地说。

"去哪里找？"三个女儿异口同声地问。

搜索已经不仅仅局限于第十四街，远离熟悉的社区，超出了她们可控的范围，卢西亚诺·巴洛纳下意识地扛起指挥的大旗。

"你们三个去圣文森特医院，知道在哪里吧？在第十一街转角。菲德尔，你看你能不能去三十街和第八大道交叉路口的法国医院，如果有必要的话开殡仪车去。米拉格罗斯夫人，您最好回家，仔细听着，万一她回来了。"

"你呢？"维多利亚不敢直视丈夫的眼睛，问道，"你去哪儿？"

"去贝尔维。"

他没有多做解释，心里清楚城市里大部分不幸的人都会被送到东河旁那家庞大的公立医院：表情严肃的穷人，疯子和罪犯，绝症患者，酒鬼，无人认领的移民。他们乌泱泱地挤在走廊里，三三两两占着病床，蜷缩在地板上，墙壁肮脏，空气中弥漫着尿液的恶臭。贝尔维医院为那些成日躺在马路上、公园里、码头上或者空地的角落里的可怜虫提供全纽约规模最大的停尸房。

然而，他不想让自己的预感吓坏她们，轻描淡写地说：

"还得有人去跑警察局……"

"我去。"

所有人都不可思议地看着莫娜；她对警察局能有什么概念。但是她没有为自己辩解，只说：

"我会搞定的。"

他们就此解散，各自朝卢西亚诺指示的方向出发，只剩下莫娜再次敲响"玛利亚之家"的大门。又是那个臃肿的墨西哥修女出来接待她，扛不住她苦苦哀求，只好放她进去打电话。

还好莫娜在马克西夫人家工作时牢牢记住了她家的电话号码，还好不是她接听电话。我马上到，年轻的医生听完莫娜的简单叙述后立即说。他没有食言：二十分钟后他的福特跑车停在教堂对面，跑下来打开副驾驶的门，让她上车。自从在梅西百货重逢后，他无数次提出送莫娜去任何她想去的地方，而她并不知道，他从那时起每天提前下班回家只是为了见到她。

听见电话那头莫娜的声音，塞萨尔·奥索里奥的心怦怦乱撞；自从她没有多做解释告假几天，家里变得像石棺那般凄凉，没有她在身边，单独面对姑母令他无法忍受，感到极度痛苦。电话铃响起时他正在床上看书，腾地蹿起来去接电话；这个时间谁会打电话来？！电话挂掉时，乏味无趣的马克西夫人在房间里嚷嚷着。他努力平复心情，脸贴在姑母的房门上。卡斯特洛比耶霍医生有急诊，你别着急，姑母，他谎称，我要去诊所，不知道什么时间回来。

"真的很抱歉打扰您，但是……"

但是我考虑过两个男人，最终您赢了，首先是因为我没有办法找到另一位，再者也许这样更好，我尽量少和他接触，他老在我身边出现，变成我不经意会去搜寻的影子，现在已然在我心中留下涟漪，莫娜很想诚恳地告诉他。然而，她欲说还休，毋庸赘言。

"我们去最近的警察局找寻您母亲的下落，对吗？"他从手套箱里取出一张地图。

他没打领带，干净的衬衫外面套着蓝色细线毛衣，发丝微湿，出门前沾水梳得一丝不苟。

"我对附近几个街区不太熟，"他补充道，"但是应该不难找……"

他扶着方向盘，她坐在旁边，两个人沉默不语，先往查尔斯街警察局驶去；街上几乎一个人也没有，只是偶尔看见一群群吵闹的人进出夜总会或小剧场；这里是"村庄"：随处可见波西米亚人、画家、各种艺术家，混迹在普通老百姓中，那里有很多附近西区码头工人的家庭。

一切努力都是徒劳：警察局没有任何关于一个从头到脚穿着黑色衣服、半句英语都不会说的女性移民的消息。一位当班的橙发警察不情愿地翻了几页值班记录，向他们俩确认。莫娜目光低垂地走出警察局，从里面的某个房间里传出叫喊声和椅子倒地的声音。码头上的人、门口的警察嘟囔着，晚安。来到马路上，塞萨尔腼腆地把手搭在她的左肩上。

"她会出现的，"他喃喃道，"你再等等吧。"

他第一次用了非敬语。

莫娜和眼科医生继续下一程时，维多利亚和露丝还等在圣文森特医院。和巴洛纳前往的贝尔维一样，那里也是纽约最古老的医院之一，诞生之初作为曼哈顿南部的一家慈善机构，收容那些有需要的人，无论其信仰是什么。然而，富人很少光顾，不乏穷人和恶棍。包括各种灾难的受害者：被霍乱传染的病人，泰坦尼克号的遇难者，还有恐怖火灾中抢救回来的被烧焦的尸体，几年前就发生过一场火灾，夺走了上百名年轻女裁缝的生命，其中大部分是意大利和犹太移民，当时她们被禁足在附近华盛顿广场的一栋大厦里每天工作九小时。

所幸那天晚上没有突发事件发生，候诊室内还算安静。阿莱纳斯家的大女儿和小女儿听从一位当值修女的指示，安安静静地坐在旁边等候。请在那边等，她对她们说，拜托耐心等等。

她们一句话也不说，把折磨吞噬自己的苦恼藏在心里。一个顶着红发靠在墙上假寐，另一个滴溜溜的大眼睛追踪着过往的病人、护士和修女。

露丝仍然因为没有弗兰克·科鲁桑的消息而感到痛苦，她咒骂自己没有去找他，同时又害怕经过与老板和菲德尔的争执他会变本加厉。维多利亚内心深处还在一遍遍回放那天下午的情形：恰诺，恰诺，恰诺，恰诺和被她拒绝的提议。

时间仿佛凝固了，沉默和不信任在姐妹俩中间竖起一堵防火墙。露丝撕着手上的倒刺，维多利亚翻着不知谁留在座位上的皱巴巴的杂志。一缕头发掉落在眼前，她并不在意，因为她根本没有在看：看不懂，也没兴趣。

挂号台上方的大钟指向一点二十五分，刚才让她们坐下等候、接着去查询信息的修女回来了；两点时听到她说，不，姑娘们，你们的母亲不在这里。她们如释重负地松了口气。

姐妹俩加快脚步往回走；与往常不同，她们全程没有任何交流，也没有保持一致的步调，而是各自双手交叉抱着肩膀，互不理睬，形同陌路。

她们率先回到公寓，双双幻想着时来运转，母亲已经到家，一如既往地哭丧着脸，发着牢骚，胸前挂着破旧的围裙，发髻散乱，怨天怨地，诅咒美国及其国民，从不掩饰对自己母国的渴望，那个她凭空幻想出来的大洋彼岸田园诗般的天堂。

可惜好运没有降临；她们刚打开楼道大门，米拉格罗斯夫人听到动静便从楼上俯身张望。不消开口，彼此一个眼神便心知肚明。

紧接着回来的是菲德尔，探戈手的风采已然耗尽，身上珍珠灰色的礼服皱褶不堪。一无所获，他走进来时无可奈何地说。她们沉默不语，指了指旁边的凳子，邻居端给他一杯咖啡。已经三点一刻了。

半小时后巴洛纳回来了：他也没在贝尔维的停尸间找到雷梅迪奥斯。妻子给他端来一杯咖啡，坚定地看着他，没有再追问，他也没有多做解释：何必跟他们一一描述停尸间工作人员翻开一字排开的十一名女死者床单时的情形，让他们反胃呢。有些人死去不久，看上去仿若沉睡，有些尸体停放时间过久，已经腐败。里面有：一个从九层楼上纵身跳下的二十来岁的金发姑娘；一个亚洲姑娘，被拖船发现时脸朝下漂浮在东河上，长发如蜘蛛脚般散开。两个人年纪很。一位老妇肥胖过度，大理石棺都盛不下，四个女人被虐致死，其中一个伤痕累累、死状惨烈。工作人员轻描淡写地跟他逐个介绍，如数家珍，像是在说周末会升温那般轻松，烟草商则用手帕捂住面孔，强忍恶心，胃里有如翻江倒海。他感觉身上还沾染着太平间令人毛骨悚然的气味，所以刚走进公寓便脱掉外套，他愿意用自己的灵魂与魔鬼交换一瓶威士忌、一缸热水和一个打了肥皂的清洁球。

莫娜到家时，炉火上的第三壶咖啡开始沸腾冒泡，令其他人大吃一惊的是，医生跟在她的身后。那是他第一次踏入阿莱纳斯家；破旧简陋的房间令他感到十分诧异，但他极力压抑情绪，没有被发现。

屋里陷入一阵僵硬的沉默，米拉格罗斯夫人再次添满咖啡，还差五分钟就到四点了。大家没有眼神交流，一言不发，连外人的脸上也掩饰不住担忧的表情；姐妹三人因为母亲的失踪和生活的磨难陷入深深的阴郁中，心中苦不堪言，对自己的行为、过错、问题和痴恋深感愧疚。寂静的房间内只有茶匙搅拌咖啡的声音。

在凄静的清晨时分，他们突然听见敲门声。大家噌的一声站起来，维多利亚因为用力过猛推倒凳子，菲德尔慌乱中打翻半杯咖啡。莫娜离门口最近，连忙跑去开门；其他人紧随其后。

门口站着附近街区的一个名叫阿波利纳尔的男孩，他是布尔戈斯夫妇的儿子；他每天早上从货车上卸下一捆捆报纸上门派送，因此天还未破晓就起床了。

"我正在穿衣服，听见外面很吵，我伸头望向窗外，可是汽车已经走了，而……"

大家的心头又笼上一重阴霾，他没有带来雷梅迪奥斯的消息。

"你们的店被毁了。"

第六部分

82

她们如疾风般奔跑，那关乎着她们的性命；突然，她们仿佛变回了在街头游荡、在海边踏浪的瘦弱女孩。她们跑得那么快，好像有野狗追在身后，一言不发地跑到了店里，上气不接下气。

她们用力推开簇拥在门口的围观者，还没跨进门槛，便戛然止步。本打算第二晚举办歌舞盛宴、热闹非常的地方现在只剩下狼藉一片。大门被砸坏了，满地碎玻璃碴；桌椅板凳翻仰在地，被斧头劈得稀烂。墙上被泼了一桶桶沥青和垃圾，屋内被破坏殆尽：一个瓶子或盘子都不落下。菲德尔的留声机和旅游海报被肆意踩踏蹂躏；桌布、餐巾和加德尔的碟片被扔在舞台上一把火烧尽，冒出刺鼻的浓烟。

姐妹三人目瞪口呆地肩并肩站在门口看着眼前的景象，惊慌失措。没多久，医生和菲德尔便站到她们身后；巴洛纳和加利西亚老太婆过了好一会儿才赶到，气喘吁吁。

围观的邻居惶恐不安地交头接耳，义愤填膺地评论咒骂，掺杂各种语言。圣母玛利亚啊，可怜的家伙。他妈的混账东西。谁也搞不明白究竟什么人如此记恨她们。然而毫无疑问，真相只有一个：矛头直指她们。暴戾恣睢的行径说明一切，他们蓄意而为之，不留丝毫余地，近乎变态的偷袭可谓穷凶极恶。随后，一点星辰渐渐褪去，拂晓的阳光慢慢升起，笼罩着第十四街，一些邻居离开去上工，马路上过往的车辆越来越多，人们心中依旧盘旋着两个问题。谁做的？为什么？

阿莱纳斯家姐妹三人默默地越靠越近，彼此依偎支撑，最终抱成一团，仿佛曾经风雨同舟的三剑客，后来被生活推向不同的方向，彼此之间产生嫌隙和芥蒂。露丝从蓬乱的头发和怀抱中发出一连串沉郁顿挫的怒吼。是他，是他，是他。她满腹狐疑，胆战心惊，本能地联想到弗兰克·科鲁桑可能是破坏这一切的罪魁祸首。这是赤裸裸的报复，他怨恨她没有重新接纳他，再次意气用事，每次都是。就像之前重拳捣在她的颧骨上，这次更加嚣张，打击更加强烈。

莫娜的脑海中的预感与妹妹不同，男士们拉拉扯扯想将她们带离现场。来吧，来吧，姑娘们，赶紧走吧，我们留在这里也于事无补。三人纹丝不动，仿佛被某种磁力吸引，无法从满目疮痍前离开。坚持许久后，她们迫不得已，只好放弃抵抗往外走去。

门口越来越多的人侧目窥视，他们从家里出来后各自忙着自己的事情；四五十双眼睛向里张望。各个年龄的男人们穿着工作服，手里拎着铝制午餐饭盒，当中有标准石油公司的润滑油车间工人、区际高速运输公司的机械工、史泰登岛轮渡公司的司炉，还有每天无所畏惧地吊在摩天大厦外围脚手架上作业的泥瓦匠；女人们匆匆赶往办公楼里打扫卫生，去裁缝铺做工或者去上东区某个殷实的家庭做保姆。最里层的人看见船长埃米利奥的女儿们走出来，心存敬畏地给她们让开一条通道。

　　走在最前面的是维多利亚和烟草商，他搂着她的肩膀，她耷拉着脑袋，美丽的脸庞暗淡无光。身后跟着露丝和菲德尔，他垂头丧气，强撑着保持些许探戈歌手的帅气潇洒。莫娜独自一人走在最后面，高昂着下巴，头发杂乱缠结，双唇紧蹙，拼尽全力掩饰内心的崩溃。

　　现场的看客亲切地围在她们身旁，关怀地鼓励慰问她们：我们就在身边，姑娘们，那些作恶多端的人不得好死，肯定会坠入十八层地狱。还有人提出线索：我好像见过三个男人，有人忍不住先说；不，我看见了四个人，有人跳出来反驳。他们开着一辆深色的轿车，应该是蓝色。大家七嘴八舌交换着信息，意见无法统一，其实也不算什么大事。究其根本，事实摆在眼前：几个男人趁着夜色跑来捣毁店面，然后扬长而去，消失得无影无踪。

　　终于，大家已无话可说：无论鼓励支持的宽慰还是对嫌疑人的猜想都已耗尽。拥在门口的人群逐渐散去，各奔东西，每个人都有自己的义务和命运，只剩下最亲近的人陪伴着她们。作为唯一的外人，年轻的医生从黎明到破晓都紧紧跟随莫娜：现在心中充满不安和疑惑，他知道自己不该留下，却不知道如何离去。

　　他们在原地站了好一会儿，心神不宁地看着大门口，不久前外墙才被涂成活力满满的亮绿色，现在被泼了大片大片的沥青，以及发黑了的香蕉皮和土豆皮。甚至雨篷都被刀片划烂，褴褛地飘荡在空中，原本红艳艳的面料变成了一堆破布条。

83

他们太激动了，谁也没留意停在人群旁边的面包车。

"嗨伙计，森德拉。"

卢西亚诺·巴洛纳率先认出从驾驶舱走下来的同胞。尽管整个聚居区无人不知无人不晓，但他很少在那片区域出现。更不要说这么一大早。他没有剃须，没打领带也没穿外套，就在贴身T恤外面罩了一件衬衫，却里外穿反了，看上去是他慌乱中从床上抓起来就直接套在身上。

让大家意外的是，他没有回应烟草商的问好，甚至连头都没抬。

"我好不容易才把她拖回来。"

他没有任何铺垫，径直走向三姐妹，指着面包车说，大家这才扭头看过去。车窗后面低垂着脑袋坐在后排的正是雷梅迪奥斯。

露丝忍不住惊叫起来，维多利亚深深地松了口气，手捂住胸口，莫娜正要扑向门口。

"等等！"

森德拉态度强硬，张开手臂拦住她们。

"首先，一句忠告：你们不要对她太过苛责。她度过了最糟糕的一晚，对我有些……"

他张开手指、转动手腕，想表达自己的懊恼。女儿们连续地追问他：她在哪儿？为什么一个人走掉？她想做什么？您在哪里找到她的？

"似乎她上午想去找我，但是她只知道我的名字，旅馆叫'拉瓦伦西亚娜'，还有街道的名称，樱桃街，但是她说的英语带有浓重的西班牙语口音。尽管如此，凭着这么点线索，天晓得她怎么摸到附近；可怜的女人，要不是她穿过唐人街时吓得跟兔子似的迷失方向，也许就找到了。"

森德拉如一堵挡土墙立在她们和汽车中间，继续挡住她们的去路。

"她差不多凌晨五点时出现在我们街区，一对广东老夫妻发现她大清早蜷缩在一块空地上就把她带过来了。我怎么也没想明白他们之间是如何交流的，但是二人一路陪着她来到我的旅馆门口。看见大门紧锁，那对中国夫妻甚至把她带到卡斯蒂利亚小酒馆；幸好昨天下午一艘葡萄牙蒸汽船停靠在码头，他们为船员敞开大门做生意。他们从那里来找我，接着我……"

"但是，她究竟想干什么？"露丝不耐烦地尖声问道。

"一堆没头没尾的事。让我去找一个意大利律师谈谈关于你们父亲死亡的案件，让当局关掉你们的生意，迫使你们离开纽约……"

他顿了顿，在所有人震惊的目光中深吸了一口气。

"听着，孩子们，我觉得你们可怜的母亲神志不是很清楚，所以我和妻子几乎是硬把她拖上车，现在把她给你们送回来。很多移民都出现过这种情况，她不是第一个，也不会是最后一个。他们无法适应新环境，逐渐迷失方向，直到某一刻不堪重负，彻底失去理智。"

三姐妹的视线继续在森德拉和面包车之间来回移动，她们咬紧牙关不去打断他，抱紧身体防止自己冲过去把她拉出来。

"尽管我一再坚持，但她滴水未进。还有……"男人刻意降低音量，"你们最好给她洗个澡换身衣服，因为我拒绝她的提议还坚持带她回来，她挣扎反抗，就差把我弄死，在我头上撒尿了，她对我真的是无所不用其极。"

三姐妹把她从车上拖出来，"拉瓦伦西亚娜"老板总算意识到饭店发生了什么，问男士们为何会是那番地狱景象。

雷梅迪奥斯经历了愚蠢的冒险后，浑身恶臭，肮脏邋遢，饥肠辘辘，疲惫不堪，已然无力抱怨或反抗，满耳充斥着女儿们的怒吼声，三个人全然不顾阿利坎特人的忠告，肆无忌惮地齐声责骂她。您在想什么呢？您怎么可以这么吓唬我们呢？您疯了吗？

尚未得到她的回应，人行道上一个洪亮的声音试图打断她们。

"那个，拜托，麻烦让我……"

是塞萨尔·奥索里奥医生。她们没有理会，继续强烈谴责母亲：您看看自己一身多恶心！您脑子被门挤了吗，说走就走？

"拜托，小姐们。"他语气强硬地说。

她们互相看了一眼，满腹狐疑。

"请允许我给她把个脉，这很重要。"

三姐妹将信将疑地让开。

"我要帮您检查一下。一会儿就好，您看着。"

她们猜想母亲会不假思索地把他轰走，打得他满地找牙，然而令她们意想不到的是，她竟然温顺地由他摆弄。角膜，瞳孔，两颊，舌头。更让她们感到困惑的是，塞萨尔·奥索里奥检查完露出满意的神情，绅士般地伸出一只手臂，她竟然一把抓住。雷梅迪奥斯没有看一眼女儿们或者让她痛苦万分的店铺：她紧紧抓着医生，步履蹒跚地走了。

她们是如此困惑而沮丧，直到巴洛纳提醒才反应过来，紧紧跟上前面那对不相干的组合。

"走吧，姑娘们，稍后我们再看如何处理这个烂摊子；现在我们得跟她回家；走吧，走吧，我们一起回去……"

他们集合好一起慢慢往家里走，谁也没有念头或者精力去单独行动。雷梅迪奥斯和医生走在前面；莫娜和露丝紧随在两侧。走在队伍最后面的是烟草商，手里挽着精疲力竭的维多利亚，还有加利西亚邻居和可怜的菲德尔，他现在连"阿瓦斯托的黑发男生"的影子都算不上。

他们沿着第十四街南侧的人行道向前走，一些邻居刚刚出门，还不知道她们家中的变故，好奇地看着这一行人，还有一些知情者向她们抛来鼓励的话语。刚路过"莫奈奥之家"时，托尼恰好从旁边的地铁口出来，看见迎面走来的他们，像一个凝聚力强的团体。

坦帕人忧心忡忡地跑来找莫娜，心想如果有必要，他就拼命地敲开门把她从床上拉起来。他完全不知道"船长的女儿"发生了什么，只想赶紧告诉她"佛尔诺斯"一言难尽的经历，科瓦东加的腿上受到重击，痛苦不堪的他立即崩溃了，被紧急送进医院。还要告诉她当时的情形多么紧急，还有托尼突然意识到前王储身边没有任何可以依靠的人。没有家人，也没有真正的朋友。除了他没有别人。

在长老会医院险象环生的几个小时里，托尼守在那个几乎不怎么认识的男人身旁，只不过和他吃了两顿饭，自己竟然变成他唯一的监护人，只得依靠对莫娜的思念聊以慰藉，寻求内心的平静；她是自己与伯爵之间唯一的羁绊，只有她能懂自己。所以天还没亮他就跑去找她，期待着她已经醒来，满怀信心地迎接开业第一天，迫不及待想告诉她阿方索·德·波旁已经死里逃生，与她分享自己如释重负的心情，打趣刚刚的虚惊一场，宽慰她晚上肯定会大获成功，也许再趁机亲吻她。

他身上的衣服从未如此邋遢过，衣领敞开，头发一团糟，领带揣在口袋里，熬了一整夜，脸颊满是胡茬，太阳穴突突直跳。他想见她，他需要见到她。然而地铁口几米开外迎面走来的那群人令他心里一沉。

除了一张张疲惫不堪的面孔和垂头丧气的身影，有一个人令彩票贩子警觉起来。更确切地说，是多出来的一个人：身穿蓝色毛衣的年轻男士与他们同行，这群人中唯一的陌生人。只见衣冠楚楚的他小心翼翼地搀扶拖着脚步的雷梅迪奥斯。听到莫娜喃喃地叫着他的名字，陌生人关切的神情瞬间变了。

"托尼。"她哽咽地说。

对方听见她的呼唤，变了副表情。

尽管一夜没睡，还受到很大的惊吓，但坦帕人当即灵光一闪，立刻意识到出事了：那家伙根本不在乎雷梅迪奥斯的状态，莫娜才是他关注的焦点。

84

他静静地等待，直到看见他们半小时后一起走出来；他仔细观察着他们的一举一动，她陪医生来到福特车旁，临行话别，男士犹豫片刻，貌似还不想离开，或者试图换一种更加亲近热烈的方式道别。托尼确认汽车驶入第九大道后，才从隔壁大楼的门廊里走出来。

"慢慢告诉我究竟发生了什么事。"

看见他突然出现在人行道上，就站在自己身旁，莫娜握紧拳头，指甲深深地刻入手心；她需要极大的勇气遏制自己不扑倒在他怀中，把头埋在他的肩膀放声痛哭。她通红的双眼满是疲惫，蓬头垢面，头发里缠绕着灰尘和垃圾碎末。

"我们已经跟你说过了，"她按捺情绪轻声说，"他们什么也没留下。"

刚遇到托尼时，他们三言两语跟他解释了情况。接着，他孤零零一个人被丢在马路上，其他人钻进了红砖大楼；塞萨尔·奥索里奥谦虚地让他们一个一个先走进去，明知道他还在后面，却转身关上门。医生察觉到莫娜看见那个浅色头发、邋里邋遢、身形消瘦的家伙时的反应，心中立马警惕起来：直觉告诉自己他们二人之间暗波涌动。他不知道那人是谁，将来会查明白的，但是肯定不像菲德尔那样只是个痴情的邻居；那家伙邋遢的外表下面还掩藏着另一面，压抑着另一种情绪和安全感。眼下最重要的是她和大家上楼，而不是留下来和他待在一起。夜晚和清晨发生的一连串事件令奥索里奥医生做梦也没想到竟然有机会融入她的世界，事已至此，他并不指望扭转局面，尤其那个人天蒙蒙亮就不修边幅、两眼通红地出现，领带头从口袋里露出来。

"看现在的情况不会有开业仪式了，我想伯爵的事情对你们也不会有什么影响，但是我想让你知道……"

他想做最后的尝试，哪怕能起到一点作用帮助她振作，他跟她详细讲述了"佛尔诺斯"和医院里发生的一切，他拿出彩票贩子巧舌如簧的本领极力渲染煽动。然而，于事无补：她经过长时间的精神损耗，已然振作不起来了。

两个人仍然面对面站在大街上；彼此沉默不语，一同混入圣莫里茨、乘坐敞篷车在纽约五光十色的夜晚穿梭、受邀共赴华尔道夫晚餐的情形恍如隔世，那位弱不禁风的王子已经入院休养，大洋彼岸的皇室一定又收到了病危通知的电报。

"托尼，我得走了。"

莫娜咕哝了一声，果断地终止了对话。现在说这些还有什么意义？从未掌权的王子，在餐厅庭院内保皇派与民主派之间发生的分歧冲突，血流不止和大量输血……科瓦东加已经脱离危险，知道那个就够了。阿莱纳斯家二女儿对于其他细节已无半分兴趣，初夏的早上第十四街已经熙熙攘攘热闹非常：人来人往，行色匆匆，车水马龙，嘈杂喧闹。尽管她依然迷恋眼前这个形如柳条的绿眼睛男子，若不是仅存的理智告诉自己最好转身离开，她会义无反顾地扑入他怀中，把头深深埋进他的胸口。

"我不知道你要去哪儿，但是可以让我陪你吗？"

两个疲惫的人彼此对视良久，各怀苦楚。

她决绝地回答：

"最好不要。"

在"玛利亚之家"，阿莱纳斯家店铺惨遭破坏的消息伴随着面包和黄油在长条餐桌上迅速传开，因此一看到莫娜现身，大家彼此警告提醒，叽叽喳喳的交谈戛然而止。所有女人——无论是不是修女——都假意问候，她心不在焉地回应，继续往里走。

看到利托嬷嬷不在办公室，不在卧室，也不在简陋的图书馆，她心生惶恐。楼梯上撞见的一位年迈修女为她指点迷津。

"你去小教堂看看，孩子。刚刚我好像看见她进去了。"

她往那个方向走去，小心翼翼地推开门。冷清、狭小且昏暗，小教堂弥漫着蜡烛燃烧的气味。利托嬷嬷的确在那里，跪在座椅前的条凳上，扁平的身材微微前倾，手肘靠在上面的支架上，头深深埋入双臂中间，没有戴头巾。

她没有走过去，只是坐在最后面，安静地等待修女完成祷告。她疲惫不堪的目光呆滞地看着头戴天蓝色巾幔的圣母，双手微微摊开，立在一个形似地球的圆形基座上。上帝救赎你，圣母玛利亚，你的光环普照人间，上帝与你同在，她虔诚地祷念，嘴唇干裂；阿莱纳斯一家从未热衷于礼教仪式，但是佩帕妈妈从小就教她们如何祷告，至今那些祷辞还深深刻在骨子里。还没来得及忏悔自己的罪过，她已昏沉睡去。

她的脑海中闪现出各种虚无缥缈的怪异景象：一群人在海边围着一堆篝火疯狂叫嚷着，互相击打手掌，科瓦东加伯爵轰然倒地，自己驾驶着奥索里奥的汽车在"村庄"漆黑的马路上飞驰，和托尼在不知去往何方的电梯轿厢中紧紧相拥……

察觉到有人把手搭在自己的膝盖上，她一下子醒过来，心绪不宁，懵懵懂懂；过了好一会儿她才拼凑好所有片段，看清楚自己身在何处："玛利亚之家"，小教堂，而这是悲剧发生的第二天。那里没有篝火，没有阿方索·德·波旁，也没有马克西夫人的侄子，至于托尼，她不仅没有如愿以偿地拥抱他，刚刚还狠心地把他一个人丢在马路上。只有利托嬷嬷坐在身旁。

"我想，你是来找我的吧？"

她点点头，支支吾吾说不出话来，头脑一片混沌。

"我们……我们……"

"你们的店被毁了，我已经知道了。"

"是……是……"

"是马萨，那个律师，是的。或者他雇的流氓，都一样。"

她们再次陷入沉默，静静地坐在长条凳上，目光涣散，圣母的石膏雕像安详地看着她们。

"都是我的错。是我太固执，太任性了。"

"不要这么说，嬷嬷……"

"你知道，他刚开始就来骚扰我。虽然你不愿意与人说，我知道他也骚扰过你。"

莫娜模糊地想起那晚自己被强行拖进车里带到码头，拼尽全力地逃跑，心绪不宁的律师侄子，还有内心的恐惧。事情没有发生多长时间，但是从那时到今天早上仿佛已经过去半个世纪。

"为了你们好，我应该从一开始就让步。"利托嬷嬷细声补充道，仿佛在自言自语，"遇到那样的流氓挡路，趁早举旗投降。是我太自以为是了，把理智和怯懦混为一谈。是我错了。"

"已经没有意义了，嬷嬷。一切都来不及了……"

修女矢口否认，声音在小教堂里回荡。

"不，不，不！"紧接着一阵急促的咳嗽；她平静下来后，再次压低声音，"每个人都要为自己的错误负责，虽然……"

她停顿片刻，努力平复呼吸，莫娜目不转睛地看着她。周围的光线逐渐暗淡，但仍然能看清她的面容：娇小瘦弱，病恹恹的，齐耳短发愈加花白稀疏，脸上的肉垂在两旁，眼袋巨大，皮肤上爬满沟沟壑壑的皱纹。

"我病了，孩子。我已经难受了好一阵，但直到前天我才意识到自己已到极限。我才知道自己的生命无法支撑到帮你们打完官司，所以我想最明智的决定是就此放弃。我约了马萨中午见面做最后的谈判；尽管很不甘心，我本已决定给他满意的答复。但是上午雷梅迪奥斯来了，对我百般抱怨……我只不过出于愚蠢的傲慢没有赴约，仿佛那样就可以打她的脸，帮自己出口恶气。"

莫娜被口水噎住了，她想说点什么，随便什么安慰嬷嬷的话，却说不出口。

"他们跑到你们店里搞破坏不过是想打击报复我。我原本只想给那可怜的女人一个教训，没想到竟然会激怒马萨。最可笑的是，我的使命原本是保护你们，我的孩子们，最后居然放虎下山。"

凝重的沉默再次回归狭窄的教堂，谁也没有留意到有人在虚掩的门后偷听：他对于自己没有及时补救追悔莫及，他已经是家中一员，无论如何都应当挑起重担。

两人起身时木凳吱嘎吱嘎作响；修女力不从心，莫娜不得不抓住她的手臂帮她站立。

身后的卢西亚诺·巴洛纳已经知道自己该做什么，悄无声息地走开了。他没有听见利托嬷嬷最后一句忏悔，她离开前在胸口画十字，蹙着眉头低声自语：

"愿上帝宽恕我，但生活中总有矛盾。"

85

赤裸裸的报复。

烟草商抱着和莫娜同样的目的去"玛利亚之家"：看利托嬷嬷是否会印证他的猜测，意大利律师是那般禽兽行径的幕后黑手。但他没有料到修女如此坦诚，他躲在暗处将她的忏悔一字一句听得真切。

他不声不响地来到街上，抬起一只手揉压后颈，消化着刚才听到的一切。随后，他决定采取行动。

他很快就查明真相；纽约是一座巨大的城市，但是总能在他再熟悉不过的下城区找到线索，抽丝剥茧找到源头。他到处询问，不到一个小时便搜集齐所有必要的信息。接着，他来到一个十五岁左右满脸青春痘的男孩身旁，他正在路边无聊地逗引野猫。

"五十美分帮我带个口信。"他把手伸进口袋里，直截了当地说。他迟疑了一下，立马纠正："不，还是两美元吧。"

"两——美元？"男孩很吃惊。

第一条口信是去阿莱纳斯家通知维多利亚他不会很早回去。接着，也是最重要的，去一百一十街的五金店找他儿子。

"告诉他十万火急，听明白了吗？"他再次强调，"很严肃的事情，关乎……家庭。让他尽快过来，小伙子，抓紧，别愣在那儿。"

烟草商沿着第九大道往下走，接着转向布里克街，二十来分钟便抵达目的地，他在近正午的毒日头下走得太急，汗流浃背。他心潮澎湃，全然不觉炎热和疲倦；仿佛内心暗涌的愤怒帮他扫走了困意，衬衫邋遢，怒火中烧，身上还裹着从停尸间带回来的恶臭。

一路走去，过往的种种如军鼓棒不断敲打在他的大脑皮层，令他再次心碎：那天在餐馆，意大利佬马萨虚张声势，威逼利诱，甚至差点对维多利亚施暴，最后被自己重拳直捣面门。也许利托嬷嬷说得没错，他心想，也许压倒骆驼的最后一根稻草是因为修女没有赴约，导致律师撕破脸胡作非为。但即便如此，症结由来已久，报复也非一时意气用事，因此巴洛纳意识到自己也是其中一条导火索，从那时起整件事便偏离了轨道。

"你早就该踩住刹车。"他自言自语道，"你早就该摆平那件事，不该留任何后患。"

他悔恨不已，来到与胭脂红街的路口。他听说马萨律师的家和事务所都安置在那里，位于意大利聚居区"南村庄"的核心地带，正对着圣母庞贝雅教堂，街角处一幢五层砖楼里，窗户外装饰石膏线；这座建筑在移民和无产阶级聚居区内十分显眼，四周包围着简陋的住宅和街区，挂满晾晒的衣物，空气中弥漫着番茄酱、牛至和沙丁鱼的香气。

烟草商并非天性好斗之人，但也绝非逆来顺受之辈。他深谙这座城市的游戏规则，知道正式起诉那个律师毫无意义，因为缺少确凿的证据。因此，他宁愿撞撞运气，当面找他谈谈：让他解释清楚；厉声咒骂他是浑蛋。或者……或者……或者，其实他也没搞明白为什么去找他：他只清楚自己一定要找他对质。因为他的暴虐无道。因为尊严。毫无疑问，一切努力都将是徒劳，但是他觉得自己必须去；毕竟，他现在是阿莱纳斯家唯一的男丁，守旧的西班牙大男子主义不允许他看见没什么反抗能力的女人们被霸凌后坐视不管，更何况无论好与坏，他已经和她们同坐一条船。他肯定要为她们出头。为了更有底气，他本能地想到血亲，因此率先决定召唤儿子来到自己身边。

他坐在教堂和意大利人家对面的小广场上等待恰诺，长凳上笼罩着树影，香烟摆放在脚边。周围有许多小鸟，人来人往热闹非常，各个年龄段的孩子们，瘦骨嶙峋的老人们正在喂鸽子面包屑，但是他没有注意身边的这些事，几乎没有留意到周围的动静；他内心波涛汹涌，不断把自己推回过去。律师在"船长"装腔作势，维多利亚歇斯底里地尖叫着把他往外赶。一幕幕在他脑中不断闪现，小鸟欢快地叽叽喳喳，吵得他鼓膜疼。马萨扬手试图搧她巴掌让她闭嘴，他冲上去制止他，接着他用同样霸道的方式把她揽入怀中，第一次感受她青春柔软的身体。他被喧闹戏耍的孩童、车水马龙的轰鸣还有老人们聒噪的意大利语吵得太阳穴突突直跳。他不断问自己为什么恰诺还没到。

小广场中心有一座喷泉，巴洛纳努力站起身，走过去，把手伸到水柱下面，捧水洗脸。他用力揉揉眼睛、后颈和没有时间刮净的下巴，一夜之间胡茬已经刺出来。他再次打湿双手，张开手指伸入日渐稀疏的头发中。他刚满五十五岁，但是自从维多利亚走进他的生活，他恍惚觉得自己重返青春。现在，他仿佛瞬间老了二十岁。

他坐回长凳上，一个衣着裸露、眼神忧伤的女人靠过来，不知廉耻地揉捏着自己的胸部，轻声道，随时想要都给你，亲爱的；一个街头小贩推着车走过来，五分钱一个苹果！他拖着跛脚高声吆喝。烟草商谁也不理会，脸深深埋进手中，过往的一幕幕如冲压锤般重重砸在脑仁上。面对律师惊慌失措的维多利亚，在他怀中瑟瑟发抖的维多利亚，穿着新娘礼服光彩夺目的维多利亚，在床上一丝不挂、欢愉快乐的维多利亚，羞于肉欲而略显紧张、躲闪而异于往常的维多利亚，目睹"船长的女儿"的混乱狼藉痛不欲生的维多利亚。

"你还好吧，孩子？^①"

男人的声音把他从沉思中唤醒，一只手坚定地落在他的左肩。他抬起目光，摇摇头。一位身着教士服、年迈强壮的神父站在身旁：他是圣母庞贝雅教堂的教区牧师戴莫神父，意大利聚居区移民的典范。他肯定把没精打采地坐在石凳上的巴洛纳当成了自己的同胞；毕竟，他们都是旧大陆南部同样贫瘠的土地上遭受饥荒的孩子。

"我很好，神父，没事……"他咬牙切齿地回答，希望他识趣走开。

但是烟草商触犯了上帝的第八条诫命，因为他睁眼说瞎话。不，一点也不好，糟透了。他困惑混沌的脑海中不断涌现各种回忆，思绪万千，掺杂着各种复杂的情感、筹谋。恰诺还没有出现。他不打算再等下去。

他站起身，神父渐渐远去，向沿途冲出来的孩子们一一祝福。他理了理衣领，调整好松开的领结，用手掌压平领带。接着他抓起自己的香烟盒，清清嗓子，往地上啐了口痰。我们走吧，他低

---

① 原文为意大利语。

声说。他走了。

86

城市北部的第十四街上，妻子和小姨子们正在往"船长的女儿"走去，带好水桶、抹布和扫帚准备面对眼前的疮痍。此前，她们费了好大的力气才把母亲按进厨房中间的镀锌盆中清洗干净，然后逼她喝杯热汤，但是她紧咬双唇坚决不喝。当然，她们也没能让雷梅迪奥斯说清楚为何会做出那样的荒唐行径：她一个字也不吐露。她如坟墓般沉默，一头扎进房间，身体蜷缩成一团面朝墙壁躺在床上。

她们也可以效仿母亲：躺平身体，闭上双眼，陷入沉睡，忘却一切。反正她们已经一无所有。没有开业仪式，露丝也不会表演伦巴和民谣，加德尔替身也不用演唱《小路》，也不会有人在流亡的王子背后指指点点。新漆好的墙壁之间不会有掌声，也不会有人点一罐桑格利亚或一瓶红酒，收银台里一张票子也收不到。那就是残酷无情的现实。

三姐妹不愿自怨自艾，一致决定踏上征途。她们不需要分配任务，灾难现场一片狼藉，每个人都从手头的事情做起。维多利亚清理地面，把散落各处的陶瓷和玻璃碎片归置成一堆堆。露丝负责清除舞台上的灰烬，她再也没有机会在那里展示自己的才华了；一想到弗兰克·科鲁桑坚决反对自己在那里演出，她就心如刀绞，忍不住问自己他是否与此事有任何瓜葛。莫娜铆足劲清理墙壁：她泼了几桶水，用一把旧扫帚从上到下擦洗。她暂时还没有告诉姐妹们利托嬷嬷的忏悔，关于谁是令她们梦想破灭的罪魁祸首，她还需要再想想。

几个人突然加入队伍。首先是楼上的一对科尔多瓦表姐妹；她们听见楼下忙进忙出，带着抹布和丝瓜巾走进来。她们把垃圾和被砸坏的家具搬到街上时，又有一些邻居赶过来帮忙。很快，屋里挤着八九个妇人，接着十来个，接着快二十个，"船长的女儿"神奇般地自发形成移民中常见的互助团体。无论顺境逆境，快乐还是灾难，这种凝聚力总会适时显现：毕竟，他们在纽约这片汪洋大海中风雨同舟。微小如蜉蝣的他们如果不彼此依扶，就没人来帮助他们了。

在送货公司工作的邻居把面包车借给她们，把破烂杂物送到一个垃圾填埋场，另一位帮她们接上水管，方便她们取水，"阿斯图里亚斯之家"给她们送来两罐柠檬水，帮助她们清除嗓子里的灰尘。喧嚣中，有邻居通知维多利亚：

"孩子，外面有人找你。"

前来支援的人众多，大姐没有过多好奇地往门外走。又一位来声援的同胞，她边走边想，一只手理了理束起的头发。看到来人，另一只手中的湿抹布啪唧落地。

恰诺。没有穿平时的外套，常年被拳头重击的满是忧愁的面孔，衣袖卷高的衬衫下包裹着的壮硕身躯，行色匆匆的神情和抚过她的肌肤、令她战栗发抖的粗糙双手。

他们对视良久，一切尽在不言中，两人同时开口：

"我已经知道了……"

维多利亚极力控制自己的身体；她坚强的意志已然崩溃，急需关怀安慰。

"我父亲在吗？"

她摇摇头，内心十分不安。

"你还好吗？"

她点点头，依然只字不言。

他们没有肌肤接触，中规中矩地面对面站着。他们只是彼此凝望，直至内心深处。谁也不会怀疑前一天他们之间发生了什么，无法自拔的激情过后，他在精疲力竭、兴奋满足之际提出私奔，而她又做出怎样的反应。我们走吧，远走高飞，他手肘撑在床垫上，侧身俯视着她的面庞不断重复道。去哪里，维多利亚想问他，恰诺说越远越好，加利福尼亚、墨西哥、加拿大；去谁也想不到的地方。她突然忧心忡忡，轻声道，不可以，不可以，不可以。她连连否决，从他怀中溜走。不可以。

"几个小时前他派人来找我。"恰诺接着说，他还站在门口，屋内其他妇人继续忙碌着。"我一直在忙着送货，所以很晚才接到口信。他跟我说十万火急，家里有急事；说他在'南村庄'的一个教堂对面等我，但是等我赶到时，他已经不在那里了。"

维多利亚一边听着，一边定定地看着他的眼睛和嘴唇，壮硕的肩膀和结实的颈部。她匆忙穿戴整齐后倏地打开房门冲出公寓跑下楼梯，也许意识到自己背叛了丈夫、感到罪孽深重；恰诺没有追出来。卢西亚诺·巴洛纳的儿子躺在床上，这个拳击手从未获得自己梦想过的荣耀，为自己唐突的建议感到羞愧不安，他爱上了这个世上最不该爱上的女人。

但那是前一天发生的事情，从那时起所有人的生活都冲入未可预知的轨道。

恰诺绝不可能在原定的地方找到父亲，因为卢西亚诺·巴洛纳决定不再等儿子出现，他从石凳上站起来，穿过马路，进入楼道，爬上两层楼准备与马萨律师对质，却再也没能自己走下来。

87

烟草商敲响律师事务所的大门，并不确定事情会如何发展。一个身材结实的年轻人打开门，胸前挂着一条橙色的宽领带，巴洛纳对他声明要见马萨，对方说他正在忙，然后把巴洛纳一把推开。

意大利人正站在办公桌后面打电话，穿着长袖衬衫和吊带西裤。也许那个地方曾经尊贵华丽，但现在看上去平淡无奇；某些角落里墙纸已经卷曲变形，暖气片上污迹斑斑。尽管初夏午时炎热难耐，窗户全部紧闭；从那里透过灰蒙蒙的窗户可以远远看见他几分钟前离开的三角形广场。

马萨把听筒紧贴在左耳上，没有说话，静静地听着。他试图用那个混账修女没有赴约作为借口解释自己的大胆决定，他坚持认为死去的阿莱纳斯的女儿们狡猾奸诈，从一开始就没有乖乖合作。但是他的暴力干预变成支支吾吾的回答：他正在和某个依然拥有权威且足以令他惊慌的人对话。

马萨的叔叔马塞洛，正从一家可怜的老人之家隔着话筒厉声训斥他侄子。三年前，突如其来的脑溢血迫使他退出律师界，现在圣天使避难所内科拉松修道院的传教士姐妹负责照看他；她们需要用轮椅推着他，因为他已经丧失独立行走的能力，几乎不能移动双手，头垂在胸口，颈部如黄油般软弱无力，左侧嘴角不断流出涎水。尽管他的声音听上去沙哑粗糙，但发声功能并未丧失，如果修女或访客帮他把听筒贴在他耳朵上，他依然能够与电话线另一端的人保持流畅通话。

尽管这位年迈的意大利移民行动诸多不便，但他总有办法知晓与自己老本行相关的一举一动，例如官司、诉讼和审判等；毕竟，"南村庄"的律师事务所仍然在他名下。有人刚刚来向他报信，说他侄子那晚做出荒唐行径，老人正在像训斥满脸青春痘、蛮横而懦弱的孩子那般呵斥侄子。你什么本事都没有！我怎么那么倒霉有你这样的继承人！他满口泡沫地向天空呐喊，感慨自己不得不将事务所交到那样一个白痴的手中，目无法纪，自取其辱，早晚要把生意搞砸了。

直到法布里西奥·马萨挂掉电话，满脸涨得通红，屈辱的怒火在胸中燃烧，他冲着来访者吼道：

"您有何贵干？"

彼时，巴洛纳已经走到房间中央，他立即认清对方是谁：那个帮西班牙贱人出头，一记重拳捣在他下颌骨上的男人。他知道他们二人已经结婚，住在布鲁克林，他把情况摸得一清二楚，因为那个贱人的家庭令他无比煎熬，可望而不可即。

"托马索！"他怒吼着，唤外面的年轻人进来。

但是托马索没有走进去；他背靠着墙站在走廊里，愤怒地握紧拳头，闭紧双眼，咬紧牙关，眉头紧锁，拼命克制自己不听从命令。

"托马索！"他再次大叫。

他应该进去帮叔叔忙，男孩心里清楚，那是他的义务。但是他不清楚西班牙人身上是否有武器，他有何企图，他……

"托马索！"

烟草商与马萨的侄子一样无视他的吼叫：继续往前走，激动得眼中含泪、下巴颤抖。他的本意是找他对质，但是他一句话也说不出；他无法理智地表达内心积压的愤怒。

由于词穷，巴洛纳只能通过身体传递情感：他如同一头撒野的斗牛，猛地扑向意大利人，把他推倒在办公桌后的扶手椅上，用昔日劳工有力的双手箍住他的头颈，巴洛纳仍然很强壮。

后来发生的一切不过几秒钟。

很多时候，生活中灾难的发生并没有直接或明显的诱因，而是源于烙印在灵魂深处的挫败感。当下二人都没能逃脱宿命。

究其根本，烟草商也许没有意识到，自己之所以如此激愤并不仅仅因为意大利人破坏了他对政治、婚姻和家庭的幻想，还有更加痛苦的原因：他怀疑维多利亚根本不爱自己，这令他内心无比煎熬。

马萨也有着相似的境遇。意大利人面对巴洛纳的袭击做出的反应并不仅仅出于自卫的需要；他只需要更加勇敢地反抗便可以从西班牙人手中挣脱，比如用膝盖对准他的睾丸用力一顶，或者用腿死命向后一蹬，把身下的转椅推向后面顺利逃脱。但是他没有那样做。他之所以没有那样做是因为自己被其他事情所困：感觉自己将永远被叔叔鄙视，经年累月地被他斥责，在老浑蛋的眼中，他的一切行为和决定都是愚蠢荒唐的。因此，当烟草商仍然死死掐着自己脖子时，马萨伸手摸索着打开书桌第二层抽屉，紧张地抓起藏在里面的手枪。

砰，近身射击他必死无疑。

以防万一，他又扣动扳机补了两枪。

托马索从门外目睹了一切，用力抚平翘起的领带。他既没上前帮忙，也没出面干预。

他们等到夜幕降临才处理尸体，叫来平日里专做龌龊勾当的那帮人，正是他们那天清晨潜入饭馆肆意破坏。他们用一条毯子把尸体裹起来，像普通包裹似的顺着楼梯抬出去，三个人把尸体运到小广场上，噗的一声丢进喷泉里，白天巴洛纳刚好在那里捧水洗面，试图让自己的头脑恢复清醒。当行人们惊声尖叫时，马萨的喽啰们已经乘坐一辆黑色大货车朝着码头的方向离去，如同魔鬼幽灵般消失在胭脂红街。

尽管年事已高，戴莫神父很快便疾步赶到，他一部分传教使命是在不断蹂躏教区的暴行中进行调解，每次发生需要他干预的事件时，总有人跑来找他。几个男孩进入水没膝盖的喷泉中，把尸体拖出来，原本绿盈盈的水池已经被飘散开的血水染红。

他刚被拖到地上，神父立刻认出他的脸。我很好，神父，言犹在耳，神父卷起教士服，跪在他身旁，用右手食指在他额前画了个十字。

88

晚上他被送回来，她们还在"船长的女儿"忙着清扫灾难现场。

他被直接送到国民联合会，所有人的共同家园。电话最早打到那里：卢西亚诺·巴洛纳被打捞出来时，钱夹里带着一张西班牙慈善协会的卡片，牧师只看到那里的电话号码。

他被临时摆放在大厅的地面上。浑身湿漉漉的。身上裹着毯子，死不瞑目，腹部有三个弹孔。

大家尽量谨慎行事，即便如此，仍然没能避免几个邻居走漏消息。自此，他的死讯如一连串火箭弹般迅速传开。震惊的喊叫声和警报声传遍了街区，如一股冲击波在高低起伏的语调中传递着这个事件。那个布鲁克林的烟草商卢西亚诺·巴洛纳被杀了！"船长"家老大的丈夫被杀了！人们奔走相告，心中充满恐惧和困惑。一听见传闻，当天最后几个多米诺玩家放弃比赛，赶忙从地下室食堂跑上来；有人命令他们守住大厅的正门，直到某位领导出面掌控全局。

四个大男人却拿她们束手无策。捶打、摇晃、咒骂甚至撕咬；暴怒的阿莱纳斯姐妹三人出现在门口时情绪立时爆发。男人们建立的人墙瞬间崩塌，他们别无他法，只好乖乖让路。

她们扑倒在地上，一把掀开盖在他身上的毯子。撕心裂肺的哀号透过半掩着的窗户刺破夜空，惊声尖叫伴随着歇斯底里的哭号，门口和楼梯上挤满了人。围观者不安地交头接耳，女人们在胸口画着十字，男人们肃穆地脱掉帽子。

恰诺正在苏格兰阿尔餐馆喝着啤酒，仍然不解为何父亲叫自己过来，期待答案的同时他满脑子都是对维多利亚的渴望。消息也传到这里，他怔怔地跑出去，推开人群冲进大厅。

眼前的景象令他全身血液都凝固了。维多利亚跪在地上，像一只受伤的小兽不断呜咽，双手捧着亡夫浮肿的脸。身边趴着同样崩溃的妹妹们，露丝躲在红发后哭泣，莫娜情不自已，紧紧抓着姐夫僵硬的手。

恰诺站在父亲脚边：呆若木鸡，拳头紧握，蓬头垢面。他感到十分震惊，不知所措，刚刚赶到的国民联合会主席慢慢伸出一只手，沉重地落在他的肩头。

紧接着，一片混乱。不知谁擅自做主，一位医生赶来鉴定他已死亡，一位法官下令抬起尸体。手忙脚乱，泪水和拥抱，胡言乱语。年轻的寡妇明确表示不需要解剖，绝不允许任何人再伤害丈夫分毫。越来越多的人涌来慰问吊唁，嘘寒问暖，推理和猜测着事故的起因，女人们唉声叹气低声交谈，男人们默默地吸着烟。

几个小时过去了，维多利亚带菲德尔走到一个角落，跟他小声交代着什么。另一边，警察正在"南村庄"讯问戴莫神父、看见尸体被丢入喷泉里的目击证人和几个邻居。那不过就是走个流程，因为都是些没有价值的信息：要么诅咒发誓自己什么都不知道，要么恬不知耻地撒谎。

至午夜时分，维多利亚称自己想一个人静静。大家试图劝她回家休息一会儿，殡仪馆负责打点一切。雷梅迪奥斯不在，未来的夜总会毁于一旦，姐妹们快两天没有合过眼了。但是她坚决反对，毫不犹豫地把现场所有人赶走。妹妹们顺从她的意思，帮忙把人赶到街上。几个男人把恰诺拖回阿尔餐馆，灌了他两杯酒让他放松下来。几个女人把雷梅迪奥斯带到"玛利亚之家"，借口说要给她一杯花茶。乱哄哄的邻居们逐渐散去。

周围安静下来，莫娜和露丝待在紧闭的双层门另一侧。只有菲德尔因为工作需要在里面陪着一对苦命夫妻，他守在大厅后面，肃穆怯懦地一言不发，等待时机发挥作用。

阿莱纳斯家大女儿愁容满面，用旧世界的习俗帮丈夫整理遗容，他们的家乡西班牙南部地区仍然坚持古老的传统，与纽约现代的殡葬仪式完全不同，这里都是陌生的人帮死者整理穿戴，甚至还帮死者上妆。

维多利亚用家乡最基本的礼仪帮卢西亚诺·巴洛纳打理装扮。她轻柔地帮他褪去臭烘烘的衣服，小心翼翼地清除粘在腹部烧焦的血肉上的布条，清理撕裂的伤口并用棉花球填充弹孔。她用一块手帕在洗脸盆里蘸取泡沫水，擦拭每一寸裸露的肌肤：脸、耳朵、脖子、毛茸茸的胸部、侧腰、腋下、手臂和双腿、手心手背、手指、腹股沟、黑黢黢的阴囊、缩瘪的阴茎。接着她帮他剃须，梳头，用手抚顺浓密的眉毛，用拇指用力合上他的眼皮，亲吻他的双唇，用古龙水从头喷到尾，用布条从下巴缠到头顶，防止嘴巴张开。全程她缄默不语，也没有一声叹息，全神贯注，连一滴眼泪也没有滑落。

菲德尔递给她一只十字架放在手指中间，她不愿意。尽管他们在教堂里结婚，最终也将以拉丁美洲的方式送别他，但是她的卢西亚诺为人处事都无比世俗。她还记得老家年长的女人会在死者腹部放一把打开的剪刀或一盘盐：防止尸体肿胀，老太太们常这么说。她同样拒绝。

最后，她把他的两只手放在被打爆的肚子上，并拢他的大腿、膝盖和双脚。接着，在菲德尔的帮助下，她用一条白床单包裹他的尸体；告一段落后，她请疲惫不堪的探戈歌手离开。几分钟后，维多利亚完成最后的告别，伸头示意他可以进去了。

埃尔南德斯殡仪馆的几个助手抬着空棺材走进去，她方才回过神来。棺材敞开着摆放在大会议桌上，底下垫着一块很大的天鹅绒毯子。其他的人这才跟着进来：联合会领导、附近店铺的老板、许多邻居……

莫娜和露丝已经从上到下一身黑，头发紧紧束在脑后，庄严肃穆。她们身上的素服与维多利亚身上的便服形成强烈对比，她一下午都在与堆满"船长的女儿"的破烂杂物抗争；捆扎她一头乌发的皮筋早就失去弹性，结婚前专程修剪的时髦短发现在变得一团糟，暗淡无光。

即便如此，恰诺的眼睛没有从她身上离开过。

"我去看看哪里可以换衣服。"她接过妹妹们递过来的一捧黑色衣服低声说。

她往外走，准备去换丧服，他突然站在她面前拦住去路。维多利亚从一开始就回避他，刻意保持距离，默默接受寡妇的身份，独自决定大事小情。但显然她没有理由那样做：恰诺是死者的儿子，是他的血亲，也是卢西亚诺·巴洛纳遗产——无论多少——的合法继承人。但她宁愿那样做，他并无异议。

他们互相凝望，看着彼此如无底深渊般的疲惫眼眸中自己的影子。谁也说不出话来。拳击手如鲠在喉，不住吞咽着口水；她双唇干裂，无力张嘴。终于，两人发现周围的人在看着自己，彼此无言地礼节性拥抱，僵硬而迅速，仿佛只是远房亲戚而非地下情人的关系。那一切看上去如此自然，并未令人起疑。

国民联合会负责其他事务，就像对待所有准时缴纳会费的会员那样：转移，在《媒体报》上刊登讣告，敬送花圈。与埃米利奥·阿莱纳斯不同，没有豪华汽车也没有独立的坟墓，只有陵园的一个小洞；西班牙慈善协会的财力有限，死者背后也没有实力雄厚的邮轮公司资助体面的葬礼。

根据死亡时间的顺序，他的名字被刻在一串同胞的名字后面。那些同胞都是像他一样的男人们，年轻时幻想着有朝一日回到故乡，漂洋过海来到这里，回家的梦想终成泡影。

89

卢西亚诺·巴洛纳的死令整个聚居区都沸腾起来，甚至《媒体报》连续三天发布短讯：一篇集中关注谋杀案本身，另一篇分析被害的烟草商，第三篇通报死亡地点的调查仍在继续。

阿莱纳斯姐妹们依然浑浑噩噩，没有方向，她们只能勉强回归现实，继续苦苦挣扎，用脆弱的肩膀扛起丧亲之痛。

维多利亚没有回过布鲁克林的家，她又睡在自己的折叠床上。因为婚后的衣服都在自己的衣橱中，她每天只好随手抓起妹妹们的衣服套在身上。不可思议的是雷梅迪奥斯竟然连丧服都没有穿；何必穿得跟黑喜鹊似的，她想，所有的哀伤都深深埋在心里。悲伤，还有许多别的情感。疑惑。悔恨。夜里压得她喘不过气的懊恼和忐忑。

公寓厨房和走廊里堆满了装着布条和线轴的箱子；自从没了"船长"，为一家制衣工厂计件安装衣领和袖口成了她们新的经济来源。这个活儿是米拉格罗斯夫人通过之前在裁缝街的关系介绍过来的；她自己手把手教她们。每个星期五下午三点，一个伙计会来取走成品，同时留下新货；每件一分钱，就这样日子也慢慢过下去。她们谁也不善女红，但工作很简单，纯粹的机械劳动，每天早上一睁开眼睛维多利亚就和母亲一起埋头苦干，直到手指麻木没有知觉；她们不知疲倦，一刻不停歇，几乎不交谈，各自对抗自己的心魔。

莫娜一回到公寓就加入她们，每天都是最后一个红着双眼疲惫入睡，第一个起床在微弱的灯光下打点准备。梦想破灭后，她重新回归老本行，但是上西区的报酬对于她们巨额的债务而言是杯水车薪。谁也没有拿着账单堵上门来讨债，似乎所有人都清楚可怜的这家人都经历了怎样的苦难，从没有威胁要把她们逼入绝境，但是谁也没准备就那么算了：早晚有一天她要面对供应商，为谁都没来得及品尝的"胜利之家"、没有消费的乌纳奴产品、打印费、赊欠的灯泡、打烂的餐具还有突发奇想定做的雨篷买单。

重返马克西夫人家工作仿佛背着一块花岗岩登山：马德里贵妇不知从哪里获悉情况，除了原先的无理取闹和肆意咒骂，她的语气中又多了一层尖酸刻薄。哎呀，亲爱的坎塔布里亚姑娘，你怎么会做那样的蠢事呢，你是有多傻啊！只有等塞萨尔回到家，莫娜才得以喘口气。塞萨尔，莫娜现在直呼医生的名字塞萨尔，在他的一再坚持下，她总算不再使用医生和您等敬称。自从那个心急如焚的夜晚他们跑去一家家警察局寻找母亲开始，她直接称呼你了。我不赶时间，先载你到麦迪逊广场，每周总有几天下午他这样提议。下午有两个病人临时取消预约了，我请你吃星星酒店的冰淇淋吧，或者去"阿尔罕布拉宫"喝饮料，或者去任何让她舒适安心的西班牙小店。他慢慢增加与她独处的时间，十分钟、一刻钟、半小时。显然，那一切都是背着姑母悄悄进行，他担心有一天被她发现自己对莫娜的感情时她会暴跳如雷，尤其是现在，马克西夫人用尽浑身解数想把年轻的医生推向符合他的社会地位却令他窒息的窘境中。但是，莫娜不必知晓那些，医生只希望让她还愿意留在自己身边。

与此同时，家中最小的妹妹正在别的地方用不同的方式打拼。

"古加特找你。"

那个七月盛夏的早上，露丝站在柜台后面听见托尼的话两眼放光。自从姐夫去世，"船长的女儿"被彻底砸毁后，她再也没有机会唱歌跳舞，也没有人趴在她耳边轻声低语，一边说她将会成为一颗冉冉升起的新星，一边把手伸进她的胸罩或大腿内侧；令她伤感却安慰的是，她再也没有听到过弗兰克·科鲁桑的消息。她恢复了完整的工作时间，每天都躲在小工作间，在熨衣板和热水桶之间忙碌；每天在工作和家之间两点一线，从笼罩着阴郁苦涩的公寓转移到弥漫着洗涤剂气味的伊利格瑞洗衣店。

"我昨天去医院探视伯爵，他让我提醒你，他们最近在为新剧招募女演员。"

露丝如同被按下开关键，脸上瞬间焕发光芒，但是托尼没有因为小小的谎言感到一丝悔意：毕竟，他本意是善良的，顺便帮她一把。事实上，情况并非他说的那样：哈维·古加特艺术地位很高，一路以来遇到那么多有梦想的女孩，他可没有时间一一通知。托尼自己厚着脸皮跑去问他，好有借口回归阿莱纳斯姐妹们的世界，她们的生活发生了剧变，他们之间的联系——烟草商和未来的演出——都没了。

自从科瓦东加伯爵在"佛尔诺斯"遭遇不测，坦帕人的工作变得无比体面精致：现在他全面负责他的事务，并非因为自己同意接受了他的工作邀请，而是顺势而为。他的非法经营目前暂时告一段落：没有街头赌博，也没有地下彩票。阿斯图里亚斯前王储占据了他全部时间，那个迥异的世界如同一个黑洞把他往里吸。他奔波在医院和圣莫里茨之间，联络医生和护士，应付好事者、暴发户和垂涎前王位继承者花边新闻的媒体：想知道他是否已经和埃德尔米拉离婚，是否已经和国王父亲和解，是否已经破产，是否依然流血不止，是否近期会出院，然后回到哈瓦那、洛桑、迈阿密或者巴黎。

托尼还慢慢学会处理紧急信件和伯爵岌岌可危的财务问题，帮他过滤掉不想见的人，让他的家人时时了解他的近况。令彩票贩子意想不到的是，他日日夜夜与被废黜的王室保持通畅交流，阿方索十三世如游牧民族一般在大半个欧洲的豪华酒店间迁徙；维多利亚·尤金妮亚王后也是如此，目前在伦敦家人附近的一栋帕切斯特公寓安顿下来，等待法院接受她的分居申请。

坦帕人迅速掌握发送电报的要领和方式，准时向两边通报伯爵的医嘱，并将父母、兄弟姐妹和亲信的回复转达给他。他从不使用华丽的辞藻或官方的格式，而是让伯爵接收到铺天盖地的信息，从中感受到亲切和温暖：他们毕竟是一家人，那是不争的事实。家族成员被流放在各处，每个人都个性十足，关系时好时坏：即便如此，他们仍然共同构成了一个在荣耀和苦难之间摇摆不定的家族，就像他的兄弟姐妹，托尼从大洋彼岸发来的问候中总能感受到他们对小阿方索的遭遇真切深沉的担忧，他们有时会像以前那样宠溺地称呼那个在长老会医院命悬一线的男人。

然而，他从未明确接受伯爵的邀请，成为他的全能管家。随着时间推移，他越来越清晰地意识到那个职位的巨大能量，可能会把他带入一个不属于他的世界。托尼会应伯爵家人的要求陪他前往欧洲，离开纽约、熟悉的街道和自己的爱人。毫无疑问，他将摇身变成另一个人。

被废黜的国王通过电报一再坚持为他提供可观的经济报偿，王后求他不要抛弃自己的儿子，科瓦东加本人也经常在睡梦或混沌之际感激地握紧他的手。然而，现在托尼想再等等，只想在他绝望的时候陪在他身边，不受合同和薪水的牵制。纯粹出于一腔热情。也因为他着迷于前王储的跌宕起伏的爱情故事以及他玻璃般脆弱的身体。

90

露丝冲后面大声招呼了一句，告诉伊利格瑞夫妇她要出去一趟。

"慢慢跟我说。"她绕过洗衣店的柜台迫切追问托尼。

"伦巴之王来医院探望阿方索先生，告诉我们他要和自己的乐团准备一场新演出，但节目与之前不同；他说如果你有兴趣去面试的话，这周随便哪天下午两点后都可以去酒店找他。"

阿莱纳斯家小女儿的脸上露出惊喜的表情，她身穿白色工作服，直到临近中午托尼出现以前，她的状态和手边的衣物一样：没有形状，没有什么反应，最近几个星期都如此。彩票贩子的衣着与以往大相径庭，造型更加优雅精致：他身着犹太人当铺借来的一套新的沙色亚麻西装，衬衫熨帖平整，领结规整。

"我……"露丝喃喃道，"我从未想过再……再回去……自……自从家里发生那么多事情。"

她一边说着一边绞动因为长时间接触腐蚀性溶液而变得通红的手指，染过的头发发根处已经重新长出她原有的栗色头发。

"我只是想你知道而已。"

上次两个人碰面是在卢西亚诺·巴洛纳的葬礼上，露丝因为过度悲伤根本不记得了。她对彩票贩子的记忆还停留在华尔道夫的那个夜晚，穿着某位富人因时运不济当掉的高级燕尾服。伦巴、龙虾、金属光泽的礼服和开怀大笑：与过气王子同桌共进晚餐的几小时如昙花一现的海市蜃楼，回忆被最近残酷的生活击得粉碎。

托尼在医院、圣莫里茨和越洋通讯间奔走往返，对她们几乎一无所闻。姐妹们顺从地回归各自的老本行，几乎不与人来往：同时面对两场突如其来的灾难——店铺被毁和残忍谋杀——她们不知所措，无力反应，麻木迟钝，漫无目的，游走在忙忙碌碌和空虚痛苦之间。

虽然与阿莱纳斯姐妹们没有联系，托尼最近几天与巴洛纳的儿子倒是联系上了：他们从未有机会认识彼此，但不知是何原因，他们觉得有必要那样做。和预期的情况不同，本来是一场表示哀悼的正式会面，两人竟因通宵喝酒，喝了太多黑麦威士忌而大醉。失去父亲，错付爱情，前途未知，相似的经历令他们心意相通。

"无论如何你都该去试试。"

露丝心动了，两个人还站在洗衣店门口。

"你怎么想呢，托尼？"她轻声道。

"他说过你很有潜质。如果你愿意的话我可以陪你去。"

坦帕人不知道那样做是好还是坏，算是刺激心思单纯的小妹帮助她重返演艺界，还是多管闲事吃力不讨好。他意识到自己的存在是不完整的。缺的那部分是莫娜，遭她拒绝后唯一能够回到她身边的方式就是帮她的家庭做些事情。他能想到的突破口只有露丝。

她留下一句我考虑考虑。

"好的，你有决定了，打电话到圣莫里茨找我。"

他处理完信件，把伯爵的电报发完后回到酒店，收到阿莱纳斯家小女儿的留言。明天下午三点。

不消片刻，古加特就给出明确的评价。

"你很有潜力，孩子，但还是太嫩了。对我而言你作为女一号还不够火候，但我不是说未来没这个可能。"

露丝感到一阵后背发麻。远大的前程、未来的希望，那些话听上去很熟悉：从弗兰克·科鲁桑的口中听到过类似的评价。但将面临的环境给她造成了心理落差。她以为自己深爱着的星探只有空头支票和一间装满杂志和写真的简陋办公室，古加特则在宏伟的华尔道夫酒店一间地下室内接待了她，身后有六位真正的专业艺术家伴奏。不在瑟特餐厅表演的时段，他们会聚在这里排练：墙上没有窗户，也没有加泰罗尼亚艺术家的壁纸，灯光丑陋暗淡许多，天花板无比压抑，没有人穿着亮片礼服，只穿着最普通的棉质衬衫，但是他们每一天分秒必争，刻苦排练。

"我暂时可以给你的位置是六重奏中的伴唱。"

他身穿一件香草色的瓜雅贝拉衬衫，怀里抱着一只狮子狗，身边都是嘈杂的声音：音乐家们弹奏着自己手中的乐器，一小群心怀理想的年轻人紧张地等待面试，古加特的妻子用浓重的墨西哥口音维持现场秩序，她为大家发着花生，不合时宜地愤怒点评，一个矮小妇人进进出出给大家分饮料，那应该就是古加特的岳母……

"但是在决定以前，孩子，你要清楚一件事情。我们整个夏天都要在纽约准备演出，但是八月底我们开始一场海岸线巡回，至少延续整个秋天。"

"一场什么，哈维先生？"

看到露丝惊恐的表情，他哈哈大笑起来，吓得狗汪汪吠叫。

"没什么大惊小怪的，女王，你不要害怕：一场海岸线巡回，就是沿着国家的海岸线巡回演出，懂了吗？"

玛丽塔·里德和她在西班牙聚居区的巡回演出突然回到露丝的脑海中，但是音乐家很快纠正了她的想法。

"大型的品质精良的演出，在最好的酒店最好的大厅里上演。底特律的布克凯迪拉克、芝加哥的帕尔默、旧金山的马克霍普金斯、洛杉矶的大使酒店……"

尽管从未听说过这些，露丝的心里仍然慌乱纠结。不，那听上去既不像直布罗陀女人在各个村庄的小剧院和矿区空地上的卑微演出，也不像弗兰克·科鲁桑虚无的承诺。古加特一边温柔地摩挲小狗的脑袋，一边娓娓道来，这事情听上去很不同，自己匮乏的经验和狭隘的愿望无法企及。

"现在，你需要清楚一件事情，美丽的姑娘：一别数月在外漂泊，每周七晚卖力演出，没有家人在身边，三天两头需要收拾行装。"他右手食指轻轻叩击太阳穴，"你不光要让自己的双腿、双脚和嗓子准备好，这里也一定要有充分的准备。"

露丝和托尼默默地沿着公园大道往下走，其他的候选人们还在等待面试。他陪着她来到公交站台，两人几乎没什么交流：海岸线巡回令她年轻的头脑感到迷茫，无法进行正常的沟通。彩票贩子意识到她的困惑，不想再加重她的心理负担。

他们在中央火车站正准备道别，身边的游客和行人熙熙攘攘、行色匆匆，私家车和出租车不断鸣笛，还有附近宏伟的海军准将酒店的住客，他们不知道有大量的西班牙帮厨和服务员在里面忙碌。

载露丝回第十四街的公共汽车停在他们面前。四五位客人上了车，轮到她了：一只脚，另一只脚，上车站稳，汽车开始往前缓慢行驶，她回过头看见坦帕人的背影在人群中渐渐远去。

"托尼！"

车门正要关上时，她一跃跳下车，司机猛地刹住车，冲她破口大骂。

他疑惑地看着她。

"你可以等一会儿再走吗？我……"

她放低声音，吞了口唾沫。半个小时前还在古加特面前翩然起舞的年轻姑娘，现在仿佛迷失方向的女孩。

"我需要找人聊聊，我……我不知道应该找谁。"

91

那天早上，马克西夫人再次高声咒骂，因为莫娜在坎波阿莫售票厅搞错了门票时间，她像一个老巫婆似的恶言训斥。《修女胡安娜·伊内斯·德拉克鲁斯》已经登上大荧幕，墨西哥歌剧演员安德雷娅·帕尔玛饰演修女的角色，这位夫人不得不拼命赶去，她可从未错过任何基督教语言的电影首映，她总是不愿叫它西班牙语。但是其中肯定有误会，马克西夫人坚称告诉她是五点开场，莫娜发誓自己听到的是三点，她们争执的声音越拔越高。

"我受够你了，臭丫头！"

"我才受不了您对待我的方式呢！"

"那你另寻高就吧！"

"你求我我也不会留下！"

这瞬间，谁也没有看见侄子走了进来。

"请不要再吵了！"

两个女人回过头，她们从未见过他这样大嗓门，很是惊讶。只见站在门框中间年轻医生奥索里奥的剪影，一只手拎着帽子，另一只手提着精致的公文包。他打着领结，身体笔直，头发侧分。

"我再也受不了了。"莫娜沮丧地嘟囔着。

她愤然摔门而去，门口的镜子被震得乱颤。

"等等，等等，等等……"

她脚步飞快，眼科医生大跨步追上去挡在她面前。他想从背后抓住她的手肘让她停下，她用力挣脱，继续前进。

"请等等，莫娜……"

"您让我一个人静静吧！"

"莫娜，天哪，我求你……"

他无法让她留步，只好肩并肩伴她同行。

"你再找一个傻姑娘来忍受你的姑母吧，反正谁待在这里对她而言都一样；随便哪个可怜的姑娘任她摆布撒气，那就够了。"

塞萨尔再次抓住她，这次更加用力。他总算刹住她的脚步，让她转过来，与他面对面站着。片刻相望无言，他静静地凝视她美丽的脸庞，也许恰是因为愠色未平更显妩媚。双眸闪烁光芒，脸颊上泛着红晕，下巴倔强地上扬。

"也许她可以没有你，但我不行。"

92

直觉告诉坦帕人：最好不要站在马路中间，尤其还是人头攒动的火车站门口。他拉着她走进站内，在生蚝吧找到一个安静的角落坐下。这个巨大的穹顶空间几乎空无一人，还没到吃生蚝的时间，露丝也不想品尝，在科瓦东加伯爵的盘子里看到那些恶心的蠕虫令她反胃作呕。

托尼问她想喝点什么，她只耸耸肩。神情慵懒的服务生递给他一瓶蓝带啤酒，给她一杯水，阿莱纳斯家小女儿一口气吞下半杯，用指甲紧张地拨开红色格纹桌布散开的一根线头，向他袒露心声。就这样，托尼·加莱尼奥摇身变成露丝的忏悔牧师，她把折磨自己许久的烦恼倾诉出来，他们俩都不知道现在置身的这座富丽堂皇的瓷砖饰面建筑几十年前由瓦伦西亚的瓜斯塔维诺家族建造。

虽然有个声音大叫着"不"，但科鲁桑施加的压力、她内心的恐惧和困惑却使得她的身体盲目地服从着，任由他肆意践踏，一面怀疑他的企图一面却幻想自己爱上他，从沉默忍受到抓狂爆发，惴惴不安地臆测某一天他会再次出现，不敢想象那时会发生什么事情：露丝毫无保留地一吐为快，以一种赤裸而动人的真诚。

大家都为烟草商被杀感到遗憾，同情年轻丧夫的寡妇，感慨"船长的女儿"惨遭破坏、莫娜的精心筹备毁于一旦，阿莱纳斯家大女儿和二女儿经历如此多的苦难逆境，几乎没有人还记得最小的露丝。没人关心她的遭遇。也没人关心她的感受。她不想火上浇油，把自己的痛默默隐藏起来，仿佛它们从未存在过，独自吞下困惑和恐惧。

她继续无意识地用指甲来划着桌布，任由泪珠顺着脸颊滑落。托尼认真倾听，没有料到她会如此坦白。还没听四五句话，他就已经大致明白什么情况了。她刚开始宣泄，他就知道接下来如何回应。即便如此，他还是让她尽情释放，把话说完。

"我只想告诉你两件事，露丝。"他抬手招呼服务生结账，"首先，那个白痴不值得你再花半分精力为他纠结。其次，我不认为他会再回来纠缠你。"

在圣莫里茨酒店阿方索·德·波旁的房间里，托尼每天处理伯爵事务的办公桌抽屉里存放着莫娜交给他的钱夹。他本打算等前王储的身体稍稍稳定些再物归原主，甚至可以按照证件上的地址亲自送上门，但是在投递邮箱或敲开大门以前，他想谨慎行事。他用平时惯用的伎俩，四处打听科鲁桑的身份，获得必要的信息后便伺机而动，隔着附近咖啡厅的玻璃远远观察等待。他用帽檐遮住伤痕累累的脸，走路一瘸一拐，根本没有发现有人暗中盯着他。科鲁桑闪身走进大楼，托尼跟上去来到门口；大厦管理员正在清理垃圾桶。306 室的住客怎么会伤成那样？坦帕人递给他两美元问道。他被两个人痛打一顿，那家伙继续手头的工作冷冷地回答。他又用一张钞票换来真正的原因，两个红毛大汉伏击他，她等在车上，管理员说；他们应该是她的家人，肯定是兄弟吧。她？托尼又掏出二十五美分问道。科鲁桑的老婆，她刚来这栋楼的时候就是个小甜心，最近成日播放同一张碟片，猛吃好时巧克力，把糖纸顺着窗口扔出来，情绪越来越糟糕，容貌越来越憔悴，直到一天晚上他们飞奔出来，身后拖着大片血迹，再后来就再也没看见她和他在一起了。

亲眼看见科鲁桑，接着听完管理员的描述后，托尼按着口袋里的钱夹没有行动，而是回到工作岗位。长时间混迹街头的敏锐直觉告诉他最好把钱夹留在手里。没有具体理由。以防万一罢了。

现在他掌握了更多关于科鲁桑的信息，包括动机和为人。他陪着露丝回到公交站台，她的情绪已经缓和下来，他想也许是时候行动了。

93

厨房的餐桌依旧堆满碎布和线轴，周围的纸箱里也塞满刚刚缝好和马上要缝的衣服。母亲和女儿佝偻着后背在微弱的灯光下默不作声地机械作业，就算两眼冒火、颈部酸涩、指腹红肿也不停下来休息。

"今天你还是不打算跟他谈谈吗？"

米拉格罗斯一进门就问道，她已经是常客了；现在除了家庭成员，只有她还来公寓。维多利亚的眼睛没有离开针脚，摇了摇头。不。

"但是你不能就这么耗下去，亲爱的，你得去见他，你们得准备文件，你们得……"

卢西亚诺·巴洛纳少得可怜的遗产需要处理掉，那是恰诺试图接近她时提出的借口。维多利亚拒不理会，老邻居可怜每天下午站在大门口的拳击手，变成他们之间的传输纽带。

但是维多利亚不让他进家，而她自从下葬那天起就再也没踏出过家门，并非因为母亲逼着她遵循陈旧的习俗守丧，纯粹是出于自我保护。她从未跟任何人透露过自己和恰诺之间的瓜葛，彼此汹涌如潮水般的情感或是偷偷摸摸的幽会，但是现在卢西亚诺的生命戛然而止，阿莱纳斯家大女儿意识到他们之间荒谬的关系必须有个了断。

"你们得沟通。"加利西亚女人坚持道，"签字，分家……"

没什么好分的：就像聚居区的所有家庭那样，房子是长租的，婚礼开销巨大，积蓄就像狗啃过的骨头所剩无几。但是老家还有几方地，他之前让人帮他置办下，梦想着有一天回去时可以种几棵葡萄，在旁边搭个农舍，布鲁克林的家中还剩下一些家具和家居用品以及烟草公会的一份小额保险。恰诺跟莫娜、露丝、托尼和老邻居都说了：希望他们能够说服维多利亚和他见个面。然而，他没有告诉他们的是，自己和她一样根本不在乎那些东西。他唯一期待的是再次见到她,与她抱头痛哭。恰诺被痛苦煎熬着:除了对父亲的背叛,他脑中挥之不去的是——如果自己及时赶到,也许父亲就不会遭遇枪击腹部中弹。

"什么都归他,我说过无数遍了。"维多利亚头也不抬地说,"他想干什么就干什么,我随便怎样都可以。"

不一会儿,露丝回来了,看上去也十分憔悴;她向洗衣房请了半天假,在古加特那里面试结束后向托尼祖露了心声,决定回到家一个字也不提,一如既往。

"卢西亚诺的儿子又站在楼下了,我想你该伸头看看。"

维多利亚嘟囔一声,假装无动于衷,极力掩饰自己想冲下去倾诉的欲望。但是不行,她知道不可以那样做。露丝没有坚持,她自己的事情已经够烦的了。她没有多言语,拉了一只凳子在餐桌旁,穿上一根针,也开始缝起来。

莫娜没过多久也回来了,刚站到纸箱旁边就丢给维多利亚一句话:你跟他谈谈有那么难吗?

"你们可不可以放过我?"

剪刀哐啷一声掉在地上,阿莱纳斯家大女儿把手中的活儿砸在餐桌上,每天下午妹妹们回来时总会那样,她受够了被她们轮番碾轧,终于放声大哭,跑进房间嘭地把门摔上。

然而,这次莫娜和露丝都没有进去安慰她,她趴在床上尽情释放着从早上睁开眼睛就极力遏制的那份煎熬。妹妹们不理会透过墙壁传出来的啜泣声,继续缝制衣服,各自盯着手中的针线,全神贯注,一言不发,雷梅迪奥斯又叹了口气,邻居无奈地摇摇头。房间里的女人们丝毫没有怀疑三个女儿们其实各有所想。

露丝穿针引线，脑中依然回荡着古加特的提议。成为六重唱的一员，海岸线巡回演出，不菲的报酬和精致的演出服，合住的房间，交通和餐饮，加泰罗尼亚人伴着贵宾犬的吠叫告诉她。实打实的具体方案。孩子，我会让你畅快地表演，那将是你最好的学校，你会看到的。然而，弗兰克的威逼利诱不像之前那么让她纠结了：向托尼和盘托出后她淡定了许多，把藏在心里的噩梦揪出来令她感到无比轻松，也许是时候忘记他了。

莫娜同样压抑着自己的情绪，自从塞萨尔·奥索里奥向她表明心迹后她就无法平静下来。你不要走，不要丢下我们，他动情地向她表白；你对我而言十分重要。接着他抓起她的一只手。无论发生什么，无论你听到什么知道什么，请你留下。

过了一会儿，维多利亚回到厨房，谁也没抬眼皮。她两眼通红，一场恸哭过后精神有些恍惚，但是心里清楚日子还要过下去，她坐在凳子上，抓起一件衣服继续缝起来。

就这样缝着缝着天黑了，谁也没起身帮母亲做饭，她们目不转睛地坐在原处以保持仅存的一点理智。尽管靠得很近，但仿佛相隔万里，各自沉浸在枯燥乏味的手工和内心深处的不安之中，用秘密、掩饰、沉默和谎言封闭自我。

94

第二天中午，露丝把这周清洗干净的"莫奈奥之家"店员的制服送回去。看见他时，她心头一紧。

"嗨，宝贝。"

弗兰克·科鲁桑没有披着之前那件浅色风衣，现在穿着一身杂色夏季套装，搭配条纹领带：绿色、石榴红、黄色。尽管衣服释放着积极的信号，但巴拿马人脸上挂着明显的黑眼圈，眼皮浮肿，一侧脸上还有结痂的小血块。他左胳膊夹着两本杂志，笑起来时露出一排标志性的牙齿。

露丝的双腿开始抑制不住地颤抖。

"你还好吗，宝贝？你过得怎么样啊？"

他就站在面前，近在咫尺。还好很安全：在自己的地盘上，光天化日下，周围人来人往。即便如此，她僵在那里，两只脚仿佛嵌在了水泥里。

"我知道你们店里的事情了，还有你姐姐的丈夫，我很遗憾。"

他把手按在胸口以示慰问。

她继续缩在自己的工作服里，为之震惊，内心十分恐慌，犹豫着是否要像以前那样和他亲近，小心拘谨，保持距离。和托尼交流后，她本已平静下来的内心再次荡起波澜：回忆突然涌现，仿佛一道强光从脑中闪过。一边是他的各种承诺和倾心爱慕，令她充满幻想，她以为那是他们共同拥有的默契时光。另一边，则是他的诸多要求、渴望和冲动，他被顶撞时暴跳如雷的样子，不容别人拒绝他。

"我看你还在这里工作……"

露丝垂下头看着自己的白大褂和粗糙红肿的双手，默默地点点头。

"但是这座城市没有秘密，你知道吗：我听说你昨天去古加特那里面试了。刚好我的一个朋友带自己的姑娘去那儿；她也希望被选中，但是没你那么幸运。刚巧昨晚我们在百老汇的酒吧碰到，他告诉我的。"

如果换个时间，或者换个男人，露丝会挑衅地问，那又如何？现在，她就怯怯地点点下巴。

"那太棒了，宝贝，"他低沉地说，"最近你同胞的名声大噪，他的乐队非常优秀，他在纽约和洛杉矶都很吃得开，跟他合作是你起步阶段最好的选择。"他用力地咧嘴微笑，整齐雪白的牙齿耀眼夺目。"你看，我早就跟你说过你需要放弃你的民族音乐吧？看看现在的你，小露西就要登上伦巴之王的舞台了。"

他听上去真实诚恳。露丝心情总算略微缓和，嘴角爬上微妙的满足。

"我真的为你感到骄傲，亲爱的，实在太骄傲了。"

他往前靠近一步，把手放在她红色的头发上，轻轻抚摸，她仿佛被电击般从头到脚一阵酥麻。不，弗兰克·科鲁桑不像别人说的那样可恶，她心想，耳边是他天花乱坠的恭维赞叹。想到自己甚至怀疑过他是"船长的女儿"惨遭破坏的幕后主使，不，他不是那种人，不会做那种事情。我不该跟托尼那样坦白，她知道他脾气是暴躁了些，可是心地是善良的、自重的。她很高兴他们再次相遇，用这样的方式和平分手，没有争吵没有痛苦煎熬……

然而，他突然用手托起阿莱纳斯家小女儿的脸，轻声说：

"今天下午放工后我来接你，我们一起去华尔道夫。"

什么？一起？不，不，好像不大对劲。尽管两个人在马路上和解了，但最好不要再跟他有任何瓜葛。

"有些事情要明确。"星探又用那种毋庸置疑的语气说道，"你要和他谈些条件，把一些细节理清楚……"

终于，露丝挤出一丝声音。

"不，弗兰克，不……"

他露出惊讶的表情，眉毛拱起，眉头紧蹙。

"我不想再跟你在一起了。古加特这件事完全是另一码事，那是他向我提供的机会。跟……跟你没有任何关系。"

他尴尬地哈哈大笑，声音刺耳。

"我亲爱的露西，我可爱又狠心的露西。"科鲁桑把手伸进外套左侧衣领中。他从内袋里取出几张折成三层的纸，他想伸手递给她，却被她先伸手扯走。"我们之间有合约，你自己在我办公室签名的，你不记得了？我是你所有业务的经纪人，未来十年我们都彼此关联，你收入的百分之四十归我，你也不可以背着我做任何决定。"

95

向北二十条街开外，莫娜浑然不知露丝的慌乱，一早冲进门就叫道：

"我来跟您拿欠我的薪水。我辞职不干了。"

她纠结了几个小时后最终做出决定；马克西夫人满嘴塞着蘸糖炸面包嘟囔着什么，莫娜没听明白。

卧室里半昏半明，她每天第一项工作是把所有窗帘拉开，但是这次她没有动手。空气中弥漫着樟脑酒和油腻早餐的气味，肯定有很多腊肉。

"您还有三天的工钱没有结给我，星期一、星期二和星期三。"她耐着性子说。

其实没差多少。但那是她劳动应得的报酬，扔进厨房玻璃罐里的每一分钱都为负债的家庭减轻一些负担。因此莫娜那天早上准时出现在她家里，跟她拿回薪水，接着告辞走人。她肯定不能继续在那儿工作了。她受不了主人的坏脾气，知道了塞萨尔对自己的感情后更不能接受他偷偷帮自己加工资。

年轻医生对她的告白还在耳边回响：也许她可以没有你，但我不行。他所有表情和行为现在都有了特殊的意义。他总是特别关注她，每一个细节，每一个深邃的眼神，坚持要陪她回家，谦恭地照顾母亲的身体：一切都变得不同，那不仅仅是感谢她忍受难搞的姑妈。莫娜总算认识到背后另有深意。

"你走得真不是时候……"老太婆总算吞下最后一口面包时含混不清地说，"明天……"

原来星期五安排了活动，马克西夫人为此紧张了好久。侯爵夫人家有一场愚蠢的聚会，就是莫娜初次遇见奥索里奥和他姑母的地方，她那时刚到这座城市，怎么也想不到后来会和他重逢。他们又收到邀请，莫娜从来也不想过问；工作之余，独裁专制的老巫婆随便做什么都与她不相干。

"您知道该给我多少。"她重申道。

她站在床头，什么活儿也不做。甚至都不想端走垫在她肥硕的肚子上的早餐盘，不想扶她坐起来，也不想用力背起她，把她塞进轮椅里。不想帮她洗漱，一分一毫都受不了她。

"我帮你把钱包拿过来，还是你从抽屉里取钱给我？"

马克西夫人把浓稠的热巧克力递到嘴边，用舌头把嘴唇四周舔干净，咕咕哝哝说了句什么。

"您要我拿过来是吗？"

"你再多留一天，我付你三美元，还有很多事情没做完呢。"

她迟疑片刻，赤裸裸的条件战胜了她立时逃遁的欲望。

"但是我一点准时走。"

"两点。"

"一点半，没的商量了。"

她想在塞萨尔回到家之前离开。不，知道他的想法后她不想再见到他；她十分困惑不安。他们成长的背景如此不同，她自己的问题还没有解决，也分不清什么是好什么是坏。他们俩之间的确一直有着某种默契，一种莫名的亲切；而她也一直觉得他有着独特的魅力。但是不。不，不，绝不。他们生活的世界天差地别，她对医生的感情——不能说完全不存在——没有他告白得那么坚定深沉。那是一种幻觉，必须及时斩断的无稽妄想。即便如此，前一天他说的那些话依然令她内心荡起涟漪；她从他手中挣开乘上公交车时，那些话飘进耳中。无论发生什么，无论你听到什么知道什么，我爱你。

"你还等什么呢？赶紧把我从床上拉起来啊，丫头。在等最后的判决吗？"

马克西夫人尖刻的言语把她拉回现实。最后一天，她对自己说，同时刷地拉开窗帘。最后一天，然后再无瓜葛。

她被使唤来使唤去，弄得团团转。那双新鞋子，给我擦得油光锃亮。你去花店，让他们给你一些样品，赶紧回来继续干活。

打电话给理发店，让他们把我明天的预约提前一小时。打给瓦伦西亚面包房，我要修改蛋糕订单。你留心听着大门，有人要来送我侄子的三件套礼服。

她的侄子，她的侄子，她的侄子。尽管他不在家，还没到中午莫娜已经觉得哪里都有他的影子。透过虚掩的门缝，可以看见他军营般整齐的床铺，书柜上码放着厚厚的医书，衣架上挂满面料精良、价格不菲的衣服，桌子上放着一只硕大的眼睛模型，摆着一幅银框相片，里面应该是他的父母。

接受他的爱并不难，她倚着门框出神地想。他肯定是个好男人，亲切而守礼，优雅精致，给人安全感。虽然看见他并不会脸红心跳，但是她很喜欢有他在身边。被生活残酷地啪啪打脸后，有一个人关心自己、有经济实力保护自己、给自己温暖的家和庇护的港湾总是让人开心的。塞萨尔·奥索里奥看上去不是一个极度苛求的人；相反，他从没强求过她，要她回以同样炽热的感情，只要她稍有表示他就满足了。她的后背一阵酸麻。如果你愿意呢？如果你努力学着去爱他呢？

"丫头！"

一声怒吼把她从幻想中揪出来；莫娜这才意识到自己在胡思乱想，用力地甩甩头。

"马上把我推到电话旁。"马克西夫人命令道，用力摇着手中的报纸，仿佛在摇晃一面旗子，那是当天早上刚送来的。"我要打电话给《媒体报》，让那群白痴听听。"

莫娜握着话筒，听她各种抱怨、训斥、争辩、要求。现在就给我接通坎布鲁比主编！什么叫他不在？什么叫找不到？

"没用的家伙！都是些废物！听着，我让我侄子跟你们说得很清楚，公告今天必须发，不是明天！"

她继续满脸涨得通红冲着话筒大吼大叫，胸部随着怒气上下震颤：塞萨尔，他的未来，他的义务……看我们现在怎么跟侯爵夫人交代！她要是知道公告还没发出去后果不堪设想！别人会以为我们不受人待见，跟他们门不当户不对的，以为那孩子不够资格进入那个家族！

一步、两步、三步：莫娜被不祥的预感牵着走到轮椅前。

"您在说什么公告，马克西夫人？"

"订婚啊！"她怒不可遏地吼道。

她喘着粗气，极度鄙夷地看着莫娜，仿佛她脑子坏掉了。

"向奈娜求婚，侯爵夫人的女儿，还能有谁？我侄子再傻也不可能跟你这样的穷鬼求婚吧！"

96

莫娜和露丝在第七大道的路口遇到，忧心忡忡地拖着沉重的脚步，仿佛各自怀里揣着一袋装满石头的麻袋。两个人惴惴不安、灰心丧气、懊恼悔恨。一个刚结束一整天的工作，另一个从公交车站方向走过来。迎面撞上后，姐妹俩犹豫片刻，考虑继续掩饰自己的忧虑还是就像以前那样彼此敞开心扉畅所欲言。经历了太多失误与过错，太过深刻的幻灭和痛苦，以至于两人似乎都失去了真诚以待的能力。

你怎么了，莫娜看到露丝沮丧的表情正打算关切地问她，为什么这副失落的表情。但是刚打上照面还没来得及张口就被人打断了。

"我正要去家里找你们，小姐。利托嬷嬷想见你们，她说很着急。"

那是"玛利亚之家"的一位姑娘，不过是从某个妓院或者街头霸凌中解救出来的小女孩。

姐妹俩我看看你你看看我，意识到彼此都有未说出口的秘密。两个人心照不宣地决定迟些再向对方倾诉烦恼。再忍半小时又如何，世界不会因此坍塌。

她们没有想过上楼将修女的口信告诉母亲和维多利亚，何必呢，一个只会拖后腿，另一个根本不愿下楼。

利托嬷嬷没有坐在办公桌后面，而是瘫在一把扶手椅中。她们也没有看见之前散落各处的文件、书籍和杂物：似乎有田螺姑娘帮她收拾整理过了。房间内各处焕然一新，书卷都合上竖直摆放，文件夹被整齐地归置码放，释放着忧伤的信号：修女已经油尽灯枯，无力工作了。

她们强忍着没有爆发出来。但是，姐姐，我的上帝啊……她的身体仿佛已经被掏空，形容枯槁，脸颊上的皮肉垂落下来，浑身爬满皱纹。

她身旁的椅子上坐着一个男人，看到她们走进来连忙起身。他戴着一条素色领带、圆形金丝框眼镜，浅色头发，两侧鬓角发际线上移。他三十来岁，不高不矮，身材适中，长相普通。

"进来吧，姑娘们，快进来。"

修女的声音沙哑，之前总是充满戏谑，现在却有气无力、精疲力竭。

"我本打算稍后等事情解决得差不多了单独告诉你们，但是考虑到我眼下的状况，我想还是让你们认识他比较好。"

她举起手臂无力地做了个手势。利托嬷嬷已经病入膏肓，奄奄一息了。

那家伙上前几步，威廉·兰福德，很高兴认识你们，他的语气很有教养，很专业。至少听上去是的。他伸手问候，紧蹙嘴唇点头示意：他礼貌地告诉对方自己不会说西班牙语。她们慢慢地递过纤细的手指，动作生硬：她们不知道该做何反应。

利托嬷嬷怕一口气上不来，长话短说向她们解释：

"他在一家律师事务所工作，处理过类似的案件，我的孩子们。每次要见你们的时候，他都会在国民联合会留口信。"她顿了顿，深深地倒了几口气，"他会带翻译一起，费用都由兰福德先生的事务所承担。"

她扭头望向律师，又倒抽了一口气。

"他很专业，"她喃喃道，"他一定会尽力……"

没说几句，她们就大致明白她的意思，努力消化：利托嬷嬷快不行了，要把她们的命运托付给别人。虽然她对此感到很痛苦，但那就是现实。整洁的房间看上去氛围凄凉，修女的面容更加印证了她们的疑惑：她被病痛折磨得脱了形，皱纹里也印刻着她的失落，因为走到生命终点都没能履行责任而感到挫败。那女人觉得自己被彻底击垮了，她逃离了苦难的深渊，不曾被任何人或事、任何痛苦的逆境或者任何卑鄙的陷害打倒。直到那天为止。

她断断续续地挣扎交流了一会儿，跟她们解释期限和方式，律师夹着一个厚厚的暗红色的文件夹离开了，里面塞满各种文件：所有与埃米利奥·阿莱纳斯死亡相关的法律证明和文件，包括起诉书、声明信、跨大西洋邮轮公司的申辩书、被残酷拒绝的赔偿、后续的索赔文件，还有她们数月来期待能被解决的担忧。事已至此，还是不要再问自己一切是否值得，当初拿起桌上的船票和钞票登船回家岂不更明智。若真那样做了，后面的许多悲痛和忧郁都可以避免。

她们留了一会儿也走了，利托嬷嬷已然精疲力竭，需要休息。姐妹俩十分激动，血液都凝固起来，刚走出来就在"玛利亚之家"门口驻足，仿佛不知道该去哪儿。

露丝率先提议。她挽起莫娜的手臂，贴在她身旁，推着她向回家的反方向走去。她们朝着河边的方向走，没有具体目标，远离熟悉的街道，表情严肃，心无旁骛，安抚她们备受烦扰的心，彼此支撑打气，重新拾起被悲痛打击的信心。

刚要穿过第九大道，莫娜猛地抓住妹妹，把她从人行道上拽下来。两个人闪到一家药店的橱窗后面。

"你干什么？"露丝警觉地问。

"闭嘴！不要说话，你看！"

她抬了抬下巴指向隔壁咖啡店，两个人正从里面走出来。他们快速地握握手，轻声交流了几句道别，分道扬镳：一个往大道上方走，另一个走向停在路边的雪佛兰。

前者是她们刚在利托嬷嬷办公室里见到的兰福德律师，他两手空空。

另一个男人个子不高，看上去人畜无害，前额扁窄，头发棕黑，卷曲而有光泽。脖子松松垮垮地挂着一条领带，胳膊下面夹着一沓东西，姐妹俩立马认出是什么。莫娜紧张地小声宣布他的身份：

"是托马索，马萨的侄子。"

不用亲眼看见，他们片刻前肯定在台面下进行了肮脏交易，美国人在对方奉叔叔之命带来的文件上亲笔签字。托马索现在抓着的暗红色文件夹就是十足的证据：兰福德律师利用利托嬷嬷虚弱的身体，恬不知耻地欺骗她们，出卖她们。真相已经昭然若揭：他们约在咖啡馆交易了文件。经过几番周折，阿莱纳斯姐妹们的命运最终还是落在马萨手中。莫娜和露丝看到大势已去，知道自己乘船回家已希望渺茫，遥遥无期。她们梦寐以求的、帮助自己回到家乡并赖以安居乐业的赔偿就这么在她们眼前蒸发了。事情已经没有转圜余地。

她们依然紧紧依偎在药店橱窗玻璃后面，在镁片广告和肌肉舒缓药膏之间共同承受将要昏迷的感觉。一种不可名状的感觉从脚底向上穿过全身。

够了。够了。她们受够了那些不爱她们和非常想要得到她们的男人。那些试图随意玩弄她们于股掌之中，全然不顾是否会令她们伤心失望、屈辱难过、颜面扫地或伤痕累累的男人们。弗兰克·科鲁桑肆意妄为。塞萨尔·奥索里奥恬不知耻的欺诈蒙骗，他已经快要向另一个门当户对的女人求婚了，却没有骨气坦白。那个刚刚出卖了她们投机取巧的律师，和他戴着柠檬黄领带、胆小怕事、任由人摆布的侄子。最令她们忍无可忍的是杀人不眨眼的暴徒法布里西奥·马萨。他是最可恶最变态的那个家伙。

莫娜的声音听上去低沉冷漠，却无比坚定。

"我们还要忍气吞声到什么时候？直到那个浑蛋把我们一个一个逼死，逍遥法外吗？"

97

她们从来就不是逆来顺受的女孩，曾经赤脚肆意奔跑，攀爬墙壁和路堤，漫步原野，仰望星空。她们很小的时候就学会如何用石头和拳头与街区的男孩子们硬碰硬，从长牙开始就知道如何反抗强权，像马夫那样吹口哨。她们尽情狂欢，在街头斗殴，放纵地暧昧嬉戏，饥肠辘辘的时候在广场上毫不顾忌地随便找点什么填饱肚子。她们总是肆无忌惮地追求生活，自信、大胆、果敢、毫无畏惧。

到了纽约后，父亲的死令她们一时沉沦，迷失方向，失去了庇护的港湾，不得不直面艰难险阻。但是她们总算熬到头了。在这样一个浮躁陌生的世界，她们孤独地逆势而行，找到未来的方向，挣扎着为一个目标而奋斗。谁曾想打击接踵而至，"船长的女儿"被毁，烟草商也惨遭杀害，坚忍的阿莱纳斯姐妹们不得不像蜗牛一样缩回壳里，她们似乎没有反抗就签署了投降书。她们不知不觉中甚至默许身边的男人们随意践踏自己的灵魂，利用自己一时的脆弱。

然而，那天下午亲眼看见律师侄子和叛徒律师之间的幕后交易，这让她们像注射了药物一样，良知动摇。一切都人残酷无情：又一次强烈的打击，被人从背后捅了一刀。她们之前几次伤心欲绝，无力反应或回应，可这次不同，狗急了还会跳墙呢。

她们需要做些什么，只是暂时还不知道要做什么，但必须反击那些卑鄙小人的陷害，以牙还牙。为了自己的尊严，让利托嬷嬷消沉的意志重新振作起来。为了摆脱那些蚀心之痛，甩掉包袱继续生活下去。

短短几句话后莫娜和露丝就达成一致，必须开始行动。

首先要去调查他的家庭住址。她们当机立断，脚步飞快地走到国民联合会找曼哈顿的电话黄页。工作人员递给她们一本很厚的册子，露丝从他手里一把扯过来。需要的话我可以帮助你们，男人腼腆地说；他三十来岁，看到几个星期前在这栋楼里为姐夫的尸体守夜的两个年轻女人生气地走进来。她们毫不犹豫地拒绝了他的好意，离开办公室走进旁边的小房间，把黄页砰的一声摊在桌子上。接着，她们俯身弓背，把脸凑上去，不太清楚如何在密密麻麻的文字、数字和代码间游走。

她们翻来翻去，用食指滑过一长串姓氏和不知如何发音的街道，好一会儿才找到目标。马萨，法布里西奥。切尔西布里克街228号，3-3207，找到了。露丝又去找刚才的男人讨了一支铅笔和一张纸记录，他递过去时不好意思直视她的双眼：他忍不住从远处偷偷观察她们，伏在案头纤细的身体，裸露的双腿，被轻薄破旧的布料包裹着的胯部和翘臀。

她们想问他如何才能到那里，但是当她们再次探头过去时，看到桌子后面只剩下一把空椅子。她们一路小跑奔下楼，都没费心把大部头还回去：黄页就那么摊开着被遗弃在桌上，期待工作人员方便完从厕所走出来时自己去找。她们刚刚和一个从楼下餐厅走上来的家伙打听，同胞们总是在那里碰头，八卦大洋彼岸的新闻，打听工作机会，或者玩多米诺牌。

再往前走几米，她们路过殡仪馆门前。她们很长一段时间没有见过菲德尔：自从"船长的女儿"被毁，他父亲听闻逆子给那家人诸多好处和钱，为了纠正错误，殡仪馆老板把儿子调到上城区的分店去工作，哈莱姆西班牙聚居区的家族殡仪馆远离儿子梦想演唱探戈的街区，远离那些恬不知耻的女孩，竟然当着他的面明目张胆地迷惑儿子。

她们路过时，菲德尔的父亲正抓着一大串钥匙开门。菲德尔跟在他后面，怀里抱着一只看上去十分沉重的箱子。她们本打算稍作停留：再次见到她们，他瞬间呆住了；她们既为与他重逢而高兴，又着急赶路，内心挣扎。

殡仪馆老板没有废话，直截了当地冷漠表示：

"抱歉，小姐们，我们现在很忙。"

说完毫不留情面地推搡了儿子一把，要他赶紧进屋，因为负重，他一路跌跌撞撞。

姐妹俩独自朝目的地进发，把惊慌失措的菲德尔甩在身后，谁也想不到那条路线正是卢西亚诺·巴洛纳用自己的脚丈量的最后一段路；也不知道烟草商在她们一阵赶路后看到的小广场内经历了人生中最后的痛苦时刻，更不知道他的尸体正是从那座喷泉的污水中打捞出来的。

她们找到门牌号，两个人的注意力集中在宏伟的红砖立面上，外面爬着 Z 字形的铁艺逃生楼梯。她们看着浅色石头浮雕扇形窗户，思忖着那浑蛋在家的话，究竟在哪扇窗户后面。

"我们现在做什么？"露丝喃喃道。

莫娜考虑了几种选择，索性做出最大胆的选择。上楼，如果遇到他就当面质问，告诉他他就是个浑蛋，而……而且……迈出脚步前，她回复了最理智的三个字：

"先等等。"

她们不知道自己为什么来这里，没有明确的目的，但在眼下那是唯一的选择。她们坐在广场的一条长凳上，望着大厦：期待着他们刚好走进去或者走出来。她们怎么会想到就在旁边的凳子上，现在坐着一对年迈的卡拉布里亚人，维多利亚的丈夫曾经在那里心神不宁地坐了几个小时，问自己哪里出了问题，为什么她不再爱自己。

先是一群青少年过来无赖纠缠，她们置若罔闻，一个街头小贩想向她们兜售布艺花，接着另一个人缠上来在她们眼皮底下打开一只装满鞋子的口袋，明显都是从别处偷窃来的。一个衣着单薄的人戴着头巾，用听不懂的语言跟她们说着什么，一个干瘦的男人在她们面前晃来晃去，猥亵地掏弄着裆部。第三次出现在她们面前时，露丝猛地站起来冲着他破口大骂，那个孬种吓得缩了回去，扭头走开。

她们继续等待，直到太阳开始藏到大厦背后，晚霞将四周映照成金色。事已至此，她们的意志开始摇摆不定，心中越来越忐忑：那样的尝试不过是虚耗光阴，白费力气。那时，就在那时，她们看见他出来了。莫娜一把抓住露丝的大腿，露丝的手指扎进莫娜的手臂，心脏都快从嘴巴里跳出来。

法布里西奥·马萨就在那里，从马路对面的大厦里走出来，穿着一身绿色西装，黑色的头发涂满发蜡，正在往头上戴一顶草帽。她们离他有一定的距离，马路上车水马龙，人来人往，三五成群地寒暄聊天，环境如此嘈杂，他基本没可能发现坐在广场上的她们。以防万一，莫娜稍稍倾斜身体，低头躲避视线，露丝偷偷用头发遮住脸颊。

跟在他后面的是侄子托马索，几个小时前刚被撞见与叛徒律师道别。趁着在小公园里等待的时间，莫娜告诉妹妹他们相识的那天发生了什么，叔侄俩把她从第十四街掳走，马萨试图在码头附近的一块空地上威胁恐吓她。她怎么可能会忘记那个惊险时刻，但是在此之前她从未向姐妹们透露过那晚发生的事情。她把恐惧深深地埋在心底，觉得没有必要让她们担心，自己一个人担惊受怕就够了。她天真地认为困难的处境总有一天会结束的，顺其自然就好了。

现在她知道自己彻彻底底错了。她缓慢地叫出那个年轻人的名字：托马索，她目不转睛地又说了一遍那个悲惨侄子的名字。他无条件地遵从卑鄙叔父的命令，但他那晚也在码头上看见了被掳的女人如何抵死反抗，让叔父恼羞成怒。肯定因为那个原因——他是为了阻止她而不是诋毁他——他才在送她回去时向她提出警告。他今天被吓到了，他指的是律师叔叔。他还补充道，当一个可悲的人受到惊吓后，会变得非常危险。

马萨走在前边，侄子紧随其后：姐妹俩并不知道，他们正重复着家族约定俗成的传统，当疗养院中失去行为能力的老者执掌律师事务所时，年轻的法布里西奥也不过是一个笨手笨脚的小跟班。

他们在圣母庞贝雅教堂对面的路口转弯，背朝着她们，她们站起身，往前走了几步，伸长脖子以免他们从视线中消失，但是没一会儿两个男人再次转弯：他们只是要到一小块空地上取停在那里的汽车。几个小时前她们看见的那辆。也是莫娜惊恐万分地蜷缩在后座的那辆。

托马索坐进驾驶位，很快汽车启动，驶入第六大道，汇入车流中消失在远处。

"我们现在上去吗？"露丝战战兢兢地小声问道。

98

她们看见刻在青铜板上的公司铭牌，爬到二楼，不出所料，大门紧锁。她们犹豫着是否要按门铃，最后决定按下去；如果有人出来开门，她们就假装弄错了。但是没人应门，她们为了确认无人，长按着没有松手，门铃响了许久。她们只好下楼回到公园。找到确切的地方了，找到地址后的第二步完成。

露丝想到第三步。

"我们打电话给菲德尔吧？"

他有一双巧手，店里还有工具，而且他和她们一样鲁莽冲动；如果能够从父亲身边溜走，他不会拒绝的。说到底，那也是他自己的事情，"船长的女儿"被毁也令他的精神受到重创。

她们从附近的一家商店给他打电话，谢天谢地，是他本人接的电话。好，好，好，他不假思索地回答；菲德尔如何能拒绝闯入自己生活、与自己并肩打拼、输得一败涂地的姑娘们呢？她们的请求于他而言即是法律义务，有幸能够遇到那样三个果敢迷人的姐妹，一段时间以来帮助他远离可怜的工作，圆梦未来，一个充满探戈、掌声和美女环绕的未来，虽然那一天没能到来，但是他每晚睡在自己凄凉的房间里仍然梦到那样的场景。无论她们有怎样的要求他都赴汤蹈火，在所不辞。尤其是，露丝。

很快他就赶到了，赶路赶得上气不接下气，天色已晚，他没有多说什么，一切尽在不言中。他不想告诉她们自己如何跳过两个后院逃出来，险些被父亲发现，因为他需要独自处理第十六街一个葡萄牙老太婆的尸体。走过来时他肩上挂着的一只皮包，叮叮当当发出金属撞击的声响：里面装着撬杆和镐凿。

他们再次钻进楼里，回到二楼。莫娜和露丝用身体为他遮挡，虽然担心是多余的：撬门的片刻时间里，根本没有人经过楼梯或从旁边的寓所里出来。哪怕他们猛地推门闯入私宅。哪怕他们把门随手关上。

看见漆黑一片的前台，紧张激动的心情放松下来，屋里通风不好，一股霉菌、汗水的味道，混杂着消散不去的烟味。他们蹑手蹑脚，胆战心惊，在心底深处仅存的些许本能的指引下，顺着中央走廊往前走，小心翼翼地踩在地板上，防止它吱嘎作响，让他们的努力白费。走了几步路便来到办公室，三扇窗户朝向广场。夜幕已经降临，路灯微弱的灯光透过窗户射进来，他们拒绝开灯。

莫娜探出头去，警告道：

"我们得时刻小心，万一他们突然回来了。"

他们在黑暗中小心翻找，最重要的目标是利托嬷嬷那本装满证据文件的暗红色文件夹。其次是……他们也不清楚：随便什么东西。

莫娜和露丝俯身趴在沉重的大桌子上，盲目地摸索着桌面；菲德尔走向其他房间，她们听见他点着一根火柴。

阿莱纳斯姐妹没有出声，四只手小心翼翼地察看每一个文件夹、每一份文件，无论是档案、密封的文件还是打开的文件。一无所获。她们的东西不在那里。突然，莫娜不小心撞到一卷档案，咚的一声砸在地上，她们感觉心脏都骤停了。她们时不时交替着伸头透过肮脏的玻璃观察窗外，没有他们的身影。接着，她们打开抽屉，里面乱七八糟什么都有：发票、铅笔、吸水纸、信封、墨水罐、钢笔等。翻到左侧第三只抽屉时，露丝紧紧抓住莫娜的胳膊。

"看。"她怯怯地说。

她们看见里面黑漆漆一团，是手枪。

她们还在心惊胆战地看着它，菲德尔的脚步声越来越近；他急匆匆地走向她们，两只手里抓着什么。

"我在一间卧室的衣橱里找到这个，最里面，上面盖着一块毯子。"

他们立马点着打火机凑近观察。露丝捂住嘴巴防止自己叫出声音，莫娜惊恐地闭紧双眼，不想让自己看见那险恶的一幕。

三大盒科斯塔·雷伊香烟摞在一起，盒盖上印着烟草公司独特的标识：一位身穿白裙年轻貌美的姑娘的倩影，颈部戴着一串珍珠项链，发髻上装饰着红色花朵。坦帕制造，他们念着上面的文字。烟盒上捆着熟悉的布条：那证明卢西亚诺·巴洛纳曾经带着自己的商品来过这里。

"我们走吧,走吧……"莫娜声音颤抖地说。

其他两位同伴感到非常惶恐,一动不动。

"快,我们走吧!"她提高声音说,"菲德尔,把烟盒放回原处,露丝伸头看看窗外!"

她又快速地检查了一遍房间,在黑暗中摸索所有台面,胸口仿佛压着一块大石头透不过气来。她几乎可以肯定自己的猜测,太阳穴有如擂鼓突突直跳:可怜的卢西亚诺最后一次背着自己的烟盒出现在这里,手里最后一次抓着棉绳。

突然,她看见苦苦找寻的东西:装满案件卷宗的文件夹就放在门旁的架子上,仿佛等着有人天一亮就把它带去另一个地方。就在此时,她听见露丝惶恐的声音。

"他们来了!他们俩回来了!"

菲德尔箭步飞奔过来,莫娜双手按在文件夹上,犹豫不决,大脑因缺氧而无法思考,她努力调整呼吸让自己平静。太过招摇了,她清醒地思考了一下。如果直接拿走的话她们肯定会被指控。她把文件夹放回架子上,直截了当地说:

"快,我们走,马上!"

他们逃也似的冲出去。

"往上跑!"她命令道。

他们一直往上跑,刚到上一层转角,叔侄俩就顺着楼梯上来了。他们后背靠着墙,肩并肩紧紧贴在一起,屏住呼吸,他们的脚步声来到家门口,看到有人破门而入时他们破口大骂。

"什么鬼!"

听到他们进入公寓后,姐妹俩和菲德尔快步冲到楼下,仿佛撒旦在背后追赶。他们刚踩到门厅的瓷砖上，就听见托马索探出头和身体冲楼下呵斥威胁，还好没有被他看见。走出大门时，墙壁间还回荡着他的怒吼。

99

他们急速穿行在幽暗、局促又弯曲的街巷中，故意多次转弯免得他们追上来。有些门廊下站着一群群身穿 T 恤的意大利年轻人，一边抽着烟一边高声交谈；有些路段，男孩们成群结队，时不时碰撞身体，放声大笑。

他们没敢停留片刻，彼此一言不发，任由他们年轻的双腿带着他们往前走，直至来到明亮的第七大道。

"浑蛋……"看见开阔平坦的街道，莫娜忍不住咒骂。

"现在我们要做什么？"露丝惊魂未定地问。

"回家好好想想。我现在也想不出其他办法。"莫娜听上去快要背过气去，仿佛精力被所见所闻消耗殆尽，"还有，这么晚了，母亲不知道我们在哪儿会吓死的。"

一听到时间已晚，菲德尔猛地拍了一下自己的脑门。

"讣告！"

她们疑惑地看着他，不知道他的意思。

"晚上十一点开始《媒体报》就不接受新的内容了，包括讣告通知什么的。"

他抓住一个行人询问时间，可是对方没戴手表；接着他拦下一对情侣。十一点十分，女士回答。

"葡萄牙老太太的讣告，妈的，明天不发的话我父亲会杀了我的，但是他们肯定不接电话了，"他慌不择言，"我必须马上去坚尼街，去报社办公室，你们可以自己回第十四街吗？已经很近了，没多远……"

"菲德尔，那些通知讣告……"莫娜迟疑地打断他，"怎么弄？"

过去几个小时发生的一切把她在马克西夫人家苦涩的经历推向记忆深处：她确认塞萨尔·奥索里奥是个十足的笨蛋，向她深情表白的同时向年轻的贵族小姐求婚。医生也不过是个流氓，是个自私自利的浑蛋，毫不顾忌地践踏她的尊严。

"你需要委托他们，告诉他们放什么内容……"

"付现金吗？"

"不一定，"他急匆匆地说，"改天我再跟你说，现在我得赶紧走了。"

莫娜不由分说地抓住他。

"等等，"她命令道，"我需要你现在就告诉我。"

菲德尔无可奈何地叹了口气。

"如果你是个无名之辈，一个普普通通的人需要发布公告、通知或讣告，我想是的，你需要付现金。我们不同，我们是固定客户，现在不需要付钱，月底他们会把发票寄给我们。"

"你……你……你，菲德尔，"莫娜吞吞吐吐道，"你能帮我发个通知吗？"

她把突然闪现的想法告诉他，殡仪馆老板的儿子使劲挠着耳后：每逢大事他都会那样。

"就像你们西班牙人经常说的,你让我陷入万劫不复的深渊了。"

"好吧。但是那对我很重要。非常非常重要。"

她撒谎了,不,事实并非如此。不重要也不紧急;如果莫娜忍气吞声,让时间消除她得知年轻的医生玩弄自己的感情、脚踏两只船的痛苦,也没什么。以牙还牙,她脑中一闪而过的念想是报复女主人和她懦弱的侄子。虽然没有办法捍卫自己的尊严,但是她清楚地知道这辈子都不想再见到他们姑侄俩。菲德尔在不知情的情况下点燃了她心里的怒火,意外地让她迅速拔出扎在胸口的刺。

殡仪馆老板的儿子深深叹了口气,从衬衫口袋里掏出一个小本子和一支破旧的铅笔。

"快告诉我你想发什么。"

100

夜晚漫长而忧伤。她们等到雷梅迪奥斯入睡,才把维多利亚从床上拽起来。三姐妹像臭虫似的躲在狭小的厕所里,两个妹妹不想把母亲吵醒,用气声告诉她一切,在利托嬢嬢办公室里的情形,接着撞见律师和马萨的侄子私相授受,他们决定闯入他家里寻找文件和证据。最后,她小心措辞——不想对姐姐造成过多伤害——告诉她菲德尔在衣橱深处发现了什么,巧合的是,他亲口证实之前的一期《媒体报》说巴洛纳的尸体是在同一个广场上发现的。

维多利亚的反应不是痛哭也不是尖叫。她美丽的双眼已经干涸，神情坚毅，声音沙哑，就吐出几个字：

"不能就这么算了。"

第一次她们的世界出现了转机，三个人把脆弱的灵魂暴露给彼此，释放积压在心底的愤怒。她们回顾审视，翻过来倒过去——一厘清自己的委屈和遭遇，那些不必要的痛苦和莫名其妙的伤害。直到天快亮她们才去睡觉，工厂和码头上已经响起汽笛声。她们几乎没怎么休息，一如往常，很早她们就爬起来了。清醒、坚强、笃定：三姐妹幡然醒悟。

露丝像往常一样，打扮朴素地前往洗衣店。

维多利亚佯装坐在桌子旁缝着数不清的袖口和衣领。

只有莫娜改变路线：她负责处理所有必要的事情。

"你去马克西夫人家要迟到了。"雷梅迪奥斯双手插在堆满碗碟的肥皂水中嘟囔着。

"那份工作结束了，母亲。我今天有别的事情。"

没有多解释，她砰地摔门而去。

首先，她在"湖畔"银行旁边的员工早餐店打电话到圣莫里茨找伯爵，但是没有找到。接着，她去坐地铁，路程漫长，如同冬季的夜晚，至少经过一百条街总算来到华盛顿高地。

她努力掩饰看见哥伦比亚长老会医学中心的巨大建筑时慌乱的心情，她四处打听，兜兜转转，重新调整方向。弄错了四五次后，总算找到哈克尼斯馆的入口。

"麻烦，我找阿方索·德·波旁先生。"她用生硬的英语请求。

再怎么坚持恳求或提高声音都没有用：工作人员直接拦住她，不留情面。所有人看上去既紧张又好奇，却不愿为微不足道的事情分心。已经中午时分，莫娜开始烦躁不安：一整夜几乎未合过眼，前一天平添各种烦恼，现在又疑惑重重，她想到姐妹间达成的一致会不会是另一个愚蠢至极的决定。她的心仿佛被掏空了，精疲力竭，坐在门口的花岗岩台阶上，在一顶伞下躲避初夏正午毒辣的太阳，双手抱住脚踝，头深深埋在膝盖中央。

汽车的马达声把她从沉思中拉回现实，她抬起头。前面和后面都是警车，中间的那辆不是。一尘不染的黑色，奢华大气。司机和副驾打开前门，迅速下来帮助后座的乘客下车。

莫娜首先看到的是踩在地面上的土红色缎面高跟鞋，接着是穿着细腻丝质长袜的纤细脚踝和夏款精致外套的下摆。完全走出车外时，她凹凸有致的身材、严肃的神情、颈部夺目的珍珠项链和掩盖在优雅草帽下面湛蓝色的大眼睛都给莫娜留下深刻的印象。

八九个男人从其他几辆车上一拥而下，有些人身穿制服，有些人身着便服；几位医院负责人也从大楼里走出来，以瓦伦蒂·麦斯特莱医生为首。很快她就被一群男人毕恭毕敬地在人行道上围住。夫人、女士、陛下……

"你在这里做什么，莫娜？"

她沉迷于眼前的景象，一个不安的声音把她唤醒；她从台阶上猛地跳起来。是托尼，站在陪同皇室成员的队伍里，看见他时她的心里咯噔一下。他头发丝丝分明，衣着与往日不同，严肃了许多。他还是那么清瘦，绿色的眼睛炯炯有神，脸上露出不可思议的表情。

"是伯爵的母亲吗？"她小声问，"是王后？"

又从远处驶来几辆车，刹车吱嘎作响，随便往路边一停。门打开后又跳下来几个男人，衣着没那么正式，一群无耻之徒：摄像师手里举着相机，记者阴险地追问被废国王的近况、古巴女人、离婚和放弃继承权、血液病、兄弟姐妹、皇室家族……

随着场面越来越混乱，托尼点点头，迟疑着是和他曾经那样迷恋的女人继续交谈，还是摆脱她去履行自己的义务，作为前王储非正式秘书、助理或随便什么。他的母亲——曾经做了二十五年的西班牙王后——乘坐萨维亚伯爵号从地中海出发，经过六日航行刚刚登陆；他应该竭尽所能帮她阻拦围攻的记者，帮助她进入医院尽早看见自己的长子。

莫娜在坦帕人的脸上察觉到一丝陌生的紧张感；他看上去慌乱疲惫。莫娜不顾皇室礼仪和程序，不理会媒体咄咄逼人的喊叫和挡在中间的医院工作人员，径直走到他身旁。

"我专程来找你的，托尼。我今晚需要你。"

她踮起脚在他耳边细声说。

他心中一惊，蹙起眉头。

"托尼！过来！"远处传来召唤声。

有人叫他，记者们的喧闹声越来越大。和我们说说您的丈夫吧，夫人！您还会回到国王身边吗，女士？埃德尔米拉也从哈瓦那来看望您的儿子吗？在身边男士们的护卫下，维多利亚·尤金妮亚尴尬地往医院里面艰难前行。

"我们九点在阿尔酒馆见。"莫娜在喧嚣声中和他约定。她深邃乌黑的双眸紧紧直穿他心底，"托尼，无论如何，不要让我们失望。"

他还没从震惊中缓过神来，被莫娜一把抓住胳膊。

"代我向伯爵转达，"她的手指紧紧箍住他的手臂，"我很高兴他的身体好转了。"

101

恰诺那天下午同往常一样来到第十四街，等在大楼门口；没几分钟，她们突然走过来对他说：

"维多利亚需要和你谈谈。"

他慌乱地看着她们，仿佛被人当头一棒。

"去阿尔等她。八点半。"

虽然她们住在阿尔酒馆隔壁，她们谁也没去过，在她们的世界里女人不去酒馆。可她们知道，自从父亲死后，巴洛纳的儿子就把那里当成根据地了，每次寻找阿莱纳斯家大女儿无果就会去那里消磨时光。拳击手的选择有他的道理：国民联合会食堂里和西班牙咖啡馆酒吧的人彼此都是老相识，被杀害的烟草商的儿子也是其中一员，这个未来渺茫的拳击手不知为何在那里化身成了一个忧伤的灵魂。那个幽暗安静的酒馆的老板是苏格兰人，聚居区的人很少光顾，恰诺隐姓埋名地在里面买醉，逃避人们的慰问、同情和好奇的眼神。她们那天下午也想躲避关注，所以选择那里作为集合点。

现在她们只需要甩掉母亲。像之前一样，她们去找老邻居帮忙。

"让她今晚跟您住在您家里。您随便编个理由，说需要她陪您，因为您老做噩梦、抽筋或者神经衰弱。米拉格罗斯夫人，您把她带走，缠住她直到明天早上，仅此而已。"

加利西亚女人用唯一健康的眼睛仔细打量她们，皱褶间的表情意味深长。在她们恳切的脸上很难辨认出那几个初来乍到、吵吵闹闹、叛逆聒噪的女孩的影子，当时她们轻狂地怨天怨地，还不知道自己会被构陷成什么样子。被生活锤打，痛不欲生，家破人亡，倾家荡产，她们就这样在城市中落脚，成为真正的女人。现在她们求她帮忙，不做解释。她也没有追问理由，虽然她心有疑惑，但也许她们这样也不是坏事。

"告诉她过一会儿下来找我，我们俩今晚在'玛利亚之家'和利托嬷嬷过夜。"

"我们昨天和她在一起。"

露丝的语气表示她们看见她的模样很恐怖，老太太也放低声音，喃喃道：

"她已经快死了，我不想她离开这个世界时独自一人。"

她们回到公寓，佯装平日那般冷静平和。她们在厨房里继续忙着针线活，看着面前一箱箱衣服和零件，一如往常鸦雀无声。

雷梅迪奥斯默默地接受米拉格罗斯夫人的邀请，帮修女最后一晚守夜。走之前我帮你们准备好晚餐，她冷冷地说。她开始削土豆皮，打鸡蛋，准备做土豆饼，幻想着她们会吃掉：谁也没有胃口，但是她们也不想阻止她，反正也是徒劳。

逼仄的房间里回响着叉子敲打陶瓷汤盘的声音，维多利亚躲在厕所里，在昏黄的灯光下盯着破碎的镜子。她目光涣散，然而她没有注意到自己因为痛苦纠结而眼圈深陷，脸庞消瘦干瘪。她只是需要倒影的陪伴，大口大口吸气，无数次告诉自己即将与恰诺重逢，自问接下来要做的事情将会造成怎样的后果。

门口响起谨慎的叩击声。灶台旁的雷梅迪奥斯和内心惶恐的维多利亚都没有听见，莫娜和露丝时刻警惕着，立马跑去开门。

"准备好了？"她们闪开门缝小声问菲德尔。

"差不多，就差叫出租车了；不需要多久。"

他一整天都在和父亲绕圈子，左右闪躲，四处寻找最理想的地方完成她们的嘱托。他用遍自己的人脉，打听、咨询、核实以确保万无一失。

"抓紧点，去吧。"

刚要关门，他提醒道：

"等等！我给你带来这个，莫娜。"

他从口袋里取出一卷《媒体报》，她展开后快速翻阅。

打印店的店员亲自负责加上一句为死者向上帝祈祷的祝语。

莫娜的嘴角翘起一丝苦笑。

"还有通知呢？"

"在聚居区的记录里。那里，第七页，最后一行，你读读看。"

莫娜差点笑出声来，然而身上仿佛感觉到一阵淡淡的忧伤。

"我不知道奥索里奥一家是谁，或者你跟他们有什么过节，但是我觉得我们把他们整得够呛。"菲德尔补充道，"今天早上他们打电话给报社要对方解释清楚，还他们尊严，还要让报社的人吃不了兜着走；主编急得像热锅上的蚂蚁，排版员似乎头发都要掉了……"

"你说了什么？"

为死者的灵魂向上帝祷告

马克西玛·奥索里奥夫人

卒于心脏疾病引起的舌头感染

聚居区记录

塞萨尔·奥索里奥

宣布取消原定于

本周五向奈娜·德·拉·玛塔小姐

维嘉雷亚尔侯爵夫人之女求婚

因为他认为自己不够男人

不能够做此承诺

"我要保护客户的隐私；我推脱给我父亲，但他们更尊重他。"

菲德尔如自己的名字般忠诚又不失温柔。就像之前义无反顾投身灾难般的生意，现在他又帮她们把胡言乱语登报，盲目地和她们三姐妹胡闹；她们无论提议什么，他都回一句"阿门"。很多邻居都认为他是个可怜的小恶魔，被父亲死死看着，动不动就被骂得狗血淋头。虽然他对她们而言太过直白、滑稽、荒唐，但他已经成为她们最亲近的兄弟。夭折的小海苏斯当年令母亲一蹶不振，也许是他转世成人了。

莫娜慢慢把报纸卷回去，若有所思。刚才菲德尔说他们要求报社还自己尊严，那个词在她耳边嗡嗡作响。姑侄俩从未给过她的就是尊严，一个独裁专制、傲慢无礼，另一个虚情假意。莫娜的报复相比之下不足为奇：把他们俩推向风口浪尖，成为人们茶余饭后的谈资，让他们颜面扫地。虽然那没什么实质性作用，至少可以让她拔掉心头之刺。

八页的日报重新卷好后，她用手指使劲扭成一团。

"快点，菲德尔，把剩下的事情搞定，我们待会儿见。"

102

三姐妹穿着深色服装。那并非丧服，只是色调灰暗。酒馆前面没什么客人，六七个男人沮丧地买醉，喝个不停；她们悄无声息地钻进酒馆，几乎没被人发现。灯光幽暗，一天结束后，酒馆很宁静。苏格兰老板背对着外面整理酒瓶，肥硕的肚腩下面系着白色围裙。

她们继续往里走，地上铺的锯末消除了她们的脚步声。看到她们走过来，恰诺从凳子上站起来。他面前的吧台上第二瓶啤酒还没来得及喝。

莫娜和露丝站在原地，让姐姐独自上前。他没有动弹，静静地凝视着她。

她瘦了许多，头发比婚礼前修剪过后长了一些，现在几乎垂肩。那天下午她专门洗了头，一方面打发时间，另一方面不让自己被焦虑吞噬，湿润的发梢一绺一绺。除了乌黑的秀发，她身上毫无生气，脸色很差，大大的眼睛里浸满哀伤。尽管如此，恰诺依然觉得她是这个世界上最迷人的存在。

两个人近在咫尺，互相凝望，犹豫着。拳击手主动张开双臂；她向前一步，又一步，十分缓慢。直到他们的身体彼此接触相拥，熟悉的感觉回来了，瘦弱骨感的她被亡夫儿子壮硕的肌肉纤维包裹着。没有激情四射的亲吻也没有迫不及待的云雨之欢，谁也没有欲望。他们任由肌肤亲密结合，如同两根炽热的蜡烛相互交融，泪水哽在喉中。

四个人仿佛坐在一个隔间里：两把高背椅子中间隔着一张桌子。维多利亚和恰诺在一侧，极力掩饰重逢的复杂心情。莫娜和露丝坐在对面。

"我们知道谁杀了你的父亲。"

拳击手的脸瞬间扭曲；维多利亚在桌子下面紧紧抓住他的手。莫娜继续往下说：

"就是那个毁了我们生意的浑蛋。我们也知道他住在哪里，和谁住在一起，如何出行，汽车停在什么地方。"

她三言两语把情况说完，他惊恐的表情定格在伤痕累累的脸上。

"我们决定不能就这么算了。他对我们做了那些事，他杀了巴洛纳，他那样践踏利托㜰㜰。所以我们打算反击。"

莫娜爆出来的计划近乎癫狂。她疯狂的计划里有很多不确定且不可控制的因素。出现任何一点失误，后果都不堪设想。

恰诺一时无法接受事实，猛地站起来。

"我想我需要喝点酒。"

魁梧的他走向吧台，托尼刚好走进来。他站在门口环顾四周；酒馆里就剩下四五个常客了。他没看见她们，瘦弱的身体被木头椅背挡住了。但是他认出巴洛纳的儿子，从椅子上站起来，从最里面大跨步走出来。

莫娜的胃里感到一阵解脱，同时还掺杂着一些不可名状的感觉。柜台后面的挂钟显示八点五十五分：他竟然提前到了。她伸长脖子想看看他手里拿着什么，满心的欢喜如同被戳破的气球瞬间爆炸：两手空空。他一只手插在口袋里，另一只手伸出去，和恰诺兄弟般快速地互相揽了揽肩膀。他没有理会她的请求，什么也没带。

"你摆脱王后了？"她问候道。她不想耽误时间，刻意掩饰自己的失望。

托尼没有说话，从别处抓住一把椅子，拉到桌子旁。

"跟我解释一下你们究竟在发什么疯。"

恰诺端着两杯威士忌走过来，嘭地放在桌子上，三姐妹什么也不想喝。他说了几句英文，她们什么也没听懂，但是托尼的表情再清楚不过：他不喜欢不赞同对方的解释。

莫娜直接打断他们。

"拜托你们说上帝的语言。"

突然，她咽了咽舌头。那是马克西夫人经常说的话，她曾非常厌恶。她不想强迫任何人。三姐妹一大清早躲在厕所里做的决定不会轻易动摇；如果他们愿意出手相助，那么当晚即可行动，无懈可击。否则，她们就自己解决。菲德尔还与她们一条心，再等等吧；反正早晚都能拿到想要的东西。

托尼表情凝重，脸上没了以往的轻松不羁。他切换成古巴口音的西班牙语，希望把话说清楚。

"你们真的疯了。"

"省省你的道理吧。"

"你们根本不知道自己在做什么。"

"我们想得明明白白。"

莫娜和托尼之间的对话来来回回，快得像扔刀子一样；其他人一言不发，只是听着。维多利亚咬着嘴唇，露丝心跳得越来越快，恰诺态度谨慎，揣度着她们的建议和后果。即便如此，他并未说不。他也不会那样说。

"没人求你帮忙。"

"是你来找我的。"

"我以为你跟我们是一边的。"

"但还有别的办法。"

"肯定有。但那是我们的选择。如果你不赞同，那就请你离开。"

托尼深吸了一口气。是的，那样最好。转身离开。忘记第十四街和乱成一团的那家母女；回到圣莫里茨，日夜照料科瓦东加的事务，远离自己在皇后区破破烂烂的公寓，不再游走在城市边缘偷偷摸摸地做那些地下彩票和赌博勾当，不再和狐朋狗友出入酒吧。那的确是最明智的选择：回到皇室的条条框框中，处理无穷无尽的医院诊断书，往欧洲发电报，早餐时用精致的银制餐具吃水煮蛋。

"但是我以为你至少会为了卢西亚诺帮我们。"

他凝视着她良久。

"我十分尊重我父亲的朋友和我朋友的父亲。"他指着恰诺，"即便如此，我也不会为了他蹚那摊浑水。"

他一口闷下杯中酒。

"如果我真的做了，只会因为你。"

从一开始他就知道自己不能回避内心：他深深为那个女人着迷，此时她的脸上一扫桀骜，转而散发着耀眼的光芒。自从那天早上看见她坐在医院门口的台阶上，他就知道自己无路可逃了；看着她手臂环绕在裸露的双膝上，绝望无助，仿佛冬日里的耀眼阳光，大胆、果断、美丽，而他却随波逐流，每天与医院的种种要求纠缠，为他人操心。

"科瓦东加的车停在路边，你要的东西在里面。"

103

电话在办公室角落的桌子上响个不停，直到托马索忍无可忍走过去拎起听筒，声音在走廊里回响。

"喂？"

"我想找马萨律师。"

电话线另一端是恰诺的声音，说着英语；他比任何人都了解那里的说话方式；毕竟，他从小在那里长大。他从那里打来电话。

"您是谁？哪里的来电？"

书柜上的钟显示凌晨十二点五十分，叔叔刚走到他身旁，半夜铃声弄得他心慌意乱。顶着油腻凌乱的头发，身穿背心和条纹睡裤，眉头紧锁。纠结的胸毛中间一条十字架金链若隐若现。

"出事了。请让他听电话。"

"稍等。"

托马索满心疑惑，把听筒递过去。

菲德尔一下午都在收集整理恰诺准备反击的信息；他们在阿尔酒馆编好脚本，直到老板洗完最后几只杯子，客人们都走光了。

今晚在布鲁克林的挪威美洲线码头发生了重大事故，恰诺说。他在亚特兰蒂克大道自己家附近的门特罗打的公用电话，那家港区酒吧的老板是加利西亚人，经常通宵营业；其他人紧紧贴在他身旁，屏住呼吸仔细聆听。因为过度疲劳，操作失误，他低声补充道，守夜人被伤得很厉害，被送去路德医院了，路上就失去了意识，流血不止。我是另一个守夜人，他们不让我跟他去，也没通知他的家人，一个同伴跟我说他会负责通知……他用典型的口语和码头上的黑话一口气讲完短篇小说；毕竟布鲁克林人口众多，巴洛纳一家一直住在河滨，他实在是太熟悉了。

律师对听到的话深信不疑，他的反应只有一个：事务所运作良好，已经赢得了一些固定客户。当然，没多少。但是也有一些了，可是老浑蛋从来也不满足。奇怪的是他们这个时间打来电话，通常都是白天上班时间打过来，码头工人全部到位，码头忙碌运作时才最容易发生事故。但是事情听上去也没那么可疑，况且，那家伙说得很清楚，受伤的是一名守夜人，因此他使了个眼色，让托马索记录。

"告诉我伤者的姓名。"

"保罗·费莱拉，是个葡萄牙人。"

很好记，他的一位中学同学也叫这个名字。

"麻烦告诉我挪威号停在布鲁克林的哪个码头。"

"9 号，先生。"

"受害者的住址？"

"什么？"

"遭遇事故的人住在哪里？"

"呃，抱歉。妈的，在……在……在南布鲁克林的某个地方，我不知道具体的地址。"

"好，没事，我们会找到的。还有一件事。"

"我要挂了，我……我……"

"请先说清楚您的身份。"

接着，一阵哔哔声刺穿马萨的鼓膜。他愤愤地随手丢出去，听筒哐啷一声掉到地上，他也不想弯腰捡起来放回底座上。布鲁克林码头，挪威美洲线，布鲁克林码头。这些词在他脑子里绕来绕去，他睡意全无，陷入沉思中。他知道布鲁克林码头是甘比诺家族的产业，埃米尔·卡玛尔达也插手其中，安东尼·阿纳斯塔西奥控制码头工人工会手段毒辣。他犹豫着，想着也许应该打电话给老叔叔，请教他的意见，以免自己行差踏错，后悔不已。他还在犹豫着，挠了挠裆部，接着是胸口，然后是左腋下。

"托马索！"最后焦虑和盲目的野心占了上风，他喊道，"穿衣服，我们走！"

几分钟后他们就准备停当，没有洗漱，穿着前一天皱巴巴汗津津的衣服。关门前，他猛地拍了一下侄子的肩膀，指向办公桌。

"把它拿出来放在手套箱里。以防万一。"

他们走出去时，街上连个人影都没有，映入眼帘的只有宏伟的教堂，几个醉汉在小广场上扭打，大喊大叫，偶尔有车辆呼啸而过。他们走到空地上，钻进雪佛兰六系，托马索准备启动。但是打不着火。妈的！马萨嘟囔着。他又试了一次，第三次，无果。第四次，依然无果。叔叔火冒三丈，一通咒天骂地，两个人走下车，托马索掀开发动机顶盖，慌乱不安地查看里面的管线。空地上只有路边微弱的灯光，根本没办法知道哪里有问题。

"需要帮忙吗？"

两个人扭过头：看到两个人影俯身在汽车上，一辆出租车停在他们身旁。司机隔着打开的车窗冲着外面和善地问；马萨傲慢地点点头，态度不容拒绝。当然需要帮忙，白痴，当然需要。

谁也不认识托尼·卡莱尼奥，也不可能想到那个从路边车上走下来迈着笃定的步伐走进空地的高高瘦瘦的男孩并不是一个出租司机，他曾经是彩票贩子，现在成了前王储的私人秘书。出租车是菲德尔临时搞来的。

坦帕人拍了拍叔侄俩的后背向他们问候，接着把脸伸过去贴在发动机上。他嗅了嗅，伸手拨拨电线和火花塞，嘴里唠唠叨叨。两个意大利人怎会料到片刻前他刚溜进来动过手脚，现在又假扮好心。检查好一会儿后，他用拇指和食指夹着拎起一个不知道是什么的零件。

"恐怕你们今晚哪儿也去不了了，朋友。这需要找一位机械师傅，更换零件，你们不要以为……"

"那您载我们去，"马萨果断地说，"我们要去布鲁克林，9 号码头。"

假扮的出租车司机佯装犹豫，其实他只想掂量掂量自己面对的是什么人。两个肤色黝黑的普通人，汗流浃背，穿着匆忙抓起的不搭的衣服，下巴周围胡子拉碴。他们看上去不怎么强壮，但最重要的是知道对方是否带着武器。律师右臂微妙的动作令他提高警惕。

"我提前付你两倍费用，十万火急。"

托尼发现马萨只不过伸手去掏钱夹，后脊一阵轻松。

"那好吧，请上车。"

"去布鲁克林，"马萨嘟哝，"快。"

104

其他人等在桥头下面破旧的码头上；恰诺开着科瓦东加伯爵的车早早来到那里。他们对面是漆黑一片的东河和流光溢彩的曼哈顿，在夜幕中有如璀璨星光。

事实上，挪威美洲线不过是编造出来的骗局：那天晚上既没有挪威邮轮停靠在码头，也没有发生任何事故。菲德尔大费周章，四处打听，得知那个码头好多天没什么动静了，最近纽约和斯堪的纳维亚半岛间的人员商贸活动不大密集。

出租车的远光灯射入漆黑空旷的街道中，轮胎在砾石上吱嘎作响；他们躲在角落里伺机观察，屏住呼吸，后背紧紧贴在仓库的木板上。

四周一片死寂，马萨和托马索心里越来越紧张：察觉到不妥后，他们绷紧身体，目光警惕地凝望窗外黑黢黢的清晨。托尼沿途用尽浑身解数让他们分心，插科打诨，对方全然不理会。律师和侄子不是鲁莽之人，但他们刚好放下警惕，蠢笨地走进陷阱。不，他们从不轻信任何人。因此，当他们察觉到四周死气沉沉，开始怀疑整件事的动机。

然而，他们已无力反抗：两个黑影突然冲过来拉开后座车门。

"举起手。下车。"

是恰诺和菲德尔，各举着一把手枪对准他们。托尼也从前面转过来，举起第三把手枪。

莫娜那天早上在医院门口附在托尼耳边小声请求的就是那件事。三把手枪。后来坦帕人一整天忧心忡忡，犹豫着应该让步成为同谋，还是直截了当地拒绝，永远失去她的信任。放手去搏还是谨言慎行，前者占了上风，他无法拒绝。因此那天下午，他把伯爵安顿在医院里，把他的母后送回广场酒店，紧接着就去了犹太人的当铺。

我需要三把枪，朋友。明天就送回来，我发誓。道别时，老人没有像往常那样爽朗大笑，也没有用蹩脚的西班牙语和他说再见，只是阴郁地提醒：小心，年轻人。务必小心，上帝保护你。上帝保佑你，他想说。

马萨和托马索没有反抗。前者如马匹般愤愤地喘着粗气，举起双手，得知自己中埋伏后极力克制怒火。后者小心翼翼地走下车，头缩在脖子里，仿佛想让自己看上去更加微不足道。

此前等待时，恰诺一脚踹开附近一间小仓库的门锁。里面堆满了绳索和麻袋、破旧的浮标、生锈的铁钩和链条，净是那些东西。他们被枪抵着高举双手走进去。

他们点着了一盏挂在墙上的油灯，那是仓库里唯一的光源。进去后，他们毫不留情地把叔侄俩推到墙根，让他们背对着木板墙，亲眼看见手枪瞬间易主。

马萨惊恐地瞪大眼睛，一阵寒战穿过背脊。旁边的托马索面露窘迫。

西班牙三姐妹，死者的女儿们，曾经骚扰、绑架、威胁并因为不从他心愿而攻击过的黑发美人，现在正用手枪指着自己，仅几步之遥，冲着胸口、眉心和裆部：她们并不清楚应当指向哪里；那肯定是她们第一次拿枪，几乎无法瞄准，纤细的手臂甚至无法托住手枪。三个姑娘明眸闪烁，面容在油灯下熠熠生辉，痛苦而坚毅，逐渐流露出怨恨无畏的表情，构成一幅美丽而阴暗的画面。尽管近在咫尺，她们即便叩动扳机也很难一击即中。

对阿莱纳斯家人的要挟威逼，残忍破坏她们的生意，被枪杀的烟草商倒在自己身上，通过傀儡骗取修女的卷宗，过往种种在眼前闪过，律师的双腿开始剧烈颤抖。那都是迫不得已，他心如磐石。无论如何，皆为形势所迫。

恰诺一拳挥过来打破他的思绪，他才幡然醒悟，意识到自己面对的是何等角色。他还没来得及反抗，就被重拳捣碎了下巴，三四颗牙都被打掉了。他都来不及弄清楚眼前这头猛兽是谁，第二拳随即而至，砸断了他的鼻梁；他疼痛难耐，如杀猪般哀号，呼吸还没调整好，第三拳直冲左目捣入太阳穴。

他视线模糊，呼吸困难，满嘴脓血，头昏脑涨，根本无法思考那个残暴的野兽是谁，实在有太多人想要把他丢入炼狱。甚至不在现场的人，比如那个好斗的修女，现在应该有如万箭穿心、苦苦煎熬。或者埃米利奥·阿莱纳斯，他不幸死亡造成后来的一连串的阴差阳错。

菲德尔成为艺术家的梦想被他彻底打破：在对"船长的女儿"的偷袭中加德尔的碟片连同男孩的远大理想、天真幻想和他对露丝的卑微念想都付诸一炬。他在演艺界搞不出什么名堂，不过是异想天开罢了，但至少努力的过程令他感到愉悦。现在他的精神支柱和生意都没了，未来只能与棺材、蜡烛和讣告为伴，只剩下一条没有出口的无尽隧道。

他谋害了托尼的模范榜样：那是整个纽约市唯一关心自己未来的男人，反对他继续不计后果赚快钱。更重要的是，如他在酒馆里向莫娜温柔表白的那样，他感到痛心疾首，因为倾慕的女人前途被毁。

对于恰诺而言，马萨杀了自己的父亲，自己背叛了父亲与他的妻子偷情，那无异于双重打击。即便人生漫漫，时间能够消弭一切伤痛，但是那道伤口永远不会愈合了。

至于对维多利亚、莫娜和露丝来说，他的罪孽更重。

他们每一个人都有足够的理由看着眼前那个血流满面的浑蛋去死。有不共戴天的切肤之痛，也有道义和同情，这都无所谓。他们都是他倒行逆施的受害者，被阿莱纳斯姐妹叫来见证他毁灭。

恰诺终于收回拳头：他想手刃仇人，谁也没出面阻止，直到中途决定停手。他让马萨坐起来，靠墙站着，与托尼往后退。他们神情紧张凝重，肩并肩守在被他迫害的女人们身后。无论后果如何，他们都决定支撑她们到底。

看到自己毫发无损，侄子松了口气；货仓再次变得死气沉沉，只听见马萨痛苦地哼哼，嘴里吐出一团污秽之物，掺杂着血液、呕吐物和碎牙。

现在，她们是主角：她们才是决定他命运的人。三姐妹站在幽暗的油灯下保持着刚才的姿势，枪口齐刷刷地指向他，表情严肃，看上去平静坦然，但其实内心波涛汹涌。

在此之前她们想象了各种可能干掉意大利人，一开始从未动摇。他就是个无所不用其极的卑鄙小人，连老弱妇孺都不放过，不会有人可怜他，就连他郁郁寡欢、畏首畏尾的侄子都不待见他。在她们看来，让法布里西奥·马萨偿命是最基本的道义，也许正因为如此，她们一直认为自己的行为无懈可击，从未想过其本身的性质。那天晚上，有深爱她们的男人们贴身保护，有卢西亚诺·巴洛纳冥冥之中加以庇佑；她们只需要坚定信念，勇往直前，就够了。

然而现在，她们心中的所谓的笃定开始瓦解。尽管眼前那个血流满面、连连作呕的浑蛋让船长的女儿们感到恶心，但是她们失去了信心。不，她们做不到。那个浑蛋害得她们家破人亡，但是她们做不到像他那样卑劣，也许是正义感太强，无论如何也过不了自己那一关。

因此，紧张激烈的内心斗争过后，她们彼此确认眼神，心领意会，达成共识。

不，她们下不了手。

意大利人用仅剩的一只完整的眼睛看见姑娘们慢慢落下手臂，腿间漫开一片深色的水迹。他吓得失禁了。

凝重的空气变得缓和，托尼向前靠近一步，伸出双手让她们把武器交出来，恰诺掰着指关节缓解焦虑。只有菲德尔还不服气，但被他们俩拦住了。

就在此时，大家刚把注意力从马萨身上移开片刻，只听震耳欲聋的枪声。

他们转过头去，震惊地看见律师的身体轰然倒地，眉心中弹。他先是膝盖跪地，接着身体前倾，缓慢地倒向一侧。

托马索的枪管还冒着烟。

他们忘记了，律师的侄子也是一个受害者。

105

他们穿过布鲁克林大桥回到曼哈顿，还不到早上五点，几乎遇不到什么人，偶尔有车辆驶过。大家一言不发，目光凝视前方，看着眼前勾勒出这座城市轮廓的绚丽灯光。

作坊和厂房警报声尚未拉响，商铺办公楼没有开门，公共交通工具刚刚开始上路，工地还没开工。但是纽约很快就会从沉睡中苏醒，七百万人会睁眼起身。超过三分之一的人口来自其他大陆，出生在语言和生活迥异的遥远他乡。饥饿、动荡、战乱、渴望和躁动驱使他们来到新世界，现在成为这座城市肌理中不可或缺的一部分。从最早踏上海岸线的荷兰人把那里称作新阿姆斯特丹开始，直到后来阿莱纳斯姐妹从古老的西班牙南部漂洋过海来到这里，几个世纪以来纽约一直充满魔力。

乌克兰人、法国人、波兰人、古巴人、英国人、阿尔巴尼亚人、希腊人、德国人、挪威人、意大利人、爱尔兰人、阿根廷人、萨尔瓦多人、瑞典人、葡萄牙人、波多黎各人、罗马尼亚人、西班牙人……所有人都有一席之地，每个人都通过自己日复一日的努力积沙成塔，让这座城市平稳顺畅地运转。他们洗碗打杂、驾驶卡车、铺设街道、炸鸡炸土豆、清扫街道、卸货搬货、端茶倒水、爬上脚手架为摩天大厦添砖加瓦、打包白糖、往炉膛里填煤、印刷期刊、看门守夜、擦地板楼梯：那些人什么粗活累活都干。与此同时，他们把妻儿带来安家落户，送孩子们读书，梦想成真，与同胞们形成牢不可破的关系网，各凭自己的勇敢和坚忍改善生活：有些人发家致富，有些人艰苦度日，还有小部分一败涂地，有些人回去了，有些人留下来。但毫无疑问，所有人都拼尽全力，每晚回到简陋的家中都疲惫不堪，身体麻木双脚肿胀，与坚如磐石的艰苦现状抗争，换取更加美好的未来。有时幸运会降临，有时却障碍重重，像法布里西奥·马萨这样的卑鄙小人被命运摆了一道，他的尸体被丢弃在码头的小货仓里。

六个人缄口不言，脑中仍然清晰地记得他的死状，他们穿过横跨在东河上的大桥，桥下几艘驳船驶过；白天熙熙攘攘的船舶尚未进港。他们需要很长一段时间才能从记忆中抹去那残酷的印记。

令大家震惊的是，托马索的反应异常冷静。"我们从这里离开吧。"他确认律师已死，立即说道。离开前，他拿走钱夹和手表。殡仪馆老板的儿子纯粹是出于职业本能而非怜悯，弯腰把尸体四肢调整到相对体面的姿势，然后帮他把完好无损的那只眼睛合上，用几只口袋盖在上面。他肯定要几天后才会被发现，小货仓看上去不太常用。另外，身上没有证件，脸又被打爆了，他极有可能像所有不幸的穷光蛋那样被送到贝尔维医院的停尸间，巴洛纳曾经去那里寻找岳母。

阿莱纳斯姐妹心中久久无法平静。她们本以为杀一个人很简单，但是亲眼看见律师侄子出人意料的举动后，她们浑身的血液都凝固了，但是她们默默地承担后果，不允许自己惊慌失措。她们没有大惊小怪，大叫或哭泣；她们努力平静心绪，咬紧牙关，沉着面对。托尼把手枪放回犹太人的皮口袋里，恰诺离开时在一只水桶里洗手；里面再怎么肮脏都脏不过马萨污秽的鲜血。接着，托马索转身离去消失在黑暗中，他们坐上车准备回程。

汽车还在大桥上颠簸前行，快到下东区的岸边，埃米利奥·阿莱纳斯刚来到这里时就住在樱桃街区。他们并没有想起他，那时他们还惊魂未定，思绪无法从刚才的事件中抽离。

然而，自从这段历史翻篇后，他们每一个人的生活都有了新的目标。汽车离开布鲁克林大桥，驶入曼哈顿城区，身后的朝阳正冉冉升起。

结　语

　　莫娜和托尼之间的关系混乱地继续着，很长一段时间里，前
阿斯图里亚斯王储坚持邀请坦帕人担任自己的正式秘书；作为回
报，他可以获得地位和影响力、可观的报酬和人脉。他思来想去，
掂量了物质和精神层面的利与弊。他对伯爵的真情实意也是很重
要的因素。最后一刻他做出折中的选择：他想要改变生活，但是
不打算离开这座城市。只要阿方索·德·波旁住在纽约一天，他都
甘愿效力。

　　然而，没几个月，已无王位继承的储君抛弃托尼踏上征途，走
完剩下的人生路。在长老会医院调养一阵和他母亲来探视后，他的
身体和精神都有所恢复，他找到一个新的助理——名叫杰克·弗莱
明的家伙，完全没有街头彩票贩子那样的亲和力和轻佻，但也算
尽心尽力。在他的扶持下，科瓦东加做出了更加胆大妄为、有悖
皇族身份的事情：他与埃德尔米拉签署离婚协议，拒绝返回欧洲，
一年后在西班牙驻古巴大使馆与一位哈瓦那模特结婚后彻底断绝
与父亲的关系，时任总统拉雷多布鲁是证婚人。那段婚姻没撑过

两个月；第二次离婚后，他的精力越发不济，经济每况愈下，他辗转在城市、酒店、医院和夜总会间，直到有一晚在赌场醉酒后，他驾车行驶在迈阿密的比斯坎大道上，一头撞到电线杆上。他脆弱的身体不堪重击，那个本应继承王位、统治两千五百万国民的瘦削金发男人在维多利亚医院的病床上因为无法控制的内出血咽了气，家族中的人为此感到震惊，然而同胞鲜有耳闻。媒体报道称他离世时身边只有秘书和医生，最后的遗言是打电话给母亲。葬礼在恩典纪念公园公墓举行，观礼人用一只手就数得清。五十年后，应他侄子胡安·卡洛斯国王的要求，他的遗骸被送回西班牙，安葬在埃斯科利亚尔皇宫修道院的万神殿。

莫娜和托尼在报纸上获知车祸的消息；他们再也没有见过科瓦东加伯爵，但总是会亲切地聊起那位不幸的前王储，很大程度上是因为他在不经意间把他们牵到一起。未来的日子里，他们共同开展新的业务服务聚居区的同胞，谢天谢地，经营状况远远超过"船长的女儿"，那是正当的进口生意，顺应这座城市的西班牙和拉美裔族群的变迁和发展。

第一个瓦解的飞地是樱桃街区，河滨的老城区被逐渐铲平。原来森德拉的"拉瓦伦西亚娜"、巴斯克美洲中心、埃尔乔利托咖啡馆和蒙塞拉特理发店所在的土地上竖起一幢幢巨大的公共住宅综合体；二十世纪上半叶由成千上万的移民在两座大桥脚下面对码头和来往船只建造的微型社会消失得无影无踪。

所幸，第十四街及周边的环境保留了很长一段时间，来自伊比利亚半岛的移民越来越少，纽约的拉美裔日渐增加。然而，随着岁月流逝，新的店铺和生意留在许多人的记忆里：如奥维多、拉科鲁尼亚、特罗卡德罗餐厅和马德里咖啡馆，马孔多和读者书店，还有拉伊比利亚服装店，他们与"莫奈奥之家"、圣母瓜达卢佩教堂和国民联合会等经久不衰的商店和机构和谐共处，后者依然是同胞们社会生活的中心，直至今日依然光荣地活跃着，残存在人们的记忆中。那里曾经是切尔西和格林威治村庄之间的纽带，甚至有人称其为"小西班牙"，人们星期日会去吃鸡肉饭，七月底会请出使徒圣地亚哥组织游行。

莫娜和托尼在附近生活了许多年，直至时局变天，那里开始不太平，夫妻俩才放弃自己居住的大公寓，退休搬到圣彼得斯堡一栋正对着坦帕海湾的大房子中，沐浴在佛罗里达明媚的阳光下，周围有众多的同胞，还有托尼童年记忆中熟悉的烟草工厂的香气；子女孙辈和很多朋友时常来拜访，布鲁克林码头上那个不愿被想起的噩梦般的清晨已经离他们远去。

恰诺和维多利亚却没那么幸运，没多久他们就分开了。那天晚上谁也不会想到，几个小时后西班牙国内爆发内战，左右两翼势力试图把国家一分为二，严重打击了移民返乡的热情与渴望。除了马克西夫人、卡斯特洛比耶霍医生、莫奈奥遗孀卡门·巴拉尼亚诺夫人和生意兴隆的老板，大苹果城聚居区绝大部分人都是坚定的共和派：毕竟，佛尔诺斯的服务生和卢西亚诺·巴洛纳已经解释得很清楚，他们都是劳动人民，是希望为自己争取每周超过十五美元报酬的工薪阶层。

因此，他们以反法西斯作为借口集结成传说中的西班牙裔同盟联合会，每个月通过《声音》和《自由西班牙》公布国内满目疮痍的战争进展，人们聚集在广场上收听英国广播公司BBC和短波电台节目《战斗中的西班牙之声》。大家热血沸腾、心急如焚，参加无数的集会，举办各类请愿、募资和捐款活动，女人们乘坐着一辆大篷车义无反顾地向华盛顿进发——那又是一段史诗——向大洋彼岸送去给养、财物、救护车、药物和坚定的精神支持。

身处风雨飘摇中，恰诺做出抉择：他参军加入林肯营，为祖辈的土地战斗。也许因为他在第五大道五金店的老板和精神导师曼努埃尔·马加尼亚时任西班牙工人俱乐部主席，这位阿拉贡人负责在哈林区西班牙聚居区征兵。然而，除了纯粹的政治承诺，烟草商儿子的冲动之举还有其他不可告人的原因，他没有向维多利亚坦白，也没有向马加尼亚或其他任何人坦白，甚至他自己也没有面对过自己的真心。为愧疚的良心赎罪，为父亲的死做出弥补，离开她重新振作。他不再赤手空拳，而是举起武器与国际纵队在哈拉马、布鲁内特和特鲁埃尔浴血奋战；他在战争中存活下来，共和国沦陷瓦解后，他一度回到美国，就为了参军投身第二次世界大战。他说，都他妈的是战争而已。他可能被送到了太平洋，在菲律宾的莱特岛受伤，回国时已命悬一线，住在马萨诸塞州的一家医院。某个秋日的早上，当他神志不清地睁开双眼时——一如他当年做拳击手时躺在帆布床上——床边有人紧紧握住自己的手，他隐约看清那是一个女人。美军向维多利亚告知恰诺的现状，因为她是他在这个世上唯一的亲人：自从与烟草商结婚后，维多利亚·巴洛纳是埃米利奥·阿莱纳斯家大女儿的正式姓名。

彼时，两人几乎可以肯定自己经过万般磨难已赎清罪过，他马不停蹄地投身战斗，她鼓足勇气坚贞不渝地思念着他，拒绝任何人的追求表白，单独与母亲住在一起苦苦煎熬，妹妹们已经各自翻开新的篇章。自他们在"拉毕尔巴伊纳"的婚礼上跳完那支斗牛舞，已经过去了七年；自此以后他们再也没有分开。

露丝顺利得很，也许是性格使然，她对待命运的态度和方式截然不同。她再也没有听到弗兰克·科鲁桑的任何消息；不知道为何那位星探没再回来找她。姐姐们却一清二楚：托尼是"罪魁祸首"，在中央火车站瓜斯塔维诺的拱廊下交谈之后，他决定正面出击。坦帕人把一大堆彩票塞进科鲁桑的钱夹中，把它送到警察手中，不久前他们像猎狗般搜查他的地下勾当。抓捕闪电般完成，审判也如板上钉钉：因为倒卖非法彩票被关进星星监狱五个月。陪审团对他的拼死辩解无动于衷，他没有确凿的证据证明自己被露丝身边的人陷害，但以防万一，他觉得最好离她远些。

她最终也没有再回到华尔道夫，接受加泰罗尼亚人提出的海岸线巡回演出的邀请；从布鲁克林挪威海运公司的货仓回来后，她知道自己再也无法与姐姐们分开，于是选择忘记那个充满希望的世界，那个由马拉卡斯、管乐和汽车旅行构成的世界，收心养性，脚踏实地，过最平淡的生活。她最多参加业余萨苏埃拉爱好者在坎波阿莫的表演，自此不再梦想着有朝一日成为明星。伊利格瑞夫妇一年后决定关掉洗衣店的生意，移居到长岛，她开始苦练英语，在联合广场附近的美容店找到工作。某个星期五的晚上，她和同伴们出去聚会，建议在"小伙子"碰头。伴着古巴伦巴的舞曲和弗拉明戈的节奏，她在新结交的美国朋友中脱颖而出，阿莱纳斯家小女儿在舞池中再次散发与生俱来的魅力，耀眼的光芒吸引了当晚在场的男士们，阿斯图里亚斯老板科雅达的地盘总是座无虚席，曾经一度激发了姐姐莫娜的灵感。旁边桌子上的一位男士年长她十五岁，有过两段婚姻，忍不住上前与她搭讪，他没有像浑蛋科鲁桑那样允诺她成为闪亮新星，而是像青涩的男生那样爱恋着她，希望她成为自己生命中的女人。

　　得知小女儿要和一个名叫亨利的男人结婚时，雷梅迪奥斯的惊叫声在哈德逊河上都听得见，他是一位波兰裔犹太银行家，一句西班牙语都不会说，两个前妻各自分走一套公寓，现在他想把自己的女儿带去上东区生活。我宁可是殡仪馆的那个小子！可怜的女人咆哮道，她并不知道菲德尔已经非常清楚自己对于露丝和她的姐姐们不过是一生挚交，仅此而已；是幼年夭折的小海苏斯的替身罢了。然而，母亲的黑色预言未能成真，他们的婚姻一帆风顺，尽管某些冬日的早晨，城市被阴雨、白雪、大风或雾气笼罩，亨利去办公室上班，女儿们去上学或开启自己的人生征途，已经摇身变为露丝·哈诺维斯基的阿莱纳斯家的小女儿会把自己关在正对中央公园的卧室里，播放哈维·古加特及其乐队的唱片，站在镜子前跳起伦巴，甩动已经染成金黄色的长发，扭动丰满的臀部，泪水顺着脸颊流下，感伤时间如飞逝，感怀艰苦、动荡且难忘的青春时光。

　　这就是阿莱纳斯姐妹后来的境遇，但是那晚过后还发生了一些事情。值得一提的是：法布里西奥·马萨的肮脏灵魂堕入炼狱后几个月，她们收到父亲的死亡赔偿，但法官最终判定轮船公司和码头的失职并非主要原因，遇害者本身也负有很大责任。因此她们收到的金额很少，比跨大西洋轮船公司最初提供的赔偿略多一些，还要扣除相当一部分给"玛利亚之家"作为报酬。

当她们把支票存入刚刚在第八大道转角的纽约储蓄银行开立的银行账户，每个人都忍不住想为什么当初被疯狂的幻想牵着鼻子走，如果当初接受了轮船公司经纪和马尔克斯·德·克米亚斯号船长开出的条件，如果当初决定回到自己的家乡没有着手经营"船长的女儿"，她们的生活轨迹会是怎样。

她们离开宏伟的科林斯桩式大楼往公寓走去，脑中萦绕着重重疑惑，利托嬷嬷几个星期前在"玛利亚之家"狭窄的床上离世，她的灵魂在早秋的阳光下盘旋飞过，嘴里叼着一支烟，满意地冲她们眨眨眼睛。最终她的部分目标实现了：帮助她们自立自强，教会她们如何在世上生存。

鸣　谢

　　一如我前几部小说强调的那样，再次衷心感谢所有在这个重塑重要场景和事件的过程中陪伴我的人们，我站在他们的肩膀上自由构塑故事内容。

　　首先，我要郑重感谢纽约大学的哈梅斯·费尔南德斯教授，他是阿斯图里亚斯裔移民，最了解那个时期纽约社会面貌的专家，也是《看不见的移民，美国的西班牙裔 1868—1945》的合著者，感谢他真诚投入的工作，他不吝赐教，倾囊相授，毫无保留地向我提供咨询，给予我信心，是我的同伴和挚友。感谢他的伴侣热忱相待，她是墨西哥人，也是其他侨民的后代。路易斯·阿尔赫奥是我档案库里另一个重要信息来源，他也期待着我的作品早日问世。

　　阿维利诺·卡斯塔尼奥斯的女儿露丝·卡斯塔尼奥斯出生在第十四街的"拉毕尔巴伊纳"，感谢她在长岛洛基角的家中接待我，与我分享清晰的回忆和美丽的相册。那条街上商人的儿子马克西·巴斯克斯也帮我的作品添加缤纷的色彩。感谢罗伯特·桑菲斯、伊丽莎白·费尔南德斯、米歇尔·米隆、埃莱娜·马尔吉内斯和埃莱娜·佩雷斯·阿尔达回顾了那个时期聚居区国民联合会的情形，帮我构建了雏形。还有赛利娅·诺维斯的纪录片，它帮助我更好地了解那栋建筑和机构的未来。

衷心感谢纽约的同仁、阿利坎特大学教授特蕾莎·莫莱耶帮助我重塑樱桃街及其周围的环境，她是侨民后代，也是研究报告《瓦伦西亚人在纽约》的作者。感谢她父亲克拉伍德·莫莱耶在他可爱的自传《下东区男孩奋斗史》中的回忆。感谢曼努埃尔·萨帕塔，幼年时期就移民到纽约的拉科鲁尼亚人，他在皇后区伍德赛德的家中热情款待，允许我访问他关于那个不复存在的角落的海量数据。

感谢曼努埃尔·阿隆索，出生在布鲁克林，父母是阿斯图里亚斯人；感谢多洛雷斯·桑切斯，出生在下东区，父母是加利西亚人，现实生活中卡斯特洛比耶霍医生原型的前台，并感谢她的女儿安德蕾娅，为祖籍感到骄傲的后代，感谢他们在长岛肖勒姆的热情招待，并与我分享全部回忆。

感谢玛鲁哈·古利亚斯在华盛顿热情地接待我。

深切感激《布鲁克林的萨尔梅隆群体，阿尔哈马人在纽约》的作者马里·卡门·阿马特帮助我发现此次移民冒险中关键的一章。对于小说的核心主角们，我诚挚感谢维尔图德斯·阿尔克斯、马诺洛·洛佩斯、恩里克塔·加尔维斯、安赫尔·卡斯蒂约和海蒂·卡斯蒂约在长岛爱尔伍德见我，坦诚分享他们的思乡之情；感谢克里斯·托尔托萨和玛丽·托尔托萨夫妇在阿古阿杜尔瑟热情的接待，并在后来的通信过程中给予我那么丰富多彩的细节；感谢埃利萨·卡斯特隆，我们在阿尔梅里亚大教堂和纽约街头的谈话充满回忆。

除却对个人的感激，还要感谢格洛丽亚·托托莉卡盖那的作品《纽约的巴斯克人》，以及阿尔图尔·巴尔德的系列纪录片《小西班牙》和《从蒙特戈到曼哈顿》。感谢胡利·埃斯特韦斯的《瓦伦西亚人在纽约》，感谢作者们的努力和成就。此外，为了走进烟草商的世界，作者布鲁登西奥·德·佩雷达在其小说《风车在布鲁克林》中的描述对我有很大的启发。

感谢我的纽约经纪人汤姆·克尔切，至今他还记得一些旧的西班牙机构，我感谢他审阅我的文字，并尊重他的标准和评判。还有埃莲，她也参与到这部小说的写作中。

往南去，几位坦帕人在我的创作过程中热情亲切地帮助我重塑过去的时空，并分享我的故事。我十分敬佩托尼·加莱尼奥，为我们变身为彩票贩子，感谢比尔·维尔的热情好客。感谢西班牙坦帕中心主席约翰·拉尼翁，赋予那个古老的世界生机与活力。感谢阿依达·冈萨雷斯感性的分享，温柔而富有情感。感谢劳拉·戈雅内斯积极参与。

不能忘记佛罗里达，我再次向同事赫玛·佩雷斯·桑切斯和迈阿密图书管理员比阿特雷斯·C.斯科康和马丁·曾的高效致敬，允许我参阅科瓦东加伯爵第一任妻子埃德尔米拉·桑佩德罗的回忆录。

回到大洋彼岸，我真挚感谢弗朗西斯科·阿亚拉的遗孀卡洛琳·里奇蒙德向我敞开大门，分享很久以前的回忆。感谢桑坦德基金会的玛丽亚·贝基利斯坦和哈维·埃斯波斯托，帮助我参观约瑟夫·玛丽亚·瑟特在华尔道夫酒店设计的叹为观止的壁画。感谢巴洛玛·安索·德·卡索提供的精美地图。感谢安东尼奥·耶罗及其团队，用挑剔的服务人员的目光帮我把关。

感谢亲爱的普拉内塔团队尽心尽力保留每一部小说的活力和激情。感谢拉盖尔·吉斯伯特和罗拉·古利亚斯看着《第十四街船长餐厅》成长，感谢贝伦·洛佩斯·赛拉达相信她们，感谢卡尔勒斯·雷威斯给予的重视和照顾。感谢伊莎·桑托斯和劳拉·弗朗齐设计方案，让这部小说以最奇妙的方式与读者见面。感谢费兰·洛佩斯·奥尔默及其设计团队用美轮美奂的设计征服我。感谢多洛尔斯·埃斯科利萨、埃斯特·罗蒙帕特、梅尔切·阿隆索、玛雅·格拉内罗和索阿·卡拉瓦卡一丝不苟的审阅。感谢马克·罗卡莫拉、洛丽塔·托莱略、希尔维亚·阿克斯佩和整个市场团队的积极筹备。感谢莱蒙·卡塔拉和商务团队拓展网络。感谢洛萨·佩雷斯的关切。感谢上述所有人的齐心协力和下述所有人锦上添花。非常非常感谢。

感谢埃斯特拉·塞布里安和路易斯·奥尔蒂斯，有赖于他们的热心协助才使得其中一些灵感问世。

感谢安东尼娅·科里甘一如既往地大展拳脚，把我的故事带给全世界。感谢她的员工令所有的事情都变得如此简单。

感谢身边所有支持我的朋友们。

感谢我的家人，他们坚强的内心不亚于阿莱纳斯一家。

在这部小说进入尾声时，我的父亲离我们而去。感谢他一直以来对女儿的尊重和全力支持。我们将永远怀念他。

图书在版编目(CIP)数据

第十四街船长餐厅 / (西)玛丽亚·杜埃尼亚斯著；
权泉译. —— 海口 ：南海出版公司，2024.6
ISBN 978—7—5735—0873—7

Ⅰ.①第… Ⅱ.①玛… ②权… Ⅲ.①长篇小说－西
班牙－现代 Ⅳ.①I551.45

中国国家版本馆CIP数据核字(2024)第042948号

著作权合同登记号　图字：30—2024—017

LAS HIJAS DEL CAPITÁN
Copyright © 2018 Misorum, S.L.
Published in arrangement with Antonia Kerrigan Literary Agency,
through The Grayhawk Agency Ltd.

第十四街船长餐厅
〔西班牙〕玛丽亚·杜埃尼亚斯 著
权泉 译

出　　版　南海出版公司　　(0898)66568511
　　　　　　海口市海秀中路51号星华大厦五楼　　邮编 570206
发　　行　新经典发行有限公司
　　　　　　电话(010)68423599　　邮箱 editor@readinglife.com
经　　销　新华书店

责任编辑　侯明明
特邀编辑　马　亚
装帧设计　陈慕阳
内文制作　田小波

印　　刷　北京盛通印刷股份有限公司
开　　本　850毫米×1168毫米　1/32
印　　张　16
字　　数　342千
版　　次　2024年6月第1版
印　　次　2024年6月第1次印刷
书　　号　ISBN 978—7—5735—0873—7
定　　价　69.00元